创意写作书系

小说写作教程

杰里·克利弗（Jerry Cleaver）著
王著定 译

IMMEDIATE FICTION
A Complete Writing Course

虚构文学速成全攻略

中国人民大学出版社
·北京·

“创意写作书系”顾问委员会

（按姓氏笔画排名）

刁克利	中国人民大学
王安忆	复旦大学
刘震云	中国人民大学
孙　郁	中国人民大学
劳　马	中国人民大学
陈思和	复旦大学
格　非	清华大学
曹文轩	北京大学
梁　鸿	中国人民大学
阎连科	中国人民大学
葛红兵	上海大学

致　谢

感　谢

Frank Anselmo，我在刑事犯罪学领域的合作伙伴。

Joe Hanley，策划人，超级推销员。

Stanley Majka，编辑，我的朋友。

Leslie，我的妻子，Matthew，我的儿子，

还有我的学生们。

特别感谢

Susan Reich，Hugh Schulze，Elizabeth Brown，Helen Valenta，

和我的编辑 Michael Denneny，Christina Prestia。

译者序

生活中的小说创作

我对于“速成”的东西素来没有什么好感。其成也速，其亡也忽。文学史上的泡沫浮渣实在太多。如今，大家什么事情都要讲究个“低碳”，所以我最赞成小说创作实行计划生育，“一人一本”或非强人所难。英国文论家柯尔律治说过，诗即人，人人生来皆有诗性。怕只怕，有的人虽踌躇满志，却满纸荒唐，白瞎了丰富多彩的生命体验。皇上不急太监急。于是乎，就得有人跳出来教鸡生蛋，为皇上指点一下“人道”。

从生活的琐屑中提取小说的戏剧性需要一种视角或者态度的选择与调适。一般来说，虚构小说（fiction）的内容总是惊险连连、波回浪转的，对其创作方法我丝毫没有兴趣。所以，我自己也觉得奇怪，我怎么会这样喜欢这本《小说写作教程》，而且，它语涉荒唐，指导创作的竟然是非纪实类的虚构小说。作者克利弗（Jerry Cleaver）原是大学讲师，后来他在芝加哥创办了名为“作家阁楼”的小说创作培训班。这本教程概括了作者从教 30 余年来独创一格的小说创作培训经验。他提供的信息贴合实践、简单实用，为畅销图书、短篇小说、影视剧本以及舞台剧本创作提供了一盏指路明灯。近年来唯以销量定乾坤的世界文坛有两“头”独大的气象，一曰拳头，一曰枕头。在此背景下，克利弗却为写作者提供了不同的创作标准，即“即兴小说”（immediate fiction），让写作者不再乞灵于缪斯女神的点化而是做到自我呈现、自成一家。他给自己的方法所下的定义是：“**探询自我的手法**”。

克利弗首先回顾了自己追求创作方法真知的道路，貌似平淡却充满了求知的辛酸。看到业余作者求学的辛苦，大家不仅心有戚戚焉，而且还有了一点信心，因为我们也跟作者一样，或许也能创作出无愧于杰作的小说来。可是，写小说要想获得成功绝不能靠撞大运，虽有博导、权威、名手、大家亦不能语其微。庄子笔下，匠石运斤，轮扁斫轮，精微至极，父子犹不能相传，作者虽欲讲明创作的技巧，然而其难可想。创作教学与创作实践之间有道缝隙，作者捕捉到了这个利基（niche），穷心精研，终有所成。

创作首先要有信心，不能光看名家的光鲜荣耀，不知创作的辛苦。海明威说过："第一稿永远是一堆臭狗屎。"福楼拜因为推敲《包法利夫人》某一页上的八句话而把自己搞得苦不堪言。王尔德更是说过，"我花了整整一上午时间加了一个逗号进去，然后又花了整整一个下午时间把它剔除出来"。克里弗认为，小说既然是生活就难免磕磕绊绊。小说又像恋爱一样，它需要恋人之间**在情感方面**形成共鸣和关联。这种读者化身为故事中的人物的现象就是"**身份认同**"（identification）。其实，这个概念在作者的小说创作理论中有着君临天下的崇高地位。不识庐山真面目，只缘身在此山中。我们需要从别人的眼睛里发现甚至拓展自我。作者的理论切入由此开始。从形式方面讲，小说实现认同与共鸣的三个要素：冲突、行动、结局。然后，他层层剖析起来，突出强调了"渴望＋障碍＝冲突"这个公式。从内容方面讲，小说需要强调两个要素：情感与展示。五个要素各有司掌，前三者负责外形轮廓的塑造，而情感及其展示技法是小说的血肉。

庄子说，修辞、立言才是"大达"，"小说"断难企及创造社会共识的作用。现代社会则反其道而行之，"浅识小道"、"道听途说"的小说凝聚社会认同的功能日益巩固。梁任公提出"小说革命"的时机自然不是历史的偶然巧合。小说不小。看完上面的内容，作者的小说创作理论部分就算大功告成了。接下来就是小说创作的具体技巧。人物是小说的核心。写什么样的人物就在什么范围内求得认同。帝王将相、才子佳人、高官权斗都在寻找或者酝酿某种社会共识。如果说"纪实"是野史的初衷，那么，"虚构"才是小说的本质。这为小说家发挥社会功能打开了方便之门。克利弗的《小说写作教程》不把成功标准限定于小说的数量因素（长度或销量），而是社会认同的广度与深度。小说通过一贯的情感有选择地呈现真实的生活，这是剪裁生活素材、反复修改的技巧。在信息沟通渠道日益畅通无阻的今天，大家的生活和情感具有很强的普遍性。那么，我们如何争取原创性呢？作者指出思想世界也是现实世界的一部分，在这里我们仍然能够发掘自我潜在的独特性，尤其是叙事的视角完全可以是丰富多变的。在创作实践中，大家常常困惑于一些似是而非的概念或者空洞无物的诡辩，作者为大家清除了这些障碍。最后，作者彻底打开了读者的视野，从短篇小说谈到长篇小说，从纸本小说扩展到影视剧本，从创作活动延伸到投稿营销。

读了这本书，我感觉到有几个创作经验尤其应该得到写作者的重视。第一，初稿写作要乘直通车，无论好坏，硬着头皮也要完成，断不可半途而废。第二，写成终稿至少需要五易其稿，反复修改，呈现一己独见。第三，不可“假大空”，没有高明的见解就不要横加评论，打断读者的注意力。第四，要乐于过自己的生活，完成自己的小说，不要过于媚俗。真实性创造可信性，可信性创造认同感。熠熠闪光的真实性就是作者本人在多层面上产生的独特折光。这部作品从酌理凝虑到搦翰成篇，从形式结构到情感玄微，作者逻辑清晰，思理条达，轻重得宜，令人称赏，实为小说写作教程之佳品，其他同类著述很难与此作相提并论。

2010 年暑假，杜俊红女士约我翻译这部书，书一上手，推敲字句常在梦中，实是寝食难安。好在和霞助我编辑、校对；儿子炳乾为我推敲、斟酌；刁克利教授谆谆教导；高海、张玉荣提供种种方便；王姝帮助扫描识别。在工作结束的当口，我要向他们一并致谢。

王著定

2010 年 10 月 31 日

写于北京西郊墨渊斋

目录

前　言

一部好的小说让人手不释卷，难以抗拒。恰似我们坠入爱河一般，爱情的魅力让人难以抵挡。它迅如闪电，你甚至还没来得及思考，它就牢牢抓住了你的心。它首先触动了你的心弦，随即抵达你的大脑。无论你是否愿意，它都已经把你死死地迷住，使你无法冷眼旁观、无法质疑，甚至脑海里不会闪现诸如“它有什么好的地方?”或者“它是真的吗?”之类的问题。假如当我从房间里穿行而过的时候，电视里恰巧在播放一个戏剧性的震撼场面，其中有句台词恰好触动了我的心扉，于是，光是这句扣人心弦的台词就能把我引领到这个故事的世界里，使我不禁停下了脚步，想看看正在上演的电视剧剧情到底怎样发展。在这本教程里，你将要学会的就是创作这种扣人心弦的故事。

本教程所讲的手法和技巧是所有伟大作家都用得着的东西。无论你的故事是纪实的还是虚构的，概莫能外，因为其中的手法是一模一样的。一个好的故事可以创造一种美妙的人生体验，它能让你侧身其间，在其中生活着、感受着，仿佛身临其境一般。

我们把所有这类虚构故事统称为**随时随地的小说**，因为好的故事都隶属于此时此地。它们随时随地、每分每秒就在你的身边和你的内心深处上演着。不过，本教程除了教会你如何摸清故事创作的手法和创意之外，还要教你如何坐得下、写得出。有了本教程的辅导，你就能做到在你坐下来的第一时间马上投入到写作中去。本教程甚至还为你准备了一些窍门以帮助你沉下心来。别以为有人把你拖到座位上，然后再让你安心坐下来是一件很容易的事，即便是最好的作家也会觉得这绝非易事。俗话说得好，“生活的 90%就是展示自己”，本教程会把这种展示变得易如反掌。

一旦你坐定身形，就不要再浪费时间考虑下面的问题：我应该做什么事情？该如何下手？该如何才能拥有那份闲情逸致？其实，你不必拥有这种雅兴，也不必等待灵感的瞬间闪现或者是缪斯女神突然降临，因为这里教给你的方法实际上就是要让**你自己变成缪斯女神**，从而不必浪费时间乞灵于别人的哪门子魔法。

本教程所教授的不仅是故事的创作手法，更是**探询自我的手法**。也就是说，它能帮助你发现自己拥有什么经验，然后让它为你所用。因此，它的速成性或者直接性具有双重含义。你的创作**内容**是直接现成的，你的创作**方法**也是随手拈来的，你只是直接地把早已成竹在胸的小说写出来。

乍一开始，你要警惕一种情况，任何小小的阻滞都有可能让你陷入麻痹瘫痪、进退维谷的境地，不过，没有哪种巨大的阻力是无法克服的。事情的难易程度完全取决于你对它们的态度。作家大都以浓墨重彩、夸大其词为能事，稀松平常的沟沟坎坎常常被他们夸大成不可逾越的鸿沟巨壑。所以，如果这种情况恰好让你给遇上了，请不要着慌，本教程会教你如何跳出这种进退维谷的困境。

首先，本教程把重要的东西放在首位。如果你按部就班，一气学完，自然就会获益良多。本书的每一章节都从基础理论开始讲起，理论的背后则是我们企望要达成的目标。这种理论探索可以帮助你把握事物的规律。第 1 章的内容涵盖了创作的基础理论。牢记这些理论可以让你远离创作中的种种陷阱。第 2 章简单扼要地探讨了故事的两个“为什么”的问题：读者为什么要读故事？作家又为什么要写故事？随着问题的提出，我们转入第 3 章，讲述故事创作的具体手法和实用技巧，解决“怎么写？写什么？什么时候写？在哪儿写？”的问题。学完了第 3 章，你就可以开始做一些写作练习了。从第 4 章开始，每一章后面都有配套的写作练习题。我设计这些练习题的目的是为了让你清楚地知道自己拥有哪些素材，然后，还需要在自己的想法中注入哪些戏剧性因素。

由于本书章章相连，环环相扣，你在阅读时大可不必打乱其中的章节次序。不过，假如你无论如何也要首先掌握如何拼接故事的关键能力，那么请你直接从第 3 章开始学起。第 4 章更加精准地提炼出了构成故事的各项要素，这些要素可以让你更容易把自己的故事变得生趣盎然。第 5 章讲解自我修订的问题，教你如何不离正轨，防范陷阱，以及看清前面的拦路虎，而且教你如何妥善应对。把喜怒哀乐统统捕捉到纸面上来，在人物和读者身上唤起同样的情感，这是第 6 章的内容。第 7 章讲解一种基本功，教你如何把真实的生活体验在纸面上铺展开来。第 8 章继而讲述经过扩展延伸的写作技巧，即反复修改和再创作的技巧。让你明晰当你回过头来审视自己的作品时还需要做哪些工作。第 9 章告诉你如何找寻不同的处理方法和路径以便让自己的故事具有不一样的倾向和效果。原创性（什么是原创性？如何才能够做到原创?）是第 10 章的核心内容，这一章还要探讨普遍的情节结构的问题。第 11 章则介绍视角的问题。假如你感觉自己没有时间写作，那么第 12 章将告诉你怎样每天抽出短短的几分钟时间从而做到照写不误。第 13 章则对一些似是而非的概念和方法进行辨析。这些概念经常混淆视听，没有这些含混不清的概念你照样可以成功。第 14 章探究短篇小说和长篇小说之间的区别，告诉你怎样可以把短篇小说改写成长篇小说。假如你的思路受到严重的阻塞，那么请你直接阅读第 15 章。第 16 章告诉你，只要你愿意，一定可以把自己的故事改编成一个影视剧本或者舞台剧本。第 17 章讲述必要的营销知识。你要怎样投稿？投稿给什么刊物？找什么样的代理人？找什么样的出版社？虽说本教程的章节排序已成定局，不过，由于每一章都完全专注于各自的主旨内容，故各章仍能独立成章。

回首来时路

我想给你讲讲我是怎样走到今天的。这很重要，因为许多人还未曾到过我今天所处的位置。他们本来是能够而且应该能够达到我今日的位置的，可是由于他们不能克服困难，因而未能如愿以偿。这并非他们自己犯了什么错误，而是因为我走的这条道路本身就是一条迂回曲折的羊肠小道，或许现在你已经走上了这条路，或许你正是顺着这条小路找到这本教程的。假如你现在还没有踏上这条道路，那么，你还是应该趁早回避这条歧途。这条歧途跟我本人倒是没有多大关系，但它关系到写作领域以及写作教学领域的任务。

我第一次修写作课程是在芝加哥的一所专科学校。我选修写作课程的原因只是为了挣几个学分，然后在攒到足够的本钱后回到大学校园里接受全日制教育。我根本不知道在写作课堂上大家要做什么事，可是我有的是时间和精力。因为我几乎没有什么文学背景和知识底子，所以我根本没有任何先入为主的想法，更谈不上选修该课程的决定正确与否。老师和全班同学都喜欢我写的作品这令我受宠若惊，心想也许在未来的某一天，在我获得某个经世致用的专业文凭之后，我还可以利用业余时间搞点写作。我们的夜校写作班还开风气之先，创办了芝加哥专科院校有史以来的第一本文学杂志。

我回到伊利诺伊大学参加全日制学习，我的专业是心理学，可是业余时间我也搞点创作。一年之后，我又选修了一门写作课程，任课的教授是一位知名作家。我的心情真是既激动又迫切，我是一个认真的学生，很想通过这位文学专家的训练把自己打造成一个成功的作家。那时距我开始搞写作已经有一段时间了，当时有些问题在我脑子里直冒泡：我不停地提笔写下的故事为什么总是只能成为一些半截子工程，却没有办法把它们写完呢？为什么我清晰的想法往往随波漂去而成为岸边漂浮的一堆堆碎屑了呢？在我笔下，惊心动魄、跌宕起伏的故事仿佛已经宛然在目，却突然偃旗息鼓、一蹶不振，我只能眼睁睁地看着它们变成“烂尾楼”，我该怎么办呢？

不幸的是，教授也没有给我什么答案。他很少向我们讲解写故事到底有怎样的规律可循。他每次只是说：“下周每人交一个 2 500 字的故事。”到了下周，同学们呈上各自的习作，由他一一过堂审判。然后，他只管宣布大家犯了这样或者那样的错误，却很少提出任何修改意见。课程结束时，我的疑问比我刚刚开始上课时更多了，其中包括：是不是我能力欠佳，所以总觉得望尘莫及呀？是不是我太笨了呀？

之后，我选择了另一名教授开设的写作课程。这一次，我的困惑依然是与日俱增，感觉自己更是一头雾水了。我不停地问自己：“难道这门课果真没有什么循序渐进的方法吗？它就真的如此难学吗？”我无法弄清楚问题出在哪里，到底是我心无灵犀、茅塞未开，还是教授们根本就没有把它讲明白呢？写作能力的培养似乎是不断猜想与试错的过程，你要么一枪中的、直击靶心，要么不着边际、完全脱靶，似乎根本就没有切实能起到指导作用的规律或者技巧可循。有一天，我在课堂上斗胆向老师发问："难道说每个学习写作的人都必须像现在这样撞大运吗？"

教授回答说："你说还能怎么着呢？我不知道。我也说不清学习写作到底有什么规律可言。"他说，"你瞧，这就是艺术，不是科学。它确实无法轻而易举地学到手，如果你想叫我把写作变成一学就能上手的差事，或许你就不该来这儿上课了。"他这话算是什么意思？是说在他的地盘就得听他的，不然就别在这个码头混了吗？我一看势头不妙，连忙服了软："我并不是想偷懒。我只是希望自己更清楚应该怎样学习写作才是。"

"那你就得不停地学啊，学啊，学啊，直到你终于开始有了一点儿感觉。这需要年复一年的刻苦修行。"

说到这里，我的问题越发多了。年复一年到底是多少年？什么时候你才能对写作有点儿感觉呢？他说的这个感觉到底是怎么回事？是在一时间顿悟呢，还是说你要循序渐进、点滴积累？这种感觉到底是什么样的感觉？你怎么确定自己体验到的感觉是确实无误的呢？我不再提问了，因为我可不想被老师踢出班去。毕竟，我一个学生能懂多少东西？那就花上多年的时间，耐心等待这种感觉吧。即便它果真要花上许多年，我也愿意奉陪。不过，冥冥之中我似乎看到应该有一种更好的入门路径。

我写得越多，越是看到了更多的可能性。我最大的担心是我会走上错误的道路，任其自然地随意游走只会让我待在原地徘徊。假如我一开始就已差之毫厘，那么当我到达目的地的时候岂不要谬以千里！

后来，我还是再次上了我所谓"狗屁不通"的写作课程。这所大学是芝加哥最知名的大学之一，任课教师换成了另外一位知名作家。开学第一天，他大摇大摆地走进了教室，居高临下地瞅了我们两眼，然后劈头就问："你们凭什么认定自己写的东西就值得一读呢？又凭什么认为全世界的人要听你们胡说八道呢？"

啊哈！原来，需要我担心的东西还远远不止这些呢。我还有重重顾虑：自己的作品值得读者一读吗？世人需要读它吗？这些我怎么知道呢？我来这儿上写作课只是因为我喜欢写作，我只想学会如何把故事讲好，我并没打算向世人昭示什么东西呀！

事实证明，这种五迷三道的教学风格在那所大学是司空见惯的。"我们老师个个是万事皆通。你们学生全都是狗屁不通。"这就是那所大学的座右铭，而这位教授兼大作家或许正是给他们张贴海报的学童。他告诉我们，我们是一群粪桶，然后就开始骑在我们头上拉屎，对大家的习作则是胡乱评价，整个学期莫不如此。他虽然有点儿咋咋呼呼的，可我还是坚持了下来，我在心里牢牢地抱有一个希望：但愿他是错误的。最后，事实证明，他确实是错了，彻头彻尾地错了。你的作品是否值得一读？世人是否需要听你的故事？这两个后顾之忧和能不能成为一位成功的作家根本就扯不上太大关系。作家需要做的事情多得是，根本没有时间为了这些不着边际的问题跟自己过不去。

这位教授的错误还在于他不知道如何帮助作者成长。他本人是一个成功的作家，可却是一个糟糕的老师（这种结合是司空见惯的）。（我有个直觉，这种不由分说的蛮横是一种掩饰，因为他不懂得如何帮助作者成长。）教导与培训作者本身也是一种专业技能。我成为一个好的培训师所用的时间跟我成为一名好作家所用的时间几乎一样长。有些大作家教学水平很糟糕，有些平庸的作家和不写小说的人却是很好的教师。这两种职业能力不存在必然联系。

比如说，麦克斯韦尔·珀金斯①是一个很优秀的编辑，他教出了不少伟大作家，包括海明威、菲茨杰拉德、托马斯·沃尔夫、《乱世忠魂》的作者詹姆斯·琼斯②，还有《一岁的小鹿》的作者梅杰里·罗林斯③，

---

① Maxwell Perkins，美国知名编辑。菲茨杰拉德的小说原名《西卵的特里马尔乔》（Trimalchio in West Egg）就是由这位编辑改为《了不起的盖茨比》的。——译者注

② *From Here to Eternity*，作者为詹姆斯·琼斯（James Jones），作品描写美军内部的派系斗争，军官飞扬跋扈，虐待士兵等种种丑闻与黑暗现象。1953 年由美国哥伦比亚影片公司拍成同名电影（影片译名为"永垂不朽"或"乱世忠魂"），1954 年获第 26 届奥斯卡最佳影片奖。——译者注

③ Majorie Rawlings（1896—1953），美国作家。《一岁的小鹿》（*The Yearling*）讲述一个男孩和小鹿的友情故事。——译者注

可是终其一生，他连小说创作的边儿都没有沾过。毕加索从来不谈论自己的画作，他说："假如我能用言语把它描述出来，那我还是不画为好。"另一方面，保罗·克利[①]不仅是一个伟大的画家而且是一个伟大的导师。他经常授人以渔，写大块文章，口若悬河地谈论他如何作画以及他希望在画作中做到哪些事情。

我相信，老师教得好学生才能学得棒，教学相长，两者大有关系。每当我学东西的时候，我往往会把所有的错误犯上一遍，然后达于理解。虽说我在路上吃尽了苦头，可是当我成功抵达目的地的时候，我才真能有所收获。我不仅明白自己学会了什么，还能把它跟其他的知识融会贯通。更重要的是，对于写作教学而言，我知道问题在哪儿，因为我在写作的过程中犯过各种各样可以想象的错误。

众所周知，当作家有诸多烦恼，我把这些烦恼都尝遍了，并且人们在讲述故事时可能犯的错误我都犯过了，我还犯过一些人们以为绝不可能犯的错误。另外，糟糕的向导把我引入歧途，倘若我是自学成才，我也绝不可能跌入这么多的陷阱。这也让我懂得，除了学会怎么做之外，同样重要的是，我们还要学会**怎样避免那些麻烦，在哪些地方不要浪费宝贵的时间**。

那个狗屁不通的写作课程把我的习作批得体无完肤、一无是处，最后自己的自尊心也给弄得伤痕累累。于是，我又开始四处寻觅，下一次要到哪儿学习好呢？美国陆军替我作出了选择，我应征入了伍。当时越南战争的局势异常凶险，我能够避开烈火纷飞的战场既可以说是幸运的，也可以说是不幸的。我被派驻到了美国东海岸的一个研究所，这个研究所里基本上都是非军事人员。在这两年时间里，我负责为少数几个士兵和为数众多的非军事人员创作、导演、表演舞台戏剧。这个工作比较轻松，也给了我不少写作的时间。我把自己从所有写作课堂上学到的知识都写到一个笔记本上，然后开始在这个舞台上倾尽自己的平生所学。我开始创作小说，而且四处投稿。

---

① Paul Klee（1879—1940）。保罗·克利在色彩、形式和空间方面创立了独特的表达方式，人称现代抽象画始祖。——译者注

《哈珀氏》（*Harper's*）杂志写给我的信上说，“我们喜欢读你的故事。不知何故，你的故事有点儿不太连贯，不过，听起来很真实，我们确实希望能读到你更多的作品。”这可真让我受到了极大的鼓舞，可是，“有点儿不太连贯”到底是什么意思呢？“不知何故”的缘故又是什么？而“听起来很真实”又具体好在哪里呢？

《纽约客》（*New Yorker*）杂志的答复是：“抱歉，感谢惠寄大稿。欢迎再次来稿。”《大西洋月刊》（*Atlantic Monthly*）的答复是：“只要坚持投稿，我们迟早会有成功的一天。”似乎我的作品已经站在或可发表或不可发表的门槛上了。资深编辑们的亲笔信让我受宠若惊，我拼命地想发表作品，可是对于自己正在做的事情以及自己做得怎么样，心里一点谱儿也没有。假如我真的写出一部小说而且非常畅销的话，那我今后还能续写这种辉煌吗？我总感觉自己欠缺了点儿什么，不过，我又根本不知道自己到底有什么欠缺。

退役之后，我又报名参加了美国西北大学一门讲授小说写作的夜校课程。到了这会儿，我搞写作，参加写作培训班课程，掐指算来也有八个春秋了。这次，写作课程的任课教师是伯纳德·萨巴思，他经常在大型的全国性杂志上发表小说（总计超过一百篇），此外，他还是一位成功的剧作家。他有一部戏剧名叫《金秋少年》（*The Boys in Autumn*），主演是柯克·道格拉斯和伯特·兰开斯特，此剧早年曾在美国西海岸巡演，后来，乔治·司各特在百老汇主演数场，如今仍然在欧洲各国和美国本土巡回演出。

当时我并不晓得他的非凡成就，因为伯尼①在课堂上并不谈论他自己的事情，他的课堂是面向学生的，他切实地为学生释疑解惑，以使他们有所成就。他的课堂氛围跟我以前经历过的课堂氛围有点儿不同，他不是来挑毛病的，而是来帮助我们的。在他的课堂上，伯尼给我讲授了我多年来一直梦寐以求的知识。他用清晰、具体、实用的语言定义了故事和讲故事的技巧。那么，随后又发生了什么事情呢？

这个大好机会又让我给错过了。因为多年来我遭到的洗脑经验让我

① 伯纳德的昵称。——译者注

确信，尽管自己不愿意相信，可是写作课程肯定是困难重重的，伯尼的教诲完全不能使我心领神会，简直成了耳边风。谢天谢地，我懵懵懂懂地记下了课堂笔记，尽管教学内容显得非常粗略、容易和直白，可是在伯尼的课堂上，写作居然这么简单，这实在是不可思议的事情。我记笔记的时候也没有太留心这种教学方法和其他教学方法有什么不同。

伯尼教给我们的那一套解决方案是提纲挈领的，虽然只有一个故事范本，外加一些基本规律，但它们是完整、灵活、简单易行的。因为这种教学方法让人耳目一新，并且我无法弄明白满脑子乱七八糟的概念背后还有什么内容，所以我不知道这套方案能不能行得通。我不禁萌生了这样的担忧：这个教学模型简直是太过粗糙简单，又太过油滑敷衍了，这些东西怎么能管用呢？

于是那年夏天，我决定一个人单干，尽管当时我还不能确定自己还要不要继续参加西北大学的写作培训班。迄今为止，在我所有的写作老师中，伯尼是最具体、最直来直去，也是最通情达理的一个。我把他那些简单明了、脚踏实地的方法都记在了笔记本上。不过，整整一个夏天我也没有瞅上几眼，直到有一天，我写的一篇小说遇到了绊脚石，这一下我可抓了瞎。我不知道自己到了什么地方，也不知道怎样才能原路返回，更别提这个地方在哪儿了。正当我盯着小说的第一页苦思冥想的时候，我的脑海里浮现了伯尼说过的一些话。我试了试，确实还真管用。

我搬出了自己在他的课堂上记下的笔记，重温了笔记的内容。伯尼教的写作方法武装了我的头脑，于是，我开始重新审视自己的小说，一行一行、一页一页地细读。不看不要紧，一看才发现这篇小说已在我的眼前展露出一道新的风景。模型是伯尼的，方法也是伯尼的，不过，这些东西让我的想象、我的人物、我的故事都波澜顿现，豁然贯通。由此我看到，人物行动的表现力更出色了，故事情节的转折腾挪也更加惊心动魄了。这就对了！我只要把伯尼教的方法拿来用上就行了。生平第一次，我感觉自己真正能把原本支离破碎的东西融为一体。我意识到了自己的欠缺之处，我和自己的想象力在一个创意框架中大展拳脚，虎虎生风。我脑子里的构思被抟塑成一个首尾完整、饶有风趣的故事。要是没有用他的方法，我怎么可能把自己和自己拥有的全部素材都融为一体呢！它用新颖别致的方式让我茅塞顿开，这让我兴奋不已。此外，我还明白了它的作用原理，我第一次知道自己在做什么、为什么要这样做。

惊喜交集之际，我赶紧给伯尼打电话。我告诉他，我需要的不只是上他的课，我还要自掏腰包请他抽出时间单独辅导我的写作。他说："不用，那倒用不着。星期一早上七点钟你直接过来找我好了。"

星期一，我把事情的经过原原本本地跟他说了一遍。我说："真该死！我过去一直没有找到门道。最后，我终于发现了它，一下子就懂了。这似乎太简单了。"

他说："简单，确实如此，不过，你还得不断地完善你的技巧。"

"一旦我明白了自己正在做什么事情，那我就走上了阳关大道了。"

他微笑着说："就是这么简单。这种认识助你突飞猛进，一切都指日可待了。"

惊喜的事情确实发生了，而且，确实来得很快。那时候《花花公子》（*Playboy*）杂志经常发表一些高质量的小说（比如厄普代克、艾尔格伦、梅勒等名家的小说）。这家杂志在当时是最难以挤进去的杂志之一，不过，他们提供的稿酬也是最高的。他们采用了我利用这一崭新模型写出的第二篇小说，付给我的稿酬在不知名的作家当中也是最高的。

我的这一发现让自己大喜过望，不过，我的心里也有满腔的怨怒。毕竟，这一天让我等这么久，而且，我一路走来，遭受过的误导和压抑何胜其烦。其实，道路根本不应如此曲折漫长。在所有的艺术门类中，写作的教学是最含混不清、缺乏连贯性的，也是最没有条理的。我的画家朋友们都有人教他们各种各样的路数和原理，比如构图技法、色彩理论、素描教学。美术课堂的教学方法早已跨过了那种"你先画张画儿，然后让我告诉你错在哪儿"的幼稚园阶段。可是，在我过去上过的写作课的课堂上，老师的教学路子总归也不过如此而已。

因为我成功挤进了《花花公子》杂志，别的作家也开始到我这儿讨教、取经。除了自己写作之外，我的兴趣开始被引向了另外一条道路：如何教人写作？如何辅导作者？如何帮助别人取得成功？我要让他们学会我自己已经掌握的东西，而且不要像我一样学得那么艰苦、那么迷茫，不要经受我最初的失败，不要重复我走过的弯路。事实证明，学会如何辅导别人是一项更加艰巨的任务。这项工作比自己学会如何写作还要难得多，而且同样让人兴奋，让人富有成就感。

我留在了西北大学的培训班，跟我的导师伯纳德·萨巴思一起研究写作。我希望他能够倾囊相授，如若可能，我也要像他那样把这些东西研究得滚瓜烂熟。先由他把我教会，我再教别的学生。最后，我终于掌握了他的方法，然后继续自学成才。十年之后，我离开了西北大学，在芝加哥创办了“作家阁楼”培训班。二十年来，我就在这里完善着这门课程的教学方法。

我曾经忍受过的那种痛苦其实任何人都不必体会了。学习写作这件事情也根本不需要耗费那么漫长的时间。在这二十多年来，我与作家们一起搞写作，一起搞研究。现在，我觉着，优秀的写作培训教师能够促进一个作家的成长，其加速倍数为十倍。这就意味着，有了好的指导，你发展的速度会比你自学成才或者拥有糟糕的培训师要强上十倍。为什么99%的作家从来都没能发表自己的作品？为什么很多人一生忙着写作却最终一事无成？原因不在于他们没有尝试或者不够勤奋，或者没有把自己掏心窝子的话讲出来，或者没有按照所谓“专家”传授给他们的方法来进行写作。他们不能成功的原因在于他们没有把恰当的工具弄到手，事实上他们需要用这些工具来指导自己的写作。最后，你还必须自己教自己，不过，自己教自己也要讲究一个教法的问题。有的教学方法是快速有效的，有些则会使你学个没完没了。

我之所以可以明确地指出这一点，乃是因为写小说和其他艺术门类有所不同。比如，在音乐或者绘画方面，你需要某种天分才能成功，而写出成功的故事则不需特别的天赋。因为你的生活经验和生活技能同时也是你的写作技能。你有一套完整的情感和富于戏剧性的生活经验可以派上用场。推己及人，你知道自己是如何感受事物的，也就知道世人是如何体验生活的。假如你不知道这些生活常识，那么你根本就不可能活到今天。你根本没必要懂得如何弹钢琴或者如何画画，就可以在这世界上日复一日地生活。可是，假如你想日子过得更好，那么你最好还要知道：别人是怎么做的？而你自己又应该怎样举手投足？

因此，成功地创作小说的能力是一种**后天习得的技能**，并非一种先天的才情。无论是写作自己的小说还是营销自己的小说，你有没有天分都没有太大关系。不要把缺乏天分或能力作为你不能写作的借口。

这并不是说那种天赋或者个人的才情就不存在，或者说它们在某一方面根本发挥不了作用。要是论起美国国家图书奖或者普利策奖[①]或者诺贝尔文学奖，那么有天分和没天分可就大不一样了。不过，如果你只是想创作出商业上成功的小说，那么那种高层次的能力就是并非不可或缺的东西，你眼下拥有的实力就已经绰绰有余了。

假如你读别人的作品，那么你就会注意到，许多没有才情的作家也能赚大钱。对于一部已经发表的作品来说，成功的原因有时似乎确实很难说得清楚。不过，总体而言，成功与否的关键点在于作者能否把一个故事讲得惊天地、泣鬼神。假如你有了这个本事，那么任你犯下别的什么错误也都不会有什么大碍了。有些知名小说家需要反复修改、数易其稿，然后他们的故事才算有了可读性。不管怎么说，故事已经写成了，这才是最要紧的事情。

听我讲了这么多，到底哪些才是关键的呢？有两条重要的信息需要你牢记心头。第一，**这事你能行**。这门课程全部的核心内容就是教你知道自己应该怎么做才能行。第二，对于**写作中出现的每个问题，总有一个简单易行的解决方案**。

尽管说来说去还是讲小说的事情，不过，在你真正掌握小说写作的秘诀之前，你首先必须召唤自己行动起来，进而触动自己的内心世界，这并非易事。在你付诸实施之前，你也会有迟疑不决的时候。超越你自己，超越你的怀疑，超越你的焦虑，这往往就是你的第一道障碍。帮助你跨过那个坎儿，帮助你预见并且避免那些麻烦，正是本教程第 1 章的宗旨所在。

---

① National Book Award，即美国国家图书奖；Pulitzer Prize，即普利策奖。均为美国重要的文学奖项。——译者注

第1章 写作规律

- 客观规律
- 修修补补
- 举重若轻
- 迎难而上

创造力遵循的那些规律往往是非同寻常而且互相矛盾的。假如你违反了它们，你会浪费巨大的精力而最终一事无成。好比你一只脚把汽车的油门踩到底而同时另一只脚却把刹车也踩到底，讲的就是这个道理。许多作者放弃了，因为他们觉得自己没有这个本事，而实际上他们只有一个问题，那就是他们在无意之中违反了这些自然规律。简单地说，**他们在尝试不可能完成的任务**。好高骛远往往是作家遭受挫伤、神疲气馁乃至一败涂地的主要原因。

他们没有正确认识到写作过程的基本原理，这才是一切烦恼的最终根源。他们想把普普通通的、日常生活的、非创造性的标准强加到写作这个非同寻常的过程上来，于是就造成了这个后果。确实如此，**创作活动可不是普普通通的现实生活**。

客观规律

你会把一切都搞得一团糟。创作小说从来都不是一个整齐划一、循序渐进或者可以预期的过程，混乱本是难免的。你把东西弄得乱七八糟，然后你再把它整理出来。你迷了路，然后你再重新找到正途。当你的作品偏离了故事情节的发展趋向时，你要么悬崖勒马把它收拢回来，要么信马由缰地跟着感觉走，看看它到底会把你带到什么地方。如此循环往复，反复折腾，直到最后你抵达自己要去的地方。你要承认无序状态是难以避免的，而且混乱有时会给你带来好处，所以，你要放任混乱的发生，学会跟扑朔迷离的无序状态打交道，然后你就能迅速地抵达目的地。

乍一开始你肯定写不好。如果你一心想着马上做到完美，那么欲速则不达，这只会让你感觉被阻于穷迫。因为糟糕的作品总是先来报到，没有哪个作家凭借第一稿就能扬名立万，作家往往要写出许多稿才能把一篇小说最后敲定。海明威曾经用一种典型的男子汉口吻说过：“第一稿永远是一堆臭狗屎。”假如连海明威的初稿也不过是狗屎，那么你凭什么对自己的期望更高呢？我要再次重申，糟糕也不是一件坏事。无论你是否相信，降低预期目标会让你写得更好一些。如果你不抱太大的期望，你就给自己留下从容不迫的余地，这种闲散、粗率的心境在你写作时正是你所需要的。因此，不要为此而犹豫，把自己内心的批评家的嘴巴堵住，你要敢于写出很糟糕的东西来。这是写作路上的一座独木桥，舍此别无他途。

错误是发现之母。这是一场错误的游戏，艺术起源于错误。对于艺术来说，错误和不确定性都是好事情。它们往往能够创造出新颖别致的组合，发掘出崭新的可能性。青霉素、电灯泡、“机灵鬼”玩具①这些东西全都是由误打误撞结出的累累硕果。富有创意的人往往比别人拥有更多的金点子，同时，他们的馊点子也比别人多得多。他们的点子之所以比别人要多正是因为他们允许每种情况都有发生的可能。他们明白，好事和坏事常常相伴而行，**允许自己将事情做得很糟糕正是引领你更上层楼的最佳途径**。

下面这个老掉牙的写作轶事很好地说明了这个道理：有一个初学创作的新手写出了自己的第一稿，他读了一遍，然后哀叹道：“这一稿太糟糕了！我这是怎么搞的？”经验丰富的作家也写出了第一稿，他读了一遍，然后说：“这一稿太糟糕了。我快要上路了！”

修修补补

写得不好可能并不好玩儿（可是如果你不再为此而担忧，事情可就

---

① Slinky，译名为“机灵鬼”，是一种弹簧玩具。放在楼梯上，在重力和惯性的作用下，不断伸展、复原，呈现“拾级而下”的效果。——译者注

真的不那么好玩儿了)。写作有一个最大的好处，那就是**一切都可以反复修补**。在修修补补的过程中，激动人心的事情往往就会发生。写小说就是持续不断地进行修改。无论你写出的东西怎么样都不要紧，因为你还可以添枝加叶、修改删减、调整结构，最后，你的小说经过大大小小的手术总能做到劫后余生，再绽新绿。办法总比困难多，这个办法就是技术，也就是写小说的技艺。

在整个过程中，闲适宽纵、不急不躁的态度会让你快速抵达目的地。不过，假如事情关系重大，你断难做到悠闲自在，我们下一节将要探讨这个问题。

举重若轻

现在我只想说，**你越是满不在乎，你写得就越好**。可是，你怎么可能毫不在意自己正在全心投入的事情呢？其实，这不难办到。当然，刻苦练习永远是第一位的，你要写啊，写啊，写啊，一直写到你完全把压力释放一空为止，然后请你放松身心，直到你无力焦躁为止。当你只管匆匆忙忙地赶完作品，忙于交差了事的时候，你的最佳水平也就发挥出来了。

另外，你还要牢记的事情是，**要任由万事随机地发生**。无论你遇到什么难题（困惑、担忧、犹疑、恐慌、空虚、麻痹)，这都没有关系。这并不能反映你的真实处境，也不能说明你的能力出了问题。这些全是写作过程中自然而然的小插曲，每个作家都必须面对这些问题。并不是只有你一个写作者会受到这些难题的困扰。你总感觉唯有自己才备受其扰，其实，我可以告诉你，除了这些名目你再也不能给写作编造出什么新的症状了。这些全是前人经历过的症状，而且它们也早被前人踩在了脚下。所以，请尽量不要指责自己或者惩罚自己。请你牢记下面的事例。

法国著名作家福楼拜（《包法利夫人》的作者）辛辛苦苦地一连写作了三天，突然间他发了一阵脾气，倒在地板上滚来滚去，他把小地毯塞进嘴里，继而以头撞墙，真是苦不堪言。他这样做就是为了推敲那部小说某一页上的八句话。王尔德（《不可儿戏》和《道连·格雷的画像》的作者）曾经说过：“我花了整整一个上午加了一个逗号进去，然后又花了整整一个下午把它剔除出来。”所有作家都容易受到这种症状的困扰。因此，当你陷入这种困境的时候，你要提醒自己，跟你一样的人还多得是。然后，你还要聚精会神地琢磨你打算掌握的技艺和技巧，最后你自然就能走出恐惧的阴影了。

迎难而上

前进的道路从来不是平坦的。好比你平常做任何事情一样，有时候你会像子弹一样嗖嗖疾进，有时候你却完全成了一颗哑弹，终日愁眉不展。写作也不例外，它与生活中的其他事情一样。因此，如果说有一天你不大走运，请不要气馁。只管坚持不懈地写下去，因为你的成败取决于你对待创作低潮时期的态度。情况不可能全然一团漆黑，因为你总会遇到柳暗花明的转机。遭遇挫折之后，你很快还能卷土重来，这一点我可以给你打包票。创作的低潮不仅能够让你奋发，而且假如你能做到持之以恒，你还会超越这一切，进而激发出你最高的写作水平。在经历过低潮之后，你的创作状态也会像蜻蜓点水那样，在经历了向下的俯冲之后还会重新逐步回升。你总是不断地陷入迷宫，不过，随后你总能重新找到出路。此外，还有人把写作比作人与人之间的关系，因为写作同样也有悲欢离合的情感因素。有所割舍方能有所获得，你不能光想要惊喜而不想要悲伤。在写作这件事情上，惊喜带来的兴奋足以弥补悲伤带来的落寞。

说起写作的艰辛，有些作家花费数年时间才能写成一部小说，这也真算够意思了。约瑟夫·海勒花了十年时间写《第二十二条军规》。汤姆·沃尔夫[①]花了十年时间写作《完美的人》。这是两个极端中的一个

① Tom Wolfe，美国当代著名作家，《完美的人》（*A Man in Full*）是其 1998 年出版的长篇小说。——译者注

极端。纳博科夫[1]则是另一个极端的例子，他写《洛丽塔》只花了三个月时间。詹姆斯·希尔顿[2]写《再见，契普斯先生》更是只用了四天时间。当然，《再见，契普斯先生》只是一部薄薄的小说，假如以希尔顿这样的速度写作，海勒本来可以在一两个月的时间内完成《第二十二条军规》的创作。

这么说，怎样才能解释下面的现象呢？有的小说真可谓十年磨一剑，有的小说四天就完成了，有的小说需要四个月就能写完，有的小说则要花一年时间写成。不同的小说在创作时间上为什么会如此悬殊呢？好吧，我可以告诉你，海勒和沃尔夫并不是一天到晚地吭哧吭哧地笔耕不辍，然后还要花十年时间才把一部小说写成的，绝对不是这样的。他们往往有苦苦挣扎、彷徨犹豫、原地踏步的时候。除了写作之外，他们还有别的事情要做。他们俩和那些几天、几周或者几个月完成小说写作的作家之间的区别，并不在于真正用于写作的时间有多悬殊，而在于他们在真正动笔之前空耗的时间有多少。

你要避免浪费时间和精力，关键在于：事情其实往往比我们想象的要更容易一些。不过，除非你掌握了方法，否则要想把写作变成容易的差事并没那么容易。

作家们给我们提出了许多建议，其中有一条建议是他们全都同意的。他们都说：坚持不懈。不要停下，不要放弃。**无论你感觉写作多么寂寞难耐，你都要坚持写下去。**每天都要坚持写作。记住，写作跟你的其他生活琐事并没有什么两样，起起落落，在所难免。

职业作家就是由没有轻言放弃的业余作者演变而来，不放弃是关键之所在。另外一个同样重要的因素是写作指导。让人心痛的是，99％的作者从来没有发表过他们的作品。这并不是说他们中途放弃了，或者工夫没有下够，或者他们没有写出掏心窝子的话，或者他们没有按照从写作教程和写作课堂上学到的技巧进行写作。他们不能成功是因为他们没有得到真正的指导或者得到了糟糕的指导。更让人痛心的是，假如他们

---

① Nabokov（1899—1977），俄裔美国小说家。——译者注

② James Hilton，美籍英国作家，1933 年发表《消失的地平线》。——译者注

掌握了技艺，那么他们本来是能够发表作品的。技艺是关键，可是你不能通过自学成才掌握这些技艺。通过自学，你打高尔夫、网球或者棒球的水平能够提高到一定的程度。单单通过自学所掌握的球技就足以让你打高尔夫的时候打满十八个洞，打网球的时候能够击球过网，或者在打棒球的时候能够打出个好球。可是，究竟又有几个职业运动员是自学成才，既没有参加过任何训练营也没有参加过任何集训班的呢？又有几个球队是没有教练员的呢？答案是没有。职业运动员大都参加某一运动团队，在经过多年的训练和指导之后他们才能成为成功的运动员。

对写作来说，训练和指导同样重要。正如在其他任何领域一样（体育、音乐、舞蹈、绘画），你必须刻苦练习直到它成为你生活的一部分，直到它变成了你身体的本能反应，直到你不假思索就可以完成任务。再次重申，依我个人的估测，正确的指导能够让你抵达目的地的速度至少提高 10 倍。授人以渔，而且把渔具也交给大家，这就是我们这本教程的两大目标。本课程的宗旨就是把一个在没有任何指导的情况下可能十分漫长的旅程变成一次十分短暂的旅程。

你将学到的东西是技巧，关于如何实现梦想的技巧。技巧是中性的，你可以用它来创作你想写的任何一种故事（科幻小说、浪漫小说、探险小说、寓言故事、荒诞小说、犯罪小说等文学作品）。有了合用的技巧，随便你想写什么，你都可以把它塑造成一个完整的故事。完整的故事正是所有伟大的小说作家创作出来的那种故事。莎士比亚、海明威、斯坦贝克、菲茨杰拉德全是我们的好榜样。完整的故事是最有成就感的，因为它往往能**把我们自己最有意义的经验抟塑成形**。无论是喜剧还是悲剧，完整的故事都能提供真正符合大家需要的人生经验。我们对于经验和故事有什么样的需要呢？我们用什么样的技巧可以把故事拼凑完整，进而满足那个需要呢？这也是下面三章将要重点讨论的内容。

第2章 创作理论

- 过程
- 作为需求的故事
- 故事就是我们
- 需求有多深?
- 手法
- 完整的故事
- 大大的“我”
- 最大的回报
- 因与果

什么是故事，它是如何起作用的呢？这是我们最终要抵达的目的地。假如你急于抵达那里，想在拿到工具之后就马上全心投入创作（毕竟，这也是本教程名称中“速成”的本意），那么请你跳过这一章，直接从第 3 章开始学起。有时间的话，你还可以回过头来再读读这一章。不过，假如你希望首先更加透彻完整地理解为什么我们要读故事，以及它们能为我们做什么事情，然后你才打算提笔创作，那么请你一页一页地读下去。你的理解越是深刻，你写得就会越好。

故事不只是发生在书本上、电视里和电影里，也持续不断地在我们身边上演，而且我们就是那些搬演故事的演员。这种情况之所以并未发生，只是因为有一天有个人坐定身形，煞有介事地说：“好的，伙计们，我们这下可算有故事好讲了。我们必须这么这么讲。”其实不然，故事从来就有，何必搜索枯肠。当穴居人开始在洞穴的岩壁上刻画图形的时候，故事就已经存在了。故事跟着我们人类一起进化。与别的东西不同，故事是一种表达，它们讲述的内容是：我们是什么人？我们的七情六欲是怎样的？故事是我们沟通联系的桥梁，是我们寻找意义和谅解的途径。对于各种类型的写作而言，这种说法都能说得通，不管是悲剧还是喜剧，不管是探险小说、玄幻小说，还是荒诞小说、科幻小说。

过　程

故事不只是一个物，而且它还是一个过程。这个过程把你我相互联系起来。假如你有一个同事，他坐到你对面的座位上，然后对你说：

"今天早晨我刷牙了。"你会盯着他看，等他把话说完，这样才能实现某种人际沟通。你可能会说"那又怎么样?"或者"你想说什么?"这时候，你的同事很可能会把他的故事略加点缀，添油加醋地说："我买的这种新型弯毛牙刷可真棒，还有这种超级美白牙膏，它是薄荷味的，它内含小苏打发泡材料外加亮白因子。它的神奇效果正如我所愿，我的口腔还从来没有这么清爽过。"说完这话，他仍然没把你的情感逗引出来，或者说你仍觉得这件事情跟你没有太大关系。除非你在想："他为什么要告诉我这件事情?莫非他把自己的牙膏弄丢了还要赖我不成?"否则，你根本不会产生情感上的共鸣，因为他的故事没能打动你。故事需要涉及的内容正是那些能够打动我们的内容。一个好的故事就像坠入爱河的体验一样。你根本来不及思考"我对这个人的感觉如何?"以及"我爱不爱他?"强烈的主观印象就早已把你的理智压垮了，你的心被情感的洪流裹挟而走，思维也一时不受自己主宰。好故事也引发同样的心理过程，它是复杂的化学反应，直抵你的心灵深处，无论愿不愿意你都会有所响应。故事是人类最个性化同时也最基本的人际沟通形式。

现在，假如还是那个伙计，他气喘吁吁地走了进来，上气不接下气地说："刚才在电梯里我碰到劫匪了。"你马上就会对他的话作出回应并表现出情感上的共鸣，而且你肯定不会提出这样的问题："你说这话到底是什么意思?"站在他那一方，他的故事不仅变得惊心动魄，增强了戏剧性，而且变得很可信。对此，没有人会打断他，说"别贫了"或"没激情"或"不够详细"。他自然会把自己的故事说出来，他自然知道该怎样讲这个故事，因为他就是故事的主人公。

上面两个例子的区别在于情节，即**故事的进程**。为什么你会对第一个故事不感兴趣，而第二个故事却引起了你强烈的共鸣呢?这既有故事内容方面的理由，又有故事讲述手法方面的原因。

你的同事自有他的故事，而你也有自己的故事。大家都有自己的故事，这门艺术的好处就在这里。为了在现实生活中求得生存，你必须拥有种种技能才行，这就是生活的技能。而且，**生活的技能就是讲故事的技能**，它们都来源于同一个地方。正如我前面说过的那样，这就是这门艺术和其他艺术比如音乐或者绘画艺术之间的差异所在。为了在市井街巷上混口饭吃，你不必懂得如何弹钢琴或者如何给人画肖像，可是，你最好还是要知道身边正在发生着的事情以及自己的真实感受。此外，你还要懂得应该如何采取行动以保护自身的利益。这个道理不光适用于市井的日常生活，为了维持种种人际关系，你必须拥有同样的社会技能和认识能力。因此，有了故事**你就已经拥有了你所需要的一切**。

这么说，故事既有好的一面，又有不好的一面。说它好呢，是因为只要有恒心人人能够精通此道，因为从根子上说，讲故事就是掌握自己的生活状况并且充分利用自己业已拥有的生活素材。说它不好呢，是因为故事的内容是早已人尽皆知的人情世故。你也在那儿，所以你感觉自己了解的情况超过了自己实际了解到的情况。假如你认为自己对故事的内容非常确信无疑，那么在讲述过程中，你很可能经常感觉到故事跟自己的关系过于密切，所以你很可能心里会想："啊！故事原来是这样起作用的。"你的个人感受非常强烈，以至于你认为创作故事简直就和过现实生活一模一样，没有什么大不了的。像现实生活一样，讲故事确实如此，但是它绝对不是现实生活本身。

故事创作是一门特殊的技艺，它是一种把现实生活捕捉到纸面上的特殊方法。虽然故事给人的感觉是现实的，可是它毕竟还不能等同于现实生活。你不能从现实生活的岩石上敲下一小块儿来，然后把它粘贴在纸面上，这根本行不通。其中的原因在于虚构故事是浓缩了的、拔高了的、强化了的现实，它是现实的精华。即便我们把所有的现实生活累加起来，也无法捕捉到这样的精华或者真相，但是，所有的虚构故事必须把这些精髓囊括其中。作为作者你必须把它创造出来才行。因此，即便你已经拥有了故事创作所需的一切素材，你仍然还须懂得如何妥善运用它们才行。这就是技巧，这就是技术。你要从这门课程中学到的知识正是这些东西。这是我们在完成理论探索之后将要学习的内容。

作为需求的故事

我们讲述故事绝非一时兴起，因为我们需要它们。故事的进程涉及我们不得不谈的种种个人体验，我们迫不及待地想要把这种个人经验转告他人。这些经验是我们如骨鲠在喉、不吐不快的经验。假如有个人下班回到家里，“扑哧”一声坐在椅子上，对自己老婆说：“今天晚上我差点儿没能回得了家。”那么，他肯定有一种自己非谈不可且他老婆非听不可的特殊经历。他说：“在高速公路上，有个愣头儿青突然加塞儿，别住了我的车。我按了按喇叭，他朝我做了一个卑鄙下流的手势，我也用一个下流的手势回敬了他。”她惊叫：“天哪，不！”“是的，那个疯子居然开车追了上来，和我并排行驶，随后他就冲着我的汽车引擎连开了三枪。”说到这里，你可以想象一下，有人能把这样的经历憋在心里而不说出来吗？或者，作为他的妻子，她能不想知道到底发生了什么事情吗？绝不可能。故事是我们生活的方式，也是我们情感产生共鸣的方式，我们需要故事这个手段来联系彼此的感情，引起情感共鸣。因此，故事是一种艺术再造的过程。

这种需求并非仅仅局限于我们的个人经验，它还超越了我们自身的界限，把别人的经验也牵扯进来。这些人本来只是一些八竿子打不着的人。这些经验也许是我们根本没有亲眼目睹的经验，这些经验或许根本不会对我们的生活产生任何影响。通常，这种经验我们不光是听人说说而已，而且要拼命地想把这种经验转述给别人听。

假如那个人下班回家对老婆说：“等一下，我要告诉你，某某同事告诉我，他的好朋友挂上了他的老婆。”

这个经验就不是他本人的经验，甚至也不是那个把这件事情告诉他的人的亲身经验，而是一个与他素昧平生的人的经验。可是，他还是迫不及待地想把这件事告诉自己的老婆。当然，这一回他老婆也想听听这个故事，而且我打赌你们一定也想听一听。

“他告诉老婆说自己要出差，然后从银行取了 2 000 美元，再后来他就到拉斯韦加斯去了。他赌博赢了钱，赚到了 8 000 美元。最后，你猜怎么着?”她说：“猜不着!”[①]“这就对了。然后他又输了个精光。”

这样，一个稀松平常却又稀奇古怪的事情就发生了。夫妻两个人戏

① 原文妻子的回答是“No”，既可以表达“猜不到”，又可以表示“一无所有”，因此丈夫根据后一层意思说她猜对了。——译者注

了，他们对这个人的故事产生了共鸣和联想。可是这还不够，他们还想要知道更多的情况，还想要继续刨根问底，就像看体育比赛一样，他们觉得要看完整场比赛才算尽兴。小说关注的就是这些，追求达到遥不可及的高潮，追求一个浓缩了的、强化了的现实。因此，他说："假如我做了这样的事情，你会怎么办呢?"她是怎么回答的呢？她可能会说："可别那么说。这可不是我们自己的亲身经历。对于那件事情，我们才不需要打破砂锅问到底呢。"从某个角度上讲，这件事情也可能是很有教育意义的，不过，这样可不行，这毕竟是小说。这就是我们生活的现实状态。如果说她没有弄错故事的鼓点和节拍，她一定会生气地说："那么，我要先把你给阉了，然后咱们立马就离婚。"

故事就是我们

（故事的关联性）

我们依靠故事生活，既有自己的故事也有别人的故事，既有真实的故事也有虚构的故事。我们通过故事产生情感共鸣、维持人际关系，这种情感达到了最个性化的层次，这种关系达到了最亲密的层次。我们需要故事和故事的传播过程，以便维持我们的心理平衡和维护个人身份。人们之所以往往不这样看待故事是因为人们没有必要这样看待它，我们只管这样看待它就行了。在一切有意义的社交活动中，故事和故事的传播过程都是切实有效的调味品。无论你相信与否，故事是我们最深刻的社会化需求之一。

需求有多深?

既然故事是一种需求，那么，我们可否准确地说出这个需求到底有多么深刻呢？我们需要做到何种程度才能满足这种需求呢？它对我们产生的影响有多大？我们能否找到一种手段来测量它的深度？是的，我们可以找到。

我要和大家一起到犯罪学研究领域来寻找这个问题的答案。我们可以用抢劫这一犯罪活动为例来说明这个问题，这类犯罪包括抢劫银行运钞车、抢劫价值连城的珠宝等等。比如，有三个人成功地抢劫了布林克斯运钞车，只有一点美中不足，在作案过程中他们杀害了一名企图反抗的安保人员。案子做得神不知鬼不觉，谁都不知道案子的来龙去脉，现场没有留下任何破案线索，也没有任何物证。如果劫匪作案手段高明老练的话，警方根本不可能把他们绳之以法。劫匪分赃，每人分得400万美元，随后分头向全美范围内的不同区域逃窜。

我们跟着埃迪逃到了加利福尼亚。到了这里，他跟一个女人好上了，然后两个人就同居了。他生活得非常幸福，钱已经不成问题，生活美极了。

只是过了一段时间之后，某种东西开始让埃迪频生烦恼，犹如百爪挠心。他是这个抢劫重案的主犯，这是他个人身份的一部分。不过，他并没有被任何人认出来。他不能把钱从藏匿的地方拿出来，否则就会引起人们对他的怀疑。所以，他不得不暂时避避风头。他觉得其他的人都是笨蛋，要么是没有脑子，要么是没有胆子，他们都没有能耐做出如此漂亮的一场银行运钞车抢劫案。

这种想法迟早会让他无法忍受，因为这种憋在心里的感觉太难受了。于是，他拍拍自己的膝盖，对那个女人说："过来，小宝贝儿。"他的女友说："啥事儿呀?"然后，女人坐到了他的怀里。"有件事情我想要告诉你。"她说："好吧。"她的手臂缠上了他的脖子。他说："这可是件大事。""你说什么?""真是天大的事。""好吧，你快说嘛。""首先，你必须发誓，以你的性命发誓，只要你还活着，你绝不能把这件事情告诉任何人。""我不会的。永远不会。"然后，他笑着说："那好。你听说过阿肯色州的布林克斯运钞车遭劫的那个案子吗?"她说："抢劫了1 200万美元的那个案子吗?"他指着自己的胸脯说："就是那起1 200万美元的案子。""那又怎么了?""那个案子就是我干的。""哪个案子?""那个案子确实是我做的，我是那次运钞车抢劫案的主谋。"她尖叫起来："不!""是的。"他一边说话一边骄傲地挺起胸来。"如果你胆敢告诉任何人，小天使，"他一边说话一边轻轻抚摸着她的脖子，然后接着说，"我就非得把这个漂亮的脖子给你拧断了。""嗨，哪能呢，你到底把我当成什么人了？”

他说出了自己的故事。他不得不讲，即便警察把他抓获归案，就算让他坐上电椅，他也非得讲出来不可。这也是他的性格。不过，只要女朋友守口如瓶，他就还是安全的。她确实替他保密了，不过保密状态只维持了一段时间。后来，这个故事也开始叫这个女人烦恼不已。她对自己最要好的朋友说：“听我说，我要跟你说个事情，不过，你必须先发个誓，以你孩子的性命发誓，只要你还活着千万不能告诉任何一个人。”“我发誓。”“假如这个秘密泄露出去，我就死定了。”“我发誓。”“天知地知，你知我知。你要发誓把这个秘密带到坟墓里去。”“一定。”“我的男朋友若离开了我，他就根本活不下去，我必须为他牺牲一切，你猜猜看那个神通广大的家伙都做过什么好事？”“什么事呀？”“在阿肯色州他做了抢劫布林克斯运钞车的大案子。”“不！”“真的。”“哇！”“你不能告诉任何人。”“永远不会。”

到目前为止，他仍然是安全的，直到有一天这个秘密开始百爪挠心般地让劫匪女朋友的朋友心烦意乱，她必然要向别人泄露这个天机，并且要求此人也像她那样做到守口如瓶。事情就这样一直持续下去，直到有人走漏了风声，向警方告发他并把他送进大牢为止。

诸如此类的抢劫案件与其他犯罪案件不同，它们都有一个相同之处：天网恢恢，疏而不漏，劫匪最后总是难逃法网。为什么呢？因为这些人并不能做到守口如瓶。我们中间也没有哪个人能够真正做到守口如瓶，但我们又必须把自己的故事讲出来。我们需要把故事讲给别人听，因为故事就是“我们之所是”，它们是我们的生活实况。假如我们没有了故事，我们就丧失了个性身份，我们也就不存在了。

在现实生活中，我们还可以找到另外一个完美的例证。几年前（1998 年）美国曾经发生过一起轰动一时的案件，在当时引起了公共媒体的关注。一个逃犯在全国范围内遭到通缉，他逃亡在外长达十年之久，他把自己的故事写出来寄给多家报纸公开报道。即便在事情的真相曝光之后，也没有人知道他到底是谁。最后，还是他的哥哥认出他的笔迹，才把他告发的。这个逃犯名叫泰德·卡钦斯基，他有个绰号叫“给大学及航空公司寄炸弹的人"①。他也非得把自己的故事讲出来不可，甚至不惜向报纸杂志公开说出自己犯下的罪行。这是为什么呢？有一种理论认为，由于俄克拉荷马城爆炸案抢了他的风头，公众舆论已经不再关注他了，所以他有些眼红，于是他就想重新获得媒体聚光灯的关注。别人的故事让他自己的故事黯然失色，这个落寞的逃亡者迫切需要讲出他的故事，他是如此急切以至于甘愿为此冒牢狱之灾的风险。

绝大多数的犯罪案件并非通过刑侦工作破案，而是通过知情人向警方告密而最终得以破获的。因为人们需要把自己渴望转告他人的故事讲出来。因此，冒着生命危险，这个抢劫布林克斯运钞车的劫匪说出了他的故事："嗨，瞧瞧我。我就是那个劫匪……"

这么说来，为什么我们需要故事呢？因为我们需要用故事来维持自己的个性身份，来表现我们到底是谁，这就是原因所在。故事要怎么讲，什么样的故事能够满足我们的心理需要，这就是讲故事这门技艺的全部内容。

手　法

手法是中性的。在第 1 章里笔者已经说过，人们可以使用手法和技巧创作任何类型的故事，包括科幻小说、荒诞小说、探险小说、浪漫言情小说、玄幻小说等，这个道理值得再次强调。同样我们也必须认识到，所有的小说门类都可能是纯文学作品。以下伟大的文学作品各自属于不同的小说类别：《美丽新世界》② 是科幻小说；《动物农场》③ 和《沃特希普荒原》④ 属于荒诞小说；《白鲸》是探险小说；《包法利夫人》

---

① 美国联邦调查局给泰德·卡钦斯基（Ted Kazinski）起的代号是"the Unabomber"，即"University & Airline Bomber"。此人是波兰裔美国人，智商超人，反对工业社会，因给大学和航空公司寄炸弹而受到联邦调查局的调查。——译者注

② *Brave New World*，语出莎士比亚《暴风雨》中的米兰达之口，译为"美丽新世界"或"美好新世界"。——译者注

③ *Animal Farm*，英国作家乔治·奥威尔的著名作品。——译者注

④ *Watership Down*，英国作家理查德·亚当斯的童话作品，讲述一群兔子建立共产主义社会的故事。——译者注

具有一定的浪漫言情色彩；《卡拉马佐夫兄弟》[①] 具有一定的悬疑玄幻色彩。

无论属于何种门类，小说的故事情节必须是完整的，否则它就无法引起我们的共鸣，不能给予我们想要并且真正需要的东西。技艺是指作者创作完整故事的技能。完整的故事最能满足人们的心理需要，不光对于读者是这样，对于作者来说也是如此。完整的故事是自然的故事形式，它的可信度最高，因为它披着我们最有意义的生活经验的外衣。我们认可完整的故事，随后我们马上就能产生共鸣。还来不及等我们有时间开始思考，它就已经直接进入了我们的内心世界。无论我们是否愿意，我们都要产生联想。如果你想坐下来观看一部优秀的影片，却又不想被它引入剧情中去，这简直是不可能的事情。

完整的故事给予我们的东西正是大家通常想要从鸡毛蒜皮的平凡小事中找到的那种东西。我们需要完整的故事以便应付或直面痛苦的人生经历。在极端情况下，这个道理是一目了然的。小说专门关注极端的个案，比如《罗密欧与朱丽叶》是一个极端的爱情故事；《白鲸》是一个极端的捕鲸鱼的故事。我们从经验中苦苦寻觅而且渴望得知的事情也正是 TWA 800 航班失事事件[②]、俄克拉荷马城爆炸案、哥伦拜因校园枪击案[③]的幸存者及其亲人想要了解的那些事情。他们确实渴望事情能够真相大白，也必须找到这种真相，这样他们才能面对人生经历中的灾难性事件。你知道他们需要什么东西吗？这句话正是每天新闻节目结束的时候你听到的那句话：今天的新闻“到此结束”。

什么是“到此结束”？你听说有人给它下过定义吗？没有。没有哪个新闻主播会告诉大家这句话究竟是什么意思。可是，大家心里其实都明白。在现实生活中，仅此足矣。可是，对于小说写作来说，我们必须把这句话以及所有别的事情都弄个水落石出，真相是多多益善的。毕

---

① *The Brothers Karamazov*，陀斯妥耶夫斯基的小说。——译者注

② 1996 年，美国环球航空公司的这架飞机发生爆炸，坠落大西洋，230 人全部遇难。据称，飞机靠近演习靶机，强大的电子信号吸引了美国海军的导弹，酿成悲剧。——译者注

③ Columbine massacre，即 1999 年哥伦拜因中学校园枪击案，引起社会对于暴力游戏的担忧。——译者注

竟，这才是故事需要关注的内容，故事要把这一切定格，而且要尽可能地深挖下去。

我们都需要这个“到此结束”，它到底有什么意义呢？“到此结束”就是妥协已经达成，最终结果已经找到，一切问题都已经得到解决，现在大家可以暂时休息放松一下了。因为大家已经尽力而为了。这种手段是解决离婚问题、死亡问题、强奸问题、绝望问题的一种办法。这是一种搞清楚事实真相、找到有意义的结果的手段，也是一种逆来顺受或者不停抗争的手段。它的结局未必就是皆大欢喜。有些人不停探询，只有在坟墓里他们才算找到了“到此结束”。**喜剧和悲剧皆然**。两者都必须有个剧终，有个结局，才能使故事之前作出的承诺得以履行。无论我们流出的是高兴的泪水还是伤心的泪水，完整的故事必须要给我们的内心世界带来一种事情已经完结的感觉，至少眼下当你讲故事的时候你必须做到这一点。然后，我们才开始寻找另外一种关联，即故事的关联性。

完整的故事

这么说来，什么是完整的故事？它的效果如何？要想有个初步印象，我们最好还是先看看当一篇小说起到效果的时候会发生什么情况：它对我们有什么影响？它对我们有什么用？比如，当你看一部恐怖影片的时候会发生什么情况？在你和那个故事之间，你和那些剧中人物之间又要发生什么情况才能使你觉得这部电影真的很吓人呢？

大大的“我”

对于上面这个问题的典型回答是：这是一种逃避现实的渠道。它让我渐渐忘记了自己在现实生活中的烦恼。它向我讲述了某种有关现实生活的情况。我和剧中人物产生了共鸣。

这些回答好虽好，不过，其中只有一个回答在所有情形中都是真确的。小说可能是一种对于现实生活的逃避，可是我们怎么能解释《辛德勒的名单》这个故事呢？它确实帮助你逃避了现实，却不想它带你逃进了纳粹大屠杀的现场。设身处地想一想，你自己愿意承受这些麻烦吗？不错，小说告诉你的故事是现实生活中的事情，不过，一本社会学书籍同样也能做到这一点。哪一种方法更能调动你的情感呢？**你需要与人物产生关联或者共鸣**。这才是正确答案，这种情感共鸣就是那种让小说变得栩栩如生的秘密。你想与故事中的人物产生共鸣，好吧，可是这又有什么用呢？我们是以什么方式与人物产生共鸣的呢？这种共鸣又有哪些表现形式呢？

小说就像恋爱一样，而爱情是一种情感。爱情这种事情就是这样，它让一对恋人在**情感方面**形成共鸣和关联。这是一种回答。我们离目标更近了一步，不过，这还不算是最后的答案。现在，我们需要思考下面这个问题：我们体验到的情感到底是谁的情感呢？这些情感其实在我们自己身上，因此，从这个意义上讲它们是我们自己的情感，然而，它们的源头却来自别的地方。这些情感并非我们的专利，而我们体验到的感觉也是人物的感觉。他们有什么感觉，我们也有什么感觉。故事越好，我们越是一心扑在人物身上，如灵魂附体一般迷失了自己，我们变得越来越像是故事里的人物。如果他们情绪激昂，我们也会情绪高涨；如果他们悲伤，我们也要悲伤。当他们遭到严重威胁的时候，我们也会忧心如焚，急得顿足捶胸、又喊又叫。

这种读者化身为故事中的人物的现象被人们称为**身份认同**[①]。这是一个专业术语，它也可以被称为移情、同情、通感，不过，我们表述这种读者化身为人物的正式术语、在创作技法方面的专用术语就是**身份认同**，它是整个游戏过程中的关键因素。**身份认同解释了读者为什么要读故事以及作者为什么要写故事的两大问题**。

最大的回报

这也算是一种回答，不过仍然不是最后的答案。我们还能把这个问

① identification，可译为“认同感”、“身份认同”、“体认”；为符合上下文，此处译为“身份认同”。后文中的“身份认同感”、“认同感”亦为同一个意思，只是随上下文表达略有不同。——译者注

题继续深入地探讨下去，以达到它的极致，达到情感的极致——我们始终需要升华到那个极端层次。这时候，我们自身变成了人物的化身，我们感觉着他们的感觉。好吧，不过要是我们想要理解故事这玩意儿，完整地把握故事的这种传播过程，我们还需要回答下面的问题：为什么我们会对此趋之若骛？它能够为我们带来什么好处？我们又能够从中得到什么东西？

我们读小说就是为了获得这种情感上的联系，可是，这又是为什么呢？难道说我们自身拥有的情感还不够丰富多彩吗？难道我们身上还欠缺某种情感吗？我们的情感到底是有所欠缺呢，还是尚不完备？为什么我们不能一天到晚待在家里，细细体味自己的情感？为什么我们还要费力地去看电影呢？待在家里和自己缤纷的情感待在一起岂不是更容易些吗？如果你要到影院看电影，那么，你还要开上汽车，急急忙忙赶到影院，掏停车费停车，排队买票，耐心找到自己的座位。你这样煞费苦心只是为了进入影院，跟一群陌生人坐在一起看场电影，你体验到的那些情感属于那些从来没有存在过，而且永远不会存在的主人公，你观看的故事情节也是从未发生过的、纯属虚构的事情。这是为什么？难道只是为了看看别人打什么诳语，变什么骗人的戏法?！这难道是负责任的成年人应该做的事情吗？沉迷于荒诞无稽的世界，这对于我们能有什么好处？这又跟现实生活之间有什么关系？

是的，它跟现实有什么关系呢？跟周围的世界之间又有什么关联？我们待在家里跟自己的情感独处的时候也可以得到一些认识，除此之外，我们还能从影片中得到什么额外的回报呢？第一，我们需要回答一个前面提出过的问题：我们是不完整的，有欠缺的，或者有缺陷的吗？在回答这个问题之前，还有另外一个问题：你是否早已把自身的情形完全弄明白了呢？你的自知之明是否已经达到了炉火纯青的地步，以至于你永远不会再做蠢事或者永远不会出丑露乖了呢？你的自知之明真的已经臻于完美了吗？说到对自身的了解，我们确实是不完美的，是有欠缺的。直到我们行将就木为止，大家的自我认识都要面对一个“不识庐山真面目，只缘身在此山中”的难题。

当我们去看电影，体验影片人物的种种情感（产生认同感）的时候，我们其实只是在体验自己的情感。如果我们天天待在家里，那么我们就不可能有这种体验方式。体验他们的情感，这让我们跟自己产生了某种联系，拓展了自我，而单凭自己一个人我们确实是无法实现这一点的。我们对人物的感觉的体会使得我们自身的感受也越加丰富。在我们成为人物化身的过程中，我们的自我也变得更加丰富多彩了。所以，完整的故事可以帮助我们实现自己，给我们一种“到此结束”的感觉，并让我们变得完整无缺，至少暂时是这样的。

因与果

现在，我们讲到哪儿了？

迄今为止我给你讲了什么东西？我已经让你理解故事有什么作用。不过，你到底要使用什么手段把故事装配起来，我给你讲清楚了吗？没有。我给你讲理论，探讨了故事的**效果**，可是，我还没有讲装配完成故事需要使用什么工具，也没有告诉你小说创作应该从何处起步。身份认同既是故事要实现的目标，又是故事要收到的**效果**，又是故事引发的内容，然而它并没有涉及故事**如何**产生效果的问题。**如何写**？这才是故事有可能收到效果的**原因**。这包括作者创作故事的方法，即形形色色的创作工具。了解到因果之间存在的差异是很重要的，始终把两者区别开也是很重要的。

我们怎样才能把故事装配出来，从而制造出身份认同的感觉呢？你知道，这就是故事创作艺术的全部内容。艺术手法到底有哪些内容？这是下一章的主要内容。从下一章开始，每一章都会有相应的练习题。为此，你要预先准备好写作所需的工具（笔记本、电脑、录音机等等），这自然是明智之举，因为这样一来你就可以直接投入故事创作而不用忙着四处找工具了。

第3章 麻辣故事

- 添点故事味儿
- 10 分钟练习题
- 麻辣的配料
- 关键区别
- 虚构文学是肮脏的游戏
- 练习

我们怎样创作故事呢？我们要把故事装配起来，让故事打动读者，并帮助读者形象生动地感受到人物的种种经验，从而产生**身份认同感**。怎样才能做到这一点呢？你可以运用好几种方法来完成这项任务。我可以为你提供一个明确的定义、一个概念或者一个模型。不过，故事并不等于构思立意，它们也不是灰色的概念或者定义，而是活生生的经验。因此，我不会告诉你到底故事是如何收到效果的。我会通过一个小故事向你展示其中的道理，通过这个故事我要你明白，我可以把某个经验向你传达到什么程度，我可以让你产生多少**身份认同感**，随后你就可以化身为人物生活在故事的世界里了。故事如下：

> 我的老婆和我有一个共同的朋友，他名叫拉瑞，现在他正在跟自己的老婆闹离婚，这件事情确实很棘手。因为他老婆想离婚，而他不想离。我老婆在购物中心碰到了他。他看起来心情很糟糕，满脸忧伤，一副如丧考妣的模样。他言语间流露出来的绝望情绪比他脸上表现出来的忧伤还要糟糕，于是，我老婆就邀请他到家里来共进晚餐，好让他精神振作起来。
>
> 拉瑞是我们的老朋友了，所以我们知道他喜欢吃什么。我买了一瓶他最喜欢喝的苏格兰威士忌，还有他在晚餐之后喜欢抽的雪茄。酒过三巡之后，大家都感觉好多了。我们让拉瑞明白，无论什么时候只要他需要我们帮忙，我们随时都愿意向他伸出援手。无论白天黑夜，他随时都可以打电话给我们。我们重温了往日的友谊，拉瑞感觉好一点儿了，我们也感觉好多了。他高高兴兴地回家去了，我们也高高兴兴地上床睡觉了。这是一个美妙的夜晚，处处都

好，人人都好。

故事讲完了。这个故事情节怎么样？它动人吗？可信度高吗？有戏剧性吗？你产生了认同感吗？你的注意力是否被牢牢抓住了呢？你是否获得了那种你需要从故事中才能得到的体验了呢？

你的回答当然是：没有。你根本没有得到什么体验，也没有产生什么联想，更没有产生认同感。因为它没能吸引你的注意力，而它不能吸引你的理由是：我故意把其中的生活气息全都淘空榨干了。

所以，这个故事的效果不仅让人心生烦厌，而且还可能让人恼羞成怒。原因是，这是一个生硬死板的故事。它向你展示的这个经验让人觉得没有丝毫兴味可言，而且其中还有一个错误。不过，这有什么值得大惊小怪的呢？初学写作的时候我们总是难免犯这样或者那样的错误。我们经常犯错误，第一稿往往错误尤其多。请你记住海明威说过的话："第一稿永远是一堆臭狗屎。"如果你的期望值过高的话，你的写作肯定会卡壳的。我故意挑了一个出错的例子来说明这个问题还有另外一个原因：失败乃成功之母。我们从错误中学到的东西要比从成功中学到的更多，不单错误本身能让人学到东西，纠正错误也能让人学到东西。

因此，假如我不犯错误，或者我知道自己在哪儿犯了错误，我就能让你明白怎样才能把这个有欠缺的故事变成一个缠绵悱恻的故事。不过，在我作出这些改动之前，请你先考虑一下，需要怎样改动才能实现这个转变。

添点故事味儿

要让这个死板的故事变得有点活力、有点戏剧性，我们还需要增加点儿什么东西呢？细节吗？对话吗？情感吗？冲突吗？细节我倒可以弄来一筐又一筐，可是故事依然还像眼下这样无聊透顶。那加点儿对话行吗？我可以让故事里的人物来个彻夜长谈，直到第二天还不停止，即便这样你仍然会觉得比之前的故事还要无聊透顶。如果加点儿情感呢？嗯，这个故事是有情感色彩的。故事里的人物是幸福的、知足的、满意的。你还能往故事里增加多少幸福的因素？我们只剩下冲突没有说了。难道故事非得有冲突不可吗？这么说来，我们何苦要挑起麻烦、惹火烧身，把一个全然愉快的晚餐变成剑拔弩张、火光冲天的批斗大会呢？

10 分钟练习题

在我告诉你答案之前，你何不自己先想出一个答案呢？大家想想看，你可以做些什么事情让这个死气沉沉的故事起死回生呢？请你花上 10 分钟的时间把它改写一下，如果你愿意的话也可以多花一些时间。为了完成这个改写练习，你有两种选择。要么，你可以按照要求把这个故事彻底改写一遍；要么，你可以用笼统的、概略的语言谈谈应该怎样改写这个故事。你只需写一个故事提纲，不必一字一句全都写出来。

现在，你已经完成了改写任务。而我则要讲讲经我改写后的故事。这个改写后的故事只是前面那个故事的另一个版本，大家看看我能不能让你更加入戏。

在新版故事里我写到，拉瑞来赴晚宴的时候带着一点儿气管炎或者流感的症状。我感觉有点儿不好受，不过，我还是抖擞精神和拉瑞一起共进晚餐。你看，流感只是一个微不足道的细节，不过，我想让你作出一个判断，你希望把这个细节写进来呢，还是略而不谈？你不必有什么理由，只凭直觉判断一下就好。大多数人，十个中有九个都认为流感这件事情应该被写进来。请记住，大家现在谈论的可不是什么流感，我们在讨论故事，在故事里每个细节都是要收到效果的。为了敷衍读者而随随便便地把无关痛痒的东西都写进来是无益的。

这么说，流感是要写进来了。拉瑞到家里来了，我们喝了几杯酒，他和我老婆都抽烟。在我们进餐之前，他们把烟抽完了。于是，我就说："我出去买点儿烟回来。"我想出去一趟，以摆脱这烟雾缭绕的环境，净化一下我的肺。于是，我到街边的商店给他们买烟去了。

我给他们买了烟，然后折回家来。不过，这回我并不打算从房屋正前方的车道走进家来，我决定沿着花园的小路走捷径回来。好的，第二点：花园小路是写进来还是不写进来呢？就像流感一样，大多数人都赞成把花园小路的事情也写进来。于是，流感和花园小路都被写进来了。为什么？这个问题的答案正是讲述故事的成功秘诀。这跟流感无关，跟小路也无关，这是故事情节。

于是，我沿着小路走了进来，心情放松，呼吸着新鲜空气，看着院子里的风景。我们家的厨房是房子后面突出来的一块地方，厨房侧面全是玻璃窗。我可以看到拉瑞和我老婆在厨房里面待着。当我穿过院子的时候，我看到他们正在热火朝天地交谈。我的老婆说话特别兴奋，好几个月以来，我都没有看见她那么兴奋了。

好吧，你们心里现在正在想什么呢？你们脑子里又正在考虑什么情况？还是先让我猜猜好了。你们一定在想，他们这会儿肯定是在调情、胡闹、抚摸、拥抱、接吻，诸如此类。你们不光是在想这些，而且你们也有了这种渴望。啊，你们猜对了！你们不光让我写了流感，还让我从花园小路上进来，可是，你们把我的婚姻也带进了危机之中，因为你们把我的老婆变成了一个不忠的女人。或许现实并非如此，不过，在故事世界里，我们喜欢不忠的奸妇甚于忠贞烈女，情况从来都是这样。我们希望看到曲折隐秘的内心情感，轰轰烈烈的爱情故事，绚烂艳丽的焰火！到了游乐场，你不会想去骑那儿的旋转木马，你肯定要在过山车上过把瘾，体验一下真正的惊险刺激。

麻辣的配料

我早已预料到了你们脑子里的想法，这并非因为我有什么通灵术或者能够钻到你们的脑子里面去，而是因为把你们领到那片天地的人正是我自己，是我用故事引导了你们。我把一种经验甩给了你们，这种经验让你们上钩了。迄今为止，一切都好。但是，我接下来还能走到哪儿去呢？大家让我留在那儿，呆若木鸡地站着，眼睁睁地看着我老婆跟拉瑞谈话。接下来呢？好吧，我已经唤起了你们的期待，所以我必须给你们讲一个大家都想听的故事。其实这还不够，我讲的故事还要好得超出大家的预期才行。让我们从两人接吻这个故事情节说起吧。我老婆说了些什么。拉瑞笑了，他张开了双臂。他们拥抱起来，来了一个深深的长吻。

现在我们该怎么办？她吻了拉瑞，故事结束了。这个结尾到底是行还是不行？为什么不行呢？我断定你们心中已经明白，这个故事还没有完，因为你的直觉是一个很好的向导。像这样一目了然的例子或许已经足够了，确实已经足够了。不过，如果你认为这个例子还不够明显，那么当这个难题变得微妙而且棘手的时候，当你迷惑不解的时候，这个例子就显得没有那么完美了。要想成为一个成功的故事讲述者，你必须运用故事创作的术语理解为什么这个故事还没有结束。这就是说，必须再发生什么情况才能把这个故事变得完整无缺，怎样才能让这个故事的结尾水到渠成呢？不妨让我们看看下面这个结尾：

我得出结论，**真是该死，我何必如此在乎呢！人人都不老实。看看，克林顿总统不也未能免俗吗**？于是，我走了进去，我们享受了一顿美味的晚餐，抽抽雪茄，恢复了我们往日的友谊，最终，像从前一样我们还是好朋友。这个结尾令人满意吗？或许小说中的所有人物都算皆大欢喜了，可是我们并不满意，而且没有哪个读者会满意。

我现在要做的事情就是运用一个活跃的因素，我尽量想办法让你们了解这个因素到底是什么，通过添加这个因素或者略而不谈这个因素，就能让你们对这个故事产生关切或者完全漠不关心。在本章结束的时候，你们就能学会如何做到这一点了。

好吧，假如你们想让这个故事引人入胜，我必须争风吃醋才行，我必须感受到遭遇妻子背叛的尴尬，然后，我还要进去搅起点儿波澜才行。故事接下来可能是这样的：

> “嗨，伙计们，”我走进来，高兴地说，“雪茄买来了。”
>
> 他们谢了我，两人各点了一支。拉瑞给自己倒了一杯威士忌。
>
> “在我离开这会儿，情况怎么样？”我一边说着，一边“扑”的一声坐在厨房椅子上。
>
> “还好。”我老婆说。
>
> “拉瑞，你呢？我不在这会儿，你感觉还好吗？”
>
> 他匆匆看了我老婆一眼，说道：“很好啊。”

“那就好。我还担心你们会感觉孤独。不过，刚才我透过窗户看到了你们，我能看得出你们不需要我来助兴了。”

“怎么会呢，”拉瑞说，“我们两个人都惦记着你，你回来了，我们都很高兴。”

“亲爱的，”老婆说，“没有你在场，情况当然不一样了。”

“当然不一样，”我说，“亲爱的，把砍骨刀给我拿来。”

“砍骨刀，你拿它做什么？”

“不做什么。我只是想拿着它。”

“别做傻事。”她说。

“不，你就迁就我一下吧。”

“别闹了，好不好？”她说。

“我怎么闹了？你连给我一把刀都不肯，你信任我吗？这算怎么回事？难道说‘尖锐物体，严禁疯子靠近’吗？”

“你可真有意思。”她说。

拉瑞盯着我，无力地微笑着。

“你是怕我会伤着自己吗？怕我割腕自杀，还是怕我抹脖子呢？拉瑞，你怎么想？在我自家的厨房里，跟我忠贞不渝的老婆和最好的朋友在一起，难道说我还不能得到拿着一把刀的信任吗？”

“你当然可以呀。”拉瑞有气无力地说，然后一口气喝下一杯威士忌。

“太对了。亲爱的，听见了吗？拉瑞信任我，也信任你。我们全都互相信任。那么，请把刀递给我吧，亲爱的。”

关键区别

（每个故事、作者的生命线）

好吧，我们的故事到此暂时打住吧，但故事还没有结束呢。我们怎么知道故事还没有结束？并且，我们需要再写点什么事情来让这个故事有个令人满意的结尾呢？这个我们以后再讲。这个故事可能沿着很多不同的方向发展，每个作者都可以用自己的方式续写这个故事。可能性是无穷无尽的。不过，不管故事情节朝着哪个方向发展演化，它必须满足故事的基本要求，否则故事就会失败。

眼下，问题已经出来了：后面这个版本和第一个版本之间有什么区别呢？区别不在于细节，也不在于对话和情感，而在于别处。它是我前面曾经提到过的那种东西，不过，当时我们只是一略而过，回避了这个难题，所以现在你觉得它还是第一次出现。第一个故事除了幸福，还是幸福，这让我们感觉非常没有情趣。后面这个版本，虽包含了诸多麻烦，却引起了我们的共鸣。这到底说明了什么道理呢？

虚构文学是肮脏的游戏

（没有冲突＝没有故事）

第一个版本是死气沉沉的，它和后面这个版本的区别在于有没有**冲突**。虽说冲突是区别之所在，不过，冲突的具体内容本身相对于冲突的效果而言并不算太重要。冲突推动故事情节发生了哪些变化，这才是关键之所在。这么说来，冲突能推动哪些事情的发生呢？冲突起到了什么效果？它让这个故事有了哪些变化？你能讲出来吗？这个答案就是讲故事的核心机密，这就是每个故事生死攸关的紧要关头。冲突的作用就在于迫使人物行动起来，强迫人物利用自身条件，以一种揭示他们自身性格特征的方式采取某种行动。人物以什么方式对待他们的麻烦是最能够彰显人物性格的东西。**行动就是性格**。无论人物是否愿意，他们对于冲突的反应都道出了他们的真实情况。并且，这也使得故事情节能够把我们牢牢抓住。

好吧。现在我们该把它牢牢地记住了，你要掌握一个管用的模型，这样你就可以**把任何一个构思塑造成一个故事**。这是我在第 1 章里谈论过的内容，我花费多年时间把这种东西提炼成了这条简明、周严的表达形式。这个形式之所以重要并非只是因为它涵盖了什么内容，还因为它能把有些东西剔除在外。它告诉你什么东西应该略而不谈，不必费力去做。

形式最为纯粹的故事仅仅包括三个要素：**冲突、行动、结局**。有个人遇到了一个难题（冲突），他必须努力奋斗（行动），于是他成功了或者失败了（结局）。从攀登珠穆朗玛峰到追求爱情，从罗密欧到亚哈再到斯佳丽·奥哈拉，在形式上这些故事完全是一模一样的：罗密欧爱上了朱丽叶，可是两个人的家庭是世仇（冲突）。他们偷偷地结了婚，然后就得想办法团聚在一起（行动）。又因为两个人都以为对方已经死去，因而分别自杀了（结局）。亚哈一直惦记着要报那条鲸鱼的"一腿之仇"。他必须克制自己的疯狂怒气和凶险的大海（冲突）。他驾船出海四处寻找这条鲸鱼（行动）。最后他找到了那条鲸鱼，然而在战斗中他失败了（结局）。斯佳丽爱上了阿希礼·威尔克斯，可是他却娶了梅勒妮（冲突）。斯佳丽无论如何也要追求阿希礼（行动），当她意识到自己无法获得阿希礼的爱情的时候，她就爱上了瑞特，不过一切都太晚了（结局）。

下面这些故事要素是你需要经历整个写作生涯才能熟练掌握的东西：

冲突＋行动＋结局＝故事

好吧，让拉瑞出场把这个故事收个尾怎么样？构思一个故事的结尾真有那么难吗？不。必然要发生的事情其实已经明朗了。那是因为这个故事拥有一个货真价实的开端，一个戏剧性的开端，这个故事是由一个冲突为开端的。因此，我们该怎么结束这个故事呢？我们首先就需要给这个场景安排一个结尾（结局）。这些人物要如何渡过晚餐这一道难关呢？请你想一想，他们应该怎么做。比如，拉瑞离开了，接下来这个丈夫（我）必须快刀斩乱麻，跟老婆来个秋后算总账。这可能是一场戏的结局，如果说这个结局发生在故事末尾，那么它就是大结局了。我跟老婆最后能不能把事情扯平，就是这个故事的结尾（结局）。当这个难题得到解决的时候，冲突也得到了解决，故事就结束了。当故事结束的时候，大幕也就落了下来。

之所以当你要给一个故事收尾的时候会遇到难题，正是因为你没有制造出一个真正的开端，一个真正的冲突。结尾的秘诀在于：**结尾就埋伏在开局之中**。假如收尾工作让你头疼，那就请你好好检查一下故事的开局。假如故事的开局是正确的，人物就会推进故事情节的发展，直到故事收尾为止。

因此，故事是有关逆境或者苦难的（流感、花园小路、背叛、砍骨刀），一贯如此。幸福没有任何戏剧性可言。它从来都不是戏剧性的，也将永远不会有戏剧性。幸福的生活只能造就不幸的小说。在人们的现实生活中，幸福根本不是一个议题。争取幸福虽然是一个议题，不过，幸福本身并不是大家讨论的话题。没有哪个人会因为他太幸福了而甘愿退出现实生活。幸福可能是故事的结局，却不能充当故事的主体。即使幸福真的出现了，我们也不要给它太多抛头露面的机会。《灰姑娘》里面有多少幸福生活呢？只有当那个水晶鞋在舞会上闪闪发光的时候，灰姑娘才有一点儿幸福可言（当时午夜的钟声正在迫近），然后，镜头马上切换，银屏上出现了一句话："他们从此过上了幸福的生活。"这就足够了。我们不管他们在哪儿幸福地生活，怎么个幸福法，只要知道他们是幸福的就足够了。在故事里，我们基本上不能给幸福生活留下多少空间。

假如一个女人说："我丈夫完全是忠实的。他从来不会调情，也从来不看别的女人，更从来没有过不忠实的念头。甚至做梦的时候，他也只能梦到我。我根本用不着担心他有什么花花肠子。他从来没有背叛过我，海枯石烂他也不会背叛我。"通过这段话，这个故事必然要讲的内容难道说还不是呼之欲出了吗？这肯定是一个关于丈夫不忠的故事。他一定要背叛，而且一定要被老婆抓住。否则，说这话还有什么意思呢？难道你要告诉大家说你有个忠贞不渝的丈夫吗？好了。对你来说，这真是太好了。可是我们读者不会领情，因为我们需要某种惊天动地的举动，而这需要有激烈的冲突。麻烦、苦难、危机每每都会让我们萌生恻隐之心。当幸福刚刚露头的时候，请你不要耽搁时间，马上打住。记住：当你让人物享受快乐时光的时候，读者就该不高兴了。假如幸福没有尽头，那么故事情节就没有任何发展余地了。

为了制造那种用来推进情节发展的冲突，你必须拥有两个故事要素：一个是渴望，一个是障碍。某人必须渴望得到某物，而为了满足这个渴望，你必须设置一个障碍等待你的人物去克服。斯佳丽希望得到阿希礼的爱情，但阿希礼正要和梅勒妮结婚（障碍）。罗密欧和朱丽叶希望结合，可他们两家却是世仇（障碍）。亚哈想杀掉那条鲸鱼，可他必须征服那条鲸鱼和大海（障碍）才行。渴望和障碍双方必须要求来个决一死战。如果一方稍微示弱，那么故事就没有冲突可言了。假如亚哈非常走运，他碰到了那条鲸鱼，当时鲸鱼正巧在浅滩里打盹儿，随后，还没等鲸鱼回过神来，亚哈就用捕鱼的钢叉把它扎了个透心儿凉。那么，这里就没有任何障碍，没有任何冲突，也没有任何情节可言了。或者说，假如亚哈变得聪明了，他意识到冒着生命危险在茫茫大海上追杀那条鲸鱼是不理智的。他已经为此丢掉了一条腿，难道说他还想再丢掉另一条腿或者遭遇更可怕的后果吗？再次重申，没有渴望，没有冲突，也就没有故事。假如罗密欧虽然清楚地知道朱丽叶是一个貌若天仙的妙龄少女，不过他觉得冒着生命的危险追求她并不划算，那么，故事就没有渴望，没有冲突，也没有故事了。所以说，**渴望＋障碍＝冲突**。你必须同时拥有两者，且两者都必须具有异常强大的力度。上述作品都是非常明显的例证。这个道理也并非永远那么判然清晰。假如其中一种要素虽也存在，但强度稍逊一筹。在这种情况下，你就是死磨硬泡，奋力把故事向前推进，也永远不能达到目的。故事情节必须由人物自身的能量和决心来驱动，而不能任凭作者驱使。作者首先要把渴望和障碍创造出来，然后让它们共同完成这项任务。

冲突、行动、结局构成了故事的形式因素。有人曾经说过：“形式是个杀手。”形式有成为杀手的可能性，但它未必一定就是杀手。可以肯定的是，假如你不花点儿时间掌握这套手法，它就会变成真正的杀手。

这套手法还包括另外两个基本要素：

情感：由于这是终极关联生成的源泉，因此这是总体的回报。正是在情感方面我们才变成了人物的化身（感受着人物的感觉），我们必须随时随地清楚地了解人物眼下有什么感觉。假如我们不知道人物眼下有什么感觉，我们就不会知道我们眼下有什么感觉。情感可以通过联想或者通过揣测被间接地表现出来。情感不一定非得说出来才行，不过我们必须明白，人物的情感每时每刻分别处于什么状态。既然人物可能并不知道自己当时的感觉，甚至他也在琢磨自己究竟有什么感觉，他的情感让自己也迷惑不解。这很好，这也是人物的一种性格所在，我们也要跟着他一起琢磨。可是，假如我们不知道这些，或者人物不在那种状态，那么我们也就不会处于那种状态。情感是故事中最为复杂的元素，接下来我们还会在第 6 章中详细讨论这一点。

展示：假如我想向你说明“平庸”一词的定义，我可以翻阅词典找到一个定义。“‘平庸’，形容词。指缺乏优雅或者修饰的，也指缺乏吸引力的或者不好看的。”这就是“平庸”的意思，没有特别动人的地方，难道说不是这样吗？假如我希望让你体会到什么是平庸，把它展示出来，那我就必须用个性化的语言来加以表达，让你知道某一个具体的人对它的体验。例如：

> “她是一个平庸的女孩子。我不知道她是随谁，长成这副模样儿。”在我六岁的时候我听到母亲这么跟我姨妈贝丝说过。我不知道“平庸”是什么意思，可是我知道它不是好的意思。我跑到我的房间里，把头埋在枕头下面，然后就哭了。最后，我还是懂得了“平庸”到底是什么意思。它的意思是要把我带到牙医那儿治疗我的龅牙：“你能把这几颗牙弄直吗？”然后再找整形外科医生整治我的鼻子：“你能把它弄小点儿吗？”它的意思还包括把我拖到走路姿态课堂、身体姿势课堂、演讲课堂上去：“昂头。收肩直背。发音要清楚。微笑。”“平庸”的意思是说我说的所有语言都是在事先精心权衡之后、把握分寸之后和算计之后才说出口的，这样一来我说话所占用的时间就不会比我一贯说话所占用的时间更长。“她还能减点儿肥吗，大夫？”我母亲问。“她只不过是个头大了点。”陈医生回答说。“平庸”的意思是你看到望女成凤的母亲的脸上露出的冷漠而蔑视的神情，你在生活中每天都能看到那个脸色。
>
> ——伊丽莎白 • 布朗

你看，展示就是这样的。哪个更加令人印象深刻？观念还是体验？

假如我说：“那是乔治平生最糟糕的一天。他太痛苦了，他回到家里，开枪把自己的脑袋打了个稀巴烂。”你会同情乔治吗？不，你不会的。这并不是说你无情无义，而是因为我没有把乔治的悲惨境遇充分地描述出来，因此你无法萌生怜悯之心。我只是概括了乔治的情况，用抽象的语言向你介绍了他。我把乔治的思想状态告诉了你，却没有把乔治本人的形象和盘托出。我给你**讲述**了有关乔治的情况，而没有把他**活脱脱**地呈现出来，没有让他活灵活现地站在你的眼前。我只**告诉**你他很悲伤，所以他自杀了。不过，说归说，事情或许并没有如我所愿地发生。**读者会认为你说的话一钱不值**。你不能简简单单地告诉读者，你必须把这一切**充分展示**在他们的眼前。

假如我们要和乔治发生关联（身份认同），我必须把他的经验活生生地呈现在你眼前。我要向你**展示**：他正在经历怎样的困境，他怎样受到老板、朋友以及自己的错误对待。我还要**展示**：他如何努力奋斗，维持生活。我必须让你亲身体验一下他一天的生活，这样一来，你才可以跟他同甘共苦地度过这一天，思考着他的心事，感受着他生活中的悲惨境况。只有这时你才会变成他的化身，也只有这时，当他用手枪顶住自己的脑门的时候，你才能体会到他的感受。不！乔治，别这样！随后，我们还要为乔治掬一把同情泪。在这里，要想把乔治的完整故事原原本本地呈现出来需要耗费很多时间，不过，你应该明白了我的想法。在今后的课堂上，我们还有更多的例子和练习，在第 7 章中我们将就展示问题进行专题探讨。

这么说来，故事讲述包括下面五个关键的元素：**冲突、行动、结局、情感和展示**。其中，前面三个元素共同勾勒出了完整故事的外部轮廓。情感是最为关键的因素，而展示是你的基本技法，有了展示能力你才能把故事写得栩栩如生。

好吧，让我们看看展示是怎样起作用的吧。我们怎样才能用它来说明哪些东西是有效果的，哪些是没有效果的呢？我们首先要通读三篇作品，看看我们如何运用这些工具。在你阅读的同时，请你放松身心，注意你自己的反应和情感的变化。这种阅读方法永远是你最好的向导。下面是第一篇作品：

蜘蛛也会担忧云雨之欢吗？

有个人在电视节目里谈论外部世界是如何观察我们和绘画作品是如何上下打量我们的，从而探究它们印在我们灵魂上面的一笔一画。这可能就是为什么当大美呈现在我们眼前的时候，我们会感觉到其中有种活脱脱的、澄澈透亮的东西，并感受到一种似曾相识的欣喜，因为美已经帮我们找到了自己，揭示了我们真正是什么样的人。

好吧，让我们稍微休息一下。你从上面的作品中受到了多大程度的影响？得到了多大的感动？从1分到10分，请你为它打分。现在，大多数人都打出了低分，从3分到5分不等。为什么会是这样的呢？为什么得分不是8分到10分呢？让我们来回顾一下，你能说出问题出在哪儿吗？哪些东西没有被呈现出来？还有什么东西需要被呈现出来，才能把你的魂勾了去呢？到底是哪个写作技法能够把这篇习作变成一个扣人心弦的故事呢？你还记得“**讲述**对抗**展示**，**观念**对抗**经验**”这句话吗？这篇习作全是抽象观念，除非你真正服膺某一特定的观念，否则你根本就摸不着头脑。你的态度若是客观中立的，就根本谈不上高度的情感投入了。当然，假如这些抽象观念和你的意见相左，那你肯定要跟它们唱对台戏了。所以，这是一个很好的例子，说明了一味铺陈**讲述**而不加**展示**的缺憾。这篇习作还剩下一部分没讲完，让我们看看你对这一部分有何感受。

你首先注意到她的一头秀发。这并不是说你不愿意花上好几个小时来观察她眼睛里的那汪暖暖的碧水，或者不想细细观察她那纤纤玉手的纹路来预知她未来的命运。不过，只有她那一袭棕褐色的秀发才是男人们可以花上几个钟头想方设法要触摸到的东西。这一丛棕褐色的浓阴让你渴望自己就埋藏在那儿的繁茂枝叶之间。一股清幽的香气让你禁不住反抗精明的判断力，情不自禁地闭上眼睛，尽情享受那袭人心魄的暗香。这样的头发能让一个男人忘记给汽车打蜡，忘记玩游戏，甚至忘记修建大教堂这样的工作。你的双手除了想要触摸这头秀发之外，别的什么事情也不想干。不过，这种美还是第一次让你发现了自己。

蜘蛛也会担心云雨之欢吗？目前尚不得而知。迄今为止还没有哪个人能说得清楚。

这真是太糟糕了。

——休·舒尔策

故事全部讲完了。第二部分怎么样？它是否引起了你的共鸣？假如它引起了共鸣，那具体是在哪些方面引起了共鸣呢？第二部分让大多数人产生了更多的心理联想。为什么？你能明白吗？首先，因为有一个人物登场了。我们最好还是通过一个人物来体验人情世故（甚至动物角色或者火星人也是我们自己拟人化的产物）。其次，其中有几处鲜明的意象，比如，“埋藏在枝叶间”还有“给汽车打蜡，玩游戏，或者修建大教堂”。在大多数人看来，这些都运用了效果鲜明的形象思维，它们全是栩栩如生、历历在目的形象。这把我们带到了另外一个重要的结论上来。**书面的故事是一种可视的媒介。**是的，好的虚构故事就像电影一样是可以看在眼里的东西。无论什么时候，假如你的脑子里没有呈现出一幅栩栩如生的画面，你就遇到麻烦了，或者很快就要遇到麻烦了。故事体验的是事物的具象，这种东西全是我们可以看得见、摸得着的。这并不是说你必须具备高度的描述能力或者说让你干脆把一切情况都原原本本地描绘出来。只是你必须给予读者足够的信息，这样才能在他们的脑海中形成画面。如果做得好，经过优选的寥寥数笔细节描摹就足以创造出一幅完整的画面。

这篇短文富有诗意的画面，真有诗般的韵致。这是一个很好的例子，它说明了讲述与展示之间的区别。可是，难道蜘蛛的事情就被抛到了九霄云外了吗？这篇习作又跟蜘蛛的事情有什么关系，或者难道说两者还有什么瓜葛吗？它没有引发大多数人的共鸣，因为它跟故事的其他部分没有任何紧密的联系。但它确实有一个很煽情的想法，单单凭借这一点也可以推动故事情节向前走一段，或者说假如用这一部分统贯全篇的话，作者兴许也能勉强收到效果。假如你真的这么做了，指不定某个文学教授就会鼓捣出一篇论文，探讨这只蜘蛛暗藏的深层意义，而且他还能说出这一部分与全篇习作有何种联系。比如说，故事里提到的那种蜘蛛是不是那种在交配之后会把雄蜘蛛吃掉的美洲黑寡妇蜘蛛呢?

这篇作品是我课堂上的一个学生所写的一篇短文习作。该学生在创造意象方面有点儿灵气，但他总是患得患失。在本章的结尾处，我们还要把他的另一篇习作当做样本。

下面我们要研究的作品是由帕特森写的：

大老爹

床第之事从来不是弗朗西斯卡的强项。事实上，她不得不承认，当她在刷牙时看到自己在浴室镜子里的形象是邋遢乏味的时候，她觉得自己根本就不擅长性事。

好吧。你还在听吗?我们大多数人都在听。你不会把它放下，然后说：“她不善于云雨之事，故而非常沮丧。听起来太无聊了。”她“不得不承认”的这句话让我们预感到，她对此并没有多大兴趣（情感），这种情况让她头疼（障碍），而且她希望事实并非如此（渴望）。这么一来，我们就有了**渴望**＋**障碍**（冲突）和情感，这短短的三言两语已经囊括了这些元素。

刷牙的时候她稍微停了一下，听听杰克有没有打鼾的声音，她希望听到这鼾声，期待着这鼾声。

没有鼾声。

杰克和他的鼾声被写进故事里来了，这是否提高了你的兴趣?是的，确实如此。故事的情节结构变得**浓密而黏稠**了①，这个术语都快把我们耳朵磨出茧子来了。不过，在一篇故事中，这个词到底是什么意思呢?如果我们说及某种液体变得浓密而黏稠的时候，那么它的流动速度往往就要缓慢下来。当我们这样来说一个故事的时候，情况就不是这样。一个故事如果变得浓密而黏稠，这意味着人物的处境变得越来越糟，这种压力快要把他逼上梁山了。故事总是以一个人物的出现来造成这种越来越糟的处境，在这个故事中，这个人物就是杰克。主人公希望

① “Thickening”在此处指情节结构变得丰富多彩，故事变得丰盈复杂。——译者注

杰克当时已经鼾声如雷，故事的作者没有必要一五一十地给我们明确讲出这种情境。因为，像“2+2=4”这样简单的算术题我们还是会做的。主人公正在思考房事方面的问题，而且她希望杰克这时已经进入了梦乡。假如他还醒着，这就成了一个难题（冲突），因为这样一来她就不得不面对这个难题并且要想个应对的办法（行动）。

弗朗西斯卡重新开始刷起牙来。因为实际情况是，她在房事方面一点都不在行，并且她也从来没有在行过。然后，她又仔细端详着自己在镜子中的形象。灰白色的头发和褐色的头发随意地夹杂在一起，眼角处的鱼尾纹呈扇形向外散布，下巴上的肉袋松松垮垮地低垂着，她现在意识到，自己已经是43岁的人了，她永远不会擅长那种事了。

她把水池里的水放掉，再次倾听有没有打鼾的声音，但什么也没有听到。

事情变成这个样子也不符合她自己的想法。

她从来没有觉得杰克以及他的亲吻和他在被窝里温暖的身体能够给她带来一种享受，只要她一碰杰克的手，她就不禁会想到他手上那道弯弯的伤疤。在杰克12岁那年，当他检查自行车把手的时候，不慎跌倒在地，一根木棍扎透了他的手掌，留下了这道伤疤。这样一联想，还会有什么享受可言吗？

是的，杰克确实也曾给自己带来过享受，至少曾经有那么一次吧。不过，那早已是过眼云烟了，有多久了？一年前？两年前？或许是两年半以前的事情了吧。

也许她只要调整一下自己的态度就好了。

“嗨，你在里面干什么呢？难道你淹死在水池里了？”这是杰克的喊声。

是的，她应该调整自己的态度，要积极配合一点儿。也许，房事只要能偶尔改变一下单调无聊的生活也就足够了。

“难道说你把自己冲进下水道里去了吗？”杰克又在喊她，“我肯定希望不是这样，因为大老爹正在外面等你呢。”

她采取了积极配合的态度。弗朗西斯卡对着镜子笑了笑，轻轻关了浴室的灯，然后缓步走进了卧室。

“你可算回来了。”他一边说着，一边把眼睛从手里的一本名叫《室外运动》的男性独享杂志上移开了。

“我来了。”弗朗西斯卡脸上挂着微笑。他已经把被子全都褪到床尾下面了，她很讨厌这种做法。他赤条条地躺在床单上面，除了短裤和圆形外框的眼镜之外，浑身赤条条的。

“大老爹准备乐一下了。”他在床上微笑着，摆动着他那满是肌肉的屁股。

“我跟你说过多少次了，我可不喜欢听你说那种话。”

“说什么话?”他笑嘻嘻地说。

“那种话。”

“哪种话?”他拍了拍他旁边的那半边床。

“大老爹，”弗朗西斯卡言不露齿地说，“真的没有什么兴致啦。”她在他散乱的衣服旁边走过去，衬衣、长裤、卷好的皮带都散落在地板上。

“大老爹。”他说着，一副色眯眯的样子。

——帕特森

行了，范文已经读完了，你有什么感受吗?这个人物已经被清晰地塑造出来了，难道说你还看不出来吗?她是如何被塑造出来的?通过她的行为方式，她就被揭示出来了。她被迫采取行动，因为有一个冲突是她必须面对的，而且她要争取铲除这个冲突。这个故事把事情表现得活灵活现了吗?一个好的写作练习应该是把这个故事重新串讲一遍，然后再继续阅读下去。你要注意到：人物的渴望在哪些地方被呈现出来了呢?每个障碍又是在什么地方造成了威胁?还有，为了克服或者面对这个难题，她在哪些方面采取了具体行动?哪些地方揭示了她的情感?又是如何进行揭示的呢?

你有什么发现?这个故事里有许多冲突、行动、情感。其一，弗朗西斯卡不擅长性事（障碍），但是她希望（渴望）擅长此事。其二，她还希望杰克已经睡着了（渴望），但是杰克仍然没有一丝睡意，而且他还在床上大声招呼她（障碍）。其三，她还要跟自己作斗争（行动），比如她要与面对自己不擅长性事一事的沮丧感觉作斗争，而且她不希望当晚和丈夫做爱，她的解决办法是改变自己的感觉，调整自己的态度，这就是行动。人的头脑是一个富有戏剧性的地方，许多思想斗争就在这里持续不断地上演着。人物与自身的斗争可以让我们对于这个人物的性格拥有最深刻的理解。

当弗朗西斯卡走进房间的时候，好多情况让她沮丧（障碍），这让她心烦意乱（情感），每件事情都把她的性格更多地呈现在我们眼前。丈夫把被子褪到地上的做法是她非常讨厌的，衣服散落一地也是她深恶痛绝的，那个“大老爹”的说法尤其可恶，她明确告诉丈夫自己不喜欢他这么说（行动）。当她亲口表达反对意见时，这种反抗的效果够不够强烈呢？如果说他没有领会她的意思，这种效果是不是能变得更强烈了呢？于是，这个故事的情节结构变得浓密而黏稠起来。

情节变得越是糟糕，故事就越是精彩。故事的定式是渴望、障碍、行动。渴望、障碍、行动反复再三，于是境况变得越来越糟，一直持续到故事的结尾。最后，形势要么柳暗花明、有所好转，要么急转直下、终酿灾祸，要么是前两种可能的结合。这不光是故事的定式，而且也是生活本身的定式。在现实生活中我们也会反复面临这种境况，直到我们死亡。在故事里，一旦麻烦开始登场，它就不会停下来，人物也不可能有那个工夫，暂时休整、放松一下。好比亚哈从来没有在自己的船甲板上坐下来休息一下，晒晒太阳什么的；一旦父亲的幽灵吩咐哈姆雷特为自己报仇雪恨，他的心灵再也没有得到过片刻的宁静。在故事里，主人公永远都不能得闲，直到最后结尾，他要么有闲，要么无闲。

现在大家搞清楚了，故事的形式和技法就是这样。冲突（渴望＋障碍）、行动、结局、情感、展示，正好是故事的五个元素。假如你仍然密切关注着这五个元素，你既要矢志不移，也不可误入歧途，只要你掌握了这五个元素，无论你在其他方面犯了什么错误，你依然能够成功。你会取得成功的，因为你创作出来的故事是一个情绪激烈的故事。全世界的人，包括代理人、出版商、编辑在内，他们都在拼命地寻找惊心动魄的故事。比如，史蒂芬·金[1]算是一个“萝卜快了不洗泥”的作家[2]（就连他自己都说，他的作品就像一个麦当劳的巨无霸汉堡再加上一包法式薯条），可是，他讲的故事在读者心目中就是能红得发紫。

好的。这个故事已经算是耗时较多的习作了，我已经让你大大地动了情。冲突是非常复杂而且难以捉摸的，因此，在下一章我们还要对此再次详细加以探讨。目前，你只要**注意**到这些元素，了解它们可以收到的成效以及引起共鸣的机理就可以了。不过，请记住，注意或者了解到有这么回事还不能称得上是精通此道，精通此道需要反复练习。假如你在练习时能有所专注，精通此道也是指日可待的事情。我的主要意思是说，写作切忌好高骛远。你只管写作就好，让脑海里自然而然地冒出来的念头都流溢到纸面上来。你写下的只是原始的创作素材，这种素材需要经过反复雕琢之后才能演绎出一段真实可信的故事。最终，你会把这门技艺学到手。目前，你的任务只是练习。

因此，现在就请你开始试着写写吧，放松一下身体，活动活动筋骨，做做热身运动。我希望你把某件事情（随便什么事情都行）写下来，落实到纸面上来。当然，我不会抛开你不管的，我会给你准备一些场景，帮助你开始写作。

现在，假如你正在琢磨什么事情，而且希望把它们当做创作素材使用，那么就请你自便好了。关键问题在于你要连续写30分钟以上。假如你抽不出30分钟的时间，或者你已经精疲力竭了，那你就能写多长时间算多长时间（5分钟、10分钟、15分钟都行）。当你有空闲的时候或者当你感觉有能力的时候，你还可以回过头来，继续写一些，直到你总计写满30分钟为止。**假如你根本没有时间，而且你也不可能抽出时间来**，那么请你直接翻到第12章，找出一个适合你的时间计划。按照那个计划来做这些练习，或者你也可以从第12章找到自己更喜欢做的题目练习一下。

---

① Stephen King，美国著名小说家，根据其小说改编的电影包括《肖申克的救赎》等。——译者注

② “A sloppy writer”大概有两种含义：第一，作家的作品构思不严谨；第二，作品描写的故事情节大都多愁善感。此处可能兼指两意。——译者注

练　习

这里有几个场景的构思，挑出一个场景，看看你能做些什么。

● 别人安排你跟一个陌生人初次约会。首先，你要做好准备工作，弄清楚你自己有什么烦恼、恐惧和希望。然后，你要进行第一次电话联系，这次联络需要增加人物的焦虑感和希望。你的**渴望**是得到一个美妙的情人，抱得美人归。**障碍**是你必须要经受住焦虑感和自卑感的折磨，看看这个人是不是你的梦中情人或者值得你去爱的佳人。

● 假期期间你回家探亲访友（父母、兄弟姐妹等等），或者你久别故乡之后回家探亲访友。现在，假如这个家庭是个幸福愉快的家庭，请你不要打扰人家。你必须找到一个麻烦成堆的家庭。小说的人物需要预料到麻烦即将到来，而且他希望知道怎样才能避开这个困境。你的**渴望**是你想要顺利渡过探亲访友这一关，避开烦恼和痛苦。**障碍**就是你遇到了这个烦恼不断的家庭，他们要尽可能多地给这个人物制造麻烦。

● 你被困在了滑雪场的缆车上面，或者被困在了飞艇上，或者被困在了出租车上。有人开始说话或者有了怪异的举动。**渴望**是你想一个人单独待着，希望万事太平，平安无事。**障碍**是这个怪人举动怪异，很可能是个危险分子。

现在，假如上面的场景没有一个抓住了你的兴趣，下面还有一种要求非常宽松的练习题。我会给你列出三组没有紧密联系的词语。从中挑选一组，然后写出一个场景来，其中要用上你选择的那三个词语。这三组词语如下：

● 佛陀，双人坐椅，打嗝儿。

● 白化病，手枪，草莓。

● 枪口，望远镜，赤身裸体者。

你需要做的只是优哉游哉地消磨时间，让这些词语激发你的灵感。假如你不想做上面的任何一个练习，那么，下面还有一个练习可以做。

在这个练习里，我给你列出了一个场景清单，你可以选择一个能够让你浮想联翩的场景。此外，我还给你列出了一个人物清单，你可以选择两个或者更多的人物，然后让他们在这个场景中互动沟通。

- **场景：**墓地，加油站，当铺，情趣商店，色情剧院，酒吧，棒球场，教堂，火车站，医生诊所，牙医诊所，飞机场。
- **人物：**牧师，警察，妓女，护士，吸血鬼，医生，入室盗窃犯，荡妇，出租车司机，小孩，市长，匪徒。

不要担心故事的形式问题，除非你想尝试一下不同的故事形式。这是陌生的东西，因此这不会（或者人们不会以为）让你感到驾轻就熟。假如你想斗胆一试，看看自己能不能建构出一个**渴望**和一个**障碍**（或者先建构障碍，然后再建构渴望，正如在拉瑞的那个场景中一样），然后你再建构出一个最初的**行动**。不过，你的主要任务是写作。假如你想创造出渴望而这时障碍成了拦路虎，不要管它，你只管写下去就好。假如你正在实施自己的一项练习计划，而且你感到自己能够胜任，那么就请你动手创造出一个渴望和一个障碍。另一方面，假如当你创造出一个渴望和一个障碍之后，故事就已经起飞了，那么请你继续前进，让你的人物采取**行动**，让他面对难题，然后一直推进，直到最后产生一个**结局**（胜利或者失败）。

这里有一篇文章，它是前面那个有关蜘蛛的故事的作者写的。

> 克雷顿仅仅能够回想起当时他们正在讨论上帝的问题，当时他突然谈到有一种蜘蛛，它就跟婴儿的手指甲盖一般大小，它们生活在海拔 4 000 米的高空。这种蜘蛛很特别，尽管周围环境极其寒冷，周围气流频频把它们的蛛网吹得颤颤悠悠，可是，它们仍然能够若无其事地在稀薄的空气中来回爬行，就像池塘里一种依靠水的表面张力在水面上自在游走的昆虫一样，而且它们甚至还能够在那儿编织蛛网，它们使用水滴或者冰晶作为支撑点把吐出的蛛丝系泊锚定。这些自由浮动的蛛网，因为交织的雨幕而变得湿漉漉的，或者因为蛛网结霜而呈现亮晶晶的白色，人们已经知道，即便是吹到

飞机的挡风玻璃上面，这种蛛网也能飘飘扬扬，犹如多情的仙女抛撒下来的手帕一般。一旦蛛网被吹到玻璃上面，它们很快就消失不见了，所以，甚至飞行员往往都没能注意到它们的存在。

直到人类航空时代的黎明时期，人类都没有留下有关这种蜘蛛的记载。一位气球运动爱好者看到过这种蜘蛛，这是有史以来有关这种蜘蛛的最早记载。由于这个人的气球飞得太高，所以他才遇到了这种蛛网，他说自己“在天空中看到了一座大教堂的窗户，晶莹剔透，闪闪发光”。他伸手去碰它，那感觉就像是手指碰破了窗棂中间一层薄薄的水膜。当他离开的时候，他沾湿的手指尖上只留下了几根纤细的蛛丝。直到20世纪20年代初，人们才捕获了这种蜘蛛的第一个标本。由此克雷顿想到，有关蜘蛛的起源问题还有一些争论困扰着大家：它们是怎样爬升到那么高的地方生活的呢？几千年以前，是不是有几只勇敢的蜘蛛类动物从高高的喜马拉雅山上攀缘而下了呢？它们凭什么维持生命？它们是否也像某些兰花那样能够从水锈中汲取营养呢？

在克雷顿看来，直到某种特殊类型的科技到来之前，人们关于这些蜘蛛及其蛛网的认识都只能蒙蔽于一种神话传说或者宗教迷信。这些蛛网常常在大气层的某个气压槽处停泊，也许由于气流出现一个涡流它们才会沉降下来。在日落或者日出的时候，尤其是在美国西部各州，你可以看见一个网状物呈螺旋状垂向大地，它沾有露珠的地方都在闪光。纳瓦霍人和苏人①都讲过许多有关蜘蛛祖母的故事。

像平常一样，老婆对于他的看法的反应出乎他的意料。天上有一种蜘蛛，它们任何时刻都有可能会掉到她的身上来，连带着蛛网之类的东西。这个想法让她一连好多天待在家里不敢出门。他指出她的做法可能太夸张了，她却回答说：“你知道我讨厌蜘蛛。为什么你要告诉我关于那种蜘蛛的事情呢？”从某种奇怪的角度看，他感觉她是对的。他知道她害怕蜘蛛和蛇类，她还害怕玻璃纤维保温

① 印第安人的两个较大的部落。——译者注

板以及空空如也的金属盒子。

好了，我们又读到了蜘蛛的故事。我当初读到这篇文章的时候，就问过这位作者，是不是真的有这么一种蜘蛛？他回答说："该死，根本没有的事。这都是我自己瞎编的故事。"这种蜘蛛不光在形象方面是栩栩如生的，而且关于它的叙述也很真实，而且作者还把它变成了叙述者和他老婆之间争吵的一个重要理由。形象鲜明到了这般惊人的境地尚且还不足以成就一个故事，因为我们的故事必须具备渴望、障碍和行动。作者继续把故事写下去，他用下面的内容制造出了故事的紧张感和戏剧性，内容如下：

> 今晚，他打算告诉老婆，有一个地方的人特别害怕下这种蜘蛛雨（天知道，这会把她吓成什么样子）。不过，当他把汽车开进家门的时候，他发现整座房子都没亮灯，漆黑一团。当他走进房子的时候，他发现她并没有早早上床睡觉。当他走进厨房，喝杯啤酒，顺便给丈母娘打电话的时候，他发现一个棕色的购物纸袋上面有妻子的留言，纸袋被两个红色字母状的磁性贴牢牢地贴在了冰箱上面。
>
> "我实在受不了了。很抱歉。
>
> 孩子我带走了。"
>
> ——休·舒尔策

你应该知道，这位作者已经有多年的写作经验了。不要被别人的作品吓倒，你也可以写出这样的东西。下一章我们会详细探讨你怎样才能做到这一点。

第4章 精益求精

- 冲突、行动和结局
- 首要部分及相关思考
- 渴望、障碍、行动
- 幸福的运用
- 每况愈下
- 练习

有一次，在芝加哥公牛队打完比赛之后，一位记者向迈克尔·乔丹询问一位新篮球运动员——卢克·朗利[①]——球打得怎么样。乔丹说，朗利球打得不错，不过，他必须了解自己球队的攻防体系。乔丹说，公牛队有一个全盘规划，每个来公牛队打球的球员都必须了解球队的整体规划，即他们的攻防体系。每个队员都必须把这个整体规划学得滚瓜烂熟、了然于胸才行，这样它就成了他身体的一部分，根本不用思索就能倒背如流。当球队赢得比赛的时候，他们不用管整体规划或者其他事情，只管好好打球就行了；但是，当球队输球和遇到麻烦的时候，他们就要马上转换到整体规划上来。每个人都要知道自己应该在哪个位置，任务是什么；每个人也都要专注于完成自己的任务。然后，当他们的竞技状态重新恢复正常的时候，他们仍然可以只管好好打篮球就行了。

好吧，为什么我要告诉你这则故事呢？它跟写作又有什么关系？首先，上一章我给你们讲过的，也是现在我在这一章里要详细解释的——你的规划。在整个写作生涯中你始终都要用到这种规划。当事情顺利的时候，当你不停地写作而且热爱写作的时候，你用不着考虑规划的事情，只管写就是了；但是，当你遇到麻烦的时候（你会遇到很多麻烦的，正如公牛队一样），你就要马上回归到规划上来。首先，要回到**渴望、障碍、行动**上来，永远都是如此。假如这些元素都尚未具备，或尚未建构出来，或尚未正常发挥作用，即便你费九牛二虎之力也无力回天。假如你不首先注意到它们，你会浪费很多精力，空耗许多周章也无

① Luke Longley，前芝加哥公牛队中锋，澳大利亚人。——译者注

法修补这个问题，以至于无论你多么勤奋、多么渴望继续写下去，你的故事也非得抛锚不可。

因此，当情况还没有走到正确轨道上来的时候，你不要让自己因为别的事情而分散精力。马上回到你的规划上来（渴望、障碍、行动）。首先问自己“什么人需要得到什么东西”。假如没有人渴望得到任何东西，这就是你的难题所在了。没有这一点，什么故事情节都无法展开。如果你把精力用在别的地方，完全就是浪费时间。你要先把人物的渴望建立起来，然后再问自己“障碍是什么”。假如没有任何障碍，故事就没有冲突，也就没有任何戏剧性的张力来推进故事情节的发展演变。在你制造出一个具有威胁性的障碍之后，你要问自己，“人物要做什么事情（**行动**）才能克服这个障碍和实现他的渴望”。

假如你有了这三个故事要素，而且它们都能发挥作用，那么你的故事马上就会生动逼真起来，你也就不会困惑自己到底在什么地方出了差错。我还从来没有看到过下面的情况，即有个故事失败了，其原因并非这三个故事要素之一出了问题。它们是让故事波澜起伏、曲折生动的“一、二、三”。

身陷困境是难以避免的事情，关键在于你怎样才能快速从中脱身。从你摆脱了困境到你恢复正常的写作状态，脱困速度的快慢决定了你写出一部长篇小说所需要的时间。你到底是要用不到一年的时间，还是要用五年到十年的时间呢？作家中的快枪手和那些经年累月、笔耕不辍的慢热型作家之间的区别并不在于他们花在写作上的时间相差悬殊，而在于真正动笔之前他们浪费了多少时间。你手中最强大的武器是了解故事的形式和诸项要素，拥有了这一武器你就掌握了全盘规划。

为了掌握这个全盘规划，我们需要从两个不同的角度重新回顾一下这个创作理论，然后给故事要素下一个更加精准的定义。一般说来，定义越是严谨，其限制性条件也就越多，运用时也就越受局限。但在这里，情况恰恰相反。定义越是具体，你对每个要素的了解也就越是清楚，你的选择项也就越多，也越容易让你的故事和故事中的人物生气勃勃，充满戏剧性。理解工具以及工具的作用机理是成功运用它们的关键之所在。

在上一章里，我们仔细分析了认同感的问题。什么是认同感？还有，它在故事和现实生活中分别起什么作用？认同感不仅是每个故事要达到的目标，也是每个人在现实生活中要实现的目标。它是人类最为深刻的社会需要，也是一切有意义的社会互动交往的核心机密所在。身份认同是让生命产生价值的东西，也是我们都趋之若鹜的东西。但我们通常偏偏不那么评价认同感，好比我们不会说，“今晚我要出去一下，找一个能够让我认同的人”，然而话虽这么说，我们实际上还是要这样做。

可是，这是为什么呢？我们为什么需要身份认同？你们还记得，在故事里我们对每个事情都要问个“为什么”，目的是要探询它的最深层次，找到根子上的原因，捕获事物最底层的真相。这个层次就是人物的性格，也是故事要做的事情，剖析人物，刨根问底，以至极限。我们找到了下面这些人物的极限，发现了亚哈、盖茨比、斯佳丽、罗密欧、哈姆雷特的极限状态。直到今天还没有什么人指责他们之中的哪个人物（或者这些作家们）的故事性不够，或者说他们没有坚持到底，达到极限。没有人指责过罗密欧，说他没有全心全意地爱朱丽叶、追求朱丽叶；也没有人指责哈姆雷特没有把面对自身难题的痛苦展现到极致；也没有人指责过亚哈，说他没有竭尽全力捕获莫比·迪克[①]。假如你希望自己的人物和你的故事达到登峰造极的境界，那么作为写作者的你同样必须做到这一点。你必须一有机会就要尽力把笔下的人物推向极致，达到极致的办法之一就是对每件事情都要刨根问底，反复追问：为什么？

这么说来，我们为什么需要身份认同呢？这能对我们产生什么作用？这里有一个很好的办法，如果你要明白某个东西有什么用处，那你就要看看当我们把它拿走以后会发生什么情况。在极端状况下，要看清事物的作用总是最容易的，而故事永远是有关极端状态的。即使某故事写的只是一个老太太跟自己的小狗发火，她要求小狗对她更礼貌、更体贴一些，这个故事也需要我们把对“她是什么样的人？”以及“她的狗是什么样的狗？”这样的疑问追问到极限状态。

这么说，你可以用下面的办法来想象彻底抹杀认同感的一个极端情

① Moby-Dick，白鲸的名字叫“莫比·迪克”，它是船长亚哈寻仇的对象。——译者注

形，你要问自己：按照法律规定，除了执行死刑之外，我们在监狱中能够给予犯人最严厉的惩罚是什么？你知道答案是什么了吗？你当然并且马上知道了是单独关禁闭。这是我们不用到监狱里去就能知道的，你只要想象一下就足以明白了。

但是，这是为什么呢？什么东西让单独关禁闭如此可怕呢？为什么这是异常痛苦的？之所以痛苦是因为被关禁闭时你是孤单的，你不能跟别人有任何接触。可是，这又有什么可怕的呢？假如我们跟别人没有任何接触，又会发生什么情况呢？简单地说，我们会疯掉的，因为长期被关禁闭而彻底疯掉。于是我们的精神发生错乱，失去了情感的平衡能力。假如我们跟别人没有联系，那么我们也就丧失了跟自身的联系。

心理学家曾经做过隔离禁闭研究。他们把人放进专门制作的罐子里面，一个人独自待在一个罐子里。他们的双手中间被垫上了垫子，这样就切断了他们的触觉，然后让他们漂浮在一种特制的高密度液体中，这样他们就非常接近于失重状态。他们与所有的东西都隔绝了，除了他们自己的思想。之后，他们身上发生了什么事情？很快地，每个人，甚至那些个性很强的人都开始产生幻觉。他们的状况在逐渐恶化，与现实世界失去了接触，与自己也丧失了接触。他们无法区别幻想与现实的差别，一切似乎都是自生自灭、无始无终的。

这么说来，如果你不跟别人接触，你也就不能跟自己接触了。故事的目的、认同的目的都是让我们持续不断地跟自己保持接触。你必须首先产生身份认同感，然后你才能喜欢某个人，建立友谊或者坠入爱河。它是把全世界人民团结起来的力量。没有它，文明就无法持续。这是不是夸夸其谈的废话？不，这还只是理论而已，因此你不必把它完全吃透照样也能写出惊天动地的故事来。我只想让你了解到，身份认同是非常重要的。

跟别人产生联系也是跟我们自身产生联系。故事的目的就是要构筑这种联系，创造这种认同。身份认同就是：我们怎样才能体验人物的生活？我们如何体会他们的感觉？我们如何变成他们的化身？此外，在这种身份认同的过程中，我们能体验到更加丰富多彩的自我。但是，除非故事把人物塑造出来，否则我们就无法产生认同。人物塑造是一个新的阶段，它是通向身份认同的一个铺垫。**无论在什么时候，揭示人物的性格永远是你永无止境的远大目标**。根据这个规律，你作出关于故事的一切选择。当你面临一个抉择的时候，你要问问自己：哪条路能更好地揭示人物性格？假如有什么东西能够帮你更好地揭示人物的性格，那么你就要选择它。

前面我说过，这里讲的还是理论问题。身份认同和塑造人物是一个成功故事的全部**效果**。它们就是故事要达成的效果**内容**，不过，它们并非故事取得效果的**方法**。故事何以取效的方法才是故事得以存在的**根本动因**。作家创作虚构故事乃是出于种种动因，而不是仅仅为了摘到那个果子。创造身份认同是每一部小说的目标所在，这门课程一贯主张的目标就是要向你展示这个身份认同的制造方法。

既然如此，你怎样才能揭示人物性格呢？嗯，人物性格只有通过他的行动才能得以揭示。行动就是性格。除非人物采取某种行动，否则即便是全世界最美妙的性格也不会引起我们的情感共鸣。除非人物迫不得已，或者受到了挑战，否则人物就不会采取行动。就像我们大家一样，人物不可能没有任何理由地把自己推到极限状态，他必须受到激励、刺激和挑战。这个挑战就是**冲突**，冲突让我们回过头来探讨故事的组成要素以及最基本的故事形式，详细内容如下。

冲突、 行动和结局

冲突是第一位的，它是头等要紧的组成部分，不过，它之所以重要并非因为其内容本身，而是因为它所起到的作用。冲突的作用就是强迫人物采取**行动**，无论人物喜欢与否，通常人物都不爱采取行动。亚哈、斯佳丽、哈姆雷特、李尔王、盖茨比这些人物，他们要么不喜欢发生在自己身上的事情，要么不喜欢自己迫不得已却又非做不可的事情。他们本来希望自己能够过上快乐的生活，可是他们的美好愿望往往化为泡影。人物无法过上快乐的生活，因为作为作者的你不能任由他快乐地活着，假如他过上了好日子，那么读者就没有好日子过了。因此，冲突是我们用来强迫人物采取行动的元素，人物因此必须使尽浑身解数来展现自身。揭示人物性格是必不可少的，这样，身份认同才能出现。

首要部分及相关思考

到目前为止，冲突是第一位的，最为重要同时也最令人难以下手。其中有这么几个理由。第一个理由是社会层面的理由。最初，我的一个写作课老师告诉我说，没有冲突就不会发生任何事情。回到家里，我就写了一篇故事，每个情节转折关头都配有一个冲突，让故事里的所有人物随时随地都要面对种种困境。我费气八力地写完这篇故事之后，你猜我有什么感受？我已经筋疲力尽了。构思故事里的冲突给我造成了精神上的压力，这种压力超过了写作过程中常见的辛苦。那个故事在训练班上得到了大家的击掌称赏，不过，从此以后写作也成了一件真正让我劳神的差事。

为什么制造冲突是一件苦差事呢？此外，在你能够做到习惯成自然之前，它为什么一直都是一种煎熬呢？大家可以扪心自问，在社交活动中你是怎样与人相处的？当你步入社会后，你是怎样在逆境中求生的？难道说你会劳神费力地尽量把自己碰到的每个机会都争取到手吗？不。为了生存下来你必须避免冲突，并把冲突转化成某种四平八稳的东西。在现实生活中，对待冲突你要小心谨慎，**这时你需要做的事情和你在创作惊心动魄的虚构故事的时候所需要做的事情恰好相反**。

创作让人折服的故事就是要反抗一切适于社会场合的、文明高雅的、久经考验的精神品质。创作小说是一种反抗社交手腕的行为。作为作家，你就是为了制造麻烦而生的刺头儿。你必须残酷无情，这样你才能煽动笔下的人物采取极端行动，这些行动往往能够揭露事实真相，它们往往具有戏剧性。做这种事情可能让你相当为难，因为有时候你必须给笔下的人物来个泰山压顶，或者给他来个狂轰滥炸和无情打击。与此同时，这个人物也是你全心全意要塑造出来的人物，因而你对笔下的人物还会有一种依恋情绪。但是，你必须这样做，因为你给他施加的压力越大，他就越是非得使尽浑身解数来呈现出自己的性格，这样一来，我们就能意识到这个人物是亲切可感的了。

因为你有驯良的天性，以及对于人物亲如骨肉的依恋之情，你很可能会有意无意地倾向于逃避作者的责任，敷衍了事。假如你对人物身上的灾难敷衍了事，人物采取的行动将缺乏强大的说服力，故事就会松散拖沓，读者也会离你而去。所以，你必须对自己的人物狠心一点儿，这是你唯一的出路。

请记住，让亚哈丧命的并不是那条鲸鱼，作者梅尔维尔才是真正的凶手；让盖茨比毙命的也不是那个出轨的丈夫，作者菲茨杰拉德才是真凶；在《飘》这部小说里，斯佳丽的小女儿的坠马事件的终极原因也并非她女儿坠马一事本身，是作者玛格丽特·米切尔非得杀掉她不可，作者想出的办法就是让她从马上坠地而亡。为什么要这样做呢？为什么要给瑞特和斯佳丽带来如此巨大的痛苦呢？因为作者把他们推到极限状态正是把握他们灵魂最深处的最佳手段，也是触动读者内心世界的最佳手段。这种做法既能揭示人物性格，又能制造出认同感。因此，作为作者，你是故事中一切麻烦的最终制造者，也是让人物遭受种种痛苦的最终原因。

我把这个情况称为**戏剧的悖论**。现实生活中的坏东西到了文学作品里就成了香饽饽。你越是让小说人物困窘不堪，读者就越能享受其中的妙处。为什么呢？因为它迫使人物最大限度地使出浑身解数，而一旦人物将自身发挥到了极限，我们就最大限度地体验到了他们的生活。

请你想一想，在体育比赛里，哪些因素才能造就一个精彩的比赛？什么样的比赛才算精彩呢？一场比赛难道说要一方以100比0的压倒性比分把另一方打得落花流水才算精彩吗？这个比分或许是个创纪录的好比分，可是，这样就能说这场比赛给予了观众内心真正需要的东西吗？不能。一场精彩的比赛是一场对阵双方势均力敌的比赛。为什么我要这么说呢？你也可以说，精彩的比赛需要更加热闹而且要充满悬念才行。不过，比赛之所以精彩是在于你对赛场上发生的事情作出的反应，而不在于比赛本身有什么独一无二的特殊之处。问题在于赛场上要发生怎样的事情才能让比赛更加激动人心而且充满悬念呢？这会迫使运动员们怎样做？精彩的比赛需要他们全力以赴，你要让他们竭尽全力。当他们竭尽全力的时候，我们才知道他们到底有多少能量。一个精彩的故事必须具备两股势力，它们须旗鼓相当，奋力对垒，竭尽全力，最终精疲力竭。亚哈拼尽了全力；罗密欧也付出了他的一切；盖茨比、斯佳丽、瑞特也是一样。所以，你必须让自己的人物也做到这一点。

我们把现实生活捕捉到书页上来，可是假如我们把故事捕捉生活的方式放到现实生活中的人们身上，那么大家只会认为这种做法是蛮不讲理，有悖常情的。对于作者来说，你的人物越是真实，那你就越是要尽力让他们的生活变得轻松容易一些。可是，为了创作出具有强烈感染力的故事，你必须发点儿狠心并且实施**虐待行为许可证**上所许可的虐待行为。正如我前面讲过的，故事的世界并非一个温文尔雅的高雅社会。即便你写的是文明社会，情况也是如此。美好的生活造就糟糕的小说。因为麻烦能够制造戏剧性，小说是冲着底线而来的，其中不乏血淋淋的细节、最可怕的场面和阴森可怖的罪案现场，情况永远都是这样。你必须时时留心的是，有一种心理上的倾向你一定要刻意把它抑制住，因为在故事需要你全力以赴的时刻，你反而会倾向于暂时缓冲力量，想把事情弄得轻松一些。戏剧的悖论是一个巨大的悖论，即这种反对社交手腕的创作过程诞生了最为社会化同时又最为个性化的作品。

好吧。害怕运用冲突是一道难题。另一道难题是弄不清楚冲突与非冲突的区别：什么是冲突？什么不是冲突？大家都知道什么是冲突，对吧？你老婆称呼你是一个感觉迟钝的懒汉；在上班路上你被别人在高速公路上超了车；你的老板告诉你，你的工作能力低于平均水准；你的母亲剥夺了你的遗产继承权。

哎，请你猜猜这是怎么回事。这些事情并没有一个属于真正的冲突，没有一个是我们所说的戏剧性冲突。以上的这些事情确实叫人苦恼不堪、焦躁不安并心烦意乱，不过，其中没有一件事符合推进故事发展的需要，它们只是冒牌的冲突。要想从冒牌的冲突出发创作一个故事，就像是你把一匹死马拉到赛马跑道遛一遛腿脚那样绝无可能：你可能硬是把死马拖到了终点线，不过，你永远不会赢得比赛。

日常生活中被我们当做冲突的东西往往包括意见分歧、吵架辩论、侮辱诋毁、大喊大叫的对垒，以及拳脚相向，但这些东西都不是我们这里所说的戏剧性冲突。当然，它们也可以被转变成戏剧冲突，只要你掌握了其中的方法，任何一件事情都可以进行这种转化。不过，戏剧性冲突是完全不同的造物，它是由几个元素组成的。如果你弄错了其中任何一个元素，那么无论你写得再好，你的故事也会一败涂地。

在全部故事的力量元素中，定义最糟糕、被误解最严重的一个概念非“冲突”莫属，正是这个缘故，许多故事都以失败告终了。在我整个写作生涯中，我在课堂上还从来没有听到老师给“冲突”下过一个完美无缺的定义，在许多探讨创作的书籍（我读了超过 200 本这类书籍）中我也没有看到一个周严精准的定义。冲突是一个容易欺哄蒙人、引发误解的专业术语，其中有一个原因：**所有冲突都是麻烦事，但并非所有的麻烦事都是冲突**。我们在故事里要寻觅的麻烦是一种特殊的麻烦，我将之称为戏剧性冲突。

说到这儿，到底什么东西才真正算得上戏剧性冲突呢？在上一章里，我曾把它定义为**渴望＋障碍**。这个定义虽也算不错，但是还不够精准，它的聚光灯无法让你把注意力持续地聚焦于你应该聚焦的地方。我们必须给冲突下一个精准的定义，无疑你必须拥有一个**戏剧性的渴望**和一个**戏剧性的障碍**，才能制造出**戏剧性的冲突**。

渴望：你怎么知道自己有没有一个戏剧性的渴望，且这个渴望是否足以激励人物推进故事向前发展，从而达到一个戏剧性的结尾呢？人物的渴望要想具有戏剧性，人物必须感觉到这个渴望的满足与否是生死攸关的大事。这并不是说它真是一件生存或死亡的事情，不过，人物对此必须抱着强烈的感情，他内心必须深信不疑：除非这个局面有所改观，不然人物就无法继续容忍目前的生活。比如说，一个妻子多年遭受家庭暴力的迫害却不得不忍气吞声，某一天早晨她可能突然觉得丈夫的虐待过分刻毒，自己太没有面子了，因此再也不能逆来顺受了，假如她再多忍耐一分钟，自己跟自己都过不去了。在这种情况下，丈夫必须停止这种污辱虐待，他必须改变，不然她非得离他而去不可。而她也必须下定决心，不惜一切代价改变生活现状。除此以外，她再没有别的选择了。但这并不意味着她最后不会被迫妥协，只是她必须经历一场竭尽全力的战斗，充分利用一切可以取胜的条件，然后，她才可能作出妥协。她已经走到了一个十字路口，陷入了一场婚姻危机之中。假如她可以容忍现状，继续这样活下去，或者假如她还有别的选择，那么作者制造的渴望就是**冒牌货**，由此制造出来的冲突就是**冒牌**的冲突。这个渴望必须是压倒一切的渴望，而且它必须把人物推到极限状态。对她而言，她已经到了这种地步，再也不能忍耐下去了，而她邻居的感觉或许不是这样的，邻居可能会认为，“你每天受虐的时间只有短短的 20 分钟，不过，你却因此得到了那么多好处。不论哪一天，我都愿意跟你换换处境。”但是，故事里的这个妻子却再也不能忍耐下去了。假如她不采取行动，她就是跟自己过不去，并将丧失一切尊严。这种情况就好比自己的心让丈夫给吃掉了一样痛苦。

当然，还有一些故事是不温不火、迂回曲折的，它们不可能像这个故事那样冲击极限。不过，即便这些小说中的极品在形式上也要符合这个要求。在最低程度上，它们也要有一种危机，有一种直面的对峙，还要有一个结局。不过，现在我们还是不要为此而分心。你的任务是要学会制造戏剧性。一旦你把这个本事学到手，那么你就什么都会写了。

障碍：随着渴望接踵而来的就是障碍。不过，你怎么能够知道自己设置的障碍是否足够强大到可以算做一个**戏剧性**的障碍呢？好吧，第一，这个障碍必须有同样强大的决心，同样强劲的动力，它拼死也要抵挡或者打消这种渴望，正如这个渴望试图征服这个障碍的动力一样强劲。假如它们没有旗鼓相当的坚强决心，那么这就是一场实力悬殊的比赛，一个**冒牌**的冲突，这种冲突会很快得到解决。衡量这个渴望/障碍的最好办法就是想一想，假如故事里的人物根本不理睬这个障碍将会发生什么情况？你设置了一个障碍，假如人物既不理会它，也不采取行动，以致他在情感方面、身体方面、社会方面、经济方面就要遭受严重危害或者遭遇灭顶之灾，那么这个障碍就是一个戏剧性障碍。假如这个人物可以无所作为而且毫发无损，那么这个冲突就是个冒牌货，没有冲突就没有戏剧性，也就没有故事可言了。

障碍是第一位的：现在，除非一个人的渴望遭到阻碍或挫折，否则他通常是不会突然爆发的。障碍通常要率先出现，正如在《哈姆雷特》

中那样（哈姆雷特的父亲的幽灵是横空出世的），或者在我写的拉瑞那场戏中（我的老婆先吻了拉瑞）。同时，渴望也已经准备就绪了。读者知道故事有了渴望，不过，这个渴望仍处于冬眠状态。我们先要假定，哈姆雷特先前不太想把为父亲报仇雪恨这个难题揽在自己头上。所以，直到父亲显灵之前，他并没有为父报仇的渴望。拉瑞那场戏中，我们也事先假定，我不希望老婆背叛我而亲吻拉瑞，不过，直到这件事情真正发生之前，我的脑海里并没有浮现出这个渴望。作者要先把一座泰山压到人物的头顶，之后故事情节就开始发生演化；当然，你也可以一开始就燃起一团渴望以推动故事情节向前发展，不过，前者比后者更容易一些。不然，你还可以硬生生地制造一个障碍出来，先把故事发动起来再说，然后再制造一个渴望出来，因为这个障碍要威胁或者毁灭这个渴望，所以这个渴望也会逐渐得到强化。无论是先渴望后障碍，还是先障碍后渴望，它们出现的时机要尽量贴近一些。

行动：活动不等于行动，更加并非戏剧性的行动。一个人物可以做种种事情（比如咆哮如雷、胡言乱语、乱蹦乱跳），但这些事情未必直捣问题核心，也未必是能够推动事物发生变化的力量。行动要想具有戏剧性，它要么必须针对难题展开**直接进攻**，要么必须针对难题展开**积极防御**。比如说，有个借高利贷给你的人，他准备 8 点钟来你家讨债，如果你不还债，他就要打断你的双腿。假如你努力劝说某人借钱给你，好让自己还清这笔赌债，这种做法算是针对难题展开的直接进攻；假如你躲在门后面，手里握着垒球棒，想要一棒打倒放高利贷的人，这就是对于难题的积极防御。因为这个难题已经迫在眉睫了，所以在两种情况下，人物（你）都必须马上行动起来，旗帜鲜明地捍卫自己的利益。

思想活动：思考问题也可以等于行动。假如人物针对难题展开激烈的思想斗争，或者精心谋划针对难题展开直接进攻或者积极防御，这些思想活动都属于行动。头脑是一个充满戏剧性的地方。书面故事是唯一能够深刻挖掘头脑潜力的故事形式，它可以把人物的思想活动纤毫毕见地呈现出来。伟大的故事全都涉及了人物内心的思想变化，还有人物内心世界的种种冲突。这相当于说人物是在和自己展开搏斗。在思想活动这个层次上，我们能够制造出最深刻、最贴心的情感共鸣。可是并非所有作家对于思想活动的探询都会抵达同一深度，其中的主要原因是：除了学会运用冲突之外，思想活动是写作技艺中最难啃的一块硬骨头了。刻画人物的思想活动是相当棘手的，值得专辟一章详细论述，留待我们以后再作讨论。

渴望、障碍、行动

（你的第一道防线，屡试不爽的工具，故事的三驾马车）

渴望、障碍、行动是推动戏剧曲折前进的“一、二、三”。假如你把这三个要素都做到位了，而且运转如常，我们的故事就拥有了戏剧性的活力以推进它直抵一个强大的结尾。当你重新创作一个故事或者一个场景的时候，你首先要问自己几个问题：什么人渴望什么东西？障碍是什么？人物要做什么事情（行动）来克服障碍？如果你不首先检查作品有没有这些要素，如果你只是煞费苦心关注别的东西，那么，以后你还要浪费很多时间和精力来修补这些欠缺，而且对于这些要素方面的欠缺来说，修修补补永远无济于事。如果渴望、障碍、行动不能做到筋骨毕现，如果你在纸面上还没有找到这三个要素，那么，你永远要把它们当做头等大事来做。如果三大要素尚未运转正常，那么，故事就无法启动，情节就不能取得戏剧性的进展。你永远要做到心无旁骛，千万不能忘记在三大要素上多下工夫才是头等大事，因为它们决定了故事里其他的一切。

结局：即收尾。许多作家都说他们感觉到结尾部分很麻烦，可是实际上结尾很少成为真正的难题。结尾比较难写的主要原因往往是：故事根本就没有真正地开始。你写了多少字，涂了多少页，这并不能说明你的故事已经有了一个戏剧意义上的开始。用行话来说，除非你拥有一个戏剧性的冲突（渴望＋障碍），除非人物已经开始采取行动克服障碍，不然，你的故事就压根儿没有真正开局。假如到了小说的第 60 页，三大要素仍然没有浮出水面，那么，前 60 页就算白写了，故事还没开始呢。有不少故事都是还没有来得及开头就草草收尾了。

一般的规律是：结尾就埋伏在开局之中。这意味着，假如你拥有两股旗鼓相当的势力，它们都全力战斗想要征服对方，那么你的故事就算开始了。经过一场全面对决之后，一方胜出，此时故事也就结束了。比如说，如果你想看我写的拉瑞那场戏的结局，或者你想看整个故事的大结局，这都是轻而易举的事情。结局即冲突的解决，它只是一个要么胜利、要么失败的问题。这么来看，罗密欧和朱丽叶被打败了，哈姆雷特被打败了，亚哈被打败了，而斯佳丽则有得有失，胜败参半。现在大家可以看出，现实生活并没有为我们预备现成的俗套，所以结尾也不必拘于一格，千篇一律。结局也可以是胜败参半、互有妥协、吃点儿小亏的情况，因为现实生活中同样也有这种情况。不过，还是要重申一点，首先要发生一场全面对决，然后才能出现这种结局。结局永远不会如探囊取物一般轻而易举，不过，有些时候它也有可能看上去是容易的，这就需要我们面对又一个重要的问题：幸福的运用。

幸福的运用

尽管结局不可以**真的**很容易，但是**看上去**它可以很容易。假如说有一部 300 页的长篇小说，方方面面都很精彩，故事写到了第 150 页，麻烦事儿似乎已经结束了，所有人物也都解散回家了，对此你会有什么样的感觉呢？这一回，人物算是皆大欢喜了，他们说："这太好了。我们的烦恼结束了。生活真是太奇妙了。"不过，你心里很清楚，祸事马上就要从天而降了。如若不然，这篇小说早该就此打住，哪里还用再写 150 页。

在《了不起的盖茨比》的开场部分，作者用了几页的篇幅向我们展示盖茨比富丽堂皇的庄园，描述了主人公的庄园入夜后灯光亮如白昼，豪宅里，游泳池旁边正在举行热闹非凡的欢庆活动的场景。描写固然很好，不过，假如作者的用意仅此而已，我们根本就用不着那么多描写。可是，在小说中，幸福只是作者故意放水、埋下伏笔的骗局。在开场的时候，我们看到了美轮美奂、灯火通明的盖茨比庄园。到了终场，我们看到整个庄园漆黑一片，盖茨比脸朝下地漂浮在游泳池里。假如从开局以后情况越来越好，那么，到了终场情况就不能依然一片大好。这引出了我们所要面对的又一个重要的问题：每况愈下。

每况愈下

（情况越来越糟，故事越来越好）

好的故事从来不是一帆风顺的。事情变得越来越糟糕，直到出现转机为止。**在故事的每一个场景、每一个章节结束的时候，情势必须雪上加霜才行**，这意味着戏剧性因素正在**逐渐累积**。假如你写了两场戏，人物活动很是热闹，不过，没有发生任何急转直下的情况，那么你就没有推动故事前进，而你的场景也不能支撑任何目标。《罗密欧与朱丽叶》是一个伟大的例证，它说明了情况是如何变得越来越糟的。罗密欧和朱丽叶两个人结婚了，之后罗密欧因杀死了提伯尔特而遭到放逐。其中冲突频频，痛苦多多。按说，莎士比亚可以暂时歇口气儿，让朱丽叶稍微轻松一下了，沉浸于极度痛苦之中的她也该休息一下了。但是，不能这样，如今她已经倒在地上，莎士比亚非得再踢她两脚不可。朱丽叶的父亲不知道女儿已经完婚，他提议把女儿嫁给帕里斯。朱丽叶稍有违抗，父亲就变得怒不可遏，命令她必须嫁给帕里斯，他甚至已经开始忙着张罗婚礼的细节了。每前进一步，都有更多的麻烦、更多的威胁被引进故事里来，直到终局。

因此，我们永远不能让两个人物心平气和地坐在一起，仅仅是谈谈话，论论理，或者交流一下信息，这样不能推进故事发展。故事必须有当面锣、对面鼓地交锋对峙，比如一个人物想从另一个人物那儿横刀夺爱。故事里也必须有人跳出来解决这个难题，极力改变现状。

假如你让两个人物相处融洽、步调一致，那么，你就不能揭示人物的真面目，除非他们同是一丘之貉。你有两种选择，要么你挑起矛盾、离间两人，要么你干脆去掉其中一人。戏剧性的情况是你只要一个人物足矣，故事里没有搭顺风车的人物。每个人物都必须服务于一个目标，也就是说他必须跟别人发生摩擦，以便彰显某种对于两人来说都很重要的东西。比如，神枪手和智多星[①]是好伙伴、铁哥们，但是，他们的相处并非融洽无间，两人之间也有不少的摩擦。人物（以及现实社会中的人）的性格是由人物之间的分歧及其对待分歧的态度决定的。

对峙总是需要的，不过，对峙并非总是带有挑战性和威胁性或者大吵大闹的，对峙也可能是温文尔雅的。比如，有个人想从别人手中横刀夺爱，他可以运用彬彬有礼、小心翼翼的手段来实现目标。但是，为了得到这个结果，故事需要人物大费周章方能如愿以偿。如若不然，我们就不需要这个结果。在故事里，没有什么全然中立的人物和事件。每件事情、每个人物都必须推动故事朝着一个方向或者相反方向发展，都必须服务于人物塑造这个目的。

另外，每一个场景、每一章节的尾声都要出现在人物的思想世界里。到了故事终场，方才故事里发生了的事件以及人物下一步必须采取的行动都让他陷入苦苦思索、忧心忡忡、内心挣扎的状态之中。这一切可能是人物无意之中的所思所想。或许他也会思考：大事不好，情况简直太可怕了，眼下我该怎么办？随着场景向前推进，人物也开始移步换景，走进了一片新天地，这往往会是一个麻烦更多、苦恼更多的地方。我们需要知道人物的内心世界已经被推进到了什么样的深度，这样我们才能和他产生共鸣。如果说在一个场景或者一个章节结尾时，人物既没有什么好担忧的，也没有什么可害怕的，那么，你的故事就掉进麻烦堆里了。为什么？因为挑起威胁和产生恐惧总是前后相随的。所以，**如果形势一片大好、风平浪静，那么，故事就会无力泛起波澜、曲折前行。**

我这话是不是说得有点儿过头了？也许是有点儿。不过，遵照这些规律，你就永远不会犯错误，莎士比亚没有犯过这种错误，海明威没有，菲茨杰拉德也没有。你首先就要熟练掌握这项技术，懂得在这方面你要做到残酷无情才行，这才最符合作者自身的利益。

渴望、障碍、行动、结局，这些故事元素组合在一起构成了故事的

---

① 经典电影 *Butch Cassidy and the Sundance Kid*（1969）中的人物，中译名为《神枪手与智多星》或《虎豹小霸王》。故事里，Butch Cassidy 是神枪手，Sundance Kid 是智多星。——译者注

形式。另外还有两个关键因素，但它们并非形式的组成部件。其中一个是关键的材料，即**情感**；另一个是基本的技术，即**展示**。

情感：这是打造终极关联所必需的材料，由此读者和人物之间产生认同，融为一体，从而我们能够体验人物的感觉。假如我们不知道人物有什么感觉，我们就没有办法和人物形成一种内在关联。尤其情感问题，它是一个很棘手的问题，对此我们在后面会有专章探讨。眼下，你只要明白，我们必须要知道人物每时每刻有什么感觉，尤其是当人物遭遇困惑或者想要捋清自己的感觉的时候，这种情感经验正是我们可以产生共鸣的地方。为了精确定位人物眼下有什么感觉，我们有一个最简单的办法，那就是问以下几个问题：**他担心什么，他害怕什么，他希望什么**？

假如人物没有担心和顾虑，那么，故事就没有冲突。冲突的意思是说人物可能会丧失某种价值异常高昂的东西。假如人物内心非常珍视的东西受到了严重威胁，人物就不可能保持镇定自若、恬淡中立的状态。假如人物自身都满不在乎，读者就更不会在意了，因为读者不可能比人物更在乎这些东西。故事是围绕着危机发生的。在危机状态下，我们会有种种担心，我们害怕发生最糟糕的情况，同时我们又希望我们能够有所作为，以便阻止这种危机的爆发。所以，眼下，你要问一问：人物担忧什么？害怕什么？希望什么？然后你要用最好的方式把它们写下来。

展示：展示是你的基本武器，它是把经验捕捉到纸面上来的基本方法，其手段几乎总是包括场景和对话。展示迈着现实生活的步伐，分分秒秒地前行，逐字逐句地展开。展示（经验）的对立面是讲述（观念）。尽管我们往往笼统地称之为**讲述故事**，不过，**讲述**也是我们的**专业**术语，它指的是总体的、抽象的，或者概念化的表达方式。对我们眼下正在做的事情，用专业的故事术语来说，只是展示一个故事。“他是一个杀人狂”这句话就是**讲述**的一个例子。这句话是观念性的语句，但它不是经验，它是一种总括的、抽象的、概念化的表达方式。

> “好了，天使。”他一边说着，一边把刀子架到了她的喉咙上。“你想让我先割你身上的哪块肉呀？”“啊，请别这样。”“啊，

亲爱的，请别这样。告诉我到底哪儿。不要慌张，你有的是时间，你的余生。”“不！不！”“是的，挑一块地方吧，我的宝贝。你挑任何一块地方都行，我可不想一开始就弄错了地方。”他一边说着，一边亲吻着她的前额。

这段文字向我们**展示**了一个残酷成性的疯子的形象。展示就是让事情真真切切地发生在我们眼前，作者不必使用“残酷成性”或者“疯子”这样抽象的词语来把这些事实**讲述**给我们听。在整个教程中，我们都是在使用展示的办法讲授创作知识。

在本章开始的时候我们讲过一则轶事：迈克尔·乔丹和芝加哥公牛队。现在我们要用另一则轶事作为结束语。这则轶事跟吉米·康纳斯[①]有关。在吉米·康纳斯的网球生涯如日中天的时代，他参加了一次双方实力相当的激烈比赛，有一次他在凌空击球时不幸失手。当他回身沿着球场底线预备重新开始比赛的时候，他在嘴里喃喃自语，责骂和埋怨自己的失误，想着自己必须注意哪些动作接下来才能做好凌空击球。他是世界上最伟大的网球运动员，已经打了 30 年的网球，你试想一下，他正在告诉自己必须怎样做呢。好吧，他要做的事情正是他第一次踏上网球场初学打球时教练告诉他的事情。那天，教练把网球拍子放到他的手里，对他说：“这是球拍。吉米，你应该这样握拍。”然后，教练把着他的手握住球拍柄。“这就是球，”他一边说话，一边把网球拿到他的眼前，“记住，永远记住……”教练对他说了什么话呢？“永远记住，眼睛要死死盯住球。”

30 年后，为什么吉米·康纳斯仍然要告诉自己眼睛要死死盯住球呢？为什么我要给你们讲述这则轶事？好吧，我告诉你们这则轶事是因为讲故事完全在于基本功，没有谁能够时时刻刻都把这些基本功牢记在心。那些能够让你彻底失败的东西并不是那些你掌握不了的某些高级的、精巧的、复杂的技术。忽略这些基本功才是你的大敌，之所以失败是因为你没有用眼睛死死地盯住球。

---

① Jimmy Connors，美国网球冠军，1974 年 7 月—1977 年 8 月连续 160 周世界排名第一。——译者注

你的基本功或者说你眼里的球，就是**冲突、行动、结局、情感和展示**。只要掌握了这些基本功就足以让你取得成功。每次它们都能帮你达到目的，因为它们提炼出了你内心世界那些激动人心而且富有戏剧性的东西。记住，你知道的东西比你意识到的东西要多得多。故事里的你要比任何一刻你内心想到的自己丰富多彩得多。探索和发现你自己成了故事创作过程中的一大惊喜。这并不是说你必须写你自己的事情，即便你写的是科幻小说或者荒诞小说，它还是你的故事，它完全是从你脑子里冒出来的。你已经拥有了所需要的一切材料，剩下的只是学会如何把它搬到纸面上来。

现在又该把东西落到纸面上来了。不过，首先，让我们检查一下上一章结尾处留给大家做的写作练习。你们看到这个练习已经有一阵子了。从那时到现在这段时间，它们大概能给你提供一个崭新的思考角度。所以，重新看看你的习作，检查一下其中有没有**渴望、障碍、行动和结局**。你的检查态度应该是心平气和的，检查的结果要力求严格精确。假如你们不这样，你们就会难免疏漏，错失了深度挖掘人物潜力的机会。

好的，那么你应该如何检查呢？首先要问自己：**“什么人渴望什么?”**然后，在稿子上找到它。好记性不如烂笔头，不要凭脑子想，要写下来。渴望第一次出现在稿纸的什么地方？找到这一点，并精确到在第几行。这个渴望是强烈的吗？它能够再强烈些吗？它能够出现得更早一些吗？然后问自己：**“障碍是什么?”**它第一次出现是在第几页上？它能出现得更早一些吗？它能更强烈些吗？人物是否能够不理睬这个障碍，却毫发无损呢？（记住，障碍可以出现在渴望的前面。）下一个问题是：**“行动是什么?”**人物通过做什么事情来克服这个障碍？它出现在稿纸的什么地方？它能够更早一些出现吗？人物能不能采取更多的行动或者更加坚定不移地主张自身利益，能不能表现得更加强烈或者更加直接？最后一个问题是：**“问题的最后结局是什么?”**是胜利呢，还是失败（或者是局部胜利）？假如它是一个场面的结局，那么，你还有更多的战斗要开打；假如它是一个最终的结局，那么故事也就结束了。

这里，关键在于检查你的作品的方法是：**事先定下尺度并经过深思**

熟虑，然后你就能辨别出你的故事是否已经具备这些要素。一开始这项任务会让你觉得它是知性的、死板的，甚至是没有情趣的，这是因为你对这些工具还有些生疏。就其本身而言，工具没有什么作用。你能够调动它们为你所用，这才是有价值的。所以，即便它们是概念化的、无情的，只要你能掌握它们，它们就会让你知道自己的故事在哪些地方还需要努力提高。它们虽是没有生命活力的灰色概念，但它们会引领你回到你的故事以及你本人的生机和活力上来。凿子和锤子本身并没有生命活力，可是在一个雕塑家手里，它们能够从石头里释放出奇形怪状的事物。假如没有工具，只凭着雕塑家的赤手空拳，那么他连在石头上面凿出一个小坑都是不可能的。

完成上面的任务之后，你要么已经写了不少东西，要么想续写上一章练习中你已经动笔却尚未完成的习作。假如是这样，那你就继续做练习吧。假如你厌烦了，还可以做下面新给出的练习。遵循你上次写作时使用的那些条条框框，从今往后，那就是永远的写作规划了。

简单提醒：当你提笔开始写作的时候，你不必知道：冲突的内容是什么？或者你的作品要向哪个方向发展？你先要写出来，然后才会发现情节要朝哪儿走。跟着你的笔，任它带你闯天涯吧。也就是说，你千万不要有下面这个念头：必须先把这些事情都捋清楚，然后才能开始动笔。有些作家确实是这样做的。假如你觉得创作之前先有成竹在胸是有帮助的，那么你就这样做好了。殊途同归，两条路都差不多。信马由缰的作家很多，他们根本不考虑自己要写到哪儿就马上投入即兴创作；当然，事先布局谋篇，想好了再动笔的作家也不在少数。

假如你已经有了自己的规划方案，那你就实施自己那套方案，尽量把冲突和行动穿插到故事里面。假如你想要继续写上一章练习中你已经开始创作的作品，那么请继续写下去，你就不用管我在这儿留的练习了。当然，假如你愿意，这些练习就印在后面，你也可以做一做。

还有，这一次我要给你们出第一个**完整故事的练习**。如果你选择做这个练习，你要一部分一部分地写，坚持到完成整篇故事为止。在下一章的结尾，我会再给你留这个完整故事的下一部分的练习，以及别的练习。

练　习

首先是完整场景的练习。挑选一个练习然后写上半个小时，如果你有时间可以多写一会儿。

这里列出了一些场景：

- 一个小孩听到父母有关性生活的谈话。
- 晚上有人闯进你家，当时你正好在家。
- 一次浪漫的分手：一方希望冲出爱情的围城，另一方却不愿意。

下面是一些三个词语一组的套词组合练习。挑选一个组合，然后写出一个场面来。

- 搭便车的人，婴儿，性。
- 脚趾，剃刀，女巫。
- 内脏，高脚玻璃杯，小矮人。

下面有一些背景和人物。挑选一个场景，把两个以上的人物放到场景里面，然后让他们展开互动。

- 背景：保龄球馆，台球房，网球场，棒球场，拳击比赛现场，屋顶，地下室，工厂，教堂，公共汽车站，午餐厅的长柜台，男卫生间，女卫生间，沙漠。
- 人物：无家可归者，大男子主义者，骗子，艺术家，扒手，女招待/男招待，餐馆服务员，法官，女权主义者，巫师。

第一个完整的故事，第一部分：

这是一个关于情感背叛的故事。它以一个遭到背叛的情人的角度来进行观察和讲述。在故事的第一部分，主人公发现了对方欺骗自己感情的证据。这种证据可能是模棱两可的，也可能是确凿的、具体的、不可否认的。首先，在发现问题之后他（她）会有困惑和震惊：她（他）可能企图不认账，并拒绝面对现实。随后，假如证据是难以否认的，主人公认识到了可怕的现实情况。这就是第一部分的结尾。

假如你要坐下来一口气完成这个练习，时间会有点儿紧，不过，故事的第一部分向第二部分的过渡是很自然的，假如你上了手，你可能渴望直接进入第二部分的创作。第二部分是主人公在发现事实真相之后所发生的事情。在这一部分，暗含的信息让主人公的内心充满了挣扎：难道这是真的吗？怎么搞的，他（她）怎能不忠呢？下一步该怎么办？如此等等。假如你有时间，你可以给小说人物拟出一个最初的行动计划，先弄清楚事情的现状，而不用急于最后摊牌。

第5章 自我修订

- 自我修订
- 练习

现在，你已经完成了第二次写作练习，你首先要做的事情是回过头来把它们重新读一遍，看看自己会有什么反应。最重要的是，这是一种情感的博弈，所以你要放松，任由它影响你，阅读的时候你要注意自己有什么反应。作者在这场游戏中是防守的一方，你要以处于守势的态度来对待自己的反应，这是第一步。假如你没有反复修改自己的写作，那么你现在就应该对此有一定的看法了。假如你反复修改了这篇习作，现在已经觉得它没有了什么新鲜感，那么，你需要先等上一两天之后再说。不过，这并不是说假如你有时间写作的时候，你还要等上一两天才动笔。只要一有时间，你就要动笔。假如你不确定自己想写什么，可以把上次留的练习再做上一个。

随便什么时候，当你回过头来看第一篇习作的时候，你认为自己会有什么样的反应？

自我修订

你可能会觉得，这已经可以了，我喜欢这个故事，或者这个故事很精彩。假如这就是你的反应，那么你是个幸运儿。但通常，你会有下面的感觉，比如：这个故事不大感人，或者这个故事有点儿单调乏味，它到底出了什么毛病？还好，这种反应还算是相当温和的。麻烦出在更加强烈的反响上面，比如：天啊，这个故事太傻了，这实在是太糟糕了，或者这个故事简直是枯燥无味、虚假造作、浅薄无知的废话。现在我要怎么办才好呢？问得好！你现在到底该怎么办？

第一，你需要意识到，自己强烈的负面反应是**最有价值**的东西。另外，你应该用什么态度对待这个事情？你应该如何利用它？这才是关系到成败的关键因素。人们往往会这样说：天啊，这个故事简直是枯燥乏味、惹人厌烦、空洞无聊的废话。我写了它，是不是意味着我也是单调乏味、惹人厌烦、空洞无聊的呢？看来，我搞写作纯粹是浪费时间，我还是放弃吧。写了一天、一周、一月甚至更久之后，都会发生这种情况。不过，这种情况不会永远这样持续下去。如果你已经深陷自责，那说明很有可能创作活动打乱了你的思绪，因而让你感觉苦恼不堪，同时也可以说明你有创作的欲望和需要。如果你确实有了创作的欲望和需要，那么你就会把写作坚持一生。但是，如果每次当创作使你焦躁不安的时候你就要溜之大吉的话，那么，你在创作方面永远不会有什么前途。如果你打算取得成功，你必须找到一种办法，好让自己在创作变成精神痛苦的时候仍然能够咬定青山不放松。这正是你在这门课程中能够学到的诸多技艺中的一种。

当你感觉自己的作品单调、无聊、空洞的时候，你通常应该怎么想呢？第一，无论是昨天的作家还是明天的作家，每个作家都会写出一些单调、无聊、空洞的废话。每个作家都可能觉得自己最好还是放弃算了。因此，这种反应并不表明你的实力如何或者你能干些什么。第二，请记住，这不是一个你能不能写作的问题，而是你能不能忍受创作中的孤苦的问题，这才是关键所在。可是你仍然坐在那儿，觉得自己的作品粗鄙不堪，甚至觉得你自己也显得那么粗鄙无聊。正如我说过的那样，这并不意味着你的创作实力有什么问题，可是它确实表明了某种东西，某种重要的东西。

虚构故事是心灵的游戏，也是情感的游戏。如果你的创作没有触及你的心，或者说它正在让你的心回避创作，你坐在那儿，要是带着这种消极的反应的话，你必然会觉得你自己和作品都糟糕透顶。如果这就是你的故事产生的**效果**，那你应该怎么办呢？要在效果上下工夫吗？你怎样才能做到这一点？你坐在那儿，难道说你要想方设法劝说自己相信感觉单调、无聊、空洞的东西才是真正吸引人的东西吗？这样做有没有用呢？这样做不是自欺欺人吗？假如你真的这样做，你的作品能更上一层楼吗？不。

听上去，你要这样给自己洗洗脑的想法简直是愚不可及的，不过，我们往往正是这样做的，很多人都以这种或者那种方式做这样的事情。我们坐在那儿，心急如焚地想着：我们的作品有多么不堪，它给我们留下的印象有多么不堪，而这个时候正是我们即便如此也要**继续创作**的时候。不过，我们怎样才能继续？我们到底要继续写什么？还有，我们应该怎么写？第一，我们需要搁下笔来，出现这个症状（**后果**）固然可悲可叹，但治疗这种病症（**原因**）我们仍有可为。你的情感是你最好的向导，不过，只有你能够正确对待这些情感的时候，当你能让它们为你所用而不是用它们反抗你自己的时候，情感才堪称向导。不等情感向你发动进攻，或者在你和自己的情感串通一气向你开炮之前，你就要来个先下手为强，先把自己牢牢把握住。其中的窍门就是你要明白，**消极情绪只不过发出了一个信号**，告诉你要先把稿子修改一下，然后你才能继续前进。可是，前进的目标是什么呢？

你应该向着需要修改的地方进军，需要修改的东西就在稿子上面，毛病的**起因**就在这里。病因可以得到修补，而且，如果病因得到修补的话，那么结果自然就不同了。因此，你必须认识到自己有哪些负面反应，然后把这种负面情绪转化成一个纯粹的**技术**问题。

这个办法成效如何？你怎样运用写作技术解决这个难题？你有一些想法了吗？想一想，你怎么才能运用一种聚焦于一点、循序渐进的办法帮助自己认识到需要什么样的应对策略？迈克尔·乔丹和他的总体规划如何？吉米·康纳斯和“眼睛要死死盯住球”的策略怎么样？推动戏剧曲折前进的“一、二、三”项要素怎么样？我们得到的提示已经足够多了。也许你根本用不着这些建议，不过，当你对笔下的作品感觉失望的时候，你往往想不到：退一步海阔天空。透视一下作品，然后颓势自然可以得到扭转。你没有利用宝贵的时间把你的**十八般武艺都用上**。

另外一个难题是这些工具都是新的，你需要磨合一段时间。要想让新工具得心应手，你要花费时间先适应一下。但是，假使你使用得尚不顺手，这并不能说明它们于事无补。即便说你觉得它们粗大笨重或者你不能运用自如，无论如何你也要把它们操控在手里。熟能生巧，它们会变得越用越好用，收效也越来越大。在这种情况下，你需要的只是多做一些练习。

眼下，一如往常我要把这些故事要素重新回顾一番，这也不是我最后一次温故知新。你还有许多机会听到我重申这些要素。现在，我们重新再把它们串起来讲一遍。这是你的训练、你的修行和你的心理状态的调整练习。

所以，请你问第一个问题，即**渴望**：什么人渴望什么东西？窍门在于你不要光要在脑子里想，还要到纸面上把它找出来。这个渴望第一次出现在第几页，它是怎样表达出来的？在稿子上面找到渴望，然后把它标注出来。这个渴望可以更强烈一些吗？这个人物是不是坚定不移、迫不得已非满足自己的渴望不可呢？假如你的渴望可以再强烈一些，那么，你就尽可能让渴望的程度达到最大。眼下，你或许不能马上找到一个答案，你可能还需要花点时间围绕这个问题思考一下。另外，你的某些想法可能是不正确的或者这些想法根本就用不上，请你干脆利落地抛弃它们，继续这项工作，然后再玩味一下。相对于每个管用的想法，我们也都有许多没用的想法。现在，把你自己能想到的想法找出来，不要生憋硬造，而后继续前进，最后再回过头来看看。

第二个问题是**障碍**：什么是障碍？找到障碍第一次出现在第几页上。这个障碍对于人物满足渴望的阻力和抵抗是否同样坚定不移、刻不容缓？它的激烈程度和威胁程度是否达到了极限？假如它还能变得更加强烈，那请你进行修改。人物是否可以绕过这个障碍（不作为）而毫发无损？假如情况是这样的，那么你就没有制造出一个戏剧性的障碍或者戏剧性的冲突。（记住，障碍可以在渴望之前出现。颠过来，倒过去，问题还是一样的。你只不过是先考虑障碍，然后再考虑渴望而已。）再次重申：请你松弛下来，不要紧张，以玩耍似的心态剖析自己的作品，不要担心它的好与不好。

下一个问题是**行动**：人物要采取什么行动以便克服这个障碍？行动第一次出现在第几页上？人物是否采取直接行动来扭转乾坤和促进某件事情的发生，以便获得胜利和其渴望的东西？他是否已经使尽了浑身解数？他还有没有别的手段没有用上？你要把一切手段都考虑进来。这个障碍是否有势均力敌或者更大的力量来对抗或者挫败主人公艰苦卓绝的抗争？假如你做得过了头，那也没关系，只要把力度削减一些就是了。

迄今为止，我还没有见到下面这样的案例：三个要素在页面上运转正常，而故事或者场面却仍然缺乏戏剧性或者可信性。除了这三大要素，你很少需要别的东西滥竽充数。不过，还是让我们先完成这项任务吧。

下面要讲什么呢？我们已经有了冲突（渴望 + 障碍）和行动。第三个要素是：

结局：结局是胜利还是失败？斗争的最终结果如何？谁赢？谁输？结局是不是双方的一种妥协？假如问题并未得到一了百了的解决，那它将怎样得到解决？

这就是我们的故事形式。另外，我们还有两个议题，即情感和展示。现在我们深入探究这些还为时过早，当然，如果你的兴趣已经熊熊燃烧起来，我们也可以简单探究一下。

情感：人物感觉到了什么？我们时时刻刻都要明白他们有什么感受。你要一行一行地检查自己的作品，问一问人物有什么担心、害怕和希望？人物是以什么方式、在什么场合下把它们表达出来的？（在下一章我们将要详细研究这个问题。）

展示：人物的行动和谈话是否应该尽量多一些？你是不是创造出了一个分分秒秒、字字确凿的经验，让这个经验犹如在我们眼前现场发生，而没有使用那些概括性的陈述或者总结性的语言呢？展示意味着我们总是要有某种东西让我们可以在头脑中形成画面。它是可视的画面，而且总是需要运用对话的场面来实现这个要求。在第 7 章，我们将更加详细地研究这一点。

本章的关键问题是你要正确善待自己，而不可虐待自己。当你因为感觉自己的作品缺点很多而缺乏勇气的时候，就让这个信息成为你得到的唯一信息，它告诉你，你应该调整一下写作进度，琢磨一下自己的技艺，并开始在故事要素上面下点儿工夫，让故事运转起来。当你的作品让人感觉无聊、愚蠢、浅薄的时候，这并不是世界末日。它只是意味着，发生戏剧性变化的东西还不够多。你要抓紧时间，查漏补缺，练习你的技艺，使用你的十八般武艺，把眼睛死死地盯在球上。

设立这门写作课程的目标就是为了让你能够独立创作，这样一来，写稿子的时候你就不必跑到别人那儿问东问西了。如何采用别人的建议也是一个大问题，采用什么人的建议？如何采用？什么时候采用？这都是非常复杂的事情。周围的人，甚至包括你的老师、编辑、代理人这样的专业人员在内，他们都会给你提供充满误导的或者非常糟糕的建议。当你采用一个朋友或者家人的建议的时候，情况就更加复杂了。因为他们不光没有接受过专业训练，而且每个人都把自己的审美趣味、人生哲学、个人偏见、议事日程甚至深仇大恨都带了进来。记住，你要想办法**先使尽自己的本事，让自己江郎才尽，然后再找别人帮忙**。这一章我们讲解了修改自己的稿子的事情，你应该培养这个能力，把它当做头号技巧。你需要在做完这一章和第 8 章所布置的所有有关自我修订的练习后，才能考虑从别人那儿得到“帮助”。最好的教训总是你自己教会自己的东西。

眼下又该你动笔写作了。一如往常，如果你有自己的计划，或者希望续写以前开了头的作品，请你花半个小时写一写。

练　习

下面是场面练习：

- 去参加忏悔仪式。这一场面可以是任何一种宗教仪式，主人公对此有非常负面的感觉（害怕、焦虑、负罪感）。
- 这个场面被人们称为“大家都恨吉姆”的场面。使用那句话/那个想法，然后据此写出一个场面。
- 一个人物在犯罪与不犯罪、道德与不道德之间犹豫不决。

下面是一些三个词语一组的套词练习，你可以选择其中的任何一组来进行练习：

- 拳头，嫉妒，贵妇犬。
- 胸脯，盔甲，拔毛钳。

● 鹦鹉，螃蟹草，性。

下面是关于背景和人物的练习。如果你愿意，你也可以回到上一章，做那里的练习。下面是一套新的练习，供你选择。

● 停车场，迪斯尼世界，宾馆大堂，卫生间，屋顶，下水道，山峰，教室，饭店，健康食品商店，阳台。

● 银行家，剃光头的人[①]，证券经纪人，门童，电影明星，音乐家，抢劫犯，职业杀手，吉普赛人，拳击手，偏执狂患者，福音传道人。

下面是完整故事的练习：

第一个完整的故事，第二部分：

关于那个情感背叛的故事，在上一章你已经做了这个故事的第一部分，如果你比较用功，那么第二部分你也已经做了。假如你还没有写过第二部分，那请你现在来写第二部分。第二部分是关于人物发现事实真相之后的后果。其中，这个人物正被下面的问题弄得焦头烂额：这是真的吗？为什么？他或她怎么能做出这样的事情？下一步怎么办？如此等等。这个故事的下一部分涉及这个人物谋划的第一个行动，请你找出眼下的情况到底怎么样，目前双方还不需要彻底摊牌。再次说明，如果你已经写完了第二部分，而且希望继续前进，那请写故事的第三部分。

故事的第三部分可能是受害者和背叛者之间的实际对峙。或者，它也可能是人物双方为对峙做的一些准备工作，比如通过跟踪监视、暗中盯梢的办法获取更多的证据，或者甚至是直接把背叛者捉奸在床。假如这是直接对峙的场面，那受害者**渴望**得到某种解释、报复和安慰，而背叛者则拒绝提供方便，甚至拒绝承认整件事情（**障碍**）。在这一场结尾，情况需要变得更加糟糕才行。第一，因为揭示出来的事实真相是更惹人烦恼的；第二，因为受伤的人物会变得更加悲伤，这一场将结束于受到

① 尤指海军陆战队新兵。——译者注

伤害一方的内心世界。假如这个人物在搞暗中调查并四处取证，他或她**渴望**抓住背叛者但又不希望自己的监视、侦察行动被对方抓住把柄（**障碍**），那么，这个人物也可以寻求别人的帮助，比如朋友、侦探、家人。在每一场戏的结尾，局势必须变得更加糟糕，你要让这个场面结束于这个人物的内心世界，并让他或她处于一种极度担惊受怕的心理状态之中。

第6章 动人以情

- 思想活动
- 有关思想活动的一些思考
- 情感与思想的关联
- 担心、害怕、希望
- 有多少情感?
- 一点点温情
- 不可抗拒的力量
- 熟悉的事物
- 关于思想活动的最后思考
- 练习

假设有一个委员会找到特蕾莎修女[①]，对她说："特蕾莎修女，你为别人做了这么多善事。你一直如此慷慨大方，如此有爱心，如此神圣，如此有奉献精神，如此有自我牺牲精神。没有哪个人能够报答完你的恩情，因为那是不可能的事情。如今唐纳德·特朗普[②]的顶层豪华公寓现在有间空房子，我们已经安排您去那儿居住并且在那儿度过您的余生。会有许多仆人悉心照顾您的生活。在您的有生之年，您不再需要为其他人做任何事情了。现在您该因您所有的善行获得一些世俗的物质回报了。"你认为特蕾莎修女会说什么话？"赞美上帝。这一天真的到了吗？"不。那么，她还会说什么话呢？无论她可能说出什么话，她都不可能接受那个建议。

现在，假设他们到了唐纳德·特朗普那里，对他说："老唐，我们给你带来了一个千载难逢的好机会，这个机会能让你做一件可能是你今生今世做过的最令人满足和最有成就感的事情。也就是说，把你自己完整地、完全地、无私地奉献出来，帮助那些不如你幸运的穷人。特蕾莎修女那儿现在有一个空缺，我们已经安排你去那里工作。"唐纳德会说些什么呢？"来得正好！那正是我迷失了的东西。我过去怎么就没想到这样做呢？"不，唐纳德不会赞成这个想法的。

好吧，他们都不会改变自己的选择。为什么不会呢？如果他们改变一下又会怎样呢？要是他们改变了自己的精神面貌，情况又会是什么

---

① Mother Teresa（1910—1997），天主教慈善工作者，为印度加尔各答的穷人服务。一生奉献给帮人解除贫困的伟大事业中，1979 年获诺贝尔和平奖。——译者注

② Donald Trump，纽约地产大亨，生活招摇，善于作秀。——译者注

样？如果特蕾莎修女身穿丝绸睡衣，在高楼大厦顶层的阁楼里闲走，而唐纳德则手捧一碗菜汤递到麻风病患者的嘴边。他们的体验又会怎样？是得意洋洋，自在满足吗？他们会享受那种生活吗？不，他们不会愿意。他们也不可能。为什么不可能？因为那样他们会非常痛苦，他们会觉得这样做事有点儿不对劲。他们的自我感觉以及他们对于自己身份的理解都会让他们难以享受这种生活。

他们不可能互换生活条件的理由并不在于理性或者逻辑，而在于激情和情感。情感是生活中最为复杂的一部分，也是虚构小说中最为复杂的一部分：情感是决定性的，它是终极的关联，认同感就出现在这里，读者由此变成了人物的化身，从而感觉到了人物的感觉。情感是我们这一章的主题。首先，我们要看看情感的本质，然后看看我们怎样把情感捕获到纸面上，让它感动人物和读者，使他们合而为一。如果没有情感，人物性格也就无从谈起了。如果人物不在那儿，读者也就不在那儿了，作者在这个方面也就没有取得令人满意的效果。这不只是给读者一种体验的问题，当你创作的时候，这还关系到你自己有没有这种情感的问题。人物、读者、作者，他们全都希望拥有同样的体验、同样的情感。没有了情感，大家就什么也捕捉不到了。

你要意识到的第一件事情是，这个世界是由情感决定的。推动事情发生的动因是激情，而非理性。我们爱人、帮助人、仇恨人，你死我活的拼命并非因为逻辑，而是因为激情。如果你感觉某件事情不对，这种事情你会做多少次呢？即便你也做过自己明知不对的事情，那也是两害相权取其轻的结果。假如你不这样做，你也许会觉得情况更糟糕，而且跟自己也过不去。我们把各种事情在情感天平上进行利害权衡，其结果决定了我们采取的行动。

几年前，有一本非常成功的通俗心理学的图书问世。它的理论前提是：你的思想支配你的感觉，而你支配你的思想；因此，假如你的思想正确，你就会有正确的感觉。听起来很有道理，对吧？对于情感难题来说，难道不应该有一个简单易行的解决办法吗？嗯，假设这个理论是正确的，那么，当你回到家里，发现房子已经烧成灰烬，可是你又没有参加火灾保险，假如此时你还能理智地泰然处之，表现得毫不在乎，那这事儿就有点儿太荒唐可笑了。这个理论对吗？错误。

不管是在什么情况下，你的情感都要支配你的思想。各种情感毫无预警地降临到你的身上，甚至把你压垮。你向上帝祈祷，希望你能支配、削减或者减轻情感的压力。比如说，你明天要面对一个难题，你要面对老板，他曾经许诺给你一次升职机会，但后来他又把这个机会给了别人。你要跟他当面锣、对面鼓地理论一番，并且你已经把这件事情里里外外都彻底想清楚了。虽然你已经准备就绪，但你知道跟老板摊牌可不容易，可这件事你又是非做不可的。你早早地上床休息，保证充足的睡眠，这样你到时候才会精神焕发，全神贯注。怎么会发生这种情况呢？这个问题怎么可能让你平心静气呢？这件事情已经让你心神不宁了。你明明知道自己在脑子里想了一遍又一遍也绝对是于事无补的，并且这样做什么好处也没有还可能会让自己失眠，而且处理工作的能力也会因此下降。逻辑的、理性的、精明的做法是忘记这件事，上床睡觉去，为次日早晨的事情做好准备。但是，你烦恼的心情不会让你这样淡然处之。你的情感有一个属于它自己的脑子，是它在支配着你。

眼下，这个想法并不能完全让人感觉受用。"逻辑的"和"理性的"这两个词语要比"情绪化的"和"非理性的"这两个词语所蕴涵的意义更值得信赖，更加扎实确凿，更让人舒服受用。"这是一场高度情绪化的讨论"这句话暗示，这场讨论是冲动的、缺乏克制的，而不是心平气和地摆事实、讲道理。"这是一个高度逻辑性的讨论"这句话就根本没有上面的那种言外之意。"他是如此非理性"这句话指的是，他的思维能力处于非常状态，而且不再牢靠。"他是如此理性"这句话则表达了相反的意思。人们通常以为情感是不可预测的因素，而逻辑不是这样的。

我们往往相信，支撑这个世界运行的基础是某种更加牢靠、坚实、具体的东西，而不是没有任何实质内容的情绪。我们喜欢相信，保障我们权利的机构是客观、理性、公平的，比如说，我们认为美国最高法院就应该是这样的机构。当一个案件被呈送到了最高法院，每个法官听到的有关这个案件的证词是完全相同的，法庭陈述也是完全相同的，援引的宪法也是完全相同的。对于这个案而言，他们拥有的经验是完全相同的。唯一的区别是他们在法庭聆讯的过程中坐在不同的席位上。

我们往往相信和信赖由美国最高法院的法官以一种开明的国家治理方式而进行的司法解释，最后占优势的不是激情而是智慧。倘若果真如此，那么，在最高法院的法官所签署的最终判决意见书上怎么会出现5比4[①]的意见分歧，这又应该怎么解释呢？嗯，我们说，法律是一个解释的问题。那么，我们的解释方法又是由什么决定的呢？我们的解释往往基于自己的生活经验（童年生活、教育背景、个人趣味、人生哲学、个人偏见），生活经验塑造了我们对于世界的感觉。最高法院判决书的基础是最高法院的每个法官在情感方面的倾向性，有时候情感凌驾于一切之上。

你经常要跟自己的感觉作斗争。这是你在现实生活中必须面对的严重问题，人物在故事中也必须面对这个问题。你可能会劝说自己在一定程度上要摆脱感情用事的日常习惯，不过，巨大的情感（巨大的痛苦），即故事要用到的那种情感（比如失去了工作，失去了情人，失去了一生的积蓄，失去了一条手臂）其本身就拥有一种生命力或者强大力量。你不能控制它们，它们却控制着你。在我们的内心和我们的身边，情感都是最强大的力量，无论是善是恶，但有一点是确定的，即它们之所以重要的理由并非出于暴力强权。

贝蒂对路易丝说："我老公是不可能拈花惹草的。每天打扫房间、做饭、洗衣服、购物还有院子里的一切家务活都由他一人包了。我动动手指头就能干的小事儿他都舍不得让我干。他把我养成了一个大傻瓜。"而路易丝心里又在想什么呢？她在想：要是他当我的老公就好了。这告诉了我们什么情况？对于同样的情况两人各有自己的感受，我们都是如此。为什么情感如此重要呢？**因为情感决定了我们**。比别的东西更重要的是，我们的感觉、给我们感觉的事物、我们所爱的人、我们爱的方式、我们恨的人、我们恨的方式，还有落在爱与恨这两个极端之间的东西，这一切决定了我们是什么样的人。在上面这个例子中，其中的一个女人，她不能容忍一个爱帮忙的丈夫，另外一个女人则满心希望自己能

① 美国最高法院共有九名大法官，实行任职终身制。——译者注

拥有这么一个丈夫。这种情形并没有决定她们是什么样的人，我们需要对她们的情绪有更多的了解才能作出判断，这还只是一个开始。哲学家笛卡尔为了证明自己存在，他说："我思，故我在。"他同样（或者更好地）可以说："我感觉，故我在。"这或许更符合他的本意。

有一部老电影，《人体入侵者》（*Invasion of the Body Snatchers*，现在我脑海里回忆起来的是原来那个黑白电影的版本，而不是现在翻拍的版本），电影里的外星人来到地球，它们开始接管我们的肉体。当它们驻留在你的肉体里面的时候，你从外表上看还是原来那个人，只是你没有了感觉，情绪也变得扑朔迷离，难以捉摸。"别担心。别打它。"那些经过外星人改造的人对于那些尚未接受改造的人说。"改成这样更好。你迟早会明白的。"这个情形让人不寒而栗、头皮发麻。倘若没有了七情六欲，人类就不是我们现在这个样子了。我们怎么知道呢？这是我们的情绪告诉我们的。

好吧，在我们的现实生活中，情绪是最强大的，而且是决定性的力量，不过，我们该如何在纸面上刻画它们，才能让情感直通读者那一头，打通读者和人物的情感，进而使二者形成一模一样的情感效果呢？为了打通情感的通道，我们需要看看情感在我们身上有什么样的存在形式。我们需要认识到，我们生来就拥有一整套的情绪，不过，我们没有语言来表达它们。学会（向自己和别人）表达自己的感受是成长为有个性的人的必修课之一。可是，情感最初是发自内脏的、可视的、全球通用的东西，它们是脑子里一种非语言的图画。它们是非语言的，不过，写作是依靠语言的，百分之百要依靠语言。

所以，语言就成了我们的一个障碍。我们怎样才能克服这个障碍呢？在科学研究领域，研究的对象必须要么是可以直接测量的东西，要么它的结果是可以测量的东西。在很大程度上讲，我们探讨的情感并非是纯粹的情感而是其可以被测量的效果，因为没有人（心理学家、生物学家、神经学家）能够直接把情感明确无误地测量出来，记录下来。但是，我们必须把情感明确下来，至少能够满足我们搞创作研究的（语言的）各项目标。强烈的情感在文学里面真可谓俯拾皆是。因此，找到情感并不难。不过，该怎么找到它呢？嗯，我们必须看到可以被测量的结果才能作出判断。

我们最佳的向导之一就是现实生活。尽管直接把现实生活记录下来不等于就能创作出惊心动魄的故事，但是现实生活还是我们最佳的向导，因为创作的目标是把现实生活的本质和真相在纸面上打开、揭示出来。一切虚构的故事都可能是活生生的现实，不过，并非所有的现实生活都是虚构的故事。荒诞小说和科幻小说就属于例外的情形，不过，即便是它们也必须创造出一种可信的虚拟现实。

好吧，当你有情绪的时候，会发生什么事情呢？最近你有什么情绪吗？你怎么知道自己有没有某种情绪呢？情绪具备什么样的形式？在你的肉体里面它是通过什么办法把自己表现出来的呢？

让我给你描述一个情境，看看你是否体验到了某种情绪。这个情境是这样的：夜深人静，停车场里空无一人，你正朝自己的轿车走去。正当你拿出车钥匙的时候，有人用枪顶住你的腰，说："把钱给我，不然就打死你。"这时，难道你能没有某种情感吗？你怎么知道自己有没有一种情感呢？这种情感有什么样的表现形式？既然我们现在只是谈论情感的体验，那么，你可以通过人物的行动（谈话或者姿态）把它呈现于外。

你体会到的外在表现包括心脏狂跳、肚子难受、双手发抖、浑身冷汗、头脑眩晕。这些都是情感的反应效果，它们全是些别的东西。你知道为什么说它们是"别的东西"吗？它们是肉体上的种种反应，从某种程度上将其称为情绪的肉体表现也是不错的。难题在于在这种时候，大家都可能会产生心脏狂跳、肚子难受、双手发抖、直冒冷汗和头脑眩晕的感觉。这么说来，肉体表现永远不能制造出足够个性化的效果，或者说你不能用肉体反应来塑造某个人物的性格。假如你想要刻画笔下人物的情感，仅仅通过肉体表现的途径，即便你把自己的心掏出来给大家看，也永远不能抓住人物的独特性格（或者说不能吸引读者的眼球），可是你要实现的效果却正在于人物性格。你需要通过"别的东西"才能实现这一目标。这种东西，更有表现力，更加个性化，也更加个人化。知道这是什么东西了吗？请你思考一下。

在上面的情境中，假如没有先前发生的事情，那么你的肚子就不会难受，心脏就不会狂跳，双手也不会发抖。那个抢劫犯先说："我要把你的脑袋打个稀巴烂。"然后，你的肉体才有了反应。在两个事件发生的间隔又发生了另一件事情。在上一段的结尾我要你思考这个问题。现在我要你再次思考下面这个情况：不等你的肉体自动作出反应，先前还发生了别的情况。也就是说，此时**你在想**："啊，我的上帝。他有枪。我死定了。"你不光要想，而且你还要**先想**才行。**思想是肉体的先行官**。你的肉体功能发生紊乱的唯一原因在于这个情境在你的脑海里登记时被标上了"危险"的级别，它使你自然而然地联想到了危险。其实，思想方面的触发和肉体方面的触发具有相同的模式。

思想活动

什么东西更能把一个人物呈现在你面前？是肉体的运动方式呢，还是他的思想内涵？之前你可能很想弄明白"这个家伙心里是怎么想的"，不过，你肯定永远不会提出下面这个问题："他的身体是怎样冒出汗来的？"因为人类具有语言能力，语言让人类区别于其他所有动物。我们给每个事物都命了名。而且，大脑永远不会停止工作，我们永远都在思考，永远都在跟自己谈话，勉励自己、诱惑自己、警告自己、压抑自己、惩罚自己或者赞扬自己。海德格尔说过："语言是存在的居所。"[①]我们的种种思想是呈现人之为人的最强有力的证据。

现在，我已经给你提供了一个极端的情境（枪口顶住了你的腰），这确保你有了一种情感。在这类经验中，情感、思想、肉体的反应都迅如闪电，我们感觉它们似乎是同时发生的。尽管如此，思想还是跑了个第一名，因为事情必须首先印在人的脑海里才行。你必须识别眼下的事态，初步估计一下，然后你才会害怕。在小说中，我们往往要把这个过程用慢镜头呈现出来，一步一步地捕捉到人物对于那种经验有什么感觉（真相）。

① 也有人翻译为"语言是存在的家"，或者"语言是存在的家园"。——译者注

有关思想活动的一些思考

在我们深入探讨富有情感色彩的思想的本质之前，我希望首先探究一下思想活动即人物大脑的运作情况，看看在故事里面它能起到什么作用。在书面故事中，思想占有一席之地，而且作用尤其重要，因为**书面故事是唯一能够把脑海里的情况很好地描述出来的故事形式**。书面故事可以描述人物脑海里的事情，它的精确度很高，可以做到逐字逐句地一一对应，精确到分分秒秒。这是影视节目或者戏剧舞台难以企及的成就。影视、表演这些艺术形式有其自身的优势，不过，假如要让观众体验一下人物的思想活动，那就必须让人物自己把脑海里的事情坦白出来才行。舞台戏剧在过去常常使用旁白和独白（人物把自己的思想活动向观众和盘托出）；电影偶尔也使用画外音，但是篇幅较长的画外音只占很少数，画外音似乎是人为造作的或者是滑稽的（通常是无意的），它还往往是情境短剧的惯技。

在电影《阿尔菲》[①] 中，当阿尔菲转过身来直接面向观众说话时，制片人利用画外音制造出热闹的搞笑效果。画外音是机智的、有魅力的、好玩的技法，而且十分奏效。汉弗莱·博加特[②]的侦探电影使用画外音，当时它尚能侥幸取得成功而且不会惹观众讨厌，不过，按照今天的标准看来，它简直像踩着高跷走路一样，显得不大自然。经典影片《日落大道》[③] 就用了很多画外音，不过人们也有理由相信，画外音并非这部影片取得成功的原因；相反，画外音是个负面因素。而电影《美国丽人》[④] 就很会运用画外音。也许电影制作人都在寻找一种办法，使得画外音的运用能取得更多更好的效果。无论影视圈能不能找到这种办法，书面故事的情况都不会因此而改变。

---

① *Alfie*，此处指派拉蒙 1967 年拍摄的一部获奖影片。——译者注

② *Humphrey Bogart*，美国超级巨星，以《马耳他之鹰》等侦探片著名。——译者注

③ *Sunset Boulevard*，派拉蒙影业公司 1950 年出口的电影，获第 23 届奥斯卡最佳剧本、最佳作曲、最佳艺术指导奖。——译者注

④ *American Beauty*，1999 年上映，获第 72 届奥斯卡多项大奖。——译者注

因为我们可以在思维世界里游移自如，而且思想活动也是经验的主体部分，所以，在书面故事中思想活动是可以预期而且必不可少的组成部分。在书面故事里，直通思想世界的大门总是敞开的。既然我们**可以**走进人类的内心世界，那么我们就**必须**走进它。假如我们不这样做，就会让人感觉似乎失落了什么东西。

假如没有思想内涵，下面这段文字就会变得不知所云：

> “嗨，哈利叔叔，你好吗?”我说。
>
> “好啊。”哈利说。
>
> “你看上去气色很好。”我说。
>
> “多谢。你好吗?”哈利一边说着，一边伸出他的右手。
>
> “我也很好，”我回答，一边握住他的手，“见到你很高兴，哈利叔叔。听我说，我要去打个电话，一会儿就回来。”

现在，让我们添加一些思想内涵，把它改写一下试试：

> 老天爷，哈利叔叔来了。怎么没有人事先通知我一声呢！
>
> 该死，他朝我这儿来了。“嗨，哈利叔叔。你好吗?”他那红扑扑的、一副醉态的脸，还有他那喷着酒气的鼻孔。“好啊，”哈利说。
>
> “你看上去气色很好。”我说。他那皱皱巴巴的衣服，乱蓬蓬的头发，使得他整个人看上去干净不到哪儿去。
>
> “多谢。你好吗?”哈利一边说，一边伸出他的右手。
>
> 天啊，现在我不得不碰他的臭肉了。“我也很好。”他的手黏糊糊、油腻腻的。谁知道他的手刚才摸过什么东西！“见到你很高兴，哈利叔叔。听我说，我要去打个电话，一会儿就回来。”在我能够把自己的手洗干净之前，这只手最好什么都别碰。对了，这个地方的洗手间在哪儿呢?

倘若作者没有描述自己的思想活动，读者能否明白人物的经历是什么样的吗？这个人物可能有一些疯狂、错误的想法，同时，在别人在场的情况下他又要表现得理智而冷静，我们把两者合并在一起描写根本没有任何问题。

思想活动能够抵达影视作品和舞台戏剧无法企及的亲密程度还有另外一个原因：思想世界内在固有的本质。在书面故事里，我们可以探索人物身上那种被福斯特①称为“隐秘生活”的东西。隐秘生活是主人公不可告人的隐私。这种私密的想法可能非常有揭示作用，因为我们很少能够精确地说出自己脑子里的想法和内心的感受。人物在想什么？他在说什么？他在做什么？三者的关系是塑造人物性格的关键因素。

> 他爱她，不过有时他也讨厌她。没有什么理由，有时候他也厌恶自己。他自己是这样的吗？或者说，生活有时就会这么令人厌恶吗？平淡无奇引生出轻蔑。可是，这种情况程度如何，频率如何？或许他应该看到自己有点儿怯怯的。你为什么要选择怯懦呢？他不能问自己的朋友。因为他们也许会把他当做一个白痴。或许他确实是个白痴，不过，他不想让他们知道。

这只是思想活动的一个层次，思想活动还有另外一个层次。这个层次是人物性格的一部分，这个人物甚至希望自己也不要面对这个层次的思想活动，他本人也要回避自己的这个思想层面，甚至他还要对自己保密，不让自己知道，他希望能够忘掉这一切。

一个人物踩死了某位老太太拿过大奖的一株蔷薇，在后来的生活中他可能会有下面的感受：

> 啊，上帝。我为什么要那样做呢！没有道理。残酷无情。完全是残酷无情。我是个狗杂种，好一个恶心人的杂种！我那天是出了什么毛病！尽管我已经做了赔偿，不过仍旧没有抚平她的悲伤。一切都太晚了。天啊，忘了吧，不要再惩罚自己了。你需要多长时间才能抹平心灵的创伤呢？

所以，在书面故事中，我们可以直达思想活动的最深层次，而不用顾虑怎样才能让它变得真实。它像语言一样存在着，因此，我们可以照

---

① E. M. Forster（1879—1970），英国小说家、散文家。——译者注

着它在现实生活中呈现出来的样子刻画它。

采用书面故事的这一手段，我们有了直达这层亲密关系的能力，这就是为什么一部好的小说被搬到了银屏上面总会有所缺憾的原因。例外的情况是，把一部疲弱无力的小说转写成电影剧本，拍出来的影片可能是惊天动地的，《午夜牛郎》[①] 就是一例。

所有伟大的故事都涉及人物内心世界的冲突，这是人物与自己的大脑之间的斗争。冲突是一种表现途径，它能说明人物与他自身之间的关系，他的自我感觉如何，以及他的生活是如何得以维持的。我们的头脑都不是只有一根筋。在某种意义上说，我们都有不止一个身份，因为当我们想把自身不同的身份捋清头绪，团结起来，然后采取一致行动的时候，这些不同的身份就会相互对抗，打起架来。当我们面临一个危机的时候，这种事情总是会出现。

但是，并非所有的故事和所有的作家都是伟大的。作家运用思想活动的程度有所不同。有一些很好的作家或者故事讲述者（他们虽不伟大，却也相当优秀），他们不太探听思想深处的虚实，也从来不塑造复杂的人物性格，不过，没有复杂的人物哪能深入虎穴，又如何把握深层的思想活动？这些作家也向我们提供了充足的信息。由于人物的种种思想活动没有被呈现出来，人物只好通过自己开口说话来向读者汇报思想，或者用其他手段表达自己的内心感受。我们需要知道人物情感的发展变化，否则我们就不能产生联想或者认同。纯文学小说往往更加注重人物的思想内涵，而动作小说、探险小说往往不太注重人物的思想活动。比起惊险刺激的普通侦探小说，文学性的玄幻小说则更多关注人物的内涵。

当你阅读的时候，请你注意这一点：只有你深深沉浸于人物的思想世界的时候，你才能和他建立最强烈的关联或认同。在讲故事的时候，要把人物内心种种思想活动和盘托出是最让人头疼的事情。它的要求最为苛刻，不过，它的回报也最为丰厚。你越是潜入人物的内心世界，你越能深刻地剖析自己。正如在现实生活中一样，最困难的工作通常也是

---

① *Midnight Cowboy*，1969 年上映的一部美国电影。——译者注

最能够带来成就感的工作。

情感与思想的关联

这么说来，有情感色彩的思想的本质是什么？当那支枪抵在腰上的时候，你的脑海里会有哪些思想变化？是愤怒吗？假如你写道：“他感觉很愤怒。”难道说这一句话就能让人真正理解这个人物的情况以及他是怎么个愤怒法吗？“愤怒”这个词只是一个标签，而不是一种情感的表现。像下面这么写怎么样：这个狗杂种，这个烂臭的狗杂种！只要一有机会，哪怕只有一次机会，我要把那支枪夺过来，然后用枪托左右开弓，把他打个稀巴烂。这些念头确实都是愤怒的念头，可是“愤怒”或者“恼火”这种词语作者一次也没有用。另外，人物根本没有理由说他发怒了。“我愤怒了”这句话根本没有什么用。这并不是说不会出现刚才的那种情况，这个人物心里可能在想，这小子真把我惹火了。但是，这只是某种自我觉悟，大多数人身上也许并没有这种觉悟。假如你的人物真有这样的念头，你就必须继续往下写，你得告诉我们他有哪些愤怒的念头，这样我们才能完整地体验到他的愤怒。

“恐惧”这种情感又是怎样的？它怎么才能表现出来？好吧，让我们试一试，看看你能够想出什么可怕的东西。在你阅读下一段之前，请你列出在这种情况下一个人的脑海里所有可能出现的恐惧心理。假如你的脑海里出现了完整的想法，请把它们写下来。倘若你不能做到，那么，请你列举出所有可以让人害怕的事物，然后，请你把每个可怕的事物都转译成可以在你脑海里迅速出现的恐惧念头。

进展顺利吗？一开始，这个问题有点棘手。你需要一段时间来适应，包括一点时间加上一点练习，但是，请你记住：情感已经到位了。它已经在你心里了，只是你还需要知道如何才能抓住它。眼下的关键问题是你要知道在哪些方面下工夫，这样一来你就能取得进步，而不至于原地打转，或者像一条小狗那样追着自己的尾巴转圈圈。

这么说来，在这种情况下人会有什么恐惧呢？一个刚刚成家的人可能会为他所爱的亲人而担惊受怕。内心世界的那种恐惧可以有千千万万种表现途径。下面就是一种途径：噢，不，我不要死。老天爷，不。我还没有准备好，我还不能死。我才刚刚开始，我的老婆孩子该怎么办！谁来照顾他们的生活呢！这里共有七句话，不过，在一个人的脑海里这些话可能就是一闪而过的念头。相比之下，如果你说出“他害怕了”或者“他的心开始怦怦直跳”这种话来，效果就大不一样了。前面一句话过于笼统抽象，而后面一句话所讲的生理特点本质上是人人皆同的东西。实际上，一个人的某种恐惧感的表现途径是内心的思想活动。

感受到恐惧之后，接下来你可能有下面的念头：冷静，再冷静。控制你自己。你必须逃脱这种险境。一定会有办法的。现在，这个念头就是我刚才谈论过的内心斗争，它表达了另外一种情感即希望，他希望自己可以活着逃脱这种险境。

这些想法是相当明智的、适当的，不过，从定义上来讲情感并不是理性的。在生死攸关的情况下，我们通常无法保持清醒的理智或者清晰的逻辑。如果他杀了我，我今晚就要错过看电视连续剧《急诊室的故事》的机会。在你的脑海里这个想法转瞬即逝。你的情感拥有其自身的决策头脑。其实，我们可以说，你的头脑有属于它自身的一个或者多个决策机构。所以，要是他杀了我，我的猫就要挨饿了，这个念头也可能在你脑海里一闪而过，不过，在生死攸关的时刻还顾及这种小事确实有点不够理智。

或者，下面的写法怎么样：上帝，请你让我从这种险境中活着出去吧，我发誓我再也不拈花惹草了。我要忠实于我老婆，一直到死。这一回我们碰到了另类的东西：祈祷神灵、大声呼救（仍然是在脑海里呼救）。我自己不是特别信奉宗教，不过，当我陷入严重困境的时候，我也不免要想：我也不知道天上到底有没有神仙，但是，万一要是真有神仙呢？现在要是真有神仙救我一命，我会感激涕零的。假如你的宗教信念比我还要淡漠，你可能会想：如果我能虎口脱险，我打算捐资 1 000 美元救助无家可归者。假如周围潜伏着一个比你本领大的人，你肯定希望他能救你一命。倘若周围没有潜伏者，你会在内心跟自己订一个神秘的密约（你发誓以后要当一个正人君子），希望这个密约能影响事情的最终结果。当人在绝望的时候，我们什么办法都想试一试，而在小说里陷入危机的人物正好全都是绝望的、很有紧迫感的。

在这种情况下，一个人可能有种种富有情感色彩的念头，我把它们总结到一个清单里面。这个清单根本谈不上完整。随着创作的进行，你会想到更多的东西。你要花费最多的时间和精力把人物的思想和情感摸清楚。我把这个清单交给你们，然后教你一个简单易行的技术，帮你找到人物身上的情感。当我们伤心的时候，我们的大脑就会做一些事情，下面是我给这些事情列出的清单。

关联割裂：思考某种完全不相关的事情，以便保护自己，以免悲情伤身。假如我死了，我就再也吃不上大龙虾了。我们都能够做到这一点。受到严重虐待的儿童会逐渐演化出多重人格，这种儿童所做的事情就是割裂关联。在他们的内心世界里，他们会变成另一个人，以避免自己感受到外在痛苦的折磨。

否认危险：这是可行的。他只是想要我的钱，并不想要我的命。

面对现实：这是否认的对立面。你更像在强迫自己介入。他只是要钱。你不要做傻事。如果你看到了他的脸，能认出他来，那么他非得把你的脑袋打开了花不可。

讨价还价：求饶，祈祷，祈求上帝。由于宗教和上帝都是我们用自己特有的方式理解的信仰，因此这种想法会很普遍。有人可能会这么想：上帝，求你救我一命，把我从这种困境中拯救出来吧。我发誓，我以后永远不再拈花惹草了，有生之年我永远不再背叛老婆了。当你的生命陷入险境时，你肯定愿意放弃重要的东西以换取自己的性命。

你如何祈祷以及祈祷什么，能够表现出你是个什么样的人。当我遇到麻烦的时候，尽管我并不信神，我也不免要想，假如天上真有神仙，我肯定会感谢他给予我的帮助。我并不想把任何情况排除在外，不过，那已经是我的极限了。我不会因此而皈依某个宗教，或者开始参加各种宗教仪式，这就是我。另外一个宗教信念更加淡漠的人可能会想，假如我能走出这个困境，我会给我看到的第一个无家可归者捐赠 100 美元。那么，这样做到底是要干什么？这样做只是为了和周围潜伏的超人力量达成协议，或者只不过是跟你自己达成协议，希望自己得到某种神力或者魔力的帮助而已。

一个人物的宗教信仰或者其他信仰（生活哲学、道德规范，如此等等），以及他如何理解这些东西，都是可以揭示这个人是什么样的人的途径。假如你做得正确，那么尽管你可能推动某种宗教的观点，然而你却不希望推动这种宗教的意义，可是无论在什么地方、以何种方式，你都在探索人物性格。

替代效应：自从共和党（或者民主党）接过执政权以来，世界变成了什么样子！

写成下面这样如何：啊，这全怪你自己。你明知今天不该把车停在这儿的。你知道这儿不安全，可是，你太急于赶去享受极品咖啡的滋味，也懒得再开过一条街区再把车停下。真是该死，瞧瞧，这下你遭殃了吧！他会打死你，你真是活该。这样说来，你不光是自己身陷绝境，而且在绝境之中你还自怨自艾地**惩罚**自己。这种念头跟我的新教背景有关。清教徒说，发生在你身上的每件祸事全都是你自己的错。重申一下，我笔下的人物都是我利用自己全部的生活经验或者部分经验塑造出来的。勒卡瑞[①]写过多部小说，《从寒地来的间谍》就是其中一部，他曾经说过，他创造的每个人物都是他自己的一个维度。从某种意义上说，对于我们每个作者而言，这句话可以说是正确的，因为我们笔下的一切都属于我们自己的生活经验、内心的思想体验，还有我们想象中的经验。

正面思考：对我来说这个方法是好的。它让我更坚强。这也曾是哲学家尼采的信条："不能把我摧毁的东西只会让我变得更加坚强。"尼采在现代有一个著名的粉丝名叫 G·戈登·利迪，他是水门事件的涉案人员之一。利迪小时候就非常害怕老鼠。那他是怎样克服自己对于老鼠的恐惧心理的呢？他抓住一只老鼠，把它烤熟后吃掉了，他用这种办法克服了自己对于老鼠的恐惧感。这个办法奏效了。现在，以我自己的背景，我怎样才能克服对老鼠的恐惧感呢？我会想：哎呀，要是老鼠听说我害怕它们，那它们肯定会跑来袭击我。现在我可真是遇到大麻烦了。

---

① John le Carre，勒卡瑞，英国间谍小说家，《从寒地来的间谍》（*The Spy Who Came in from the Cold*）是其作品之一。——译者注

对于利迪来说，这是一种顽强拼搏的意志；对于我来说，这可能是一种负罪感或者恐惧感。

提问质询：为什么这件事情正在发生？这意味着什么？我该怎么办？我怎样才能摆脱这个困境？

什么东西能让一个想法充满情感色彩呢？可能有些词语本身就可以做到，比如说：救命！救救我！我还太年轻，我不能死。思想问题或许可能因为**情境**影响而染上情感色彩。比如说，电影散场之后我还坐在影院里，我心想“完了”，这个陈述句就没有太多情感色彩。可是，假如有个劫匪拿枪顶着我的腰，我心想，“完了”，这个想法就有了情感色彩。所以，你不必寻觅饱含主观情感色彩的词语；使用那些在特定情境中可以表达情感的、客观的、日常的词语就够了。通常，如果你只管聚精会神地思考人物在这种情境下会有什么思想活动，那么人物的思想就能把你带到想去的地方。

谋略策划：在危机中，许多思想活动都是下面这样的：如何行动才能保护自己的安全？还有，如何才能不受任何伤害地（往往是指心理上的伤害）安全逃脱？另外，如果你失败了，你又会怎么想？比如说你会想：假如他把枪对准我的头我该怎么办？或者，假如我老婆离开我，我该怎么办？谁会得到家里的房产？上帝，我不能容忍自己再跟别人幽会了。或者，我怎样做才能避免被老板炒鱿鱼的噩运？像我这样的岁数，谁会雇用我呢？内心世界是一个戏剧性的地方。在我们真正用肢体实施行动之前，许多行动（谋划进攻对方或者谋划自我防御）都已经在我们内心世界里发生过了。这个简短的清单列举了我们在情感强烈的情境中会拥有某种思想活动。现在，你已经知道了这些思想活动，你自己也可以列出一个清单来。

直通人物内心的种种活动和人物隐秘的生活，这是作家**一辈子的修行**。关键是你要意识到，正如在现实生活中一样，情感是最为棘手、最为复杂的东西。因此，在这方面你肯定要遇上麻烦，假如你真的遇到了麻烦，请不必惊慌失措。**你的故事的这个部分往往是最后时刻才写出来的**，在你早期的稿子中这部分内容往往是很少的。你会明白，你的人物在特定时刻会拥有一种强烈的情感，但是，你对于这种情感的认识仍然只是懵懵懂懂的，你还不能把这种情感准确定位。当你遇到这种情况的时候，当你不能牢牢抓住它的时候，请不要惊慌失措。你只管注意那些你需要知道的东西，然后继续写下去。当你下一次读到这里的时候，自然就会对此有更多的了解。每一稿都会给你带来更多的想法，然后你要一点一点地把这些想法融会贯通。这是创作过程中最为复杂、最难以捉摸的一环，但是，这个环节的回报也是最高的。在你和笔下人物之间的关系日益加深的同时，你与自己的关系也在加深。

担心、害怕、希望

我已经设计了一个直接而简单易行的办法帮助你发现人物内心世界正在发生什么事情。这个办法就是，当你通读自己的故事的时候，每逢那些可能会适用的地方，你就问自己："人物的担心、害怕、希望分别是什么?"其中情绪激昂的地方应该有不少，每一页、每一场都会有。故事就是关于冲突和威胁的。假如某种对你非常重要的东西受到了外部威胁，你肯定**担心**并**害怕**自己会失去它，同时你又**希望**你能够把它保住。这些担心、害怕、希望将会在你的脑海中迅速闪过，直到难题得到解决为止。

假如你的老板打电话叫你到他的办公室，然后对你说，若你不提高你的工作水平，你就要走人。这时候，你将**担心**和**害怕**自己会被老板炒鱿鱼，不过，你也**希望**通过加班加点地卖力工作，在坚持一段时间后，可以保住自己的工作。罗密欧想要和朱丽叶在一起，但是他**担心**和**害怕**他们的婚姻会被人们发现，然后他就会在他们能够逃脱险境之前失去她。同时他**希望**，全心全意地希望，他们能够很快成功逃脱，然后永远在一起。在停车场持枪抢劫案中，你可能**害怕**自己会被人杀害，不过，你也**希望**你会活着脱离险境。假如人物不担心和害怕，你就没有一个戏剧性冲突，你的故事就会彻底失败。假如你的人物满不在乎，读者也就不会在乎。读者的关心肯定比不上人物的关心。

荒诞的幻想也是一种**希望**，而且特别能够揭示人物的性格。某些人物有精巧的幻想，而有些人物则很少有幻想。詹姆斯·瑟伯[①]的经典作品《沃尔特·米蒂的隐秘生活》讲述了一个整天生活在荒诞梦幻中的人的故事。这个故事很有名，假如你没有读过，你应该读一读。我们都曾沉迷于幻想。试想一下我们赢了彩票大奖之后要做什么事情，这很可能是大家最普通的幻想之一。如果一个满口脏话、吹毛求疵的老板威胁着说要炒某个员工的鱿鱼，那么这个员工很可能幻想着假如他变成了那个人渣老板的老板，他会做什么事情。

有多少情感?

丹·奎尔和林登·约翰逊[②]这两个人物哪个更复杂一些呢？答案显然是约翰逊。什么因素导致约翰逊成了一个复杂的人物呢？你能猜得到吗？这与情感有关。在我们看来奎尔这个人的性格是非常肤浅而且愚蠢透顶的。他人格中的情感基本上是单调的单声部。另一方面，约翰逊的性格里包含了自相矛盾的复调交响。他既能做慷慨大方的事情，又可以做极端邪恶的事情。这就是为什么我们认为他是一个复杂人物的原因。一个复杂的人物能够同时体现不同的品格，这些品格通常是相互对立的。在塑造小说人物的方面，这让我们想到了一个重要的问题。

同一人物的脑海里可以容纳多少种情感或想法同时翩翩起舞呢？你能够同时感觉到多少种情感？好吧，在亲人去世的时候，你可能会感觉到负罪、愤怒、悲伤、后悔、解脱。所有这些情感会一股脑地影响着你，但是，我们无法在纸面上同时把它们记录下来，否则，我们就得叠罗汉似的把一句话摞在另一句话的上头了。不过，我们可以让这些情感在一场戏里逐一地作用于人物的情感，让人物依次有一个悲伤的念头、一个负罪的念头、一个愤怒的念头，如此等等。

---

① James Thurber（1894—1961），美国幽默作家、寓言作家、画家。《沃尔特·米蒂的隐秘生活》（*The Secret Life of Walter Mitty*）是他的一部代表作。——译者注

② Dan Quayle，1989—1993年间老布什任内的副总统。Lyndon Johnson，肯尼迪任内的副总统，1963年肯尼迪被刺后他入主白宫，1965年正式当选总统。——译者注

啊，天哪。妈妈走了。我不知道怎么去面对。她不该死，世界真是太糟糕了！我是最糟糕的一个，我真的让她失望了。我本来应该做得更多的，但是，为什么我一定要这样做呢？我不是她唯一的孩子，约翰甚至从来没有来过电话。现在，她平静地走了，不再有痛苦，感谢上帝！一切都完了。

我们在小说中寻觅的经验是完整的经验。我们很少会在一个时间只有一种感觉。现实生活很少会如此单纯。危机一般都涉及在多个方面同时遭遇了紧张局势——内心世界的紧张状态加上外部环境的紧张局势。所以，当你创作的时候，你要寻找的那种人物最好能同时感受到各种各样的情感。假如他**可能**有这种感受，你就**应该**让他有这种感受。

一点点温情

下面是一个场面：

“你是一个臭不可闻、卑鄙龌龊、自我中心、不顾别人死活的狗杂种!”她对丈夫说。

“你自己呢？你是一个粗俗、无知、讨厌的丑老太婆!”他说。

这些人物引发了你的同情心了吗？他们会打动你，让你产生认同感吗？很可能他们根本无法让你受到特别大的触动。为什么情况会是这样的呢？因为两人的对话中有太多情绪化的语言。为什么它不能够抵达你的内心深处呢？你可以试着想一想，看看你能不能弄清楚这是为什么。这必然是与情感有关的，即他们当时的情感及其情感的起源。

让我们再试着改写一下，在下面的文字中我们只是运用了不同的手法：

“我告诉过你我今晚要做你最爱吃的晚餐，然后我们要在 8 点钟吃饭。”她说，“你当时说你会早点回家的，可是到了 8 点钟，我已经把什么都准备好了。桌子已经收拾好了，蜡烛已经点亮了，葡萄酒也倒上了，所有食物都准备好了，然后我一直在等你。8 点半，你还是没有回来。我像个傻子似的坐在这儿，眼睁睁地看着食物变凉。到了9点半，你还是没有回来。甚至你都没有来个电话。现在都10点钟了，你才推门进来，像什么事情都没有发生一样。你这个臭不可闻、自我中心的狗杂种，你让我感觉你是个卑鄙无耻的小人!”

这个版本是不是更有感染力？假如确实如此，为什么呢？这个版本中的哪些情感在第一个版本中没有得以呈现？你能够看得出来吗？答案并不是说这个版本有更多的细节或者更多的对话。答案是这里有一个特定的情感元素，而第一个版本中没有这种元素。

在第一个版本中，两个人物只管泄愤。虽说愤怒也是一种不错的情感，在文学和现实生活中愤怒真可谓无处不在，并且我们需要愤怒，但是，愤怒一定是我们对于其他事情的一种反应。之前一定发生了一件事情，这件事情让我们愤怒。愤怒是对于什么事情的反应呢？愤怒是一种对于伤害和痛苦的反应。假如什么事情让你生气，一定是它先伤害了你或者先叫你尝到了痛苦的滋味，然后你才生气。如果我们不先把这种伤害和痛苦表达出来，那么，你就没有把这个经验完整地告诉读者，愤怒就成了表面的东西。

我们需要知道愤怒有什么起因，对其他情感也是如此，比如说，恐惧也要弄清楚起因才行。假如有个人非常害怕，我们就要了解他为什么害怕。但是，我们往往会把愤怒的情感搞错，因为大多数愤怒的场合下，双方人物总是会为了坚持自身利益而处于互相对峙的紧张状态，这会使我们很容易拘泥于愤怒现象本身而没有深入探究表层以下的深层起因。

不可抗拒的力量

（排水沟里学到的教训）

晚间新闻节目曾播出过下面这个场景：在纽约曼哈顿核心区一个交通繁忙的十字路口中央，一只老鼠被堵在了马路中间，两边的汽车都是呼啸而过。这只老鼠想跑进路边的排水沟里面。这时，一辆汽车从它面前飞驰而过，老鼠只得又跑回了马路中央。之后，它又试了一次，又有一辆汽车疾驰而过，差点儿把它给轧死。这边人行道上的行人越来越多。等待了片刻，这只老鼠试图朝着另一个方向逃跑，然而又一辆汽车在前面挡住了它的去路。于是，它站在那儿，周围全是来来往往的汽车，它浑身筛糠似的颤抖。摄像机摇摄[①]着一群人。一个看起来很强壮的大个子说："我们是不是应该帮帮它呢?"摄像机的镜头转向了老鼠，老鼠在滚滚车流中间跑前跑后，汽车每次都把它隔绝于此地。随后一个汽车轱辘把老鼠撞了一个伤口，老鼠在仓皇逃跑中摔了个跟头，然后就站在那儿，抽搐着，蜷缩着。车辆停了下来。一个人从路边跑了过来，他手里拿着折叠的报纸，他把老鼠裹起来又跑回路边，然后把它放进了下水道里面。老鼠跑进了下水道，进入污水沟里游走了。

这个人跳上他的自行车，沿着街道骑车离开了。摄像师跟在他后面追赶，大声呼喊："你为什么要那样做?"那个骑自行车的人停了下来。他脸上流露出了些许羞怯不安的表情。"我不知道。"他说，"我自己也曾像那样担惊受怕过。"

好了，发生了什么事情？老鼠是携带疾病的有害动物，它是偷盗和欺骗的文化象征，我们下毒药、下夹子，希望灭绝老鼠这个人类的公敌。为什么会有人在乎一只老鼠的死活呢?

他们在乎，因为那个救了老鼠一命的人说"我自己也曾像那样担惊受怕过"这句话的时候，他们也"像那样担惊受怕过"。"我自己也曾像那样"的意思是说"像我自己一样"，这就是说"我自己"。他，还有他们，全都变成了老鼠的化身。他们都产生了身份认同。为什么？因为他们没有办法阻止自己的身份认同。在这里起作用的是一种不可抗拒的力量，即认同感。

不错，这就是认同感，不过，这是不是一个完整的答案呢？或者

① 一种摄像技巧，摄像师在拍摄一个镜头时，摄像机位置不动，借助三脚架上的活动底盘作支点，变动摄像机光学镜头的轴线，进行任意方向的摇动拍摄。该方法可突破画面框架局限，放大视野。——译者注

说，我们能不能继续深挖这个问题的答案呢？我们能够深入挖掘，而且我们应当这样做。我们总是需要把答案带到尽可能深刻的层次上。那么，这个老鼠身上到底有什么东西让它变得不可抗拒呢？是什么东西让这只老鼠变得如此不同一般，如此人性化？

在这种情境下，我们的思想状态和我们平常看待或者评价老鼠的思想状态有所不同。这种思想状态包含了一种难以抗拒的力量，究其根源还在于我们人类的脆弱性或者易受攻击性。老鼠的脆弱性引起我们的认同。我们不能阻止自己认同这只老鼠。这种认同感和敏感性有着深刻的关联，深究下去，这与我们人类的进化、自然界的优胜劣汰、物种的适者生存都有关系。它是一种把全人类团结起来的东西，它使我们不得不情不自禁地与弱者产生认同感。

身份认同感来自于我们自身的易受攻击性。这个绝招屡试不爽。假如在你的故事里主人公不是一个弱者，那你就麻烦了，因此假如故事里有人受到严重威胁而且可能遭受严重伤害，主人公就必然要忧心忡忡而且担惊受怕才行。否则，那就代表他不在乎。假如他都不在乎，读者也就更加不会在乎，并且读者的关心肯定比不上人物的关心。所以，你要永远确保在自己的故事里有像这只老鼠那样的弱势群体。

熟悉的事物

或许你听说过这么一条古老的写作戒律：“写你所熟悉的事物”。许多写作课老师就是这么教育学生的，大家必须写自己所熟悉的事物。这里还有一个小小的花絮，涉及上面这个问题。

当时多克托罗①正在接受采访，采访内容跟他创作的《比利·巴思盖特》② 一书有关，这部小说的主人公是一个年轻小伙子，他试图取得黑帮大盗达基·舒尔兹的欢心。采访记者问他有关其中某一场景的问

① E. L. Doctorow，美国作家。——译者注

② *Billy Bathgate*，突出表现小人物的奋斗史而非帮派血战。达基·舒尔兹是书中的黑帮人物之一。——译者注

题，在这一场景中，这个强盗大佬把这个小伙子带到树林里，给了他一把手枪，教他怎样打枪。采访记者说，在她脑海里那个场面非常生动逼真，非常有个人色彩。

“你一定有很多操枪经验吧？”她说。

你猜多克托罗是怎样回答的？

他说：“我一辈子也没有摸过枪。”

“那么，你怎么可能把这一场景写得那么栩栩如生呢？”她说。

多克托罗继续说道（换句话解释）：“我想过把枪握在手里可能有什么感觉，然后我想象我打枪的时候会有什么感觉，以及打枪之后我会有什么反应。只要把构思工作做好，你就能够拥有刚才你说的那种反应了。”

写你熟悉的东西吗？不。**写你可以想象的东西**。毕竟，想象就是认知，它是一种特殊的认知类型，想象所揭示的东西可以像现实经验揭示出的东西一样多，甚至更多。

此外，写跟自己完全格格不入的人物又怎么样呢？还是一样，忘记“写你所熟悉的事物”这条箴言吧。这条箴言应该换成：**写你能够搞明白的事物**。绝大多数的人类经验你都能搞明白。为什么？因为你也是人，而所有的人都是由同样的材料和结构组成的。为人之初我们都有同一套完整的情感，同一种为善或者为恶的潜能，如此等等。当我们逐渐步入成人行列的时候，我们往往拥有相同的情感和相同的需要，唯一的差异只在于程度、数量有别罢了。另外，我们满足它们的手段会有区别，因为生活的磨砺会把人们塑造成不同的模样。比如，特蕾莎修女喜欢关爱他人，唐纳德·特朗普喜欢赚钱，而职业杀手喜欢杀人。同样是“喜欢”这一情感，但是各人获得这一情感的方式有所不同。在第一个例子中，它是善的表现（特蕾莎修女）；在最后一个例子中，它则是恶的表现（职业杀手）。

在我们所有人身上，每种情感都会有那么一点儿。在我们的内心世界，我们也都会有一点儿类似于虐待狂、色情狂、杀人狂、自杀者等那样的本能冲动。即便不是所有人，至少大多数人曾在生命的某个时刻动过杀人的念头。假如你从未动过杀念，那么你想象一下也行。我们拥有这些本能冲动并不意味着任何一种情感能够持续存在。这就是我们与那些穷凶极恶之辈之间的区别。

有一本书向我们证明了下面的道理：驱使社会上最邪恶的人作恶的原动力也是这种心理需要。这本书就是《八面埋伏》①，作者是约翰·道格拉斯。道格拉斯是联邦调查局的特工，他发明了运用模拟画像法确定嫌犯进而抓捕连环杀手的刑侦技术。连环杀手的犯罪心理和普通百姓的正常心理之间存在着惊人的相似之处，这叫人感觉良心不安。连环杀手犯下的罪行是骇人听闻的，可是，只要你了解他们的犯罪心理，一切骇人听闻的罪行都可以得到合情合理的解释。假如这种罪行没有任何情理可言，在勘察犯罪现场之后道格拉斯就不可能作出下面的断言：这个杀人犯不善于人际沟通，他很可能口吃。事实证明案犯确实是这样的人，他的断言是正确的。

这么说来，如果你要塑造自己并不熟悉的人物，面对这种情况你不必害怕。难就难在你要设身处地把自己置于人物的处境中，把他们的情况搞清楚。好虽好，但是你怎样才能把自己摆在他们的处境中或者走进他们的现实生活？或者说，你要如何才能走进他们的内心世界呢？好吧，我们可以求助于专业人员（社会工作者、心理学家等等），从而获得一些指导。

当你的一个同事情绪波动很大，心理出现异常，行为反常乃至发疯的时候，你必须记住两件事情。第一，无论这个人的行为有多么反常，在他自己眼里这些全都是明智之举，如果你了解他的生活感受，你也会认为这些是理智的行为。在他们眼里，这些反常行为一点儿也不疯狂。因此，你要从人物的内心世界和外在行为中发现合乎逻辑的东西。第二，这项任务没那么容易完成，所以你还得问自己："什么情况会让我做出那样的行为？我的内心世界要有什么样的念头才能催迫我、驱使我做出那样的事情？"解答了这些问题后，你塑造的人物就会有更高的可信度。我们的一切行为（理智的、古怪的、明智的、疯狂的）都遵循一样的心理学原理。这种心理普遍存在于我们身上，每种心理在我们每个

① *Mind Hunter*，暴力犯罪电影，又译《死亡特训》。——译者注

人身上都有那么一点儿。因此，你要向自己求助，以找到答案。

关于思想活动的最后思考

正如我曾经说过的那样，一个人物的思想活动是一切活动中最难以把握的部分。在前面几稿中你极少触及这些活动。通常，肉体反应是最早浮出水面的冰山一角。当它浮出水面之后，你要把它按下水去，因为你知道下面的东西还有很多，因为头脑是肉体的领导。你只管不停地写下去，因为你知道下一回合自己要做的事情还多得很。在此后的每一稿中，你会越来越多地沉浸到人物的内心世界中去，最后你就能如愿以偿。一旦你获得了成功，你要考虑把肉体反应全都删掉，只有在万不得已的时候才保留肉体反应。“万不得已”的意思是，它向我们呈现了人物的关键因素，没有它我们将一无所获。

内心世界是戏剧性的、狂野的、热闹的，不过它也是模糊不清、自相矛盾的，因此假如它成为作品里最生硬笨拙、最扎眼的地方，你也不必大惊小怪。请你牢记，不管你创作什么故事，你都要花费漫长的时间才能把人物的内心世界摆平。你需要花费大量的时间才能精通这个讲故事的技巧，就像其他创作技巧一样，这需要反复练习。练习的关键在于你是否知道要把工夫下在什么地方。

练　习

我在第 3 章使用了拉瑞和“我”老婆的一场戏来说明故事的形式，你们还记得吗？这一场戏根本就没有什么思想活动。我不知道当时“我”（丈夫）在想什么。我要把那个场面的练习重新发给你们，好让你们在练习的时候能够把思想活动穿插其中。无论你认为“我”（丈夫）的反应是什么样子都没有关系。

我们从“我”（丈夫）看到自己的老婆和最好的朋友在厨房接吻一事开始谈起。把你想象到的主人公内心的所思所想都插入其中。一旦有了机会，你就要把主人公的担忧、害怕、希望也插写进来。假如你不能准确地想象出主人公的思想活动，那么，请你把主人公种种可能的思想活动都列一个清单，这样，以后你可以回过头来作出更加具体的抉择。记住，思想活动是创作全过程中最棘手的部分。因此，每次通读故事，你往往只可能得到一些思想的碎片。当然，假如思想活动过于复杂，你索性暂时不管它好了。以后某一天，假如你有了创作冲动，你可以回过头来再做这件事情。

在“我”（丈夫）看到自己的老婆和好朋友接吻这个场面时，他有什么反应？我们先从这儿开始讲起吧。随后，当他走到门口、走进厨房的时候他心里有什么想法呢？请你把他在这一场戏里所有的思想活动都写进来。以后你还可以把它再修剪一下。于是，就有了下面这场戏：

> “嗨，伙计们，”我走进来，高兴地说，“雪茄买来了。”
>
> 他们谢了我，两人各点了一支。拉瑞给自己倒了一杯威士忌。
>
> “我离开这会儿，情况怎么样?”我一边说着，一边“扑”的一声坐在厨房椅子上。
>
> “还好。”我老婆说。
>
> “拉瑞，你呢？我不在这会儿，你感觉还好吗?”
>
> 他匆匆看了我老婆一眼，说道：“很好啊。”
>
> “那就好，我还担心你们会感觉孤独。不过，刚才我透过窗户看到了你们，我能看得出你们不需要我来助兴了。”
>
> “怎么会呢，”拉瑞说，“我们两个人都惦记着你，你回来了，我们都很高兴。”
>
> “亲爱的，”老婆说，“没有你在场，情况当然不一样了。”
>
> “当然不一样，”我说，“亲爱的，把砍骨刀给我拿来。”
>
> “砍骨刀，你拿它做什么?”
>
> “不做什么。我只是想拿着它。”
>
> “别做傻事。”她说。
>
> “不，你就迁就我一下吧。”
>
> “别闹了，好不好?”她说。
>
> “我怎么闹了？你连给我一把刀都不肯，你信任我吗？这算怎

么回事？难道说‘尖锐物体，严禁疯子靠近’吗？”

“你可真有意思。”她说。

拉瑞盯着我，无力地微笑着。

“你是怕我会伤着自己吗？怕我割腕自杀，还是怕我抹脖子呢？拉瑞，你怎么想？在我自家的厨房里，跟我忠贞不渝的老婆和最好的朋友在一起，难道说我还不能得到拿着一把刀的信任吗？”

“你当然可以呀。”拉瑞有气无力地说，然后一口气喝下一杯威士忌。

“太对了。亲爱的，听见了吗？拉瑞信任我，也信任你。我们全都互相信任。那么，请把刀递给我吧，亲爱的。”

上面是一篇章节专题的习作（练习某一章所讲技法的习作）。不过，我们还有别的练习，既有简短的系列化练习，也有完整故事的练习。如果你已经开始写这个连续的故事，那就继续做这个练习。如果你更愿意做一个简短的练习（完整场面练习或者套词组合练习），那就做下面的练习。另外，你也可以写自己的东西，做任何你感兴趣的练习。关键是你要动笔写东西。不过，我知道你们可能挤不出时间写作，甚至你每天写作的时间只有 5 分钟。假如你的处境真是这样，那么你每天就做 5 分钟的练习。5 分钟练习法在第 12 章中有较为详尽的描述，你可以用这种方法来做任何此类的练习。

首先是场面练习：

- 雇用某人或者设法找到工作。
- 开除某人或者想办法不要被开除。
- 一个亲人的死亡。

下面是三个词语一组的套词组合练习：

- 浴缸，猫，毒品。
- 鸽子，城堡，侏儒。
- 强壮而残暴的男人，男式假发，外星人。

假如你想从“背景和人物”结合法开始做练习，那么请你使用前面章节中提供的那些背景和人物素材。

第一个完整的故事，第三部分：

快速提醒：检查一下你上次写的东西，检查其中的渴望、障碍、行动，像上一章安排的练习一样要求自己。

那个有关情感背叛的故事的下一部分围绕的是由受害者采取的行动所引发的一个实际的对峙局面。他或她可能会直接面对背叛的一方，或者通过跟踪监视、雇用侦探、让朋友介入的办法来取得她或他的背叛真相。请你想象一下，如果是你，你会用什么手段。

记住，每个场面都是一个小故事（渴望 ＋ 障碍 ＋ 行动），其中人物想要促进某种事情的发生，获得信息，如此等等。每一场面都有一个场面的结局，但并非最终的结局。在场面的结局中，情况要比开始的时候更加糟糕。局势必须如此，假如局势不如此，故事就是站在原地没动。从一个场景到另一个场景，一章到另一章，冲突和戏剧性要时时出现。**在每个场面以及每一章的结尾处情势都要变得更加糟糕，直至故事结束为止**（最后结局），最终，情况要么有所好转，要么终于灾难。在《罗密欧与朱丽叶》中，故事的发展就是一种每况愈下的趋势。假如某个人物早早地就扬起了希望之帆，那么在下一个回合中一定要把他们打得落花流水。每个场面和每个章节最后都结束于人物的内心世界，这时这个人物正在他的困境中煎熬而且希望弄清楚它有什么意义以及下一步他要做什么。故事结束于人物的内心世界，所以我们可以知道自己以前停留在什么地方，以及人物（和我们）已经前进到了什么地方。

第7章　呈现展示

◆ 练习

假如我说，“他是一个危险分子，一颗会走路的定时炸弹”，你会不会被那个人物吸引住呢？你可能会感兴趣或者甚至有点儿着迷，因为一个会走路的定时炸弹预示着震撼人心的动作和热闹非凡的场面，不过，这说明你的火候还没到。

看看下面摘录的《阿里亚姆飞行记》（*Aryam's Flight*）这篇短篇小说的片段，作者是克雷顿·鲁兹（Clayton Luz），看它能不能打动你：

> 他打算杀个人。也许不等他杀了别人，他就要自杀。他那支由史密斯威森公司生产的六发式左轮手枪躺在汽车仪表盘上的小盒子里面。这支枪有一支六英寸散热式蓝色钢制枪管，一根强有力的击锤弹簧，当你向后扣动它的时候，它的力量大到仿佛要扣进你大拇指的肌肉里去。它还有一个锃亮的月牙形扳机，摸上去凉凉的。子弹已经上了满膛，这支枪是如此光滑整洁，以至于一想起这一点他就兴奋起来。

这段文字给你讲了这个人物的具体体验，而不是一种笼统的概念。最前面的我说的那句话则是笼统地**告诉**你人物的概况。之后这个例子则通过人物详细的思想活动告诉你他有什么感觉，向你展示了他是什么人，并展示了眼下他正在做什么。第一个陈述是以作者的口吻写的，是从局外人的角度叙述的。第二个是用人物的语言写的，是从局内人的角度描写的。我们称第一个为**讲述**，称第二个为**展示**。在某些方面选择这种术语是万不得已之举，因为我们讨论的问题正好就叫“故事的讲述”。然后，当你学习实际的写作手法的时候，我们说“讲述”是不好的，而“展示”是好的。“要展示，不要讲述”。这是一条古老的写作戒律。这种说法是正确的，因为展示是所有写作技巧中最基本的技巧，展示对于故事的重要性相当于加热对于烹饪的重要性。

作者说："他是一个可怕的人。"读者说："给我**展示**一下。"因为你说了这话，但是**空口无凭，为了证明事实确实如你所言，你要提供证据**。你必须把这个经验创造出来，**因为读者往往会把你的话当做耳旁风**，所以你必须把视觉经验呈现在他们眼前。但是，假如你把真实的经验有一说一地直接展示在读者眼前，让经验在此时此地发生，那么，读者就能来到现场，通过认同你的人物从而拥有了活生生的体验。

假如接下来，我告诉你：那颗危险的"定时炸弹"是一个性情火爆、思想狭隘、残酷无情的人。这话不会对你有太大影响，因为你对于他不可能有更多的体验。但是，假如我把他的火爆脾气、狭隘心理、残忍行为都一一展示在你眼前，这就全然是另外一回事了。下面这段文字摘自上面那篇短篇小说的另外一段：

> 当他把脚踩上他偷来的那辆破烂不堪的雪佛兰汽车的油门踏板的时候，他可以感觉到由汽车底板透上来的阵阵热流。他开车行驶在一条双车道公路上，这是一条贫穷落后的南部乡下公路，位于佛罗里达州西部的狭长地带。这没有关系，随便它是在得克萨斯州，弗吉尼亚州，或者亚利桑那州，都一样，没有什么不同。拖着他那被打得稀巴烂的屁股坐进这个装有固体酒精燃料的罐头盒子里，他要开车到他想到的地方去，随便找一家能让他住下的、廉价的睡袋汽车旅馆。在这条干燥得直冒火的公路旁边，这样破败的、垃圾场似的旅馆里，有一个胖乎乎的、没有门牙的姑娘。当你告诉她，你要开一个房间时，她却以为你要跟她睡觉或者做些不合伦理的事情而朝你痴痴地傻笑。
>
> 或许他也会把她杀了。
>
> 这世界就那么回事。一件你从未想过要做的事情你最后竟然也做了。太不可思议了！
>
> 见鬼的是，这个铁皮盒子没有装空调，里面比感恩节烤火鸡的炉子还要热。都怨那该死的霉运，他在杰克逊维尔附近抢的那个老

笨蛋的汽车也没装空调。真是见鬼，佛罗里达州还有哪个老笨蛋会买一辆没有空调的汽车呢？那个愚蠢的家伙居然还想挡住他，不让他钻进那辆汽车。当那个笨蛋在医院里苏醒过来，看到他的脚活像一个汉堡包的时候，他就知道自己是多么大的一个傻瓜了。要是他早知道这个老笨蛋的车子没装空调，他就该朝他脑瓜上再补上几枪才对。

这个片段会让你对这个人物有一些感觉，向你**展示**了他正在做什么事情，从而让你得到了他的经验。

要是我说“害怕”，你不会感觉到害怕。假如我说，“巴巴拉吓得要死”，你还是不能感受到巴巴拉的恐惧。但是，如果巴巴拉才七岁大，她被一个衣衫褴褛的男人堵在了一个死胡同尽头，这个男人对她说：“小宝贝，过来。咱们一块儿开车兜风去吧。”因为有这个情境的缘故，你或许开始感受到了她的某种情感。假如她说：“我妈妈在哪儿？我要找妈妈。”这时候，你就开始真正感受到了她的恐惧，因为她感觉到了恐惧而且尽管她没有使用“害怕”这个词语，她仍然把这种恐惧表达了出来。你必须把人物的行动呈现在我们眼前，而不能使用概念化的标签或者概括性的词语。具体、具体、再具体，故事只有包含了人物个性化的具体细节和他们的行动（展示），才能产生这种视觉享受。

这些都是正误相当鲜明的例证，要么对，要么错。难题是这并不总是一个要么对、要么错的问题。有时候，你会遇到讲述与展示的混合体；有时你呈现给大家的并非完整的场面，而只是局部的场面。局部的场面给予我们的是总体规划（概略性）的一种铺垫，而且混杂了足够多的人物对话以及具体细节，从而给我们留下一种初步的印象。我们可以把它当做一种区别界标，一边是高度现实主义的绘画，在这里你看不到笔锋的标记；一边是印象主义绘画，寥寥数笔就能给你呈现某个意象。在局部的场面中，你必须给读者提供充足的视觉信息（正如印象主义绘画的疏朗大笔需要展示其笔法风格一样），这样一来，读者的想象力才能填充画面上的空白。需要记住的一点是：**哪怕只是一点点的展示也比一箩筐一箩筐的讲述要好。**

我在第 3 章中给你们讲解的展示技法的例子也是一个讲解局部展示的好例子。让我们再看看这个例子。从词典上的定义开始，“平庸”一词的意思是：“形容词。指缺乏优雅或者修饰的，也指缺乏吸引力的或者不好看的。”这就是“平庸”一词在词典上的意义。为了创造出对“平庸”一词的体验，把它展示出来，它必须用个性化的语言加以表达，这才是一个具体的人对“平庸”一词的体会。下面我们再次拿出对这个词语进行展示的文字：

> “她是一个平庸的女孩子。我不知道她是随谁，长成这副模样儿。”在我六岁的时候我听到母亲这么跟我姨妈贝丝说过。我不知道“平庸”是什么意思，可是我知道它不是好的意思。我跑到我的房间里，把头埋在枕头下面，然后就哭了。最后，我还是懂得了“平庸”到底是什么意思。它的意思是要把我带到牙医那儿治疗我的龅牙：“你能把这儿颗牙弄直吗?”然后再找整形外科医生整治我的鼻子：“你能把它弄小点儿吗?”它的意思还包括把我拖到走路姿态课堂、身体姿势课堂、演讲课堂上去：“昂头。收肩直背。发音要清楚。微笑。”“平庸”的意思是说我说的所有语言都是在事先精心权衡之后、把握分寸之后和算计之后才说出口的，这样一来我说话所占用的时间就不会比我一贯说话所占用的时间更长。“她还能减点儿肥吗，大夫?”我母亲问。“她只不过是个头大了点。”陈医生回答说。“平庸”的意思是你看到望女成凤的母亲的脸上露出的冷漠而蔑视的神情，你在生活中每天都能看到那个脸色。
>
> ——伊丽莎白·布朗

这个段落跳过了许多东西。这是一段总评性、总结性的文字，它反映了女儿与妈妈多年来一起生活的情况。它并非面面俱到，不过，它却拥有足够多的个性和具体细节，从而给我们带来一种体验，帮助我们直达人物内心世界，而词典的定义永远不可能做到这一点。这个段落是下面一场戏的前奏，这场戏描述了女儿成年之后回家看望妈妈，她仍然感觉到母亲的胁迫和威严。这是一种非常好的写作手法，它让我们感觉到谁是怎样的人以及什么东西是什么样的，然后我们就被作者带入了一个痛苦的、戏剧性的场面中。

下面是另外一个例子：

> 深夜，他躺在床上，把枕头蒙在头上，他不想听到父母的吵闹，砰砰摔东西的声音和打架的声音。“你这只母狗，你这只恶心人的母狗。”他父亲说。接着是打耳光的声音，而后又是砰的一声，这是厨房椅子哧溜一声滑过地板之后的声音。“啊，为什么？你为什么这么对我？”他的父亲怒吼道。

你心里很容易就会出现一个画面，不过，你无法得知父亲进入家门的情况以及孩子内心的思想活动，并且他飞快地逃到自己房间里躲了起来和父母之间引起暴力冲突的谈话也是你不知道的，你更不知道夫妻打架最后到底是如何收场的。你从上面的例子中可以得到的信息并不多，但是假如这个部分写得很好，你得到的信息也算足够了，这足以让你继续往下读。讲述的手法你可以偶尔用上一次，不过，假如你用得太多，你就会错失许多能够吸引读者的东西。

你讲的越多，越是笼统，你就越是切断了读者和这个经验之间的联系，从而也切断了读者和你之间的联系，因为这个经验既关系到你的经验又关系到你的感受，同时它还关系到读者在此后得到的感受。**给读者呈现一种经验的最佳手段是保证你自己首先要拥有这种经验。**

展示是实时发生的，它与现实生活的自然步调一致；讲述则往往是笼统、压缩、跳跃的。没有人会愿意漏掉一个巨大经验的精彩部分，没有人希望吃饭时在喝完汤、吃完沙拉之后直接吃餐后甜点，却单单跳过主菜不吃。假如这是一顿让人没有胃口的饭，你有可能希望跳过主菜，或者假如这是你的故事里的一个薄弱环节，你或许也想跳过它。

假如这是一顿令人恶心的饭菜，那么，为什么你还要告诉我们那些汤、沙拉、甜点、咖啡之类的事情呢？讲述可以用于应付那些不出彩的材料，假如你只是偶尔用用，这种手法当然也是好的。我个人的建议是你要回过头来，重新准备一些值得一吃的主菜。**让你的故事的全部内容都值得展示给大家看**。这个标准可能不太容易做到，尤其是当你经过反复尝试之后仍未能如愿以偿的时候。假如你很少使用讲述，那么，对于你来说，使用快速生动的讲述或许要比使用漫长舒缓的展示效果更好一些。讲述应该是你在最后时刻迫不得已的一种选择。

总结性叙述（讲述）还包括另外一种倒叙的手法，倒叙是一种回忆，回忆的内容自然是支离破碎的经验片段。这时候，你需要把为数众多的材料压缩到一个短小的篇幅里面。另外，假如你感觉自己无法把全部事情都讲出来的话，你也可以采用倒叙的方式。问题仍然是，难道你不能运用展示手法来将故事写得更好吗？你可以试一试，选择那些有代表性的片段，然后把整体的经验展现在读者面前。

无论你有什么理由，你只要记住：讲述是有风险的。理想的情况是，你希望创作出一个值得全部展现出来的精彩场面，这些场面戏剧性极强，值得你把一切血淋淋的细节都告诉读者。即便你打算写局部的场面，尤其当你还是个新手的时候，我也要推荐你先把场面写完整，再想方设法制造足够的戏剧性使故事生动起来，然后假如你有需要，可以再把完整的场面修剪、压缩成一种总结性讲解。这样一来，你在练习技艺的同时也提高了你的技巧，而且不会害怕或回避写作练习了。故事里所有大的、戏剧性的情节都应该把场面呈现完整，当然，其中要有足够的戏剧性值得你对它们作出完整的呈现。

但是，为什么有的作家使用讲述手法却没有受到唾弃呢？我所说的这些大作家包括托马斯·沃尔夫、菲茨杰拉德、约翰·福尔斯、约瑟夫·康拉德①、托马斯·曼②等作家。为了使用这种手法却不受惩罚，你的思想内涵非得鲜明、生动、火爆、超群不可，或者说光是思想内涵本身就得是卓尔不群的东西。这并不是说假如其他部分给读者留下了强烈印象，读者也不会放过讲述的部分，这意味着你应该一直问下面这个问题：这个故事成功的原因在于其讲述部分呢，还是除了讲述之外的部分？读者是会深耕细作的，关键在于他们能否从中获得丰厚回报，不

---

① Joseph Conrad，英国小说家，著有长篇小说《水仙号上的黑家伙》(1897)、《吉姆老爷》、(1900)、《诺斯特罗莫》(1904)、《间谍》(1907)、《机缘》(1914)、《胜利》(1914)，中篇小说《黑暗的心》(1902)。——译者注

② Thomas Mann (1875—1955) 德国作家，1929年诺贝尔奖得主。1924年因发表长篇小说《魔山》闻名全球。——译者注

过，我们不要指望读者会经常这么做。

托尔斯泰说过：“幸福的家庭都是相似的，不幸的家庭各有各的不幸。”这句话真可谓至理名言。它既是引人注目的又能引人深思。它独标一格，而且，它用的是讲述说教的手法，它没有让我们感受到某个具体的家庭是幸福的还是不幸的，或者其他。

菲茨杰拉德曾有这么一个故事，一个小男孩因为自己是一个外来者而非常痛苦，在他刚刚感觉到自己受到了陌生人的接纳时，作者在此处插入了下面这段话：

> 我们并不是天生就懂得有下面这种罕见的时刻，当人们全不设防、弱不禁风的时候，最轻微的触碰可以让他们枯萎凋零也可以让他们恢复生机。稍微拖延一下，我们在这个世界上就永远不能再找到他们了。即便我们用灵丹妙药也不能把他们治好，即便用最锋利的刀剑也无法把他们杀死。

这些话并不是这个男孩的感受，而是作者现身说法作出的评论，他不仅评论了眼下故事里发生的事情，而且，这也是对于人生本质的评论，这让故事里此时此刻发生的事件更具敏感性、更能触动读者的心弦。

菲茨杰拉德的那段文字是我个人最喜爱的段落之一。当然，或许你十分讨厌这段说教。这正是讲述手法往往会遇到的难题。它是抽象的概念，和具体的感受相比，概念很难更胜一筹。假如思想观念让我们产生了强烈反感，它就会作出激烈的反弹。因为经验感受（展示）对于我们来说是生动、可感的东西，它直达我们的心灵，然后我们才有时间作出判断。否定感受就是否定我们自己的心灵。

内心深处持有的观念来源于重要的经验，通常是痛苦的经验。我们不是通过别人向我们讲述生活知识而是通过真实的生活从而学会如何生活的。生活就是展示自我。只有当思想观念和我们的现实生活相关联的时候，它才能改变我们。强大的力量存在于经验之中（展示）。

在写作方面，最经常让你不知不觉地陷入讲述（往往自己意识不到）状态的就是情感世界。比如说，“他的愤怒变成了负罪感”可能是你会写出来的一句话。你能看明白吗？你能感觉到吗？从愤怒的感觉转移到负罪感又是怎么一回事呢？这种讲法效果如何？在写作中，讲述的效果如何是最难以搞清的问题之一，因为你把感受变成了语言。也许，可以这样说：

> 天啊，他把那辆卡车变成了一堆废铁。好吧，那是他的错。他承认了错误。为什么他还要背那个黑锅呢？那些蠢货不会放过他。他们到底想得到什么样的真相，是鲜血吗？每个人都紧张起来。人无完人，他把他们想要知道的情况都说了，除了醉酒驾驶外。他不能泄露这个秘密，直到他们什么时候发现了。该死，那是愚蠢的想法。该死！真见鬼，为什么在午饭的时候他要喝啤酒呢？他懂这个道理。他也曾经发誓自己永远不再这样做了。他觉得自己才是蠢货，他们不是。“没有用的蠢货”，他们说得对。

不管是写什么东西，你都有可能堕入讲述的状态，甚至是详细的描摹。“那是一场吓人的暴风雨。”“那是一个看起来十分危险的陡坡。”“他有一张让人生厌的脸。”你根本没有办法避免这种写法。在早期的稿子里，你写作的目的是为了把基本的故事情节记录下来，这样做绝对没错。其实，如果说你清楚地知道你需要做什么事情，只是力不从心，那么，讲述就是你的速记法，它让你把东西写在纸上，这样你就可以继续前进，而不至于陷入思路淤塞的泥潭。你的创作还要数易其稿，因此你可以在某一次创作时擅长一种技能，在下一次创作时擅长其他的技能。慢慢地，你就可以让它完全符合自己的预期了。这是所有作家都要走的一条路。

你可以用上文中的三个例子来练习如何展示。下面有一个讲述的场面，你也可以用展示的手法把它改写一下：

> 到了埃德上班的时候，他非常执迷不悟地想着早晨老婆要求和他离婚的事情，他做起事情来一副魂不守舍的样子。他一直在想着离婚的事情，离了婚会是什么样？他怎样才能渡过难关？他是否能够一个人过日子？他是如此全神贯注地思考，以至于工作时心不在焉。最后，他的老板把他叫进办公室，问他碰到了什么难题。

假如你不想做这个练习，后面还有一些练习可供选择。记住，假如你上次的作业中还有什么东西是你希望回过头来再写一下的，请自便。假如你正在做完整故事的练习，你可以继续写下一部分了。

练 习

第一个完整的故事，第四部分：

这是上一场戏的余波，正如事实真相被第一次发现之后总会有某种后续的影响一样。这个人物新近发现了一些更加惹人烦恼的事实真相，他的内心在挣扎，他想用同样的方法搞清这些事实到底意味着什么。假如碰巧你在上一场面中让这个人物打消了疑虑，那么，更加确凿的新发现需要在这一场戏中出现。这个人物想象着最糟糕的情况，为此他还做了应对计划，同时也希望得到最好的结果。（他或者她可能考虑盯梢，找私家侦探帮忙，找个朋友帮忙，杀人，自杀，等等。）

下面是一些完整场面的练习。如果它们对你来说有启迪作用，那么它们有可能成为完整的故事。永远记住，关键在于要尽可能多地揭示各个人物及其相互之间的关系。

- 一家人因为发现某个东西不见了而引起了一场争吵。
- 两个人（朋友、情人、父母和孩子）因为一个词的意思发生争吵。最后他们查阅了字典，发现他们都弄错了。然后，他们开始争论谁更接近于正确答案。

第二个完整的故事，第一部分：

一个人物正在跟另一个人物一起吃晚饭。她之前曾经跟他出去过两次，她正在决定是否应该跟他交往。她希望作出正确的决定，不过，她害怕自己会做错事情，并断送了这种关系的前景（障碍）。她在跟这个问题斗争（行动），在心里权衡利弊。她正打算观察他今晚对她的表现如何，以及他对于她的间接的却具有试探性的问题有什么回应。这可能是一个小故事。它的关键就在于交往与否的那个决定。故事的内容是关于这个决策过程，目标则是尽量多地揭示人物的性格和情况。

这里还有另一个完整的故事，如果你愿意也可以做。故事分为几个部分，将依次出现在下面几章结尾处的练习材料中：

一个人物正在等着与他的情人约会。可是她总是迟到，今晚她来得尤其晚。他很痛苦，为什么她来得那么晚？为什么要容忍她？他可以做些什么？他怎么做才可以改变她？如此等等。这个故事也是关于自欺欺人的故事。在他的思想里，你需要展示下面的问题：他是怎么把事情给歪曲的，他做得有多过分，以及他是如何成为一个难题的。他决定假装跟她分手，以此来给她一个教训。他想象着那个场面，她会如何恳求，如何辩解？他会如何让她坐立不安，然后再把她揽回怀中？

第8章 再创作

- 不排除任何情况
- 万事不容易
- 反其道而行之
- 多重任务
- 阻滞
- 倒叙
- 对话
- 关于“为什么”的技巧
- 写过了头
- 裁剪
- 删还是不删
- 练习

这里我要引用一句名言，看看你知道不知道它的出处。“昨天，1941 年 12 月 7 日，一个永载史册的日子……”你知道这句话是谁说的吗？罗斯福总统。当时针对日本轰炸珍珠港一事他作出了上述回应，这件事情让美国卷入了第二次世界大战。如果你了解历史，你可能记得这句话不是这样的。即便说你不了解历史，这句名言是如此尽人皆知，你无论如何也听说过这句话，而且你可能还记得罗斯福总统说的是“一个臭名昭著的日子”而不是“一个永载史册的日子”。这么说，哪个词语是对的？“永载史册”还是“臭名昭著”？另外，哪个词是更强烈的词？即便你不知道这句名言，我想你也会同意，“臭名昭著”是更强烈的词。历史是总体的并且是中性的，而“臭名昭著”一词是指具体的并且险恶的事物。“臭名昭著”正是他当时用的原词。

所以，如果他说的是“臭名昭著”，为什么我却要说“永载史册”呢？猜得出吗？好吧，他说的是“臭名昭著”，不过，他写的是“永载史册”。“永载史册”是他在第一稿中使用的词，在后来的稿子中他把上面这个词改成了“臭名昭著”。本章的主题就是再创作。**“写作就是写了再写”**，古老的写作定律就是这么说的。有点儿意思吗？也许。我们走着瞧吧。注意到写作的定律是一个好主意。不过，这些定律并非总是正确的或者有益的。

“写作就是写了再写”，这是一条好的定律，不过，它并没有告诉我们什么是再写（重写），或者如何再写，它只是说再写很重要，言外之意是我们应该奉行这个定律。它也没有告诉我们大家要再写多少次才算好。同理，你要怎么做呢？第一种办法是你要回过头来，一遍又一遍地在你开拓过的土地上反复精耕细作，并希望脑海里突然闪现的灵感的火花能够帮助你把故事写得更好。这种办法行吗？你怎么知道你已经写得够棒了呢？第二种办法是指我们在再创作的具体过程中，初创故事时遵循的原理、定律和指导方针依然适用，且我们在虚构故事和现实生活中寻找生命力和戏剧性的技术手段也依然适用。第二种办法行吗？第二种选择是正确的。尽管在初创阶段你打的是全线出击、遍地开花的游击战，不过，再写阶段却要打步步为营、层层击破的阵地战，步步为营的战法保证你不离正轨并聚焦要害。

再创作，这到底是什么东西？当我们再写的时候，我们到底应该做些什么呢？首先，再写不是修饰润色。润色是推敲词语、斟酌字句，让你的故事读起来更流畅。正如润色表面上听起来的意思那样，它只管表面问题。如果说润色只是在颜面部位做的美容小手术，那么再写则是指心脏移植的大手术。再写是重新雕镂体量庞大的故事要素，让故事效果更具立竿见影的直接性，情节更具波澜起伏的戏剧性。它包括人物数量、场景数量及其他要素的变更或者增删。不过，你该如何并在什么时候操作呢？

虚构小说本身就是一种在无序状态中创造有序状态的过程。当然，处理无序状态甚至制造无序状态也是这个过程的组成部分。所以，我们在初创阶段制造出来的无序状态还需要用秩序井然的办法加以梳理。不过，在我们讲解实用技术之前，你要初步认识到再创作的总体作用有多大。

请你想象一下，如果你想要把一个故事搞定，那么你需要写出多少稿？你觉得平均需要写出多少稿才行？最成功的作家在作品初具雏形之前要写多少稿呢？记住，没有哪个人能够一次定稿。从我自己、我认识的作家、与我一起共事过的作家以及我阅读过的作家的经验来看，似乎五易其稿算是一个平均值。大多数作家平均需要写五稿出来。十稿也是司空见惯的事情。托尔斯泰创作《战争与和平》就写了十稿。亚里士多德写某些段落写了八十遍，海明威有一个段落居然写了六十遍之多。所以，并非整篇故事的所有段落你都要反复写同样的遍数。你可能给某一场面动了多次手术，而有的语句、有的段落甚至有的场面你根本没有动过什么手术。写下一个完整的场面能够做到一字不易，这种情况是相当罕见的。关键在于你要给自己留下足够的余地把它改好。至于彩排，你想就搞几次就搞几次，然后把每次彩排中绝佳的部分都采摘出来、连缀起来，这样你自然就能获得最佳的演出效果。

一般说来，你大约需要五易其稿才能让你和你的故事发挥出最佳效果来。不过，这并不能解答下面这个问题：你怎么知道什么时候你才算把再创作这项任务完成了呢？有一个故事曾经让我反复写了十二稿，要知道我平常只需要五稿就能把故事搞定。到了第十二稿的时候，人物和故事的新维度展露出了真容，这让我茅塞顿开，我把那个故事的深层意义充分地挖掘了出来。这样固然很好，不过，我是在十二次易稿后才把这种境界发掘出来，这可真是难上加难呀！假如我写了二十四稿或者三十六稿，那又将难何如哉？可能卓越已经近在咫尺，只要再有一稿就能成功了，但我怎么知道呢？

有一条古老的写作规律说：当你写出的最后一稿还没有上一稿好的时候，再创作也就够了，这时即便你再写一稿也只能起负作用。这个答案听起来不错吧？有道理吗？请记住，我曾经给你们讲过，对写作规律也要有个基本判断：有的好，有的不好。这个规律的麻烦在于它根本就没有切中关键。关键问题是：你根本不知道到底哪个稿本更好。你已经迷路了，你需要找到能够让你原路折回的地图，重新获得某种看待问题的全新角度。如果说你对哪个稿本更好能做到心知肚明，那么你就应该继续再写，继续提高。

我听别人讲过一些非常有趣的笑话，每次都把我逗得哈哈大笑，精彩的笑料都要分开几次才能说完。过了一段时间，我自己也能把这些笑话说好了。最后，它们甚至一点儿也不好笑了。在创作过程中，这种情况也经常发生。你在自己的故事上面下的工夫越多，你就越能够理解这一点。因为对于你来说这儿已经没有什么意外的惊喜可言了。你的视角开始迷离，面对自己的作品你几乎变成了一个文盲，实在看不下去了。

随着时间的推移，如果你一周或者个把月时间不看它，它就能给你带来一种新鲜感。间隔期最好相当于你写出一稿或者两稿的时间。然后，你又回到了仿佛不识文字的混沌状态。假如你写的是一个大部头，比如说一部长篇小说，那么你就要大胆地径直往前赶路，不要回头看你的开头，直到你写完全篇为止，这时你再回顾故事开局的时候就会有一种新鲜感，这样的再创作才能出效果。但是，即便是一部长篇小说，你也可能感觉寂寞乏味，尤其是当你还需要对部分文字多次返工的时候。这样一来，你和你的小说都有可能跌进由来来往往的车辆轧出的同一道车辙里。

因为这个缘故停下来歇口气可不是一个好办法，你可能会面临失去锋芒和勇气的危险，或许在半途停工期间你的思路还会遭遇阻滞。所以，停下来绝不是一条出路。即使你不能忘怀已经做完的事情，你仍然可以重新产生新鲜感，找到新的思考角度。

我在前面说过，你需要写出五稿以上才能让自己的故事初具轮廓，不过，这仍然没有回答“你怎么知道什么时候自己的再创作已再无可为?”这个问题。我们眼下讨论的问题是以你目前的技术水平怎样才能把作品写到最好，而不是说一口气就要写出完美无缺的极品。你写的故事越多，你自然就写得越好。你不要仅仅为了追求一篇故事的完美无缺而让自己累死累活。眼下，你只要尽你所能地下工夫，力争做到最好，然后继续前进就行了。当你成为一名更好的写手之后，你在任何时候都可以回过头来，把它再写一遍。

约翰·福尔斯先后写出了《收藏家》和《法国中尉的女人》这两部小说。后者非常畅销，后来还改编成了一部电影，这部小说目前是全知式叙事者的伟大楷模。他还曾写过一本名叫《占星师》的畅销书，这部小说的创作介于上面两部小说的创作之间。在成功推出《占星师》十年之后，福尔斯决定把这篇小说彻底改写一遍，他确实这样做了。《占星师》的第二个版本也得到了批评界的热烈欢迎，获得了商业成功，再次成为畅销书。这样一来，《占星师》就有了两个版本，人们认为两个版本不相上下，同时这两个版本之间的差异也很大，甚至到了足以自立门户、各自成书的程度。你应该可以在图书馆里同时找到这两个版本。假如你想弄明白作者身上发生了什么变化，这些变化如何通过他的技艺表现出来，那么你可以把两个版本都分别读一遍。

这么说来，什么时候你才算是万事大吉了？永远不会。不过，当你已经通读了整个故事，熟悉了再写的技术，触到了所有垒位之后，你就能把自己眼下这个阶段的写作水平尽数呈现到纸面上来了（没有人能够发挥自身的全部优势，即便是福尔斯在写作第二版的时候也不免有些许遗憾）。眼下，只要你能明白这一点就算是万事大吉了。不过，以后会怎样谁也保不准。假如你的一个故事自始至终都在你心里栩栩如生（通常是多年如此，而不只是几个月时间），假如是因为新的想法或者（往往是）新的技术让你找到了其中的新的兴奋点，你总是可以再写这个故事的。对于旧作的再创作往往仅针对那些不成功的作品，虽然它们不成功，但是你仍然对其抱有依恋之情，成功的作品一般不是再创作的底本。

下面一个例子是另外一种很好的对比，弗兰纳里·奥康纳把自己的一部作品先后出版了两次。第一个版本名叫《天竺葵》，1947 年写成，这是她 MFA 学位论文的一部分。第二个版本名叫《最后审判日》，1964 年写成。奥康纳前后两次创作这个故事的技法有许多不同。两个版本都被收录在《弗兰纳里·奥康纳小说全集》（*Flannery O'Connor：The Complete Stories*），由正午出版社（Moonday Press）出版。

技法方面的不断进步（再创作）还有一个杰出的例子，那就是菲茨杰拉德未完成的一部小说，即《最后的大亨》（*The Last Tycoon*）。有一个简装版本是由斯基伯纳出版社出版的，书面上印着："最后的大亨（未完），爱德蒙·威尔逊序，作者自注。"其中最重要的地方是"作者自注"。小说本身共有 126 页，其后附了一个写作提纲，摘自菲茨杰拉德在写作过程中的注释以及他和别人的对话。此外，非常重要的地方是，我们可以看到菲茨杰拉德本人给自己的作品所作的注释，作者在手稿上面作了密密麻麻的注释，包括图表和故事梗概，还有从作者的笔记本上摘抄的注释，这些不光让我们看到他是如何写作的，而且也让我们知道他在写作过程中遇到了多大的麻烦，以及他是如何挣扎着把这部小说塑造成型的。

当然，这并不是说他的方法就是我们的方法。你可以培育出一种更加简单易行、更加直来直去的方法，或者一种更加复杂、更加旁敲侧击和更加面面俱到的方法。每个作家都有不同的工作方法，你觉得什么方法适合于自己，然后坚持下去就好，但是，不要怕尝试不同的方法，这样你就能明白这些方法是否能够更容易地帮助你达到目标。

故事是关于经验的。当你再写的时候，你要做的一件事情就是放松心情，重新读一下你写出来的东西，看看它对你有什么影响，能给你带来什么感受。由于故事完全是有关情感的，所以你的故事一定会让你有所感受。不过，大家都知道，你可能会在情感的迷宫中迷路，正如你在写作的时候会迷失思路一样。你可能无法确定你的故事能给人什么感受或者它还能有什么更好的选择。

所以，你会迷路。你可以做点儿什么？折回到你的故事中来，你怎样才能找到道路？你有什么想法吗？首先，你通常要到哪儿去找到出路？其次，当你遇到麻烦的时候，你该怎么办？

迈克尔·乔丹有他的总体规划，吉米·康纳斯有他的“眼睛要死死盯住球”的策略，你则有你的**技艺**，你尽管找你的技艺帮忙好了。当然，关键仍在于要找到三大要素：**渴望、障碍、行动**。我们在上一章中回顾过它们，可是你仍然需要一而再、再而三地温故而知新。在这个教程中我们将会多次回顾这些要素。即便你觉得它们让你感觉痛苦或者你自以为已经弄懂了，但当你再次遇到它们的时候，无论如何你还是要先回顾一下。你需要这样做，我们大家也都需要这样做。

渴望、障碍、行动：首先是要寻求它们的帮助，在做别的事情之前，先检查一下你有没有这些要素。如果你不这样做，而且问题正好是因为你缺乏其中的一个要素（问题几乎总是出在这里），而你却在别处下工夫的话，那就会浪费许多时间和精力，而且问题永远得不到解决。这就好比当你的汽车需要更换发动机的时候，你却浪费时间给汽车打蜡一样。无论你把汽车的表面弄得多么锃亮，你也永远不能让它跑起来。

这么说来，我要再次重申，第一个问题永远是：**什么人渴望什么东西**？假如没有人渴望什么东西，麻烦就大了。这是你需要下工夫的地方。但是，你不要掩饰问题，敷衍了事。千万不要光是思来想去“人物渴望什么”，却不仔细看看你在纸面上都写出了什么东西。不要只在脑子里下工夫，唯一作数的、存在的东西，是写在纸面上的东西。所以，你要在纸面上找到渴望，把它第一次出现的地方标出来。然后，你再回答下面这些问题：它的出现是不是已经尽可能提前了？它够不够强烈？它能不能更强烈一些？人物是不是在最大程度上做到了坚定不移或者心急火燎地想要得到他所渴望的东西？他是否感觉到自己已无法继续忍受目前的局势，因而情况必须改变？比如说，他的爱情是不是像罗密欧或者斯佳丽或者盖茨比那样热烈，再或者他是不是像亚哈或者哈姆雷特一样执迷不悟？为什么他要在乎？他有哪些具体的理由和个人的理由？

注意，渴望并不总是最早展现出来的东西。它一直都在那儿，不过，直到遭到拒绝或者挫伤之前它是不可见的，比如说《哈姆雷特》中当父王的幽灵现身的时候，或者在之前提及的拉瑞的场景中，当我看到老婆亲吻拉瑞的时候。哈姆雷特在当时不会祈祷说：我希望爹爹不要出现，不要命令我为他报仇雪恨；我也不会想：我希望老婆并不是在背叛我。尽管如此，渴望必须到位，即便是渴望因为得到了满足而被隐藏了起来。

第二个问题永远是：**什么是障碍**？它第一次出现在纸面上是在什么地方？找到它，然后标出来。它是否还能出现得更早？它还能更强烈些吗？它是否是坚定不移或者迫在眉睫的，并能否阻挡人物对它的坚定不移的征服？人物能不能什么也不干，同时又不受到伤害？假如人物可以忽略这个障碍，并且可以全身而退，你得到的障碍或冲突就是一个虚假的障碍或虚假的冲突，这意味着根本没有冲突，没有戏剧性，从而也就没有了故事。

一旦你把这个渴望和障碍的张力之弓拉圆拉满（同时并不违反你的故事原理，一个人物得到驱动力并不一定非要像亚哈或者哈姆雷特那样筋疲力尽，“咣当”一声倒在地上），我们就该讲一讲**行动**了。**人物要采取什么行动以便克服障碍**？他有没有竭尽全力地直接冲击（或者抵制）这个障碍？这个行动第一次在页面上出现是在什么地方？找到并标出它。它能不能出现得更早一些？这个人物还能做些别的什么事情？他还能不能做得更多一些？他对自身资源的利用是不是到了最大限度？假如不是这样，请把它改写成这样。记住，假如思想斗争关系到如何进攻或者防御这个障碍，那么思考就是行动。记住，障碍必须包含对抗或反击或抵抗，而且这个力量要和遇到的阻力旗鼓相当。

现在，假如你的**渴望、障碍、行动**三大要素运转如常，那么你陷入任何真正的麻烦的可能性就非常小。**结局**只是胜利或者失败的问题，假如你的渴望是深刻的，你的障碍是有威胁性的，并且人物正在竭尽全力克服困难，那么这应该不成问题。有了提高故事戏剧性的三大要素，而且运转正常的话，你就是想创作出一个平淡无味的故事都是不可能的。

渴望、障碍、行动、结局是形式的要素。另外一个需要考虑的关键因素不是形式，而是故事的效果。效果是情感，就像随处可见的食材或者调味品一样，它不是菜品花样的组成部分。我们怎么称呼它并不重要，只要我们时时刻刻意识到人物有什么感受就行了。捕获人物的种种情感有一个好办法，你只要问自己，这个人物有什么担忧、害怕或希望？在故事的每个转折关头你都要问自己这个问题。你作品的每一页都要出现人物的情感，而且要多次出现才行；情感要通过人物的思想活动、外在行动表现出来，你不能把它写成一成不变的东西。

任何一个人，如果他遇到一个威胁性难题，这个难题可能会损害他或者损害某种他珍视的东西，他就会担心可能发生的危险，同时，他希望自己做点什么事情以便可以避免这种危险。一旦有了这么一个威胁，情感就是紧张的而且几乎是恒定不变的，只要你有机会，你就要想办法让这种情感在这个人物身上得到表达。通读你的故事，在可能提问的地方都要问自己："人物的担忧、害怕或希望分别是什么？"记住，情感是决定性因素。情感是我们制造终极关联和认同感的地方，也是读者变成人物化身的地方。假如读者不知道人物的情感如何，他就不知道自己有什么感受，于是他就会逐渐疏离这个故事。

另外需要关注的一点是个技术问题：**展示**。展示就是把经验创造出来，让它活生生地发生在你的眼前；它是逐字逐句、实事求是地呈现经验，而不是描摹其细节或者归纳其特征。展示是你在呈现故事时离不了的手段，因此每时每刻你都要对它保持关注。最纯粹、最有效的展示形式是场面，且你展示的内容越多越好。

下面这些是故事的基本要素：**冲突（渴望 + 障碍）、行动、结局、情感、展示**。它们不仅要作用于故事的总体，而且要作用于每个场面。对于每个场面、每个章节，你必须处理渴望、障碍、行动和结局的问题。每个场面都是渴望和障碍这两股势力之间的斗争或对峙。每个场面都有一个结局，但这并非最终的结局，而只是一个场面的结局。换句话说，每个场面自身都是一个小故事，在每个场面的结尾处，情况都要比刚刚开场的时候更加糟糕。在故事的发展中，情势每况愈下，情节结构也随之变得复杂，直到最后的结局（胜利或者失败）。

比如说，在《罗密欧与朱丽叶》这部戏中，一个个复杂情况接踵而来。在罗密欧和朱丽叶偷偷结婚之后不久，罗密欧想要劝阻朋友茂丘西奥和提伯尔特打架，可是事与愿违，这反而导致茂丘西奥命丧黄泉。在痛苦与愤怒之际，罗密欧杀掉了提伯尔特，后来他因此而遭到放逐。朱丽叶的爱人走了，她变得孤苦无助。这已经够糟了，可是为了让事情更糟，她父亲决定把她嫁给帕里斯。朱丽叶一反对，她父亲马上就怒火中烧，命令她必须嫁给帕里斯，并且定下了婚期。莎士比亚把困难堆积如山，压在这对“灾星当头”的情人身上。灾星确实当头了，是谁让它们碰头的呢？莎士比亚。

在故事里，情况也有峰回路转的时候，不过这种转机都很短暂。假如事态真的好转了，这往往只是一个准备将他们打倒的前奏，事情将变得更加糟糕，从而给人物和戏剧注入新的活力。每个场面都要在人物的内心世界结束，人物要比在开场时更加伤心，而且他还要为了新加入进来的复杂状况而烦恼不堪，他不知该如何是好因而内心备受煎熬。假如在每个场面、每个章节的结尾处，事态没有恶化，那么你的故事就会原地踏步、停滞不前。假如故事没有演变发展，那么读者就要走人了。

成败的关键在于故事的基本要素。它们是你需要的一切，假如你把它们弄好了，犯点别的什么错误都不大要紧。我所看到过的每个失败的小说都欠缺了其中的某个基本要素。所以，在你再创作的时候，你要做的第一件事情永远是审视你的故事，检查这些要素是否已经到位。

一旦你确定你的故事已经有了这些要素并且它们运转正常，你就可以尝试学习本章中其他有关再创作的技巧，从而将你的故事和你自己的水平发挥到极致。你可以选择其中的一个技巧，然后在通读你的故事后把它运用于你的故事中。这里提供了许多再创作的技巧，这个清单可以说是无所不包了，不过，你需要在今后通过练习才能掌握它们，即便你不能把它们全都应用一遍，你也可以同时选择几个技巧应用一下。

不排除任何情况

重读一下你的故事，放纵一下你的思想，想象一下任何有可能发生的事情，人物还可能有别的思想、别的感觉，或者他还能做些别的事情吗？你得去寻找种种甚至是遥不可及的可能性。不要担心你的思虑过于悠远，在这个时刻，就怕你走得不够远。我们害怕把事情推进到极限状态，进而超出极限。我们是有组织的个体，拥有自己的领地范围和防御能力。为了创造，我们需要打破这些界限，用开放的心态看待我们内心的任何思想活动。而且，因为你不能真正地超越自我，所以无论你的思想观念让人觉得有多么风马牛不相及，留在它上面的痕迹还是你个人的烙印、你个人的秩序感。

假如你的故事情节确实枝枝蔓蔓，离题太远，你随时有机会帮它减减肥、瘦瘦身。一条古老的写作定律说：要想明白把一件事做到如何方为足够，最好的办法就是把事情做过头。假如一个人的老婆要求和他离婚，这让他震惊，他为了要拼命保住自己的老婆，可能会做出什么事情呢？最初，你可能会让他争辩、发誓、恳求，甚至威胁。不过，后来你可能会考虑让他发动进攻、偷袭、贿赂、写恐吓信、谋杀、造谣，或者综合利用这些手段，这样就能弄明白他和你的内心世界都有什么想法。上面的事情他可能一件也不会去做，但是你需要探索各种可能性。即便他并不做这些事情，他也很可能已深思熟虑过这些手段而且想过要这样做。思想就是行动。因此，你能够想象到什么程度就尽量想象，然后看看你能得到哪些选项，最后再使用有效的手段写出来。

万事不容易

永远不要让任何事情是某人容易做到的。利用每个时机，创造出更多麻烦。想一想，罗密欧和朱丽叶、哈姆雷特、亚哈、盖茨比、斯佳丽，他们的境况何其不堪！是谁把人物的境况弄得如此困难重重？是谁把哈姆雷特逼疯了？逼疯他的人不是那个要求他报仇雪恨的父亲，而是莎士比亚。《白鲸》中，那条鲸鱼并不是亚哈死亡的真正原因，作者梅尔维尔才是真正的“凶手”。

因为你是作者，这一切都要你做，这一切麻烦也都要你来制造。作者要取得“虐待狂从业证书”，而你完成这项任务的一种办法就是尽可能地增加人物的风险或赌注。比如说，有一年轻有为的律师，他在一个富庶的县城里的一家首屈一指的律师事务所实习，别人要他做一些他认为不合职业道德、不合社会道德或者非法的事情，他对律师事务所的资深合伙人说，做这些事情会让他在良心上过意不去。于是，他们对这个年轻人说：

> 那好，马丁，假如你不帮我们解决这个难题，那就证明你缺乏在这儿工作所需要的那种忠诚度和团队精神。换句话说，你在这儿的饭碗就保不住了。

好了，问题出现了：要么打球赛，要么你出局。这是冲突的一个层次。当然，为了表达同样的意思，同时又不用改变这段话的意思，他们也可能会说：

> 你丢了饭碗，走着瞧吧，我们保证你将来在这个县永远也吃不上律师这碗饭了。

无须改变这段话的意思，我们已经强化了其中的戏剧性。可是，我们是否已经做到极致了呢？我们能否把戏剧性变得更加强烈呢？看看像下面这么说怎么样，这位年轻律师的老板说：

> “听说你不愿意在这件事情上支持我们，我们很遗憾。马丁，坦率地说，对你我们是有所怀疑的。所以，我们花了一点时间编造了一个小小的文件来试探你。文件的部分内容是真实的，部分内容是不属实的。可是，它在法庭上是站得住脚的。如果你不跟我们配合，你不只会丢了工作，而且，我们还能叫你今后永远无法在法律圈子里干。无论你跑到哪儿，你都永远别想再吃律师这碗饭了。”

现在，我们并没有改变故事的激烈程度，只不过提高了对方要挟的筹码，我们就把这个场面变得更加紧张，更有戏剧性了。

现在，我们是否已经做到了极致？对于这个故事来说，我想我们已经做到了极致。但是，这并不意味着别人也会这样想，只要继续推进，这个场面的效果就会更加明显。律师事务所的高级合伙人可能威胁说要杀掉这个年轻律师的老婆和孩子。这个故事有可能达到那个程度，而且这能够取得明显的效果，不过这么做的话，它或许已经接近于另外一种故事类型（犯罪恐怖小说），而不是我心里所预期的那种故事。这就是我对于它的理解。你可以追求一些更加极端的东西，这个手段依然是有效的。

虚构小说反映现实生活的真相，不过，虚构小说不等于现实，它是浓缩了的、强化了的现实。它是现实生活的精华或本质，在某种意义上，它比现实生活更加现实。它揭示出来的事实真相肯定要比平日的现实生活的真相多得多。而且，它永远不会像现实生活那样不温不火。所以，你必须给你的人物来个泰山压顶，迫使他们不得不使尽浑身解数。他们对于自身资源的利用程度越高，他们自身的情况也就越能被展现得一览无余。他们把自身展示得越是饱满，我们与人物之间的共同感受就越多；越是让我们感同身受，越是能够形成认同感。无论什么时候，无论好人坏人，你要尽量使每个人物、每件事情变得困难重重，如果你这样做了，那你就永远不会在写故事时犯错误。

反其道而行之

你还可以考虑让你的人物做跟他目前的所作所为恰恰相反的事情。这好像会违背故事中人物的意愿，不过，这样做还真有点儿道理。一个恨铁不成钢的母亲在谈到自己那个淘气的孩子时会说："要么，他要什么我给他什么；要么，我打死也不理会他的要求。我就是拿他没有办法。"母亲说的这句话也表明了这个道理。当我们陷入绝境、没有办法的时候，我们往往就会走极端。所以，一个大男子主义者在威胁他老婆不要跟他离婚不成之后，他可能会双膝跪地向老婆告饶。另外，一个窝囊废男人平时为了免遭老婆骚扰会躲进柜子里面，或者恳求老婆不要打搅自己，可要是别人把他逼得精神错乱，他也很可能会拿出一把手枪跟人家拼命，并把他们赶跑。通过考虑反面的情形，你能打开人物、故事和自我的种种潜质，从而为你的人物找到各种展现真我、展露真容的机会。**请记住，塑造人物是虚构故事的首要目标**。所以，请考虑一下反面的情形。假如反其道也能行得通，那就这样做吧。你会惊讶地发现，这种办法往往能够开掘出种种全新的可能性，让你深入探询事情的核心所在。

多重任务

你的故事，包括你这个作者在内，永远都不要一心无二用，同一时间一心仅一用是不行的。比如说，开始的时候你只要一心一意搭建舞台场景（描述故事发生的背景）。但是，你永远也别指望读者会傻呆呆地坐在那儿，单等你把场子完全搭建好了，然后再观看你在舞台上上演故事。搭建场景自然是好的，不过，与此同时你还可以顺便揭示一下人物的性格。如果这个场景对于人物是重要的，它能对人物产生影响，且人物对它也有强烈的感受，那么此时我们就要把人物也引入场景中来。这个场景应该是这个故事不可或缺的要素，主人公对此作出的反应必须起到塑造人物的作用。

如果故事讲得好，事事都要有一个明确的目标，事事都要能为故事奉献力量。故事里不能有占着茅坑不拉屎的东西，也不能有不疼不痒的东西，更不能有搭顺风车的东西。一条古老的写作定律是：**如果有什么东西是无益的，那么它就是有害的。**既然我们说，这是艺术，不是科学，那么你肯定有一些自由度，且实际上这个自由度还很大。如果你可以利用一处杰出的、诗意的描写震撼人心，不过假如除了美感和愉悦之外它再不能实现其他目标，那么，你还是把它拿下好了。

另外，如果你已经把某种东西写到了纸面上，你喜欢它，你觉得它很对劲儿并很有吸引力，不过你却不清楚自己为什么要写它，那么请你暂时刀下留人。既然你把它插进故事里来，它就应当与故事有某种关联，只是你暂时尚未看到这种联系而已。你需要做的事情就是努力把它变成一个必不可少的部件。当你做这件事情的时候，你就挑战了自己的创新能力，而且你创作出的故事往往会更加深刻、更加饱满。最后你还要做一件事，即你要把自己某些得意之笔从故事里抽出来，原因只有一个，它们也许无法融入故事的整体。然后，假如你费了九牛二虎之力仍然无法让它融入其中，那么你还是把它删掉为好。虚构故事的任务就是把那些联系本不紧密的材料衔接起来、融为一体。在一个精彩的故事里面，事事都要衔接紧密、连成一体，因为作者需要它们这样交织在一起。

每时每刻你都要做到一肩挑起至少两项任务。假如你的故事里有个人物，他要去参加鸡尾酒会，他对此不可能什么想法都没有。不能仅仅因为作者有心举办一次鸡尾酒会，他就非得来参加不可。这个人物必须要对鸡尾酒会有非常强烈的感受才行。而且，他的感受还必须是非常厌恶才行，要么因为他觉得鸡尾酒会和自己格格不入，要么因为他是一个酒鬼，他害怕自己喝得酩酊大醉，耽误了正事。在我们享受鸡尾酒的同时你还要向我们揭示一下人物的性格，这就是一个双重任务。

不过，你用同样的力气还可以完成三重任务。你可以完成而且应该完成的第三项任务就是**推进故事情节的发展**。如前所述，虽说这个人物非常讨厌鸡尾酒会，不过，他还是非去不可，因为他想到酒会上找到自己的小舅子，尽管小舅子和他不和，可是他仍想恳求小舅子借给自己1 000美元，他要用这笔钱偿还一笔赌债，要是到了八点钟他还还不上这笔赌债，那个讨债专业户就要把他的双腿打断。这么说来，他参加晚会其实另有所图，为的是要实现一个目标。他采取行动是为了克服一个障碍，他参加晚会是因为他有一种需要。假如不是迫不得已，他是不会去参加酒会的。

因此，这里你要完成三重任务：铺设故事场景、揭示人物性格和推进情节发展。注意，这个模型是如何把诸多故事要素包括进来的：渴望（1 000 美元），障碍（小舅子），行动（想办法劝他把钱借给自己）。这些要素是每个场面都必须具备的东西。在这一场戏结束之前，你还要为这场戏想出一个结局来（他借到钱或者遭到拒绝）。

阻　滞

你在审视自己的作品的时候，要找出冗长复杂的陈述展示（exposition）段落。展示部分负责提供读者需要了解的背景信息，这样读者才能理解故事。通常这些信息只是你**一相情愿地认为**读者需要知道的信息。读者必须知道的是下面这些信息：谁是什么人？什么东西是什么样子？这样读者才可能分享人物的经验。他需要知道人物知道的东西，即关系到人物眼下处境的信息。但是，他需要知道的只是必不可少的信息。比如说，假如丈夫指责老婆背叛了自己的感情，那么，在这个场景开始之前我们就必须知道以下的信息：为什么他相信她背叛了自己，因为他跟自己秘书也保持着一种暧昧关系。这样一来，我们就能拥有一套完整的经验。但是，下面的信息则是我们不必知道的：这个丈夫是不是有三个兄弟？他过去是否曾经想当一名赛车运动员？如此等等。

人们往往有一种先入为主的错误看法，即把历史事实或者人物传记告诉读者是塑造人物的一个途径。你要通过展现人物眼下的行为方式、对待自身难题的态度来塑造人物。**行动就是性格**。正如我们不需要知道亚哈在哪儿上过学，他有多少个兄弟姐妹，他的父母是什么样的人，等等，我们只要通过人物眼下的行为举止来理解他的具体处境。

假如你有陈述展示部分（你觉得自己需要向读者提供的信息），那么你首先要确保这部分是绝对有必要的。假如它确实是必不可少的，那么，传达这些信息的篇幅一定不要太长。你可以把这些信息给掰开、揉碎，天女散花似的把它们在这一场景的某些地方传达出来，要让它们自然而然地融入环环相扣的事件链条和前后连续的思想链条中去，让它们能够实现双重或者三重任务齐头并进的状态。

倒　叙

如果有可能，你就要尽量避免运用倒叙（flashbacks）。假如你确实需要使用倒叙，那么也可以，不过，运用倒叙手法要像运用陈述展示一样做到恰如其分，倒叙的内容应该被切细粉碎，然后再把它们均匀地播撒到整个场景中，播撒的方式要让它们自然而然地进入人物的内心世界。永远不要插入一个冗长的倒叙段落来充当两个场面之间的过渡场面[①]。比如说，下面的做法你就不应当运用：

> “嗨，小混混儿，你在这儿弄啥呢?”那个矮胖的、红头发的墨西哥裔美国人说道，这时他正沿着小巷大步走向哈里。
>
> 哈里把手伸进了口袋，拔出了弹簧刀。自从路易叔叔把这把刀赠给他之后他就一直揣在身上，之前在这个巷子里他曾经被三个骑自行车的人扑倒在地。当时他才 14 岁，但他一直都知道，将来肯定有一天，他必然会用到这把刀。他从来不是一个善于打架的人，因为暴力行为让他感觉不自在，尤其是在看到自己的伙伴在车道上被枪击者打得身首异处之后。

这种长时间的胡思乱想应该出现在这个场面之前，且前提是这个人物还有时间胡思乱想。在激烈的打斗中，没有哪个人会稀里糊涂地做起这种白日梦。所以，针对上面这种情况我们本应让哈里早一点想到弹簧刀的事情，而不要等到他有了压力才这样做。这个时机或许是他那天晚上穿好衣服准备外出的时候，当时这把刀正好摆在他的衣柜上面，当他把钱包和钥匙装进口袋的时候，他想或许该把刀留在家里，因为他讨厌随时带着它，这样做只是为了兑现自己曾向路易叔叔作出的承诺。你会有时间把这件事情插进情节中来，因为哈里也会想到这些情况。那么，当坏蛋在巷子里冲向他的时候，哈里就把手伸进了口袋，摸出弹簧刀，“路易叔叔，谢天谢地。”在这个危急关头我们只能让哈里说这一句话，有了这句话这个经验就算完整了。

如果说这种事情不大可能发生在现实生活中，那么在虚构故事里这种情况也不应该发生。虽说虚构的故事不同于现实生活，但是，现实生活依然是你的向导。在现实生活中发生的许多事情不一定能在虚构小说中发生（比如把买彩票中大奖当做一种解决赌债问题的办法），但是，

---

① Midscene，介于上一场与下一场之间的那一场。——译者注

在虚构小说中发生的事情在现实生活中应该是可能发生的。所有虚构小说都可以是现实生活的实事，不过，现实生活不可能全部都是虚构文学的素材。即便是荒诞小说和科幻小说这样比较特殊的小说类型，它们也仍然必须构建一种可信的现实，而且还需要具有内在的一致性。所以说，不要在一个紧张场面中插入一个冗长的倒叙段落。

如果你真的需要插入一段冗长的倒叙，而且你认为确有必要，那么，到了该倒叙的时候你就来个一竿子到底。不过，插入冗长的倒叙文字的前提条件是它必须满足故事的全部要求，即它要包括渴望、障碍、行动等内容。假如你倒叙出来的故事能给读者以不俗的回报，读者自然会高兴地任由你牵着他的鼻子走，你想让他在那儿待上多久他就能待多久。

通常，如果你把故事的开局时间再往前提一点，倒叙也就大可不必了，而且这还能让故事情节直来直去、一顺百顺。在下面这个例子中，倒叙就是不必要的：

> "戴维，你这个狗杂种，你上次占了我的便宜。"拉瑞说。在过去的三年里，拉瑞的辛勤劳动帮老板戴维赢得了不少荣誉，老板许诺要尽快给拉瑞涨一级工资、提升一次职务。可是如今老板却拿着拉瑞的工作业绩去了另外一家公司，获得了一个重要的职位。

你能明白故事里出了什么事吗？也许你一上来情绪就很激动，不过，这时候读者还没有摸清状况，他们不知道你在讲何人何事。所以，为了把情况说清楚，你需要停下故事的行动，运用倒叙的手法让读者迅速回顾一下事情的来龙去脉，这样也好让读者了解眼下发生的情况。即便这样，读者也没有办法完全弄明白到底是怎么回事，因为你已经跳过了许多富有戏剧性的故事素材。这个故事比较自然的开局应该是：拉瑞第一次发现老板把自己辛辛苦苦成就的业绩全记到他自己的功劳簿上。在这个故事的情节链条上，这件事是第一个戏剧性事件。另外，即便你情绪激烈的第一句话就能吸引住读者的眼球，然而这时候读者还摸不清故事的来龙去脉，要想让读者弄明白，你必须要等到他搞清楚谁做了什么事之后才行。这就好比你在大街上看到有人吵架，这件事情引起了你的注意，而且你自然也有了某种感受，不过，你还没有彻底弄清两人吵架到底是为了什么事，除非你知道了事情的原委（谁做了什么事），否则你的眼球就不能持续关注这件事情。

总体上讲，故事情节遵守时间的先后顺序是最好的办法，因为这个顺序比较自然。故事不断向前发展演绎，读者也跟随着故事的发展了解事态的演化，你不能糊里糊涂地牵着读者的鼻子东一步、西一步地乱跑。故事的开局应该是它的第一个戏剧性事件，不过，在这个事件前面你也要留下足够的余地，好让我们知道这一事件是由什么触发的。这样一来，我们就进入到了故事的场景里面，因为我们也知道了人物知道的那些情况，清清楚楚地知道何人做了何事。只有我们知道了这些东西，才能参与到故事的进程中来，进而感受到眼下发生的事情会有什么影响。

此外，倒叙还有一个劣势，就是它告诉读者这个人物后来活下来了。假如这是一个你死我活的情境，你就丧失了所有的悬念，这个悬念就在于一开始读者不知道这个人物能不能渡过生死关头或者有没有受伤逃脱。假如这个情境无关人物的生死，读者仍然能从情感方面预感到这个人物活了下来，或者假如你认为这些都不重要，并且运用倒叙手法还有其他更好的理由，那么你就用倒叙好了。

我提出了许多理由反对运用倒叙手法，因为初学写作的新手大都在丝毫没有必要的情况下运用倒叙手法，不过，倒叙也有一些优势。比如说，如果在人物生活中发生了一件戏剧性的或者造成心理创伤的大事情，而随后的十年里什么大事也没有发生，你不必向读者交代这十年的情况，你只用“十年以后”这一句带过就可以了。当然，你也可以用倒叙，我肯定你见过别人用过倒叙而且效果显著。你也可以让它奏效，不过，假如你觉得让自己的故事拖到十年之后再发生更合适，那么你先写一些戏剧性的事件，然后再选择适当的时机进行倒叙。什么时机适合倒叙，这完全取决于你的故事还有你的直观感受。

我要再次重申，这是艺术，不是科学。规律只是为了让你有所觉悟、有所感觉，以及知道故事是如何运转的。这些规律是向导，它们让你专注于那些最高产的领域。如果你想违背规律而且觉得这样很好，那就请你自便好了。关键在于，如果你把某些东西去掉，或者漏掉了某些东西，你必须补回来。你不能随意把某些东西去掉，给读者留下的只是空白。我必须再次告诫你，这不只是一个跟着感觉走的问题，因为有时候你不知道自己有什么感觉，或者说你的感觉有可能会背叛你。这就是为什么我们需要手法和技术的原因所在。

对　话

请你注意一下故事中的对话部分。有人说话爱绕圈子，一开口就滔滔不绝，拦都拦不住，而且文学作品中确实也有一些非常精妙的长篇大论，不过，塑造人物永远是我们追求的目标。为此，人物必须把自己表述出来，对话不光是为了揭示自身，也是为了施加一些压力，让其他人物也露出自己的真容。另外，在激烈的对话中，我们往往会打断别人，争取说服对方听从自己的意见，而不是你来我往，轮番上阵。一人一次说话的长度达到三行以上甚至也会显得太过冗长。在一个人物说完每一句话之后，你就需要考虑到其他人物可能会有什么反应。考虑这一点并不是说你得记下这些反应，不过，你永远都要创造一切可能的机会让人物表达自己的想法、揭示自身的情况，因为你要知道你永远都无法把所有机会都找到。而且，你永远要记得，走点儿极端总是好的。你写得越周全，效果就越好。当然，你随时能够削减对话的内容。下面是一个对话的范文：

> “你看到了。我不相信她会做那种事情。事情是这样的，她刚刚知道丈夫已到了癌症晚期。”
>
> 她摇了摇头。
>
> “我没有得病。你还不相信我吗？你瞧，她告诉我她丈夫要死了。于是，她开始哭泣，几乎崩溃了。我不知道怎么办才好，我不善于做安慰人的差事，你知道的。然后她说：‘我害怕。请抱住我。’我还能怎么办？我拍着她的肩膀，亲了亲她的脸颊，这是为了安慰她。还不等我明白是怎么回事，她张开双臂抱住了我的

脖子，亲吻我。在拥抱中她牢牢地抱紧了我。事情发生得太快了。另外，我自己还在惶惑不安，很想知道这到底是怎么回事。你怎么能拒绝一个人在那种时候的要求呢？我感觉很糟糕，你何必那样作践自己呢。我希望你不要认为我整天没事儿就跟别的女人瞎混。”

好吧，这里有事情发生了，我们对人物也有了一定的了解。我看到有些公开出版的小说里的对话提供给读者的信息还不及这个对话多呢！不过，如果一个人物听完另一个人物的一句话之后就作出回应，我们就能知道更多有关这些人物的情况。现在你就可以做一个很好的练习，请你先不要看下面这个扩写后的版本。请你把上面这段短短的对话重新改写一遍，让两个人物你一言我一语地对谈起来。这一章内容很多，而且你也好长时间没有写东西了，所以，请放松一下，试着改写一下吧。

下面是这段对话经过修改后的版本：

“你都看到了。我不能相信她会做出那种事情。”

“她？那你呢？”

“事情是这样的，她刚刚听说她丈夫已到了晚期癌症。”

她摇了摇头。

“我真搞不懂，难道你还不相信我吗？”

“你是知道的，我还真不相信你。”

“你瞧，她告诉我她丈夫就要死了。于是，她开始哭泣，几乎要崩溃了。我不知如何是好，我不善于安慰别人，这你是知道的。”

“今晚你似乎非常有善心呀。”

“然后她说：‘我太害怕了。请抱住我。’”

“天啊，她难道不是说，‘我太害怕了。请抱抱我，好吗？’”

“我拍了拍她的肩膀，亲吻了一下她的脸颊，为的是安慰她。”

“那根本不是什么亲吻一下，也不是亲在脸颊上面。我都有好几个月没有被那样亲吻过了。现在我知道这是为什么了。”

“还没等我明白是怎么回事，她就张开双臂抱住了我的脖子，然后亲我。在拥抱中她牢牢地抱紧了我。事情发生得太快了。另外，我自己还在惶惑不安，很想知道这到底是怎么回事。”

“如果你是她，当时你不也需要安慰吗?”

“在那样的时刻你怎么能够拒绝别人呢?”

“要么拒绝，要么就一定得亲吻吗? 难道两者中间没有什么余地吗?”

“你何必那样作践自己呢? 我感觉太糟糕了。”

“作践，那可是你的行为。”

“我希望你不要认为，我整天没事儿就跟别的女人瞎混。”

“整天那样吗? 还是有些时候或者随便什么时候呢?”

这个对话版本仍然还有不少说明事实的成分，我们从这两个人物身上捕获了更多的信息，尤其是那个女人。之所以我们得到的信息仍然没有达到应有的数量，是因为我们还没有进入人物的内心世界和情感世界。如何做到这一点是第 6 章讲解的内容。

关于“为什么”的技巧

这也可以叫做提出“为什么—什么—如何”这类问题的技巧。如果要使用这种技术，你在通读自己的故事的时候，在每一行都要问一个“为什么”。当然，这个技巧运用在某些地方并没有意义，所以你只管跳过去这部分内容，直接到下一行再运用它。虚构小说要做的事情是寻找答案，而不是提出问题。所以，我们问“为什么”是为了找到答案。我们提出“为什么”的问题往往要针对某个东西，这个东西在正常社会生活中往往是我们永远也不会质疑的东西。如果有人说：“弗雷德有点悲伤。”我们可能会问：“出了什么事情?”不过，假如他们搭茬儿：“他母亲死了。”我们就不会再问“为什么他要因此悲伤?”。如果不是在现实生活中，而是在虚构小说中，无论什么时候，我们都会问“为什么”。

在虚构小说中，我们寻找最根本的原因、最深刻的经验和最个人化、最具体的理由。我们永远不会以表面价值衡量事物。为什么他母亲的死会让他悲伤呢？他对此事有什么感受？他母亲的死对他有什么影响？她的死到底有什么好让他伤心的？如果我们在写有关悲伤的故事，我们就会希望了解悲伤的属性或者本质。悲伤有什么好痛苦的？它有什么重要性？

对于弗雷德和他母亲而言，他可能会感到失望，因为他那么爱她，希望看到她、跟她谈话、得到她的建议和指导，这些都会让他留恋。他可能会害怕，没有了母亲的帮助自己无法活下去。或者，他失望也许是因为母亲在两年前撤销了他的财产继承权，把所有财产都捐给了教会。尽管之后他母亲决定所有财产重新由他继承，不过，当时由于他因非法持有毒品而被捕，她还没有来得及变更遗嘱。他也可能感到沮丧，由于他没能给母亲买到一种特效药，因此母亲没能被救活。或许他是杀死母亲的凶手，而他假装得就像是他那个声名狼藉的大哥杀了人一样，现在他还必须想办法干掉他大哥以便杀人灭口。

沮丧可能只是一望即知的反应。他的内心可能还感受到了负罪感、愤怒、害怕、伤心、安慰，所有这些情感一股脑涌了出来。如果你能快速通读你的故事，再就每一行提出几个问题，然后解答问题，通过这个过程你就会创造出意义更深刻、戏剧性更强的故事，而你塑造的一系列人物也会更加丰满而复杂。

写过了头

当你回过头来，看看你的作品，如果你仍然感觉无法确定某一节或者某一场应该怎么处理（或者如果你早有成竹在胸的话），你要再匆匆地读上一遍，保持精神放松，与此同时把你脑海里的东西全都写出来。不过，这样做的话，你可能会写过了头。你不大可能只想改变或者纠正一个地方，而别的地方原封不动。尽量做到非常精确，把它做到刚刚好而且一点也不多，这是一个让你停滞不前的好办法。所以，你需要给自己足够的时间，也要有足够的东西有所不为，这样你就明白这段时间你要完成什么东西。请记住，你可以在一开始把一切弄得乱七八糟，然后收拾起来，再弄个乱七八糟，然后再收拾起来，直到你到达了自己的目的地为止。

裁 剪

“写作就是写了再写”这是一条古老的写作定律。对此我们补充一句，**“写了再写就是裁剪”**。裁剪是你需要掌握的最重要的技巧之一。通常，单单裁剪本身就能揭示出你要做什么事情。这么说，什么是裁剪？当你裁剪的时候你要做什么事情？准确地说，你要把什么东西剪除呢？你要做的事情就是通读你的故事，删除无关紧要的词语、短语、句子和段落。我并不是说要把它们一劳永逸地消灭干净。你只要先把它标记出来，假如必须删掉它们，你可以思考一下在你忍痛割爱之后你还能怎么写；当然假如你需要把它们放回原处，那么你仍然可以把它们保留下来。

在你把段落裁剪完了之后，你要继续前进，把不是特别重要的一切人物和场面都裁剪下来。然后再把故事的时间裁剪一下，压缩时间跨度。假如你的故事情节需要两年时间才能完成，想办法让它在两个月、两周甚至两天之内完成。裁剪是你可以培养的一个最好技巧，因为**裁剪不只是裁减**。为了学会剪裁，你必须（有意无意地）回答下面这些问题。当你剪裁的时候你需要判断：什么东西该留下？什么东西不该留下？在你内心某个地方，你能判断：什么合适？什么不合适？什么切题？什么有效？你不必精确地知道自己作出判断到底凭的是什么感觉，或者为什么某种东西不合适，只要你有了这种感觉，你就能做得更好。你掌握的技艺越多，你就越是知道某个东西为什么该留下或者不该留下。

当你用这种方法裁剪的时候，你最后得到的内容就是适合你的东西。让你产生共鸣的素材将会从其他素材中脱颖而出。其中可能会有时间间隔，但这段间隔会让你更容易看出什么地方的缺陷需要你弥补一下。正如给物体拍照的时候物体不能贴在镜头上，你要找好焦距才能让图像清晰，这样你要拍摄的物体自然就跃然眼前了。

删还是不删

好吧，现在该大家活动活动了，练习一下裁剪。这里有一则名言，摘自历史上最著名的作品之一的初稿。看看你能不能看出这是哪位作家说的话：

> 是要痛苦地、心灵备受煎熬地活着，还是不要这样活着？这个问题就是令我烦恼憔悴的朋友，这个可恶的、撕心裂肺的、该死的问题此时此地正等着我回答，看在上帝的分儿上，一劳永逸地给它来个了断。

知道这句话是谁说的吗？莎士比亚。不过，这是经过医生摆治的莎士比亚[①]。莎士比亚的原话经过我修修补补就成了这个样子，我要用它教你练习裁剪。这里，莎士比亚的创作雄风仍在，词语确切，顺序连贯。你要做的练习就是反复裁剪，直至你洗尽了言语的铅华，露出了创意的真容。你只管把所有你认为没有也行的东西都扫荡一空。下面是完整版的练习题：

> 真正的慈悲并非出于勉强，不是天上掉馅饼，不是空口耍嘴皮子。它也不是迫于重压、情不得已、形势逼人的勉为其难。它好比如丝细雨从天上自由自在、飘飘洒洒地落下，轻柔地落在下界干渴的地面。
>
> 这让她也感觉到，对于没有过错、没有瑕疵、倾心爱子的父母来说，在自己最富柔情的心灵深处，一个怨愤、可恶、负心的孩子，比浑身长满脓包的毒蛇的牙齿还要尖利刺骨。
>
> 是要痛苦地、备受心灵折磨地活着，还是不要这样活着？这个问题就是令我烦恼憔悴的朋友，这个可恶的、撕心裂肺的、该死的问题此时此地正等着我回答，看在上帝的分儿上，一劳永逸地给它

---

① doctored Shakespeare，此处译为“经过医生摆治的莎士比亚”，因为文字显然是变糟了。——译者注

来个了断。要么，在内心世界，我要强忍无常、万恶、无情的命运抛来残酷的石块和穿心的箭镞；要么，我要奋起强壮、高贵的双臂抗击这罪恶滔天的乱世……去死，完整地、完全地、一了百了地去死；去睡，婴儿般幸福地安睡，睡去吧。兴许我还得梦见这个凄惨的梦境。哎呀！这就是我那个活生生的朋友，这就是那个撕心裂肺的两难抉择，最残酷无情的两难抉择，它不让人镇静下来，而要痛击人心，扯碎宁静，撕裂心肺。

当你完成这项裁剪工作之后，你要以莎士比亚的原话为标杆，对比检查你自己的版本。

慈悲不是出于勉强，它如同甘霖从天上普降尘世，丝丝润物细无声。[①]

让她也感觉到一个负心的孩子，比毒蛇的牙齿还要多么使人痛入骨髓！……[②]

生存，还是毁灭？这正是问题所在。内心强忍残酷无情的命运的叮咬和箭镞，或是奋臂而起、武力反抗无涯的乱世，两个选择哪个更加高贵？……去死，去睡。睡去，兴许还有梦。唉！梦又何堪，难就难在这儿。[③]

在第 5 章，当我们讨论自我修订的时候，我曾经说过，**在你想从别人那儿得到反馈意见之前，自己先要把事情做到极致**。再次重申，你要把本章的所有技法都悉数并练习一遍，然后再寻求外人的援助，这对于你自身的发展是重要的。你首先要把自己的本事都用完了，然后再说找别人帮忙的事情。这意味着，你必须有意识地把这些技法练习一遍，把每个技巧运用到自己的创作中。如果你这样做了，你就能用自己的方法解决自己的问题，这是最好的解题途径，同时也避免了因为过早寻求别人的帮助而导致的分心和困惑。

---

① 《威尼斯商人》第四幕第一场鲍西娅语。参考朱生豪的译本译出。——译者注

② 《李尔王》第一幕第四场李尔王语，朱生豪译。——译者注

③ 《哈姆雷特》第三幕第一场哈姆雷特的著名独白。参考朱生豪的译本译出。——译者注

现在该你写点儿东西了。我要给你出的练习和上次我留的练习属于同一性质。如果你想继续做你上次做的练习，那就继续做下去，不用管下面的这些练习。当然，练习就在这里，你随时都可以做。

练　习

现在你有两个完整的故事可以选择。下面分别是这两个故事的下一部分：

第一个完整的故事，第五部分：

这一部分是情感背叛的故事中的对峙场面。新来的麻烦需要主人公来个快刀斩乱麻，有个了断。遭到背叛的人物希望从背叛者那儿得到更多答案或者更多信息（真实的和不真实的），他希望惩罚对方，如此等等。这一场面和所有场面一样遵循同样的形式要求：渴望、障碍、行动（最终的情势应更加糟糕，且最后故事应结束于人物的内心世界）。

第二个完整的故事，第二部分：

这个故事是那个约会迟到的故事。迟到的女方出场了。她为自己约会迟到一事编了好多经不起推敲的借口，而另外一方根本不吃这一套，他只管充耳不闻。为了哄她上当，他对她很有礼貌，他启动了自己的计谋，他告诉女方说自己已经吃饱了，他感觉大家还是各自分手回家吧。让他震惊的是，她居然同意了，她说缘分未到，两人永远不会有结果，所以大家还是分手回家，互不亏欠为好。

下面是两个完整场面的练习：

- **婚礼日的怀疑**。在卧室或者客厅里，故事里的人物跟新娘或新郎在一起，新娘或新郎感觉忧心忡忡，充满疑虑。形形色色的人（比如朋友、父亲、母亲、兄弟、姐妹、牧师）都走进屋来，想帮助新娘或新郎解决疑惑。主人公走进来，询问新郎新娘对于婚礼有什么感受，想用旁敲侧击的办法从他们那儿得到一点儿线索，而无须让他们直来直去地说出自己遇到了什么难事。然而，他给人家提出的建议是无关痛痒的、荒谬错误的、自私自利的，甚至是令人震惊的，当然或许也会有那么一点儿用处。假如故事结束时，这个人物的努力能够让他或者她下定决心继续举行仪式或者退出婚礼，那么，这个故事就算是个完整的故事。

- 一个人处于垂死状态，他正在走向地狱，而且将要和阎王见面。

下面是一些三词组合的套词练习：

- 恶龙，难以取悦的，律师。
- 四分卫（橄榄球），蒲公英，踮起脚尖旋转（芭蕾舞）。
- 男管家，凶狠好斗的人，小丑。

第9章 偏方小议

◆ 练习

这一章是本书中最为开放、近乎无所不包的部分。没有什么人能告诉你应该如何处置你的故事，但是，他们往往喜欢指手画脚。许多作家认为他们的写作路子是唯一的。他们找到了一个解决自己难题的路子，并且认为这个路子适用于每一个作家。他们拥护下面的基本原则：

● 首先，你必须把规划做出来。如果你不知道结局是什么，你就不知道故事该如何开始。

● 事先知道故事的结局就把写作过程中的所有乐趣和惊喜全都剥夺了。

● 在你还没有把开头写下来之前，不要继续下一步。

● 写第一稿要一气呵成，结尾之后再回过头来，研究开头的情况。(即便你有规划，结尾也永远不是你期待的那个样子。你改动了结尾就需要改动开头。)

● 永远不要和别人谈论你的故事，否则你就会丧失创作这个故事的动力和欲望。

● 你必须有一个预设前提。你的故事必须满足这个预设前提，否则你就永远无法成功。

● 首先完成一切的研究工作。

● 首先要动笔写，在写作过程中弄明白你知道什么不知道什么，然后开始做研究工作。

● 先认识你的人物，然后再开始写作。首先要替你的人物写出完整的人物传记。

上面的建议是多种多样的，其中也有许多互相矛盾的地方。这是因为适合于这个作家的建议并不一定适合那个作家。这么说来，哪些建议是正确的？上面所有建议都是正确的，或者说它们正确与否取决于你和你眼下要写的故事。

规划：对于有些作家来说，首先把一切工作都清楚地规划出来是非常有效的。这让他们有了方向感，和继续写下去的信心。对于别的作家来说，他们喜欢冒险、惊喜、发现，他们能够得到这些好处全是因为他们不事前进行规划。于是，规划成了束缚、腻烦和桎梏。不过，这未必是一个非此即彼的选择题。有的故事唯规划马首是瞻，有的故事则弃规划于不顾。写什么故事做什么选择，这取决于你当时有什么感觉。即便你不习惯做规划，也不要排除工作规划。有时规划还真能帮你大忙，这可没准儿！反过来说，假如你习惯做规划，你选择不做规划直接投入创作亦未尝不可。你可以仅仅规划部分章节，其他部分则随兴创作。对于你和你的某个故事来说，究竟哪个办法更合适呢？唯一的判断方法就是两种办法都试一试。你要尊重直觉的冲动和本能。

有些玄幻小说作家认为，他们动笔创作之前就需要提前知道故事的结局，这样他们可以推动故事情节向这个结局靠拢。可是，埃尔莫尔·伦纳德[①]却说他并不知道、也不想知道故事的结局。在创作过程中他苦苦寻觅的东西就是故事在收场的时候会有什么结局。假如他已经知道了结局，他就不必多此一举了。多克托罗说，对于他来说，写作一部小说就像是在漆黑一团的高速公路上开车，他只能看到车灯前方不远距离内的道路中心线。他只知道自己眼下看到的东西，而根本不可能知道马路最后会把他带到哪个地方。艾德·麦可班恩[②]说，他会从一具尸体开始写起，或者从一个就要变成尸体的人开始写起。然后，他必须沿着一条线索摸索前进，他的线索和警察的破案线索是一致的。很有可能，完全没有任何规划的作家或者规划很少的作家占了绝大多数。无论你做了多少规划，你还是会碰到许多出人意料的地方，还是会有很多新的发现在前面等着你。两个方法没有什么优劣高下之分，适合你的方法就是好的

① Elmore Leonard，美国小说家，作品多以犯罪活动为主题。——译者注

② Ed McBain，美国著名侦探小说家。——译者注

方法。

通常，如果你相信某个方法有效，尤其是当直觉告诉你它是正确的时候，它很可能就是有效的。假如它给你一种自信心而且能激励你不断写下去，它就是正确的。

写好开头：有些作家（尤其是初出茅庐的新手）觉得万事开头难，只要你把开头写好，别的一切就容易多了。当然，这要视情况而定。其实这个方法并不能解决后面的问题，除非你凭直觉认为它能。假如你对它有强烈的直觉，如果你相信它，请你这样做好了。不过，你要小心，千万不要把自己吊死在**某个先入为主的错误观念**上面，这些观念会想当然地断定它的作用方式。正确的道路不是唯一的。往往，当你动笔写的时候、写到一半的时候或写到结尾的时候，你才弄清楚开头应该怎么写。再次重申，适合你的东西就是正确的。假如你想使用某种写法，那么就试一试。假如它不行，再试试别的写法，或者试试与之相反的写法。

初稿要一气呵成：有些作家在反复写作的过程中经常会陷入进退维谷的困境，对于他们来说，这个建议确实不错。对于我们来说，陷入泥潭总是有危险的，所以勇往直前很可能是一个好主意。条件是你要能够一气呵成。这种做法的反面是当你趁热打铁的时候，往往你不想蜻蜓点水般急进，因为这样你就无法把自己内心对于特定片断的精彩构思完整地写出来。

永远不要谈论你的故事：厄斯金·考德威尔[①]从来不谈论他正在创作中的或者即将动笔创作的故事。他说，假如他那样做的话，一旦他把故事说出了口，故事就完了，他就永远不会再写这个故事了。然而，许多作家则会和别人讨论自己的构思，而且能够从中获益良多。谈论故事的构思能够帮他们把新的构思整理清楚，而且更能激发他们兴趣的火花。

你必须从预设前提写起：有的作家认为，自己要先知道故事所要表

① Erskine Caldwell（1903—1987），美国作家，作品大多反映美国南部的贫困生活。——译者注

达的意义和要论证的观点，这决定了他们要做的一切，并能帮助他们更容易地控制大局。萧伯纳就是伟大的、有预设前提的作家之一（作品如《皮格马利翁》、《巴巴拉少校》），他总是要树立一个说教的要义，甚至他的人物在戏剧里还会讨论作者的故事有什么意义。

有的作家认为，要是你不了解自己的预设前提，你就无法写出一个成功或者连贯的故事。那么，预设前提到底是什么呢？它是一个陈述，告诉你这个故事有关什么内容。比如说，“贪婪导致毁灭”这句话就是一个预设前提。它是你的故事（人物的行动）要证明的观点。

一个支持预设前提的人说，即便是那些声称不用预设前提写作的作家在写作故事的过程中实际上也要用到预设前提；因此，主导他们的故事的预设前提是“无意识的”。哎，假如它是无意识的，那么我们自己就不要管它了。

然而，没有清楚的预设前提你就得一筹莫展，这种态度的基础在于不了解一个完整的故事（渴望、障碍、行动、结局）要包括什么要素。假如你没有真正建立一个预设前提，那么你就不能讲出一个完整的故事。一旦你让两个强烈对抗的力量形成对立，你的故事就得说清楚这些力量的本质，以及当它们冲撞的时候会发生什么情况。无论你意识到还是没有意识到，故事在那个层次上都是有意义的。这种分析更多地属于文学课堂的研究领域（意义、主题等等），而不属于作家的创作构思领域。除非预设前提能够有助于你的写作，否则它就是一个无关痛痒的元素。如果它可能是适合你的东西，那么你值得一试。假如它不适合你，那就忘记它好了。确保你的故事包括渴望、障碍、行动和结局，其余的事情任故事自由演化好了。

研究先行，研究殿后：许多作家浪费大量时间做前期调研准备工作，因为他们不愿意马上动笔。他们研究的时间越长，他们推迟写作的时间也就越长。他们要在研究中寻找某种能够点燃自己灵感的东西，然后再坐下来动笔创作，这取决于研究有无成果。不过，过了一段时间之后，你必须开始撒网捕鱼，否则就得停止撒鱼饵的工作。假如你的研究让你的构思速度加快，并开始提笔写作，或者在你做够研究之后，你就要尽快开始创作，你甚至可以同时做两件事情，一边写作一边研究。

可是，通常你也许会认为自己眼下的知识还不能满足创作的需要，或者也可能你想通过研究工作弥补一下信心的匮乏。作为一个天然的公民，你对于政府、警方、大企业、医疗制度和证券市场的基本了解对于你动笔写作故事甚至完成故事写作都已够用了。记住，你的大多数读者并不准备成为专家。晚间新闻、图书、电影、自己的生活经验已经让你知道许多世事人情。一个犯罪小说作家说，他动笔之前从不先做研究。他写故事只是要让它变得有意思，他只思考故事应该怎样发展，然后，一旦完成创作，他就会与警员一起验证一下故事情节。他说，他的想象总是非常接近事实，因而必须改写的地方也很少。

人物历史与传记：有的作家认为，你必须知道人物的全部背景信息，以及人物在故事之外的生活（这些是在故事里永远不会出现的素材），这样才能创造出一个可信的人物和故事。在他们看来，我们需要写一个类似于人物传记的东西，包括人物的家庭成员、受教育程度、音乐欣赏品位等，甚至连人物的衣橱里有什么衣服、药匣子里有什么药品、冰箱里有什么食物等情况你也要搞得一清二楚。

如果这对你有帮助，那就好。问题是：第一，这需要很多工夫；第二，一旦你开始动笔创作故事，它**不能解决任何一个你将会遇到的故事问题**。对于人物而言，最具揭示力的东西就是他的行动，当他陷入一个严重威胁自己安危的难题的时候，他会采取什么行动。在一个完整的故事中，你塑造的人物会自动地浮现出来而且不断发展演化，因为他必须以一种有意义的、有揭示力的方式行动。他别无选择，因为随着故事的发展，他会自然而然地发生演化。创造一个故事和塑造一个人物并不是互不相干的两回事。

田纳西·威廉[1]根本不管斯坦利·科沃斯基[2]是在哪儿上的学、上了几年学，或者他喜欢什么样的音乐，他只是让斯坦利登上故事的舞台，而且任其天性由他自然而然地行动起来，这些东西我们就全都知道了。我们知道他不听莫扎特的音乐，也不喜欢罕见的古董小塑像。人物

---

① Tennessee Williams（1911—1983），美国著名剧作家。——译者注

② Stanley Kowalski，《欲望号街车》中的人物。——译者注

传记是额外的工作，只有当人物传记给人物勾勒出了一个初步轮廓，并给你的故事创作打开方便之门的时候，你才可以写这种传记。假如这个想法吸引了你，那么你完全可以写写人物传记试一试。

一次写两个或更多的故事：有些作家会同时在两个甚至三个以上的故事之间来回穿梭，左冲右突。往往，他们在热衷于一个故事的时候，会坚持写下去，而一旦他们的热情冷却下来，就会跳到另外一个他们感兴趣的故事中去。

跟着你的感觉和冲动走，这总是一件好事。假如你正在费力地构思第 2 章的内容，而且心里在想，“我在第 5 章还不能达到大对决的场面”，那么直接转到第 5 章，现在就开始做第 5 章的练习。但是，你要注意，你回避的不只是故事里的一个难题。即便那样做是可以的，但如果把它留下来一段时间，然后回过头来看，你就会有更多的看法，并且你还可以让你的潜意识[①]替你解决这个难题。因此，从麻烦中暂时脱逃未必是一件坏事，你可以先做别的章节，以后再回过头来处理这个难题。“慢慢来，永不弃”就是这样一条古老的写作规则。

收不了的尾：假如你给许多短篇小说开了头，但是很长时间过去了，你的任何一件作品都是虎头蛇尾，不了了之，那么，你就不得不担忧了。在开始阶段，这种情况经常发生。关键是你要尽可能弄清楚在创作故事的各环节中（渴望、障碍、行动，结局、情感、展示）的难题，然后你再完成一部作品，开始另一部作品。迟早，你会强迫你的手（轻柔地）转动自己的方向盘，开始创作完整的故事，让你的每个作品都比上一个作品更加接近于完成状态，即便每次只是多写一个段落而已。

对于那些习惯于记流水账的人来说，这可能是一个难题。他们面向自己写作，把自己脑子里的所有东西或者他们每天生活中发生的事情都记下来。记流水账可能本身也有自己的目标，它是每天发现自我的方法。你需要赋予流水账以故事的形式，在你的流水账素材中寻觅、凸显或者编造出故事要素（渴望、障碍、行动）来。再次重申：你要循序渐

---

① 潜意识即 subconscious，文中亦有用到无意识（unconscious），书中作者未对二者作严格区分。——编者注

进，直到达到目标为止。

故事是什么？它是如何工作的？最后它必须实现什么目标？我们可以就此说出很多东西来。可是，你该怎么创作故事？你自己创作过程中的问题还依然没有解决，没有一个定论。抉择得靠你自己。假如某个方法有效，假如当你想要创作或者需要创作的时候你能够坐下来，马上动笔就写，那么这样做就是对的。即便你有一种很有效的方法，你仍然要打开自己的视野，尝试不同的方法，永远尊重自己的感觉和冲动。

练　习

有关感情不忠的那场戏（拉瑞和“我”老婆的那场戏）的种种构思。在第 6 章，你已把丈夫的种种想法插入故事里来了。现在，再扮演一下妻子的角色，然后把她的种种想法也加进来。一遇到可能的机会，就请告诉我们她的担忧、害怕和希望是什么。每当她冒出一个想法的时候，请你把这个想法加进来。见一个，添一个，以后你可以再作删减。

第一个完整的故事，第六部分：

感情不忠的故事。这个部分重点在于人物渴望什么，以及什么时候需要快刀斩乱麻，你还需要继续写一个或者多个对峙的场面。这在很大程度上取决于在这些对峙场面中人物（和作者，即你自己）已经发掘出的需要应付的麻烦有多大。最后，你要写个终场。这个人物必须作出决定：要么留下，要么分手，要么威胁，要么杀人，要么自杀，要么敲诈，要么勒索。你想怎样写就怎样写。再次重申，我们最后要在人物的内心世界里收尾。

第二个完整的故事，第三部分：

在约会迟到的故事的上一部分里，女方认同分手是个好主意。现在，他被打击得晕头转向，他想要扭转局势，然后收回之前说过的话，让她重新考虑一下，以便挽救二人的关系。可是，这回该她指出他犯了什么错误了，可她做了一件毅然决然的、在他看来是惊世骇俗的事情。

(她想出来的东西很可能是你这个作者闻所未闻的。那就意味着，你在读写的时候就需要在前面几部分中添砖加瓦地增加一些线索，使它变成可信的东西，而且你不能平白无故地把某个信息突然强加到读者的头上。）他请求她重新考虑一下并且极力挽留她，可是，她还是走了出去。

完整的场面的练习题：

●遭遇抢劫。

●一个犯罪分子实施犯罪行为。一次银行抢劫案，一次诈骗，一次谋杀。从他或者她的视角写作这个故事，把它当做一个犯罪分子的个人描写。

●发现你的情人是一个诈骗犯。

下面是一些三词组合的套词练习：

●比萨饼，鲨鱼，水床。

●龙，黄包车，双光眼镜。

●食蚁兽，所得税，古龙香水。

第10章 原创性与普遍性

- 原创性与情节结构的普遍性
- 练习

原创性与情节结构的普遍性

“太阳底下没有什么新鲜事，所有事情在以前都已经被人家做过了，我们所做的一切只是一次又一次地重复同样的故事。”你听说过这句话吗？假如果真如此，我们为什么要操这份闲心呢？尽管它已经是前人做过的事情，但我们还要关心它，其原因是：**这些事情还没有以你独有的方式被做过**。你不是在讲述别人的故事，因为你只能讲述你自己的故事——关于这个世界如何运转的故事版本。你的观点是新鲜而独一无二的，这是你自身创造性的基因，它来源于你和你的经验。除了你之外，没有别人会从那个视角出发来写作。

我并不是说，你应该写自传。如果你真的写自传，也未尝不可，不过，无论你怎么写或写什么，它都是你。你的科幻小说是你，你的神话故事是你，你故事里的超级英雄、私家侦探、四个头的怪兽都是你。独特性、差异性是你与生俱来的权利，因为没有两个人是一模一样的。不过，这并不是说，你就得觉得自己有点儿与众不同，而且你也不必这样认为。除非你或者你的行为举止有特别吸引人眼球或者激怒别人的地方，否则你很可能大体上会觉得自己在很多地方都是跟别人一样的。

假如你不认为自己不一样或者独一无二，那么，你怎么能够让你的作品具有原创性而且新鲜别致呢？你可以通过具体化的办法实现这一点，通过展示把你看到的情况精确地记下来。展示是我们已经重复多次的基本写作技术。这里，一如既往，对于这个**概念性**问题的回答（差异性、原创性、新颖性）是一个具体的技术性/手法性的解决方案。假如你按照自己看到的那样、想象的那样把它记下来，它就是不同的、新颖的、自成一格的，不会和别人的雷同。

顺藤摸瓜，你可能已经听说，全世界也只不过有这么多的情节结构。假设如此，那么到底有多少个？到底是有三个、六个、十二个，还是二十个呢？好吧，有一本已经流传了一阵子的书，书名叫《三十六种戏剧情景》[1]。作者声称，他用三十六个情节结构就已经把基本的故事情节结构一网打尽了。另外有一本名为《二十种总体情节》[2] 的书则提出了二十种情节，不过，作者没有号称一网打尽。亚里士多德被人们当做各门学问的祖父（假如你说“亚里士多德说”，就没有人跟你争论了），他声称有六种。亚里士多德的分类如下：一、人对抗人；二、人对抗社会；三、人对抗神；四、人对抗自身；五、人对抗自然；六、人对抗机器。

这么说来，我们有三十六个、二十个和六个三种答案，最终答案就要看你相信谁了。这门课程讲到这里，你猜我有什么话要说？这里提醒一下：当爱因斯坦去世的时候，他关于统一场的理论观点是错误的。他一直在寻找可以解释宇宙如何运转的唯一原理，但没有找到。可是，我要高兴地告诉你，我已经找到了虚构小说的统一场理论——唯一的一个普世通行的情节结构。这个情节结构是他们都在讨论的唯一的情节结构，无论他们给你的答案是三十六个也好，二十个也好，或者六个也好。

这个普世通行的情节结构是一个人物为克服某个威胁性的难题的斗争，它是内心的、外部的或者两者兼具的。亚里士多德的每一种结构都符合这个形式。他只是改变了主体、难题，还有人物与之斗争的东西，但是，他不能改变这个情节结构自身。无论人物对抗的是一个人、社会、神、人自身、大自然或者机器，这都不能让这个情节结构有任何改变。它仍然是**某人对抗某人或者某物，永远都是如此**。生活就是一系列

---

① *The Thirty-Six Dramatic Situations*，作者为 Georges Polti，原书为法语，成书于 19 世纪。——译者注

② *Twenty Master Plots and How to Build Them*，作者为 Ronald B. Tobias。——译者注

的斗争：从我们出生起，我们必须学会走路，说话，离开母亲，跟别人打交道，培养出性别身份，获得教育，找到伴侣，找到工作，养家糊口，应对晚年的生活，直至死亡。生活就是在渴望、障碍、行动和结局中循环往复、周而复始，一个斗争接着另一个斗争。这是人类的处境，这也是故事普世通行的情节结构，且是唯一的一个。这是你需要的一切，有了这个情节结构就足够了。

在使用这个情节结构（这些要素）的过程中，你需要注意到，你的故事和你的人物不能生活在概念的世界里，包括渴望、障碍、行动，如此等等。把你的故事装配起来的过程就是你和你的人物在他的行动、语言、情感等等方面进行合作的过程。比如说，“渴望”一词可能根本就不在你的脑子里面，你可能生活在你的思想世界的某个不同区域。你让某个人物行动、说话、思考、感受、斗争时，他不只是在纸面上而且还在你的想象世界里生活。

这取决于你如何创作，你迟早都必须回过头来问：“什么人渴望什么?”问这个问题需要你有一次转向，从纸面上温暖的、真实的、活生生的经验转向一种更冷酷的、更具分析算计的、客观的思想状态中。这种情况就其本身而言可能是气人的。此外，这对于你来说也是新东西，所以你可能不确定“渴望”的确切意思。你可能记得，有一种虚假的渴望，还有一种戏剧性的渴望；一种有效，一种无效。但是，你可能不明确两者有什么区别。所以，你可能需要回过头来重新温习一下。所有这些情况都把你从自己的故事那儿拉扯出来，你会感觉如此讨厌和害怕，以至于你都无暇顾及了。

虽然这可能让你感觉不舒服，可你必须这样做。一步一步地，检查每个场面和你的总体故事，看看有没有渴望、障碍、行动、结局和情感。也许一开始，你还不能确定。故事是否有戏剧性的渴望，不容易弄清楚，但是，坚持练习下来就会变得越来越容易了，直至你轻而易举地就可以做到，根本不必要专门下工夫。无论你做什么事情，都不要埋怨自己，或者一开始就仅仅因为它非常复杂就以为自己不是那块料。你要记住，这是一个学习的循环周期。这个学习循环周期是：一开始，你处于无意识的尴尬状态，你不懂自己不熟悉的事物；然后，随着你才力渐长，你进入了有意识的无知状态，你知道有些东西是你所不知道的，也知道自己需要知道什么才能继续前进；接下来就是下意识的熟练掌握，相信自己可以做好，不过，你必须小心翼翼，毕竟这不是自然而然的东西；最后一个阶段是无意识的熟练掌握，它在你的身上就像本能反应一样，不需要有意识的思考或者控制。

一个好的练习方法是分析别人的故事，研究这些要素。适合研究这个问题的一部好的小说是拉里·麦克默特里[①]写的《孤独鸽》。托比亚斯·沃尔夫[②]的《这个男孩的生活》和玛格丽特·米切尔的《飘》也是适合于这种研究的很好的例子。某些短篇小说在这方面也做得很好，比如海明威的《弗朗西斯·麦康伯短促的幸福生活》（*The Short Happy Life of Francis Macomber*），还有毛姆的两部小说《哨所》（*The Outstation*）和《雨披》（*Macintosh*）。此外，弗兰纳里·奥康纳的短篇小说也很优秀。假如你时间充裕，你可以每天详细阅读几页，做做这种分析。最后，你会实现从观察别人作品里的这些元素到看到自己作品里的这些元素的一次巨大飞跃。

需要记住的一件事情是，在你已经掌握了这种方法之后的一段时间内，你会忽进忽停，从创造性的思想活动转换到分析式、概念化的思维框架会让你感觉不舒服或者苦恼不堪。这没有关系，这绝对不会对你产生反作用。不要让它引你走上岔路，如果你掌握了这为数极少的要素，如果你能这样把一个故事组合到一起，无论你犯了什么别的错误，你仍然会成功。

谈到实施的问题，又该轮到你把某种东西写到纸面上了。如果在上次的写作中有某种你想回过头来回顾的东西，那么请你自便。如果你正在做完整故事的练习，那你就该写作故事的下一部分了。

---

① Larry McMurtry，1986 年凭借《孤独鸽》（*Lonesome Dove*）获得普利策奖。——译者注

② Tobias Wolfe，其作品《这个男孩的生活》（*This Boy's Life*）于 2000 年由 Grove 出版社出版。——译者注

练　习

思想活动练习（拉瑞和“我”老婆的那场戏）：在不忠的场面中，你仍然必须把另外一个人物的思想插入进来。你上次写的是“我”老婆的想法。这一次，通读一遍，演绎一下拉瑞的角色，插入他的思想和情感（担心、害怕、希望）。记住，他根本不知道另一个人物脑子里正在想些什么。

第二个完整的故事，第四部分：

这是约会迟到的故事的结局部分。他一个人舔着自己的伤口，想要弄明白发生了什么事情。“舔伤口”意味着他处于痛苦之中。你需要问自己，确切地说，失去了老婆会给他带来什么烦恼？他的担心、怀疑和后悔是什么？他最后可能找到某种希望之路。他需要明白，他自己就是难题所在。这是揭开真相的时刻，这时他要么痛苦地意识到，他和老婆相比同样是疯疯癫癫的甚至还要更胜一筹，不过，他要把它合理化，为使自己摆脱困境（歪曲事实更加糟糕）他把这些责任都推到她的身上，这也是他一直以来的做法。如果最后他又开始指责她的错误，这就是一个循环往复的故事，在这个故事中他因为与这个两难困境斗争而处境变得越来越糟糕。所以，我们对他的了解超过了他的自知之明。我们看到了他愚蠢的一面，不过，他不能容忍自己发现这一情况。现在，你还可能用一种类似的却不同的结尾来写这个故事，这个结尾是：他有了清醒的认识而且感觉到自己是多么愚蠢，这时他一个人单独坐着，眼睛盯着他的威士忌酒杯。

下面是一些场面练习：

● 丈夫和老婆在一起刷碗，他们在讨论买彩票中大奖的事情，“如果我们赢个 100 万，我们就退休。”其中一个说。“那可不成，你必须交税，有时候他们颁发奖金要分 20 年发放，每年才 5 万。”“啊，那么我们俩人只有一个人可以辞职。”他们继续严肃而伤感情地争论起来，到底哪个人可以退休，哪个人应该分得多一点，如此等等。记住，无论什么时候，你作为作者的最高目标是要揭示人物以及他们相互关系的本质。这是你在这一场戏中需要做的事情。假如你做得好，而且把这个故事完整地写出来（双方都发现对方在对爱情/生活的认识或者观点中有某种可怕或者痛苦的东西；他们都觉得自己的价值受到了对方的蔑视；等等），这就可以称得上是一个完美的故事了。

- 带男朋友或者女朋友去见自己的父母，他或她在社会阶层、宗教信仰、种族、族裔背景、体型、外貌方面和你不相配。比如说你有一个男朋友，他可能是一个娘娘腔的书呆子，而你父亲却希望他是一个四肢发达的肌肉男。
- 一家饭店的幕后故事。

第11章 视角种种

◆ 练习

"视角"这个术语可能有好几个意思。其中包括**个人视角、人物视角、叙事者视角**。

个人视角指的是你用来讲述故事的那个人的视角（不是剧中人物的视角）。（第一人称＝我。第二人称＝你。第三人称＝他/她。）你可以从某一个人物的视角（感受）讲述故事，不过，你也可以让不同的人来讲述它。**第一人称**的视角使用"我"，而这个"我"是一个活生生的人，他把故事讲给你听。当你使用第一人称时，这个人物自动就是叙事者——一个第一人称的叙事者。（关于叙事者的内容后文将有更详细的说明。）"当我打开包裹的时候，我发现了一个小小的、奇怪的塑像。"这个叫"我"的人物正在讲述故事，他就是人物兼叙事者。

第三人称的视角使用"他"或者"她"。这些人物没有生活在你眼前的故事里面，不过，他们并不像第一人称视角的人物那样讲故事。"当她（他）打开包裹的时候，她（他）发现了一个小小的、奇怪的塑像。"在最简单的层次上，人称只是一个机械的区分。第一人称可以改为第三人称，正如上面的例子中那样。

第二人称的视角使用"你"。"当你打开这个包裹的时候，你发现了一个奇怪的小雕塑。"使用"你"能让读者更多地感觉到自己参与到了故事中，因为通过说"你"告诉他们说，他们正在做这件事情。第二人称也可能产生恰好相反的作用，它会让读者觉得作者有些先入为主、先声夺人，直接告诉读者他们做什么事情和有什么感觉。因为这个原因，使用这种人称风险很大，不过，如果你感觉还好，而且容易上手，也值得一试。以后，你随时可以把它换成别的某个人称。

第一人称和第三人称是使用最多的。既然如此，两者有什么区别呢？对于作者和某些读者来说，使用“我”提供了一种与人物关系密切的感觉。对于作者来说，假如真是这样，自然是件好事。有利的方面是，“我”出现在纸面上会让你觉得跟他或她有更多的接触，从而让你觉得人物有了更强大的判断力；不利的方面是，“我”可能让你感觉自己跟人物有更多接触，而实际上你不是那样。由于你自然而然地感觉到这个“我”更加亲近，你可能产生一种与人物关系密切的虚假感觉。在你必须做什么事情使得你的人物更加栩栩如生而且让你的故事更加生动活泼这一方面，使用第一人称并不产生什么真正的区别。然而，假如它能起作用，能够让写作更容易一些，那么那种凭直觉可以感受到的区别也应该得到尊重。不管视角如何，你都要下工夫使用你的三大要素，即渴望、障碍和行动。

另外一个问题是，第一人称允许你质疑叙事者的客观可靠性，这种对于叙事者可靠性的质疑是你在使用其他人称时无法实现的。第一人称也可能是客观的，这意味着叙事者告诉我们的东西是事实而不是来自于他的感觉或者他讲述的内容是有意被歪曲的东西。只要提出的问题不是通过这个人物呈现故事的方式即“事实”的问题，那么我们就认为他是客观公正的，而且这被称为**第一人称宾格**。

多年以前，老师教导我们永远不要使用第一人称，除非我们是在探讨关于叙事者的主观性和不可靠性的问题。一个著名的故事经常被人们用做这个策略的最佳范例，林·拉德纳①的《理发》。其中，叙事者在讲述某个家伙的故事，他（叙事者）认为这个家伙是个胡闹鬼，一个恶作剧大师，且他的笑料多得要命，他让我们知道他是多么喜欢故事里那个家伙。在他讲述的故事里，那个家伙在旁人身上做了许多凶残、邪恶的事情。他是如此残酷无情，以至于有人最后杀掉了他。“事出意外”，叙事者由于失去了故事里的这个“活宝”而伤心。这样一来，两个故事被一次讲了出来：一个故事是关于这个“活宝”的故事，另一个故事是

① Ring Lardner（1885—1933），美国体育新闻记者，幽默作家。他是位天才的讽刺作家，写人写事形象生动，入木三分。——译者注

关于叙事者如何解释/歪曲事实的故事。下面是其中一部分第一人称的叙事段落：

> 我的室友是一个非常小气的吝啬鬼。她从不跟大家分享任何东西。有一次，只是因为我去和一个帅哥约会时没征得她同意就穿了她最好的衣服，她就冲我疯了似的大喊大叫。当时她不在家，而那个帅哥恰好这时候约我出去，所以我穿了她的衣服，碰巧我穿着比她穿着要好看得多。我和帅哥喝得烂醉如泥，他希望大家穿着衣服游个泳。我哪好拒绝呢？所以她乏味的衣服被我弄湿了，还沾上了泥巴。她喝了点酒，现在突然变成了偏执狂，坚持说衣服无法清洗，而且彻底毁了。另外，她想让我搬出去，原因仅仅是这件破衣服，以及她还想抱怨我的两件别的事情。难道她不知道人比东西更重要吗？真是个疯子！

在这个段落里，我们知道发生的事情要比这个人物知道的事情多得多。“我”这个人物透过她讲述或者歪曲这个故事的方式被揭示了出来，这称为**第一人称主格**①。

第三人称的视角使用“他”或“她”。因为这个人物不是在讲述故事，而且他不能歪曲故事里呈现的那些事实的真实性，因此称为**第三人称宾格**。这并不意味着这个人物就不会曲解或者歪曲情势，不过，因为故事是由作者安排设计的，从而我们跟人物拥有同样客观的经验，我们知道这种情境的事实是什么。这个人物可以曲解或者歪曲发生在他内心世界的事件，或者当他把事情讲给别人听（对话）的时候，也可能进行了一定程度的歪曲。不过，既然他不是第一时间呈现这个经验，因此我们不必非得字斟句酌地阅读才能弄清楚事实真相。他是否扭曲了事实是很容易看出来的。

在第一人称中，事实真相并不总是如此清晰，因为第一人称的“我”这个人物支配着故事呈现的内容和形式。这个“我”既是一个参

① first person subjective，意思是主观的第一人称，“我”是直接参与者兼讲述者，不是旁观者。本文译为“第一人称主格”，也可译为“第一人称主体身份”。以下的“宾格”指描述者具有旁观者、非参与者的身份，是一种客观描述。——译者注

与者又是一个叙事者，既当教练员又当运动员。

这就是视角涉及人称（我、你、他或她）的情况。下一个考虑就是**人物视角**。这个说法的意思是，我们要把自己放在哪个人物的位置上。我们从头到尾对于故事的体验是透过谁的眼睛看，透过谁的脑子思考呢？在第一人称中，我们就待在叙事者的内心世界；在第三人称中，我们可能处于好几个人物的脑海里。几乎总是这样，视角总是被设定在**遭遇最大麻烦的那个人物身上，那个将要遭受最大损失的人物**身上，因为那是最大经验所在的地方，这里的经验最为轰轰烈烈、激动人心和扣人心弦。我们希望到达那儿，到达现场，从他或她的脑海和肉体里，捕获第一手经验。如果某人起程去攀登珠穆朗玛峰，那么你是宁可跟一个在地面上观察并且通过电台跟登山者联络的人在一起，还是跟那个真正攀登的人在一起呢？我们自然会倾向于跟随那些具有最大难题的人，因为我们知道那样做会给予我们最多的体验。

可是，**从一个小人物的视角来讲述一个故事**的效果又如何呢？这可以做得到，不过，你永远会有一些“鱼与熊掌不可得兼”的两难问题需要解决。《白鲸》和《了不起的盖茨比》都是从小人物的视角讲述故事的。当作者运用这种叙事角度的时候，这个小人物必须投入其中，为故事的最后结局作出贡献，而且他必须给这个错综复杂的局面带来难题，进而与这个难题作斗争。另外，对于有主要人物参与的所有大场面或者斗争场面来说，他必须是在场的，而且要出现在第一现场。他的命运通常和故事主人公的命运紧密相连。在《白鲸》中，伊希梅尔这个叙事者的命运直接关系到亚哈的命运以及捕鲸活动的最后结果；在《了不起的盖茨比》中，叙事者尼克的经验是一个有意义的、痛苦的和幻想破灭的经验。

由于我们处于尼克的视角中，我们很难再进入盖茨比的内心世界。这意味着，作者菲茨杰拉德必须想办法把盖茨比脑海里和心里的东西拿出来，放在光天化日之下。菲茨杰拉德使用了两种方式：第一，他把盖茨比变成一个神秘的人物，他有许多臭名昭著的恶行，他是许多闲话的主题，尼克听到这些闲话并且把它们报告出来；第二，盖茨比觉得他必须向尼克坦白自己的一切，他从哪里来，他过去跟黛西的情事以及他对于她的深情，如此等等。于是，这两件事情（谣言和盖茨比的倾诉）就这样发生了。它们给人的感觉完全是自然而然的，因为作者在这里的笔力是相当强大的。可是，除非作者要事情发生，否则虚构小说里什么事情也不会发生。菲茨杰拉德必须发明那些揭示盖茨比的手段；否则，读者将浑然不知他内心世界有什么想法。拿《白鲸》来说吧，亚哈就像鲸鱼似的到处滔滔不绝地胡喷瞎吹，所以我们知道在他内心世界里有什么想法。

为什么要选择小人物的视角？作出这种选择的通常原因是，主要人物的结局是死亡，而作者又希望在主人公死亡之后故事仍然能继续下去，《白鲸》和《了不起的盖茨比》都是这样。有时候，你可能感觉力不从心，无法处理像亚哈这样狂野不羁的人物，同时从外部刻画他会让人感觉更加舒服，作者要像他身边的人那样看待他。你一定记住，不管你选择什么样的视角，你都必须向读者充分提供（揭示）主要人物的信息，才能把他变成活生生的人物。

你可能会困惑，怎样才能从一个人物视角转换到另一个人物视角。这就是所谓的多重视角。单一视角往往是最强烈、最激烈的，因为在现实生活中我们只有一个视角。我们习惯于一个单个人物，而且驻留在此，并不指望跳来跳去地进入别人的脑子。如果作家在不同的人物之间跳来跳去，而且没有熟练地转换视角，就会产生不和谐音而让人分心。

可是，许多伟大的作品都是通过多重视角写出来的。没有瑕疵的例子包括《拉雷多的街道》[①] 和《孤独鸽》，这两部小说都是拉里·麦克默特里写的。视角从一个人物转换到另一个人物是如此自然而然，以至于你通常都未能留意到这种视角的转换。这样做的原因有两个：第一，你驻留在单个人物的视角里的时间已经很长了；第二，你希望从一个人物戏剧性的思想状态中跳脱出来，进入另外一个人物同样具有戏剧性的思想状态中去。通常两个不同的思想状态（不同人物）意味着人物从不同的角度跟同一个议题在较劲。比如说，你可能曾经读到这样的内容：

---

① *Streets of Laredo*，长篇小说，后被改编为同名电影。——译者注

> 那个小个子男人头上的礼帽被风吹掉了，他追着礼帽跑，礼帽在马路上不停地向前翻滚着。他向上帝祈求，永远不要再来这个荒凉的地方，把老婆留在纽约市，天知道他不在家的时候她会做出什么事情来，他从来就不信任他老婆。现在他远隔千山万水，来到这个地狱般的地方，想方设法让这个小个子罗圈腿牛仔帮他们逮住强盗。

然后在下一个段落中：

> 警察局长站在门廊里，看着这个人追赶他的帽子，心里琢磨着，这是个怎样的大笨蛋，他连把帽子拿牢的精明劲儿都没有，他怎么能够指望跟这种人做生意呢！他连自己的帽子都搞不定，说不定他还会把其他什么东西给弄丢了呢，和他做生意得付出多大的代价呀？

你不希望做的一种事情是没有任何理由地跳来跳去。比如说，假如你的主人公把汽车钥匙交给贴身男仆去泊车，当这个男仆思考的时候你不会想进入他的脑海里去看看他在想什么，可能这时候他在想，“这个家伙样子像个气宇轩昂的大人物。我不知道他一年能挣多少钱”，随后你就再也用不着那个人物了。另外，你永远不会让另外一个人物替你做自己要做的事，比如说，你永远不会通过跳进一个旁观者的内心视角来刻画一个主人公的紧张不安，你不会这样描写那个男仆的心理：“那个家伙看起来真是紧张不安。不知道什么事情让他那么烦恼。”

最好的办法是学会讲述一个惊心动魄的故事，同时停留在单一视角里面，这样就能掌握你需要的技巧，然后你才能够有效地在不同视角之间转换自如。如果你不能首先把单一视角做好，你也就无法把多重视角做好。

这种视角之间的转换通常称为**全知的视角或者全知的叙事者**。这里，“全知”指的是知道每个人心里在想什么。我们喜欢采用单纯的多重视角（也包括视角转换在内，不过，除了眼下发生的事情之外别的信息全都不说出来）和一种**全知的叙事视角**来评论正在发生的事情以及任何他或她想要引进的其他东西（人生哲学、思想解释、给读者的暗示，如此等等）。这个全知的叙事者对于正在发生的事情、将要发生的事情及其与事情的大格局有什么关系都了然于胸，而且他让我们知道只有通过叙事者直接向我们说话和讲述故事，才能实现目标。

一个现代的例子是约翰·福尔斯的《法国中尉的女人》。早期的例子有亨利·菲尔丁的《汤姆·琼斯》（这是英语世界中最早、最伟大的小说之一）。菲茨杰拉德的作品提供了另外一些好例子。他经常直接现身，向读者说出自己的判断性评论，不然这些小说就是以第三人称宾格来叙述的小说。这种方法如果用得不好，就会被人们称为“作者的越界侵扰”；如果运用得好，它就被称为全知的叙事者。如果这种方法对你有吸引力，那么你就这样做。当然，这需要多加练习才能做好。你的评论必须是非常聪明的、机敏的、明察秋毫的，以至于它们不会让读者分心。为了使故事可信你必须创造出幻觉，如果读者分心的话，这种幻觉就会被打破。菲茨杰拉德经常使用篇幅短小而又熠熠生辉的评论，这些都是具有深刻洞察力的浑金璞玉，很值得花点儿时间读一读。

更加海阔天空、无所不知的叙事者的例子当属下面的陈述（从《法国中尉的女人》改编而来），这是在一个男人刚刚向母亲表达了强烈的依恋之情之后插入的评论。“现在，请记住，这是发生在弗洛伊德之前 50 年的事情。那时候，如果男人表达对于母亲的深刻的、忠贞不渝的、迫不及待的爱，没有人会质疑它。”这里，叙事者不只是向读者讲话，而且他还表明这些事情在弗洛伊德之后的 50 年内都不会发生了。这段内容看似永远都不会成为这个故事的一部分，这么写需要胆量。不过，这样写能让这个故事非常迷人而且还给这部小说增加了另外一个维度。这是一个很需要技巧的游戏。你要权衡利弊，你必须要问的问题永远是：这样做能否利大于弊？

非参与性的叙事者是一个很少把他的影响传达出来，但往往会显得碍事的叙事者。他属于故事的一部分，不过，他单单被用做故事的讲述者。他是一个观察者，仅此而已，作为一个旁观者，他没有任何利害得失。这个方法过去曾经很流行，有些伟大的故事就是用这种方法讲述的，但是，这些叙事者往往看起来笨手笨脚而且矫揉造作，你必须踮起脚来，越过他的肩膀才能看到故事。

另外一个议题是时态。现在时如今被用得越来越多。“当她打开包裹，她发现里面有一个奇怪的小塑像。”有人认为现在时可以把经验变得更加直接，更具现场感。让你的故事和你的人物宛在目前而且直接的、唯一的东西是讲故事的技艺和你的技巧。时态不能弥补故事在讲述方面的弱点，它也不能有碍于故事的讲述。如果说故事和人物都是栩栩如生的，读者很快就会忘记时态。随着人物走上前来，占领市场，时态就逐渐退回了背景状态。现在时如今被用得很多，所以这是你的一个不错的选择。

迄今为止，我们已经讲解了人称的视角、人物的视角、叙事者的视角，还有叙事的时态。我们怎么给每个东西贴上什么标签并不太重要。关键在于你要知道这些手段有什么效果，而且要知道你可以不单单使用其中的一种手段，你可以想办法把这些手段掺杂混合起来。如果你觉得这样好，那你这样做就是了。如果它要发生，那就让它发生好了。

练 习

● 一个小女孩希望那个拒绝她、虐待她的妈妈爱她。“如果你是爱我的，”妈妈对这个女孩说，“那我应该是快乐的，然而我现在不快乐，所以你现在不爱我了。”小女孩想尽一切办法讨好妈妈，取得良好的学习成绩、打扫房间、照顾妈妈，不过，这些全都没有用。小女孩以为，如果自己足够爱妈妈，妈妈就会对自己好一点儿。小女孩和她父亲关系很好，这让母亲有些嫉妒，然后就希望破坏这种关系。

● 一个男人（或者女人）到医生那儿做了一个体检，然后得到了一个身体无传染病的健康证明书。他开始迷惑，如果他得了晚期癌症会发生什么事情。这个人物回家告诉他的家人说，他马上就要死了。他想看看家人会如何悲伤，以及他有多么重要。当他做这事的时候，他可能没有完全意识到自己有什么理由这样做，他只希望弄清楚让他的家庭和他自己痛苦的原因。

第12章 见缝插针

- 5 分钟坚持 30 天
- 从 30 天到 365 天
- 最糟糕的情况
- 无所事事=有事
- 产出
- 感受一下
- 懒懒散散
- 先跳再看
- 练习

没准儿在将来某一天你想写点东西。比如，当你突然遇到周末有几小时闲暇的时候，当你的工作按部就班的时候，当你获得职位升迁之后，当你没有太多压力的时候，当你休假的时候，或者当你退休之后。你需要多长时间才能开始写作？你要等待多长时间？你知道到什么时候时机才算成熟了呢？你知道机会到来时你要做什么事情吗？好吧，我可以告诉你，不要等候，随着生活一天天过去，当你面临着既没有养成创作习惯又缺乏写作技巧积累的时候，你的汽车依然需要冷车启动。你等待的时候越长，启动汽车就越困难，在发动机器之后你取得成功的机会也就越少。

所以，你应该（而且可以）马上开始。这个课程作出的承诺是：我可以教会你如何写小说、影视剧本、舞台剧本，而这根本无须打乱你的生活方式或者牺牲你的理智与精明，这不仅是可能的而且相对来说也没有什么痛苦可言。

在本章中，我专门把这些技巧裁剪了一下，以便帮助你克服把写作变成日常生活一部分的具体难处。假如你真的想写作，你就可以（而且应该）马上开始。假如你现在开始了，当你的生活打开了一扇新的大门的时候（如果真能这样），你就会既有愿望又有实力。不过，假如你的生活之门永远不打开又该怎么办呢？好吧，你不必坐等这样的机会。这个体系可以让你现在就打开写作这个大门。

日常生活中，你有自己的全职工作，有老婆、孩子，家庭责任也越来越大，或许还有很多别的事情。你怎样才能找到写作的时间呢？即便说你的生活没有那么满满当当，即便你真有时间，也没有任何事情等着你做，那你又该从哪儿起步呢？

好吧。第一，我不相信你没有一点儿时间（时间为零）。用我这个办法，你总能找到一点儿时间。多么少的时间呢？5 分钟，每天 5 分钟怎么样？你觉得自己能抽出那么一点儿时间吗？你总可以躲进厕所里，然后把自己锁在里面，这样你就偷到了 5 分钟。好吧，如果说你愿意试一试，这个**每天 5 分钟的方案**，我想我们大多数人无论如何繁忙，一天都可以抽出来。

5 分钟时间内可以做什么事情呢？好吧，难道说在那么短的时间里你还会做出什么非常重要的事情吗？你曾经在这么短的时间内探索出过一个科学发现或者获得灵感吗？这种大事业需要用上多长时间？爱因斯坦说过，他所有的伟大思想都是自然而然地来到他面前的。他是天才，所以你的脑子可能不如他的脑子伟大，不过，过程是一样的。伟大的思想往往是在瞬间出现的。灵感一次爆发的时间长达 5 分钟，这已经算是太久、太久了，极其罕见。5 分钟之内你能做多少事情？太多了。如果你知道如何利用时间，那么你一定会做得很好，因为这门艺术的全部秘诀都在于此。

重要的并非这 5 分钟时间本身。我们课堂教学的效果远远**超过了你实际在课堂上投入的时间**。所以，从这个意义上讲，许多个 5 分钟加起来就超过了 5 分钟时间本身，尤其是当你考虑到其丰硕成果的时候。另外，这也是你自己准备写小说的第一步，时间一到，实际写作的时间比你想象的显得还要短暂，当我们把这个技术的其余门道全都学到手的时候，你就会明白这一点了。

可是，记住，每天抽出的这 5 分钟你可不能太马虎地应付。尽管时间只有 5 分钟，但这并不意味着它不是一个关键的转折点。它就像一把车钥匙，让整个汽车都工作起来，在你的前进途中这是至关重要的第一步。

我建议每一个人在开始写作之后都要坚持下去，在所有我向你们推荐的方法中，这个 5 分钟写作法是最成功的。这是每天一次的时间安排，它将你和创作活动联系了起来。好的，可是，在这 5 分钟时间里你能做些什么呢？一开始，事情并不多。第一件事情是，感觉一下抽出这

5 分钟让你有什么感觉，从而使自己习惯于这个常规，每天从做其他事情的时间里挤出短短的 5 分钟，不要勉强。这样一来，别的你不用做，只要告诉自己："好吧，一旦我习惯了每天抽出时间坐在这儿，我就要用这点时间来写作。"

你所进入的是一个放松的、沉思的精神状态。为了我们的目标，这种沉思状态只是让你感觉到自己以及自己所处的位置，认识到此时此地此刻的情况，这样就足够了。所以，一开始，你只要到那儿看看，什么也不用做，只要投入了你的时间，那就足矣。无论这让你感觉有多么愚蠢或者无所事事，你也要这样做。

这种沉思状态是一切开始的地方。以后，一旦你习惯于使用这个时间来完成某件事情，无论什么时候你感觉压力太大或者太疲劳或者仿佛处于枪口下面，做任何事情，完成任何事情，你都要返回这种状态——无所事事的状态，以便恢复你的平衡状态。

现在，有人不能做到放松，他什么也不做，浪费时间，哪儿也不去。我知道，因为我也是其中之一。早晨，我的脚一旦下地，就有了一种心理压力，我非得动一动不可，随便做点事情，完成点儿任务，促使某个重要的事情发生，如此等等。我已经学会了放弃，可是，这是我必须留心的事情。那种压力对于做任何有创意的事情而言都是一个巨大的障碍，因为在创意过程中自然而然会冒出许多相当混乱和颓废的东西。

假如你是下面这种人，或者你在这方面给自己加压，那么首先认识到清教徒这个古老的伦理道德（游手好闲的思想状态就是恶魔的训练营，如此等等）是有些过火的或者甚至是疯狂的，这可能对你有所帮助。我的情况肯定是这样的。我曾有一次坐下来想要沉思 5 分钟，这几乎让我大吃一惊，因为在我的世界里，永远不会有人允许自己无所事事，假如你发现自己无所事事，那么你千万别以为自己会喜欢这样。（这简直太有西方文化特色了。东方文化有沉思的传统，放下思想包袱，让心情沉静下来，实现内心的虚空和放松状态，这可以给人带来洞见和开明的思想。现在，我不是在讨论宗教或者精神性的东西，我讨论的只是一种达到你思想深层的途径。）因此，如果你身上牢固树立了清教徒的思想，那么让自己意识到这一点通常是有好处的。你可以清醒地告诉自己，只是闲坐着也是可以的。

另外，有意识地放松你的身体是让你的头脑放松起来的一个好办法。（如果我们把脑子单独留下，它就会放松、清净起来。这不光是沉思默想，而且也是被我们称为放松反应的一部分，对此西方科学界已有许多相关的科研文献。）我不遗余力地把这说清楚，是希望能为你提供一种放松身体的方法。

开始，你要先来个深呼吸，你的呼吸要保持放松。当你呼气的时候，要让你的身体放松。当你继续做深呼吸的时候，请专注于你感觉轻松的东西以获得一种感觉，然后放松并释放它。现在，放松你的脸部、你的头皮（我知道，这听起来古怪，无论如何你还是要这样做）、你的耳朵，以及你的双眼和眼睛四周的所有肌肉。然后再依次放松你的嘴巴、舌头、脖子、肩膀、双臂、手指、胸脯、肚子、后背、骨盆、双腿、双脚和脚趾。再做一次深呼吸，吸气，然后一次把肺部所有空气全部呼出。这非常有助于开始工作，如果你是一个精神非常紧张的人，你做了几次之后，你会在 30 秒时间内完成整个过程。

这个完全放松、释放、无所事事的训练方法可以保证你完成你的 5 分钟写作的工作，你会投入时间，因为你永远不能使用下面的借口：你做不到，你感觉自己啥任务也完不成，你没有那种情绪，或者你不能每天坚持，如此等等。因为如果你感觉做不到，那么唯一能做到的就是什么事情都不做，你总不能声称你连无所事事也做不到吧！当然，即便你能做到，你也不能让自己放任自流。关键是你的确坐在了那儿，投入了时间，做了 5 分钟写作的练习，每一天都如此。无论发生什么事情，都不要找借口，不要半途而废。

现在，这一切都有例外情况。有人发现，如果他们有放松一下的想法，他们就会更加紧张。如果你是那种人，请你不要这样做。另外，有人喜欢在紧张的状态下工作。既有积极的压力也有负面的压力。你不必每次都用同一种方法放松。第一次，你可能感觉需要让自己先平静下来，那就先放松一下。下一次，你可能已经充电完毕，一坐下来马上就能开始写作。

5 分钟坚持 30 天

这个方法的另外一个关键点在于你必须做到连续 30 天坚持不懈，然后你再评估或者重新考虑这个方法，或者跟自己辩论一下它的价值。由于习惯需要一段时间才能培养起来，且由于目标是积累动力，所以只有在你坚持 30 天之后才能见到成效和可行性。你必须跟自己定一个不能讨价还价的约定，坚决执行，在 30 天内，不作任何评论和评估，也不要讨论它。然后，30 天后回过头来再看看你完成了什么任务。你会惊奇地发现，你已经做了那么多，并在这个练习中达到了较高的层次。

每天 5 分钟不仅能帮助你取得进步，它还会让你的想象力被激发出来，并让你的思想潜入更深的层次，而且不断地深入。

你思想的更深层次，这是什么意思？潜意识。当你不使用思想和想象的时候，这里是你大多数思想和大部分想象力生活（或者躲藏）的地方。思想是如何运作的？没有任何人能够给这个问题提供最终的答案，不过，在我们目标范围内它的运作方式是容易被看出的。我想你也曾有过记忆不好或绞尽脑汁也回想不起某事的时候，最后你只得放弃，可是几小时之后当你进行某个完全没有联系的活动的时候，它却突然跳进了你的脑海里。这就是潜意识。问一问自己，然后你就能接收到答案。无论你相信不相信，你能够学会利用潜意识而且依靠它帮助你写作，**甚至是当你正在做别的事情的时候**。

现在，那种做法是走在社会前面的，我不希望给你留下这样的印象：你要用潜意识写作一部完整的小说。不过，在写作过程中，你的潜意识是你最好的朋友。它能让事物做个热身运动，预先有所准备，并帮你准备就绪，使你随时随地都能出发。但是，你必须每天与它联络，这样你才能让它有所助益并且让它运转起来。

没有有意识的指示，你的大脑能够独立做多少事情呢？好吧，我们知道它可以帮你回忆起一个你曾经忘记了的名字。它实际能够做多少工作因人而异，不过，它可以为大家做相当多的事情。在你进入了这个 5 分钟常规练习之后，你会经常发现当你到达那儿的时候，许多想法和解决方案已在等待着你。这是因为你的**潜意识并没有因为你停了下来它就也停下来**。在你停下来之后它还会继续运转一段时间。多长时间？谁知道？没有哪个人对大脑的认识有那么精准，不过，你通常会发现，你故事里的人物、场面和情节结构等组成部分会在你把注意力转向它们的时候，自然而然地冒出来。

这种情况的最极端的例子是著名诗人约翰·弥尔顿(《失乐园》的作者)，他有一个图画型的记忆力。他把创作诗歌的过程变得非常内在化，以至于他梦到了写在纸面上的诗歌，当他醒来的时候回忆起这首诗歌，然后把它写了下来。他的潜意识帮他完成了这首诗歌。在意识清醒的时候，他反而全然是心不在焉的。

弥尔顿是个极端。如果你有这种了不起的能耐，你现在就应该知道这是怎么回事了。但是，原则上讲，我们所有人的大脑都是那样工作的。这需要雷打不动的、每天一次的练习才行。当你把这个技艺变成内在的东西的时候，越来越多的想法就会不经意地从你脑海里冒出来，不需要你自己时时刻刻都慌慌张张的。这时候，写作就变得容易很多，而你的成就也会更多。

不幸的是，在掌握这个技艺和体验到这种兴奋之前，许多作者早就放弃了。他们放弃的原因不是他们缺乏实力，而是因为他们以为自己缺乏实力而且抱怨自己不能克服那些实际上每个作家都要克服的、不可避免的麻烦。所以，坚持下去，直到你能够精通创作的过程，直到它变成你的一部分，这是其中的秘诀。第一步就是坐下来写作或者跟你的写作保持联系，每天 5 分钟，每周 7 天，一年 365 天，每天都不能间断，5 分钟练习没有假期可言。

一个提醒：这些 5 分钟的练习虽然看上去很容易，但你还是必须事先制订出计划。如果你的日程表非常繁忙，那么也许你将不能确定在忙乱之中能否抽出 5 分钟的练习时间。如果你的生活允许你有 5 分钟以上的时间，那么你在一天中想到它的机会也将是很少的。如果你只是把它交给运气，你可能会在自己晚上躺在床上就要睡着的时候才猛然想起你还没有做 5 分钟写作练习。到了那时候就太晚了，也很难再做这件事情了。**你必须提前制定一些具体的措施才能完成任务**。

尽管只有 5 分钟，你必须提前规划如何把这个练习插入日程表中。这个基本的每天 5 分钟的写作练习是很重要的，我要冒着激情过度、爱走极端的危险告诉你一些窍门，以保证你记得做这件事情。窍门如下：在你的汽车仪表盘上面贴张字条，利用早晨离开之前的 5 分钟来做这事。如果你坐公共汽车或者火车，在你的证件或者车票上面别上一张字条，当你上火车的时候，它会提醒你在火车上做 5 分钟的写作练习。如果你想在上班的时候第一时间做练习，那么在你的办公桌上贴一张字条。我用来提醒自己写作的窍门是把 5 分钟写作的事情写在一张卡片上面。好吧，不过，我要把卡片搁在什么地方才能及时提醒我呢？我把它团成一个卷儿，放到我的裤子口袋里面，跟钥匙和零钱放在一起。（一个平滑的卡片太光滑容易遗失。我已经试过这个办法了。）这样一来，我一天之中就会无意中碰到这个皱皱巴巴的、位置不当的肿块。把一整张纸按你需要的大小团皱并放进口袋里，这看上去有些古怪，不过这也是你必须注意到的琐事，你必须有这种果敢的毅力。我认识的一个作家常常把手表反着戴在手上，以提醒自己做 5 分钟的写作练习。（如果你担心记不得为什么你的手表是反着戴的，在你的口袋里放一张字条，提醒自己为什么。）把信息放在你自己的语音邮件上面，这是另一种方法。

因此，一旦你准备抽出这个时间，第一步是进入并且习惯这个每天 5 分钟的写作练习。一旦你完成这个任务，你可以采取下一个步骤，就是说你要着手处理故事的问题。在你第一次的 5 分钟写作练习中，假如你胜任此事或者心情舒畅，你可以马上进行这一步骤。不过，请不要操之过急。

现在我不知道当你开始 5 分钟写作练习的时候会处于什么阶段。无论你从前写过许多东西还是你从来没有写过东西，这都不要紧。可能你在开始时感觉四肢冰冷，没有故事，没有想法，这是大多数人在开始时的情况。如果你心里有什么想法，你就从这个想法开始练习，无论你处于什么阶段。

开始写作时你可以考虑一下你可能会喜欢写什么东西。仔细思考一下，不要有压力，不要紧张，你可以完成任何你想做的事情，探究任何进入你脑海的东西。你可能无法坚持写作这个主题不变，你可能会徘徊、迷茫。你也许无法不思考在你完成了5分钟的任务之后你该如何从中跳脱出来。即使你对写作只有一两个想法，只要你在其他活动之外能抽出5分钟时间，那么你就已经大功告成了。一段时间——几天到一周内，你要保持这种较低的心理压力，探究随机出现的构思方案。如果一切顺利，你将取得进步，并让写作成为某种习惯，从而一直坚持下去。

迟早，你会迷失或者遭遇阻滞，你可能连开始都无法做到，这时候你需要更多指导。这是你采取下一步骤的时候了，这一步骤是指使用故事的工作清单，这个清单在本章的结尾处，我将告诉你时间计划的其余部分，然后你才进入创作故事的阶段。

这个时间计划的下一部分是进行就寝时间联络。这是什么意思？即每天晚上在你睡着之前，让你的大脑思考你的写作问题。只要用片刻时间登记报到，温习一下你现在写到了哪儿，以及接下来怎么写，这就是它的全部内容。通常，你会发现想法已经跑出来了。当你已经接近睡着的时候，也就是你更接近于自己的潜意识的时候，你获取想象力的机会就更多了。

就寝时间联络的难题是，如果你有了一个好想法，你会陷入两难，到底是要起床把它写下来呢，还是只管睡着并希望自己在早晨醒来时还能记得？你可能记得，也可能不记得，不过，不要太相信自己的记忆力。如果你有一个自己确实喜欢的想法，却没有记下来，且次日也记不起来了，那你可能会为此痛惜。无论它是不是一个很好的想法都无关紧要，忘记了它就有可能让你急得抓狂。可能这是非常愚蠢的，不过，这也是这个游戏的一部分。这个体系的全部观念就是把所有的麻烦最小化，无论是真实的、想象的、严肃的还是琐细的。

一个解决办法是在你的床边放上笔和纸。如果你必须在黑暗中写字，这样做还是可行的。我就这样做过许多次。另外一个办法是在床边放一个微型录音机，这样你就可以把你的想法录下来。如果有必要，你可以用很低的声音录音。还是那样，正如你使用5分钟写作练习一样，你正在让思想在自己的内心世界和想象力的深处不断前进并且融合。

对于这种就寝时间联络，你必须采取多个步骤才能记得，正如你记住5分钟写作练习一样。因此，贴一张字条在闹钟上、枕头上、睡衣上，等等，这样你一上床就能想起来。

好吧，这么一来你每天雷打不动的常规练习就是 5 分钟写作外加一次睡觉前的访问。现在，有很多时候你的大脑是空闲的或者是没有事做的。我说过，爱因斯坦的伟大思想大多是自然而然地向他走来的，不过，你认为它们是从哪儿向他走来的呢？是当他在书房勤奋研究与伟大想法有关的那些东西的时候吗？不。他说过，他全部的伟大想法来到他面前的时候正是当他淋浴洗澡的时候，这时候他一点儿也不考虑工作的事情。这个教训是，巨大的创意来到你身边的时候往往是你最始料不及的时候。另外，无论你相信与否，许多伟大的想法是在浴室出现的。因此你每天要在卫生间多待一会儿，这也是一个你可以习惯于检查你的写作的地方。许多阅读就是在厕所完成的，为什么不能在那儿写点儿东西呢？

想法、洞察、突破、灵感往往都是在你已经思考过某个事情后并开始转向某种重复性的、单调的、不假思索的活动上来的时候突然爆发出来的，这种时机包括淋浴或者洗衣服或者用耙子收集落叶的时候。散步、打扫房间、洗车、除草这种活动也是重复性的、单调的、不假思索的，这时候想法也会突然向你袭来，因为这时你没有创作的压力。大脑的显意识的放松为你的想象力和创造力留出空间，让它们浮到表面。这绝非偶然，这是你的大脑的工作方式。

所以，如果有可能且生活允许，你要计划在 5 分钟写作练习之后、在进入写作状态之后马上干一些体力活儿，也可以把次序颠倒过来。也就是说，做完 5 分钟的写作练习，然后马上干一些体力活儿。即便你没有规划，只要你发现自己在干单调无聊的事情，就请回过头检查你的写作练习，看看它包括哪些内容。首先让你的大脑没有任何做事情的压力，然后让大脑轻柔地转动思维的方向盘思考你在 5 分钟写作练习里面做的事情。在任何时候你都要带上写作需要的纸笔，或者一个便携式录音机。

这样，你每天都做 5 分钟的写作练习，你得在就寝之前对此进行记录，当你在干体力活儿的时候，要不时打开思想的大门看看那里出现了什么东西。

这个 5 分钟计划每周加起来就有 35 分钟时间。一旦你开始了，你就能够每周写上两三页，一年就有 100～150 页。对于一个根本没有时间写作的人来说，这已属难能可贵了。此外，这并不只是一个多少页的问题，还关系到你在培养技巧提高写作水平方面的进步程度，你的手和心/想象力每天都处于活动状态。两条古老的写作定律跟这相关：第一条定律是“循序渐进，坚持不懈”，第二条是“不写一句，白活一天”。

现在，这种 5 分钟写作练习外加就寝时间联络是第一个层次。如果你发现自己有更多时间而且希望在 30 天内做更多事情，你可以继续向下一阶段前进。

下一个阶段是**每天 5 分钟外加每周半小时**。不过，假如甚至一周半小时都是奢侈的又该怎么办？听起来不可能，不过假如这段时间太长而无法融入你的日程表，那你该怎么办？你不能同时做两件事情，对吗？错误！

你可以在乘坐火车或者公共汽车的时候写作。这个办法的前提是你不使用这段时间做别的事情。即便你确实有事情做，你也许还能够抽出 10 分钟时间尽可能多地写一些东西。我们争取在这 10 分钟内迅速写下一页的篇幅，不过，一个段落或者几行也行。所以，这个阶段包括**每天 5 分钟练习，还有每周三次的 10 分钟练习**，你可以把它们安排在任何时间段。当你进行 10 分钟写作的时候，你就用 10 分钟取代了平日里的 5 分钟写作时间。所以，如果你每周坚持三天的 10 分钟写作，其余四天你做的是 5 分钟写作的话，滚动起来，一周你就完成了 3 次 10 分钟写作练习。无论如何，你每周要练习 50～60 分钟（2～6 页，每年 100～300 页）。

下一个阶段要求你每天争取写 10 分钟，这样每周就是 70 分钟（2～7 页，每年 100～350 页）。

其中，关键在于你要制定一个自己可以应付得了的规划，然后下定决心坚持 30 天，之后你再重新考虑或者作出评估。在此之前，你无法精确地作出判断。

对于这个阶段来说，我建议你尽量寻找长度为 10 分钟的时间段，越多越好，争取每天的写作时间总量达到 20 分钟。这可以是两个 10 分钟的相加或者一个整段的 20 分钟。如果你某一天无法做到两个 10 分钟写作练习，那么就做一个 10 分钟写作练习。如果你不能抽出 10 分钟，你必须做 5 分钟的写作练习。这是你搞写作的生命底线，你的安全撤出区间，永远如此。你每天必须做两个中的一个。每天 20 分钟，你每周就会有 2 小时 20 分钟的写作时间（5～14 页，每年 250～700 页）。

无论这是一个还是两个以上的 10 分钟的约束，你又如何能够做到？好吧，在你每天离家去上班之前写上 10 分钟如何？如果在家里的时候总是很忙乱，那么你可以每天早起 10 分钟，在你开车之前在汽车里完成。如果你的家人不让你一个人坐在车上，那你就先开车上路，然后中途停下来再做写作练习就可以了。如果你是坐火车或者公共汽车，你可以每天早起 10 分钟，在车站或者火车上把这 10 分钟任务完成。在火车或者公共汽车上写作是另外一种可能的选择。然后，在排队的时候，在火车站或者停车场，你可以做完 10 分钟练习，然后再走进办公室。上午遛个弯或者休息 10 分钟（如果有必要你也可以待在厕所里），午餐时间争取 10 分钟，然后回家之前争取写上 10 分钟（在汽车里、火车站等等）。或者在快下班前大家要整理一下东西的时候，你可以利用这段时间在办公桌上写上 10 分钟。一回到家里就写 10 分钟，或者如果不得已，你可以在从汽车里出来之前完成。或者晚饭后的 10 分钟（也可以在厕所，如果需要这样的话）。或在淋浴之前的 10 分钟，或睡觉之前的 10 分钟。散步、跑步、爬楼梯、在跑步机上锻炼的时间也是不错的选择，你可以拿一个便携式录音机，放进腰包里。如果你羞于告诉人家你在写作，那就告诉他们你在做听写练习。

这么一来，有可能出现下面的情况：你挤不出这么多个 10 分钟时间。不过，你可以自行寻找空闲的时间段，你要想办法在一天内集中找到 20 分钟时间。再次重申，如果你的生活是非常忙碌的，你就必须事先有个计划，采取措施提醒自己做这些事情，不然你就无法坚持下来。在那个短短的时间内，一旦你进入了它的节奏，你可以在一年内把一个长篇小说写完一到三稿。（每天 1 页，每年 365 页，可以成就一部长篇小说。每天 2 页，一年就能超过 700 页。）现在也许你不再做每天 5 分钟的写作练习了，不过，还是有许多人这样做，以便促使自己写作，并帮助自己保持平衡。

假如你每天无法抽出超过 5 分钟的时间，试着跟你老婆做个交易(或者其他家人)，在星期六和星期日抽出 20 分钟。听起来简单，你却有可能根本做不到。让每个人同意这种情况可能是很容易的，不过，你需要花费的 20 分钟可能不是现成的。即便说你有可能抽出这个时间，这对于你和你的家人来说也是一个新情况，因此这会费点工夫才能让大家习惯成自然。最好的办法就是给他们足够的提醒，让他们知道你需要做到这一点。因此，每一周，你连续 5 天做 5 分钟练习（25 分钟），外加周末做两个 20 分钟的练习，一周下来总共就达 65 分钟（每周 2～6 页，每年 100～300 页）。

听起来很容易，不过，这个事情一开始会伤害你的情绪。被迫定期不断地一停一进可能会使你抓狂。你很可能会觉得神经错乱、支离破碎、时断时续。不过，不要绝望，不要让它阻挡了你的前进，你会渡过这个难关的。(记住：坚持 30 天之后再重新考虑你的决定。)如果你坚持下去，这些挤出来的小段时间不仅会变成你每天自然而然的组成部分，而且会成为你做成的最有满足感的事情之一。

也许你以前从来没有做过这种事情，也不曾对自己从事的某个项目或者要解决的某个难题有某种狂热的想法，现在这个想法让你迫不及待地想要写在纸上，你需要抽出时间将它写下来，而这需要 10 分钟甚至更多，难道这个随时写作的习惯不好吗？所以，在 10 分钟内把某个重要的事情完成是非同寻常的，写作也是一样，只要你能够坚持不懈。

在上面的例子里，想法会突然降临到你的头上。在你每天定期的写作习惯中，不用灵感火花的推动你也可以开始上路。相反，你往往会感觉，你似乎跌落到了各种想法的迷阵中，试图猎获某种你想猛扑上去的想法。不过，这不是评价它的最佳办法。你在整个过程中做的事情只是搭起舞台，这样它就能够发生，你只管打开大门，任它发生好了，因为你不能强迫它发生或者命令它发生。放松仍然是最好的办法。接受任何你从自己那儿得到的东西，如果它没有灵感的火花，也不要绝望。这是需要耕耘培养的态度，不过，我要给你的不只是态度，因为所有的故事手法和技巧都适用于这些短短的修行时间。

如果你还是不能开始，那么，下面的这些议题是你需要研究的东西。它们也是你需要用于推进故事发展的东西。如果你遇到阻滞或迷路了，你迟早需要解决这些问题，然后你的写作就能一帆风顺。这些要素可能以这个次序来到你面前（你可能在拥有一个人物之前也想到过这种情境），也可能它们会以别的某种次序来到你面前（你可能喜欢某个人物，不过，没有情境）。无论你从什么地方（或者如何）开始，你要重新查看一下那个故事要素清单，有个总体把握，然后找出你开始时所需要的要素（人物、渴望、障碍、行动等等）。

再次重申：任何时刻你想写都可以。你不必把每件事情都想清楚以后再开始。如果本能推动着你要写，那就忘掉这个清单写去吧。当那个推动力趋于衰竭或者当你迷失方向或者思路阻塞的时候，再回头来看这个清单，即便是颠倒次序、上蹿下跳也是好的。写作永远不是一个秩序井然的过程。放纵本能，跟着感觉走吧。当你陷入困境的时候再回来看看这个清单。不要忘了，作家经常会陷入困境。所以在 5 分钟写作练习中，当没有事情发生或者当你需要收拢心思专注于某事的时候，按照下列清单顺序来写作。我要给你一个清单，首先详细解释一下，然后还有一种容易携带的简短版本，帮助你完成 5 分钟或者 10 分钟或者 20 分钟的写作练习。

第一：你有没有一个**构思**？如果你没有构思，而且你想不出一个立意，那么请你通读本教程，然后找到一个你感兴趣的想法。如果说你找不到自己喜欢的，那就找一个你最不讨厌的。如果说你仍然不能下定决心，那就随机挑选你看到的第三个想法。你不要把这种选择变成一件困难的事情。无论你挑选了什么想法，一旦你进入状态之后，都能变成某种适合你的东西。你可能已经选了一个感兴趣的情境，比如说，你遇到别人给你介绍的相亲对象或者一个不忠的情人。

第二：一旦你有了一个想法或者情境，你需要决定自己想写在那个情境下的哪个人物。如果说你不确定，你可以选择一个有某种渴望的人。如果你希望写别人给你介绍的相亲对象，那你的人物需要一个情人。如果说你希望写不忠的故事，那你的人物要么是遭到背叛的一方，**渴望**一个忠实的情人，报复对方，如此等等；要么是不忠的一方，希望有一种暧昧关系却不被对方抓住。所以，你要找到**人物**＋**渴望**这样的东西。

如果说你不能弄清楚人物渴望什么，那就问你自己：他可能渴望什么？他应该渴望什么？直到你最后想清楚为止。（**记住**：你不必马上回答这些问题。你要仔细考虑一下，放松自己，探索一下在自己的脑海里有什么东西，不要急于求成。投入 5 分钟时间，不要操心自己要完成什么任务或者完不成什么任务。）

你可能脑海里有一个人物，并知道这个人渴望什么。或者，可能有一个人物让你感兴趣，不过，你不确定如何围绕着他建构一个故事。如果情况如此，那就把你感兴趣的人物的特点列出来，然后对它进行折磨/威胁。这就是"渴望＋障碍"，它们要展开旗鼓相当的冲突，故事的开局都是如此。如果你的人物是个吝啬鬼，那么就把他放在一个他必须慷慨解囊的情境下面，让他必须放弃一大笔财富（渴望）或者遭受严重损失（工作、家庭、声誉、情人，等等）。这样一来，他的渴望就是保住自己的财富。障碍是捐献财产或者遭受痛苦。**渴望＋障碍＝冲突**。

人物的任何性格特征你都可以这么写。如果你希望写一个有强迫性洁癖的怪人，那么你就把他扔进一个野蛮的龌龊肮脏的人的怀抱中，这样你就能写出《单身公寓》①。如果你希望看到一对严肃的、灾难性的古怪夫妻的实例，读一读毛姆的短篇小说《哨所》。在内尔·西蒙②在菲力克斯和奥斯卡身上用到这个建置（setup）很久之前，这个建置就早已存在了。因为个人的/性格方面的原因，人们互相进入对方的内心世界，互相触怒对方，然后开始战斗，这种情况根本不是什么新鲜事物。这也是一个可以一遍又一遍地反复讲述的故事。再多一个这样的故事，接纳它的空间也还永远存在。因为你要用自己的方式讲述这个故事。

第三：一旦你建构了冲突，下一步就是行动。人物要做什么事情？

① *The Odd Couple*，内尔·西蒙的作品，也有人译为《一对怪人》。——译者注

② Neil Simon，美国剧作家。他写了二十多部剧本和十几部电影脚本，并被誉为"百老汇喜剧之王"。——译者注

如果你有一个真正的（戏剧性的）冲突，那么这个障碍就紧紧地跟随在人物周围、纠缠不放，从而使他必须采取行动才能拯救自己。这时候他应该想方设法给别人所介绍的相亲对象留下一个很好的第一印象，重新获得他的情人的忠诚（或者不忠），或者保护他的财富和声誉。他必须采取行动才能实现目标，才能推动某个事情的发生。他必须努力改变现状，努力从别人那儿得到某种东西，而另一方又坚决不肯放弃此物。人物采取的这种行动就是在具体场面中完成的直接对峙。

第四：在第一次对峙场面中，让你的人物努力（行动）得到某种他希望从别人那儿得到的东西，而另一方并不打算放弃这个东西（**障碍**）。必须要有几个关键要素，且它们能够组成一个戏剧性的场面。在那个场面结尾，形势必须比一开始更糟糕。这个场面最后要**结束于人物的内心世界**，他的内心备受煎熬，他想弄清楚该如何应对这个眼下威胁着他甚至生死攸关的两难困境。

你的场面拥有和一个故事一样的形状，包括渴望、障碍、行动和结局。区别在于这里的结局是一个场面结局。在**场面的结局**中，情况已经暂时平息下来了，不过，最糟糕的情况正蓄势待发。你的人物正在舔着伤口，并且焦急地思考着该如何应对才能拯救自己。除了弄清楚要如何应对之外，这个人物也要想清楚眼下的局势（在对峙中展现出来的新的复杂情形或者新的麻烦事）。他要努力弄清楚为什么发生这种情况，以及这对他可能意味着什么，如果他输了这场斗争会发生什么情况，等等。他的担忧、恐惧、希望将会在他内心发酵。作为作者，你需要问的是：他害怕失去的东西会发生什么情况？他希望的理想状况会有什么结果？他的疑问可能会源源不断。

第五：如果你现在已经理解了内容，你的故事应该已经建立起来而且运转起来了。你应该走上这样的一条路，前方还有更多的对峙等着你的故事（一般要有两个或者三个对峙），最终戏剧性的摊牌会导致一个故事的最后结局：胜、败或者惨胜。如果你觉得作出决定很麻烦，记住，你始终不懈的目标是揭示人物性格。你完成这个任务要通过挑战或者再次挑战你的人物，比如说通过提高赌注，通过给每个人物要做的每件事情尽量多地施加困难从而使得让任何人都没有任何容易的事情可做，永远都是如此。

挖掘出事物的极限，走到极端状态。故事就是关于极端的描述，因此不要担心自己做得太过分。在这个阶段，你最大的问题是走得不够极端。如果你走得太远，你随时能够削减一些，往事重提。走得太远然后再往事重提，杀它个回马枪，这正是作家反复做的事情。你要创造出更多的麻烦强迫你的人物更多地使用自身的资源。使用自身资源越多，他们对于自身的揭示也就越多。在他们自我揭示越多的情况下，无论你作为作者还是作为读者对人物的体验也会越深入，这就是认同感的具体体现。

如果我现在告诉你的事情仍然对你没有帮助，翻到第 8 章“写了再写”，按部就班地进入你的故事和人物。一步一步地通读这些建议，即便这让你感觉愚蠢。在那种状态下（没有什么助益），你要做的就是让情节按照规划继续前进，直到形势重新好转，如果你坚持不懈，形势总是会变好的。

好吧，这是一个相当值得反复研究的清单。在 5 分钟的写作练习中，这么多内容要你温故知新，这够你忙上一阵子了，所以我希望给你某种简编版，你可以带在身上，在 5 分钟写作练习中容易查阅，尤其是当所有手法都似乎无法奏效的时候。后面还有一个更简短的清单。

1. 你是否有一个情境（别人介绍的相亲对象、不忠的情人、敌人，他们要让人物处于险境，等等）？如果没有，立足自身，探索各种可能性。如果这还不行，就从本教程中挑选一种想法。

2. 谁是主要人物？（主要人物是拥有最大难题且要丧失最多东西的那个人。）他渴望什么？如果说你不能确定，就列出清单把所有可能的渴望都包括进来（渴望清单）。一旦你有了一个渴望或者一张渴望清单，接下来要弄清楚障碍是什么。如果你不能确定，那么把可能的障碍都列举出来（障碍清单）。如果你不能确定，不要把自己锁进任何构思的牢笼中。你只是在探索某些可能性，时间为每天 5 分钟，你可以选择任何空闲的时间。

3. 渴望＋障碍＝冲突。这是你要在第二步探索的东西。现在是时候了，人物要行动起来，坚持自身利益，征服障碍，满足渴望。所以，他要做些什么事情才能胜出呢？他的行动应该是对这个难题的正面进攻。再次重申，如果你不确定，把可能的行动列举出来（行动清单）。这个列表应该包括人物和障碍之间的斗争的结果和解决方案。解决方案就是最后的结果。你可能不知道（也不必知道）这是什么东西，直到你写到了那个地方。

4. 每个场面的结尾都有一个结局，这时的情势要比开始的时候更加糟糕，且最后要结束于人物的内心世界。他可能还在为某个难题而备受煎熬，想要弄清楚发生的情况，下一步他需要思考自己应该如何应对才能胜出。

5. 如果**渴望、障碍、行动**都运转起来了，那你的故事就应该有点发展势头了。如果你不能做到或者自己不确定，请你翻到第 8 章，采取相应措施把你故事和人物中的东西完全发掘出来。

下面是一个更简短的口袋清单：

1. 情境。如果没有想法，检查一下教程中提供的故事想法。

2. 人物渴望＋障碍（冲突）。

3. 行动（对峙/斗争）。

4. 场面的结局。结尾时形势更糟糕，结束于人物的内心世界。

5. 如果以上这些都不起作用，请你翻到教程中的第 8 章，依次采取措施。

记住，要分析任何场面或者故事，看看你能从中获得什么。**渴望**：谁渴望什么东西？这个渴望第一次出现在什么地方？在纸面上找到它。不要光在脑海里想：这个人物渴望什么东西？它能出现得更早吗？人物对于它的渴望程度如何？能不能让他的渴望程度更强烈？如何使之更强烈？**障碍**：障碍是什么？它第一次出现在什么地方？在纸面上找到它。它能不能出现得更早一些？它的威胁程度如何？它能不能更具威胁性？如何才能做到？**行动**：人物是否采取直接行动反击这个障碍直至粉碎这个障碍，以便得到他渴望的东西？这个行动第一次出现在什么地方？在纸面上找到它。他的行动能不能提前些？他是否已经做到了极致？他能不能做得更多？怎样才能做到呢？

是的，这就是**渴望**、**障碍和行动**，一遍又一遍地重复，直到你的耳朵都磨出了老茧。似乎我有点儿过分强调这些内容了，不过，这些是你创作出惊心动魄的故事的秘诀。没有它们，你根本不可能做到这一点。

从 30 天到 365 天

我已经强调了为期 30 天的练习期，看看这个方法可以帮你做些什么。一旦你坚持了 30 天，你就能够明白一天 5 分钟可以完成多少任务，你的下一个任务期应该是一年。

要想发现你自己是一个作家，而且有了长足的进步，那你不应该因为过分关心而忐忑不安，你不要评价自己写完的作品或者你写得怎么样，每天、每周或者每个月都是这样。在这一切中，还有太多的沉重打击、澎湃激情和视野迷失在等待着你，短期之内不允许你得出任何精准的判断。此外，我们往往会在事情糟糕的时候评价自己的作品，而这个时候恰是判断事物的最糟糕的时候。所以，不要这样做，这个陷阱已经让许多作家倒下了。如果你当真要作出评价，请选择任何你顺利的时候，永远不要在你倒下的时候进行评价。

因此，如果你要给自己一个好运气，你必须连续坚持这个写作训练体系长达一年，无论如何也要坚持下去。你应该争取在这一年中至少写 100 页。如果你做到这一点，在一年结束时，当你回顾你做过的事情，把你年终的写作跟你年初的写作作一比较的时候，我保证你会感到欣喜若狂。

下面几节提供了一些写作的注意事项和窍门。

最糟糕的情况

一切情形之中，最糟糕的就是你在很长或不算很长的时间内封笔不创作，并跟你的创作断了思想联络。对于这个时间规划而言，你根本不需要在较长的时间内远离创作，因为每天只要 5 分钟你就可以跟创作保持联系了。在这一切情形当中，最主要的过错[1]就是你把这个每天 5 分钟的写作当成了隔三差五的事情。永远都要坚持让这 5 分钟成为你每天接触写作的机会。如果你不这样做，当你有时间写作的时候，你就会茫然而无头绪，或者至少你的创造性也会变得力不从心而且板滞僵硬，你只得待在旁边苦苦挣扎，跃跃欲试。只有当你调整好节奏，然后才能踏准节拍进入身心放松的创作状态，然而由于你调整、热身需要花费很长时间，这时候你很可能就会放弃写作。所以，你每天都要做 5 分钟写作练习。

不过，假如你因为不可控原因而错过了 5 分钟的写作练习，永远不要额外加班以便弥补缺课。不要说："我昨天错过了，所以我今天要做 10 分钟，把失去的时间追回来。"或者更糟糕的情况是，比如说你好不容易才养成了每天半小时的写作习惯，然后当你又错过了写作练习，你永远不要告诉自己说："昨天计划的半小时我今天没有完成，所以我要写上一小时以便使我计划好的创作能够继续下去。"你无法做到一加一等于二，永远如此。如果你错过了，忘记它，然后明天重新从头再来。如果你每次都写很长时间（比如说一天半小时），然后你错过了一次，你最好把每天的时间定额削减一些，降低一个时间档次。

无所事事＝有事

使用这种方法，你就可以总有事情可做，即便根本没有什么事情可做。使用这种方法，无所事事也成了事儿。你的第一项也是最重要的一项任务就是投入你的时间，无论如何，这一项永远都要雷打不动。如果你确实这样做了，在这 5 分钟时间内，你要么积极地、有意识地坚持什么事情也不做，要么就坚持做点儿事情。只要你在两者之间作出选择，那么无论如何你也应该得个满分。

① cardinal sin，有七大原罪：骄傲、贪婪、淫邪、愤怒、贪食、嫉妒、懒惰。——译者注

产　出

一旦你形成了习惯，把自己坐下来仔细思考事情的时间长度限定下来，这就是一个好主意，也是你保证这段时间能完成一定页数的创作的最好办法。你应该争取做到的最低限度是每半个小时写一页。如果你是手写，那么，你把自己更高一档的速度规定为半小时 3 页是可行的。如果说你用电脑输入，那你可以写得更多。我认识一些人，他们手写的速度可以达到半小时 5 页。半小时写一页可以给你留下许多思考的时间，这个时间可能过于宽裕。记住，最好是在纸面上进行你的思考，写得越快，往往也就写得越好。写的时候你要快马加鞭，以后你再回过头来进行加工。

感受一下

写作是你想做的事情，至少你有时会有创作的冲动。不过，几乎没等你坐下来，你就会感觉你喜欢创作。你甚至不太可能感觉到自己坐下来创作还算是一项任务。所以，你永远不要等待这个感觉。因为一旦你坐下来写作的时候，你通常会遇到更多的心理厌烦。尤其是刚刚开始的时候。如果你感觉到了下面的情况，请不要吃惊：这是疯狂的。在 5 分钟里你能做点什么？15 分钟甚至都不够我热身用的。每天进行 5 分钟写作练习，这是愚蠢透顶的事情！我这样做完全是浪费时间。克利弗老师是个怪物，居然要我努力实现这个目标，他简直是个疯子，如此等等。对此你的回答是：好吧，它是愚蠢的。我是愚蠢的。这是浪费时间。好吧！但是，我已经签字同意要连续做 30 天了。我要坚持做满 30 天，然后再说解除约定的事情。

另外一个很好的办法也可以击败这种抵抗力量，这个办法就是柔道。柔道讲究借力打力，借用对方的力量打败对方。如果你运用了富有创造性的柔道，那么你永远不用反抗对方。你内心有什么直觉，你只管跟着感觉走就是了。也许你会说，“我今天不写作是因为……”“我不能忍受做这件事情是因为……”“我非常讨厌这事情的原因是……”或者“为什么总是有那么多的反抗？这么做值得吗？我以后能实现目标吗？”如此等等。无论你脑海里有什么东西，你都要跟着它跑，探索它的根源。如果你这样做了，最后它就会把你引向某种你觉得值得追求的东西。

懒懒散散

没有哪个人的大脑是百分之百精确的。我们从不认为大脑能做到如此精准。大脑的进化并不是单单为了实现精确性。也从来没有什么神仙“打算”让人的大脑成为百分之百精确的东西。这种不精确性使得我们能够把不相融的东西混杂在一起，这样我们就能够创造出解决问题的新方法。世界上绝没有诸如图画式记忆的东西，80％的精确性已经是最高的比例了。所以，我们能够做到的最低出错率是 20％，我们的警惕性瞄准的就是这个 20％。当我们写作的时候，我们就是在寻找新的组合，这个事实解释了为什么这个过程是混乱的、没有组织的、懒散的。在这个游戏中，失误和错误也是有好处的，它们能帮助我们发现新的关系。虚构小说的目的在于在无序中找到有序，发现万事万物是如何产生互相的关联的。因此，人们可以预料到：你会有失误，会有迷茫，一旦到了转折关头你就要渐行渐远了。这种懒散的习惯可能会让你十分愤怒，不过，它还是你的朋友。

先跳再看

在所有这些过程中你又在做些什么？有一种观点认为你是在**培养自己的想象力**。这不能说是完全正确的，因为想象力并不是特别适合于人为培养的东西。但是，想象力永远是存在的，想象力永远愿意为你效劳。无论你是否与它有所联系，它无时无刻不在继续工作。你所能做的就是**不要充当想象力的拦路虎**。当你成了拦路虎的时候，你可能会觉得自己没有任何想象力，不过，你的想象力要比你大脑的其余部分强大得多，想象力的发力更加持久，而且更有创造性。可是，它服从它自己的规律。（你越是催逼它，你得到的就越少，等等。）因此，你不用培训它。如果非要说点儿什么，那就是它培训你。

你必须学会如何遵守想象力自身的规律。这么说来，想象力是你从小就知道的东西。小孩子的想象力特别发达，因为他们还没有学会用一种窒息想象力的办法对待万物。他们还没有学会事先规划、准备就绪、通盘考虑、酝酿组织、提纲挈领、严谨细致，如此等等。所有这一套都是教育体系和工作世界培养我们做的事情。所有这些事情都会让创造性窒息而亡。在创造性劳动中，你只管先大胆来个**纵身一跃**，然后**再看**自己蹿到了哪儿。

如果你希望想象力能够为你所用，你必须学会打开这扇大门，然后闪到一边去，不要当拦路虎。让想象力在前面引导你，你跟在它的后面。如果你坚持培养这种习惯的时间够长，如果你不允许自己受到自身的怀疑、担忧和恐惧的欺骗，那么你肯定会得到回报。你需要做的事情将越来越少，而你的想象力（潜意识）承担的任务会越来越多。如果你学会了如何释放想象力，它就会承担创作的重任。然后，当你晚上上床睡觉的时候，当你开车上高速公路或者坐上火车的时候，你的**大脑就会自动踏上创作的旅程**。想象力会把你带到你需要去的地方。

这些事情根本不是什么新鲜玩意儿，它听起来有点像白日做梦。我刚才设计的这个技法是顺其自然的，它和你脑海里固有的意识流是保持一致的。这需要一些练习，不过，如果你坚持下去，火候一到你就能和它产生关系。内化它，把它变成你的一部分，你会发现这可能是一个很好玩的游戏。

练　习

- 跟一个令人讨厌的男/女服务员或者推销员打交道。
- 跟一个桀骜不驯的孩子打交道。
- 某个人物想要弄清楚自己是不是爱某人，这份情感是不是“真爱”。

第13章 重负可释

◆ 剃刀原理

早些时候，我曾说过这个故事模型是很重要的，因为在于它本身以及它所包含的内容。不过，其重要性同样在于它有所不为的方面，它把有些东西排除在外，它能让你避免不必要的冲突。现在，我想更具体地讨论一下那些被它排斥在外的东西，这样一来，假如你碰到这种东西，你就会认出它们从而不会再感到迷惑或者浪费时间跟它们较劲。为数不多的故事要素和技法（冲突、行动、结局、情感、展示）我已经讲过了，它们可以为你提供创作成功的故事所需要的一切。

剃刀原理

科学上有一个原理称为奥卡姆剃刀原理[①]。这个原理认为，最简单、最直接的解释往往是最好的解释。所以，尽管太阳绕着地球转的理论通过某种数学变形（contortions）可能确实说得通，不过我们还是愿意相信更简单的解释，即地球围绕着太阳转。因为这更加简单，更加直接，效果也更好。

当我们有一个尚未得到解释的自然现象需要解释的时候，这个议题就经常出现，尤其是那种被我们最初归因于外星人的神秘现象。最近的一个实例就是英格兰的“麦田怪圈”现象。麦田里开始出现形状完美的怪圈，就像印在了麦田里。难道说这是外星人的飞船留下的吗？我们到离地球远一点的地方找一个解释吧，这种解释更加激动人心，更加罗曼

① Occam's Razor，“如无必要，勿增实体”。即科学家应该使用最简单的手段达到他们的结论，并排除一切不能被认识到的事物。——译者注

蒂克。后来，当地人在这个地区的某些麦田里架起了通宵工作的摄像机，你猜猜他们发现了什么？两个家伙偷偷摸摸地跑到麦田里，身后拖着沉重的厚木板跑来跑去，这些怪圈就是这样被制造出来的。说到底，更加直觉、更加直接的解释往往是正确的。

写作这个问题可是够棘手的。你不需要任何模棱两可的概念，不需要任何额外的负担，然后你制造“怪圈”的时候也不用拖着它到处跑。我要让你重温一下一些具体情况以证明我所说的是正确的，然后我还要给你一个清单，里面囊括了毫无必要的专业术语和关注事项，这些东西都是你不必再费力学习的。

“开头”、“中间”和“结尾”这三个概念就是很好的例证。在本书前言里，我曾告诉你我对这些概念的最初感受。我在此还要重复一下，然后告诉你这些概念的真正意义。我认识的一位写作学教授，他曾经说过：“你要确保自己的故事有开头、中间和结尾。”

是的，他就是这么说的，这太好理解了。我需要做的事情原来如此简单啊！我回到家里马上就开始坐下来创作一个故事，这个故事有开头、中间和结尾。我盯着桌上的稿纸。什么是故事的开头？开头到底有什么确切的意义？故事的中间又是什么，它和开头以及结尾又有什么区别呢？结尾正是我一直觉得最麻烦的东西。该死，思前想后，最后我又绕回了起点。

下一次上课时，我问老师：“上次你说写故事要有开头、中间和结尾，但是，我不确定它们到底是什么东西。”

“好吧，”他微微笑了笑说，“开始就是先来的东西，中间是后到的东西，结尾是最后到达的东西。”

全班哄堂大笑。我再也不敢提问了。

可是，现在我知道它们是什么东西了，你也知道了。故事的开头是冲突的出现（人物的渴望遭遇到了障碍），中间部分是斗争（行动），结尾部分是结局。它们已经被冲突、行动和结局这些概念涵盖了，所以我们没有必要使用开头、中间和结尾这样的说法，它们已经被扫地出门而且再也用不着了。

另外，还有一个人们称之为**“人物性格的发展演化”**的概念。经常有人来找我，对我说："我的情节结构是好的，但是，我的人物性格没有得到充分的发展。"这种情况也告诉我，这个作者的情节结构也好不到哪儿去。"人物性格的发展演化"到底是什么意思？一个人物的性格如何才能得以发展？我们怎样才能判断他是谁？塑造（发展）一个人物需要通过他应对难题的方式来进行，即当他面临一个障碍或者一个威胁的时候采取了什么样的行动。行动就是人物性格。假如你用我给你的模型写一个故事，无论他或者你是否愿意，你的人物都要发展演化。他必须要发展，并采取有意义的行动，无论他要做什么事情。这个故事模型让人物行动起来，并让他的性格得以发展。

"语气"和"风格"是另外两个经常出现的议题。有的作家训练班的唯一目标是"帮助你找到自己的语气"。好虽好，可是你并不需要任何帮助就能找到自己的语气。如果你写得够多，你的语气和你的风格将会自行浮现出来。它们是你之为你的产物，是你的个性和你的偏爱的产物。对于语气和风格这两个词，我不对二者进行区别，尽管我确信肯定有人会这么干。另外，有人要想精确地模仿海明威或者福克纳的写作风格（这是两种差异悬殊的风格/语气），这并没有什么错误。模仿到最后，你也许就发现了自己的写作方式。这时候风格就会自然而然地浮现出来，因为你就是你。

另外两个不必要的议题是"人物历史与传记"和"预设前提"的问题，这是讨论方法问题的第 9 章所涵盖的内容。另外一个议题是"大纲"的问题。不止一个知名作家说过，要想成功你必须把你的故事先列出一个大纲然后再开始写作。（记住，任何人告诉你说，你必须做什么事情，其实他是在说他自己以及他自己必须做什么事情。）我要再次声明，大纲并非真正的必需品，除非它能对你有所帮助，除非它是你自己作出的选择。大多数作家认为大纲只能算是另外一个额外的负担，他们不希望一开始就被绑定到一个完整的故事梗概上去。他们更喜欢在纸面上一边前进、一般探索事物的冒险精神，从而摸索出他们自己的道路，向任何突然冒出来的事物敞开自己的心胸。一个作家曾经说过："大纲？肯定的，我会给你一个大纲，不过，那要等我先写完这本书再说。"

再次重申，制作大纲（详细规划你的故事）是值得一试的，前提条件是它要对你有意义才行。它可能是你自己的东西。这永远不是一个非此即彼的二元选择问题，也不是什么大是大非的问题。你可以给某一个故事制定个规划，而另一个故事也可以根本不用规划就直接投身于创作中。你可能很详细地设计了故事里的某一场面或者某一人物，而下一章或者其他部分全靠盲目探索。你很可能在很长时间内都要制作故事梗概或故事提纲，不过，以后随着你的成长壮大，它就不再那么重要了。在这个游戏中，没有什么是固定不变的。

可爱的人物。如果有人告诉你说，你的人物不招人喜欢，恐怕很少有比这个评价更让人害怕的了。一个让作家思路阻塞的好办法就是让他尽量把人物变得招人喜爱。你怎么才能做到让人物招人喜欢呢？你让他帮助一个老太太过马路或者捐钱给穷人搞慈善吗？招人喜爱不是一个专业术语。不过，认同感却是专业术语，它可以使人物变得招人喜爱。一个与生死攸关的难题作斗争的人物，一个因为这个难题可能打垮自己而担惊受怕的人物，通常会引起我们的认同：认同就是喜欢。

你还需要挑选一个**有趣的故事**，这又是怎么回事？一本写作教材上说："假如你要费力写故事，看在上帝的分儿上，一定要让它有趣。"这本书没有告诉你什么东西创造出了人们对于故事的兴趣，或者如何才能激发人们的兴趣。这本书甚至没有定义"有趣"事实上有什么含义。要有趣！那为什么单单要有趣才行呢？为什么不用"有魅力的"、"迷人的"、"催人入眠的"这样的词语呢？我对于"有趣"一词的回答和对于"招人喜爱"的回答是一样的：认同感。如果故事让你有认同感，那么你就会感兴趣。创造认同感（通过冲突和斗争塑造人物性格）就是它的全部内容。不要让自己因为这个模棱两可的概念而走上歧路。

下面我把其他我们不加探讨、也不需探讨的概念列了个清单，因为在我们使用的故事模型中这些概念已经全部被囊括进来了：初始事件、情节节点、背景故事、贯穿始终的主线、余波、逼真、可信性、节拍、上下文、文本、情节骨架、情节事件、情节价值、次序、故事弧线、人物弧线、弓形情节结构、迷你情节结构、非同寻常的情节。

如果在你动笔创作一个故事的时候，你要把这些概念全都装在身上，那么你会臃肿成什么样子？这些概念是从外部视角研究故事形式而得出的结果，而不是从人物和冲突的内在动力系统加以研究得出的。

当然，如果在这些我认为不必要的或者累人的概念中，你对其中的某个感到好奇，或者如果你碰上了任何听上去类似的能够让你的创作变得更容易一些的东西，你可以试一试。如果它对你有效，那就好。如果你这样做只是因为你听别人说你应该装备上这些毫无必要的概念的话，那么你千万别这么做。

第14章 从短到长

- 从短篇小说到长篇小说
- 练习

从短篇小说到长篇小说

短篇小说和长篇小说是相对而言的，两者之间有什么区别？你怎样才能把一篇短篇小说改编成长篇小说？这是本章的主题。第一个问题是，短篇小说和长篇小说之间有什么区别？最显著的区别当然是长度。随之而来的一个问题就是，篇幅多长才算是长篇小说？篇幅多短才算是短篇小说？此外，还有一种叫做中篇小说的东西介于其间。中篇小说指的是那种当做短篇小说太长，但当做长篇小说又太短的小说，它是太大不能称小，太小不能称大的东西，类似于文学作品中的年轻人，他们既不是成年人，也不是儿童。这么说来，中篇小说的篇幅大概是多长？短篇小说的页数到了 90 页，110 页，或者 120 页就能算是中篇小说了吗？什么时候中篇小说可以发展为长篇小说？如果我们说，短篇小说长达 110 页时就变成了中篇小说，那么我们把中篇小说减去 1 页（成了 109 页），它就适合于短篇小说的定义了吗？这又有多大区别？或者说，要是它只差一个字就能达到 110 页，又该如何归类？

好吧，长篇小说和短篇小说之间没有明确的分界线，没有一个临界点，并非说过了某分界线短篇小说就变成了一个中篇小说，中篇小说就变成了长篇小说。可是，这并不是说以篇幅来区别不是一个有意义的区分方法，或者说我们不应该在某个地方划定一个界线。毕竟根本不可能有 1 页长的长篇小说或者一个长达 1 000 页的短篇小说。因此，页数是一眼就能看出来的区别。不过，区别是否仅在于字数和页数的多少呢？怎么解释当作者把一个短篇小说改成一部长篇小说的时候那些多出来的字数或页数呢？这是不是一个用更多的字数来讲述同一个内容的问题呢？是不是风格简洁的作家就写短篇小说，而风格啰唆的作家就写长篇小说呢？或者，是不是某个故事组成部分让长篇小说更长了，或是某种故事要素要求写出更多的字数和页数才能完成写作长篇小说的任务呢？

许多写短篇小说的人认为，他们永远无法把短篇小说拉长，变成一部长篇小说（300 页以上）。在他们看来，这似乎是不可能的，因为它本身确实是不可能的，把短篇小说兑点水、抻抻长直到长度足够就变成了长篇小说，这永远都行不通，也根本不是个办法。当你写长篇小说的时候，你需要有如此多的故事，以至于你不知道你将来到底能不能把所有东西都融入进来。如果说你只是习惯于创作短篇小说，你可能不知道你从哪儿能够得到那么多的素材。你要到什么地方找到它？如何使用它？在我们结束本章之前你就能一清二楚。

我经常听人们从**主题**和**视界范围**的角度谈论短篇小说和长篇小说之间的区别。首先，这些术语并不是写作方面的术语。这些术语是文学教授或者批评家使用的术语，而他们处于这个过程的另一个终端。主题和范畴不是作家考虑或者创作作品时使用的术语。它们是故事的效果，是某个人对于故事的意义产生了一种思想看法后翻译成的抽象的、文绉绉的术语，可是，它们不是故事本身。

这个问题如此重要，因此我想偏点儿题，稍微谈论一下文学课堂以及它们与写作课堂的关系问题。我知道这很重要，理由是多年来许多作家来找我，通常是他们受到挫折、丧失信心的时候，他们常说的话是："我已经决定回到校园，攻读一个文学硕士学位，这样我会比现在写得更好些。"这能有什么帮助吗？不会的。你在文学课堂上学到的东西是如何分析和解释文学，你不会学到如何创作故事。我从自己的个人经验知道这个事情，因为许多文学博士都来到我这儿参加研讨班。他们对于文学懂得很多，不过，他们写故事并不比别人强一点点儿。你要记住，文学课堂对于写作课堂而言正如绘画鉴赏与绘画艺术的区别。文学课堂的内容是好的，不过，他们不会把你变成一个作家，正如绘画鉴赏课不能把你变成一个画家，其中的道理是一样的。学习写作故事的唯一途径是你要开始深入细致的工作，写出故事来。

我已经不惜笔墨要求大家抛弃所有抽象的、分析的、文学课堂上的术语，因为它们只会混淆视听。作家在创作的时候所吸纳的经验是经验中够味儿的肉食，这是我们的牙齿能够啃得动的东西。由此我们才有了主题、范畴和意义之类的东西。所以，大多数长篇小说都比短篇小说有更大的主题、更广的范畴。我们需要考虑的不是这些东西，不过，我们要考虑的是“为什么”的问题，在故事意义和技法意义上，这都是真确的。长篇小说中的什么东西让它具备了更大的主题和更广的范畴呢？这跟跨越更长的时间段没有什么关系。有的短篇小说时间跨度达到数年，某些长篇小说发生在一天之内。而且，区别也不在于区域大小。某些短篇小说的内容上天入地、周游全球，而某些长篇小说的故事场景却从来都没有出过家门。这么说来，区别到底是什么？

我希望你体验一下其中的区别，从而接近这个答案。首先，我要给你一个可能写成短篇小说的情节结构，然后重新把这故事讲述一遍，并且把它变成一部长篇小说。你的任务是看看你自己能不能理清我所进行的步骤并且将之变成一部长篇小说，我所添上的东西让它必然成为一部长篇小说，以至于它太大而不可能缩写成一个短篇小说。短篇小说版本如下：

下面是一个老套的男孩见女孩的故事情节。事情大概是这样的：男孩遇到女孩，对她一见倾心，希望引起女孩的注意。女孩拒绝了他。他又开始尝试着向女孩求爱。女孩又给他吃了个闭门羹。他更加努力，最后迷住了女孩，赢得了她的爱情。现在，这可能只是一个二三十页的短篇小说。即便我们安排他在得到这个女孩后，先失去这个女孩，再重新得到她，也顶多增加十页的篇幅。无论如何，我们都不能使之成为一个接近于中篇小说的故事，它就只能是一篇短篇小说。

现在，我希望把它改写成一部长篇小说。为了做到这一点，我需要把故事变得更加具体，不过，这个做法并不是那种可以决定长度是否合理的因素。我设置短篇小说的情节结构并不具体，因为我们不需要具体细节，而它们也只会把情况变化的速度降低下来。所以，对于我们的长篇小说而言：这两个人物都是大学生。男孩已经有了一个女朋友，他们同居了一年时间，刚开始他们对感情都非常认真，尤其是那个女孩。他们马上就要大学毕业了，这时候他们应该对婚姻这件大事作出某种重大决策了。现在，男孩不确定自己对于整个事情有什么感觉。他是不是真的爱那个女孩？他怎么能够判断呢？他过去一直想象着，爱情应该要比这段感情轰轰烈烈、惊喜刺激得多。这个女孩是不是他想要的那个和自己共度余生的人？他是不是应该跟她分手再移情别恋呢？不过，如果他和她分手了，失去了她，然后又一辈子后悔莫及，那又如何是好？他怎样才能作出判断呢？

这就是他犹豫不决的事情，而在故事开始的时候他就在思考这件事情，这回他们准备到外面参加一个有两对恋人参加的约会（另一对恋人是他的女朋友的女伴及其男友），他从来没有见过他女友的那对恋人朋友。他们决定四个人一起到酒吧喝啤酒，然后再一起去看一场电影。好的，他们到了酒吧，遇到了那对恋人，在包厢里坐下，点了一大杯啤酒。然后发生了什么事情？你能猜到吗？

突然间！他觉得他的梦中女孩出现了。这是一见钟情的爱情。这个男孩马上意识到另外那个女孩正是他等待的梦中情人，如果说不一定就是这个女孩，那么她也是一个让他有这种感觉的女孩，他确信不疑。于是，这成了一个非此女不娶，要么干脆谁也不娶的局势。他不能退而求其次了。

好吧，下面发生了什么事情？他下一步采取了什么行动？他必须跟自己的女朋友分手。现在，他可以继续拥有她，直到他移情别恋，不过，我们还要让他做一件正直体面的事情，告诉她两人的爱情到此结束，因为他对分手一事已经确信无疑。

这样一来，现在我们有了一个情侣分手的故事。他希望退出，她是不是愿意让他轻易地退出呢？她是不是能安静地走开呢？不，这件事情将会非常麻烦，你要尽量把它弄成一团乱麻，或者你存心要把它变成巨大的麻烦、巨大的痛苦（永远如此）。她可能变得想要自杀或者想要杀人。在整个故事里，她可能阻止他移情别恋，或者在他附近潜伏起来。不过，我并不一定会利用她到那种程度。只要记住，我们是可以那样做的。

好吧，一哭二闹三上吊，事情可真够乱的，不过，最后他还是摆脱了她，事情逐渐平息下来了。他下一步要做什么？要与另外那个女人联络。现在，她是不是对他感兴趣呢？他是不是正好是她一直梦寐以求的那种男孩呢？绝不可能。她的现任男友是个大块头，相貌英俊，一副足球明星的派头。我们的主人公没有什么特别之处，虽然也算风度翩翩，不过，他一点儿也算不上卓尔不群，他不是个巨人，意志也不坚强。她不想要他的任何东西。“你疯了吗？”这是她的态度。

所以，他必须更加努力地穷追滥打。当她的男朋友不在身边的时候，他必须跟她联络，劝她花点儿时间跟自己在一起。比方说，他敢于或者恳求她只是跟他一起待上半个小时，让他向她展示他是一个什么样的男孩。如果他不能在那半个小时里打动她的芳心，那么他就得接受她作出的任何决定。她有点儿不情愿地同意了，她说他这是在浪费时间，不过，她要做这件事情，目的只是为了摆脱他。不过，她还告诉他说，他们最好小心一点儿，因为如果被她的男朋友发现了，他会把他们撕成碎片的。这样，他们见面了。他开始频频大献殷勤，想尽一切办法讨她欢心，把她迷住。

有可能，在这一场中他就能将她追到手。或者，她可能会说她想以后再和他见面；或者她会说，她不感兴趣然后起身离开，然后他再次努力，打破了他们最初的约定；或者她后来打电话给他，说她希望再和他见面。这种情况可能延续很长时间，不过，为了使情况简单而且不要从里面挤出太多东西，我们会说，她认为他也相当不错，希望更多地和他见面。这样一来，我们现在让男主人公向她展开求爱攻势，大献殷勤以把她迷住，然后征服了她。最后她的爱情天平倾向了他这一边。

好的，下一步将要发生什么事情？她必须跟她的男朋友分手。他会安静地走开吗？绝不可能！他是个大块头，而且很危险，他可是要闹出大事情的。他一定会偶然碰到他们两个人在一起，然后把主人公单独叫出来，跟他有一个场面或者几个场面的戏份。不过，我不想把这个情节的牛奶挤出太多。大块头男友可能是在整部长篇小说中一个持续存在的人物，不过，我不会太多使用他。

这样，事情就平息下来，相对来说大家还算和平友好。我不打算深入挖掘任何恋爱关系中我们必须面对和处理的各种各样的问题和麻烦，不过，你得要注意到，我们本来也可以这么做。不过，我们现在到了什么地方了？短篇小说、中篇小说还是长篇小说的领域？如果说我们还没有越过中篇小说的界线，至少我们已经进入了一个具有相当规模的短篇小说。但是，也许你们还不会感觉到这一定会成为一个长篇小说。那么，让我们继续前进吧。

在普通、正统的社会中，当两个人彼此倾心相爱的时候，他们自然而然地要做的下一个事情是什么？他们要订婚、做爱、同居，不过，我不准备讲这些事情。如果你选择这样，你要写的东西全都是现成的。我不准备这样。我认为，下一个自然而然的步骤是会见双方父母。她把这个男孩领到家里去见她的父母，他是不是父母一直希望给女儿找到的那种人呢？或者说，他的宗教信仰、阶级、民族、种族、职业是否符合对方父母的预期？（这个男孩居然也是一个想成为作家的该死的笨蛋!）是的，他哪儿也不符合，完全不匹配，他必须是那个样子才行。

好的，这回是在她家里共进晚餐。我要把女孩的父母写成有钱人，而给他一个劳动人民、蓝领工人的家庭背景。他是家里第一个接受大学教育的孩子。这下，我们有了四个人物共进晚餐。晚餐时会发生什么事情？一件事情是，每个人物都可能跟其余的人有一个有意义的场面。我们可以：(1) 安排一个场面让所有四个人物都上场；(2) 男孩单独和女孩父母有一场戏；(3) 男孩单独和女孩母亲有一场戏；(4) 男孩单独和女孩父亲有一场戏；(5) 男孩、女孩和女孩母亲有一场戏；(6) 男孩、女孩和女孩父亲有一场戏；(7) 女孩、女孩母亲和女孩父亲有一场戏；(8) 女孩单独和女孩父亲有一场戏；(9) 女孩单独和女孩母亲有一场戏；(10) 男孩、女孩单独有一场戏；(11) 女方父母单独有一场戏。

现在，那个东西还显得太复杂，你的脑子一下子容纳不了。不过，如果你考虑到了每一种可能性，你会看到它是有意义的。在每一个可能的场面中，人物都要行动，而且人人都要有行动的理由，每个人物的理由各有不同。比如说，别人在场的时候，父亲对于这个男孩子可能完全是友好的、鼓励的。然后，当他和这男孩单独相处的时候，他会说：“瞧瞧，你这个小流氓。我要掏钱贿赂你，请你离开我女儿，不然你就等着在河里漂尸吧。请你选择吧，因为无论如何你绝不可能得到我的小女儿。我的话你若是走漏了一点风声，你就别想活着从大学毕业了。”

现在，你不可能把所有的场面都写出来，不过，你应该考虑其中每一个可能的场面，考虑每个人物都和其他人物有一场同台戏。在这个案例中，如果你愿意，你可以把种种推进力量和种种可能性都悉数演练一遍。如果你这样做，故事会有 11 个场面，每个场面假如有 3～5 页，那晚餐这一场戏就有 33～55 页。不管你怎么做，这都会是一个篇幅相当长的一章。

现在我们讲到哪儿了？我们还没有结束，但是，我们是否已经逐渐接近了长篇小说的长度呢？你是不是觉得它的长度超过了短篇小说，所以它就不再是短篇小说，而已经足够成为一部长篇小说了？你能看出我怎样把它变成一部长篇小说的吗？

让我们继续研究一下故事的可能性，然后再探索具体的技巧问题。他在和其新女友的父母共进晚餐之后终于被认可，暂且如此。在传统社会中，按照自然顺序，下一步是什么？见他的父母。而当他把这个女孩带到他父母家里共进晚餐时，情况又会如何？情况一定得非常糟糕才行。我们可以给他安排一个酗酒、虐待配偶、好赌博的父亲和一个对儿子有很强占有欲的母亲。我们这里还是有 4 个人物，这又给了我们一次展开 11 个场面的可能性，这又将是发人深省的一章。

好的，他们已经见过了双方的父母。下一步要做什么？父母会见父母。这会发生在什么地方？我想，工人阶级的父母会想要到女孩的豪华庄园去。接下来会发生什么情况？现在，我们有 6 个人物。6 个人物，你想想他们会碰撞出多少个场面？57 个。现在，这不是数学或者科学，这是艺术。我提出我的观点，我用这个办法是要向你展示可能性的量级以及你该选择哪些事情进入哪些场面。不过，有了在女孩父母家的晚餐事件，你应该能够感觉到那种可能发生的不安、不快、急躁和愤怒。这全都是揭示这些人物（包括女孩和男孩）真正情况的机会。

社会底层的父亲可能问各种各样不太合适的问题。当双方父亲单独在书房里的时候，他甚至可能要把女孩父亲递上来的钱给烧掉。或者，也许他是一个工会商店领班，没有受过什么教育，不过，他有手艺而且聪明，非常精通于如何曲意逢迎以及如何惹人急恼的本事。他甚至可能会把一个值钱的小装饰物偷偷装到自己的口袋里。电影《猜猜谁来赴晚宴》（*Guess Who's Coming to Dinner*）只有6个人物一起吃晚餐，那是一部足够长的故事片。我们的故事早已超过了那个长度。不要忘记，我们可以调度大块头男朋友和男主人公的前任女友。而且，我们还没有把主人公的兄弟姐妹或者其他亲戚编进故事里来，他们也可以卷进故事里来。然后，这个故事可能需要一个婚礼或者婚礼计划。《新娘的父亲》（Father of the Bride）就是一部完全关于婚姻的电影。因此，我们不再详细讨论它，不过，它应该让你感觉到，我们的短篇小说已经被改编成了一部长篇小说。

行了，这成了一部长篇小说了，可是，我都做了些什么？这个故事给我添添改改就成了长篇小说，那我添的砖加的瓦又是什么？这个故事的短篇版和长篇版之间有什么区别呢？长篇小说有更多的冲突和更多的场面，可是，什么东西可以解释这种添油加醋的原因呢？只有一个原因：**人物更多了**。不光是人物数量更多了，每个人的麻烦也更多了，场面也更多了，篇幅也更长了。信不信由你，这些也就是全部了。并不是说这是容易的事，你需要花点工夫，花点工夫对你而言不是难事吧。

只要你添加进来的每个人物都能给故事里的人物组合增加一个难题、一个复杂化因素、一个必须克服的障碍，那么你的故事会被越拉越长，直到它变成一部长篇小说。每个人物必须和故事之间保持一种自然而然的关联，而且要增加故事的难题。没有什么人物在虚构小说里面是吃干饭的，也没有人物只是顺便搭车来的。每个人物都必须服务于一个目标，而我们持续不断的目标就是揭示人物性格。多一些人物就多一些麻烦，新增的人物会迫使其他人物采取行动并且揭示出更多的自身状况。因为难题更多，冲突更复杂，花费的时间更长，因此长篇小说的篇幅自然要长一些。由于呈现的人物增多了，因此那个冲突的力度更大了，持续时间也更长了。用故事要素的话来说，更多的人物是短篇小说和长篇小说之间的区别所在。

在那个故事的短篇版本中，男孩和女孩都有父母，而且在他们邂逅之前各人都有自己的恋人，但是，我们的故事目前还没有说到那些情况。无论他们是学生还是工人，我们都暂且不管。为了把短篇小说改编成一个长篇小说，我还增加了一些必然要受到事件影响的人物，他们和男孩、女孩的关系是密切和亲密无间的，这些人物由于男孩和女孩的结合会有所得失或者感觉会有所得失。但我们还根本谈不上已把这个故事的人物数量提高到了合乎逻辑的最大数量。把一个短篇小说改编成长篇小说，你要增加更多对于故事的最后结局能有所贡献的人物。不管你添加人物的理由充足与否，你得让这些人物意识到如果他们只管无动于衷地作壁上观，那么故事的结局就会让他们的利益受到正面或者负面的影响。

这并不意味着，当一个人物突然浮现在你的脑海里面或者出现在纸面上的时候，你就得让他和故事情节有什么关系或者他必须对故事的结局有什么贡献。他进入故事里来的时候不必事先取得资格证或者入场证。你可能只是有一个直觉冲动，想在故事里插入这个人物。假如你有这么一个冲动，那么你就跟着感觉走吧。你要尊重自己的直觉冲动。然后，在你创作的时候把他写进来，让他成为一个必不可少的人物，找到他与故事情节的关系或者给他创造一个关系出来。请记住，从头到尾故事就是一场心灵的游戏，情感的游戏。假如你感觉不错，只管插入这个人物好了。在介于开头和结尾之间的部分，你要运用技巧把故事和你自己的水平发挥到极致，让一切材料都融洽无间，如果你的心在人物重新洗牌过程中迷了路，那就重新给你的心找到一个位置。技艺和技巧是你用来确保自己沿着正轨前进的工具。

所以，正是更多的人物把短篇小说变成了长篇小说，我将这些多出来的人物引起的变化称为“虚构文学的算术题”。现在，这是艺术，不是科学，所以把数字贴在故事的各元素上面是跟艺术的精神相对抗的。当然，我不想把它变成数学或者机械科学，我把数字贴到故事的各元素上面的条件是，这能帮助我们把握某些故事议题的数量或者程度。这是一个难以捉摸的游戏。无论什么时候，只要给事物贴上数字就能使它们的秩序更清晰，那么这就值得一做，但你要牢记这只是一种大概的估计。

这么说来，增加人物到底对于故事长度的增加有多大的影响？好的，让我们假设一下，一个有两个人物出场的故事有一个基本场面或者人物组合，即两个人物一台戏。现在，就这个例子而言，我并不把重复的场面和人物单独出场的情况计算在内（男主人公或女主人公独处的场面往往很多）。为了简单起见，我们只探讨可能出现的场次，这些场次是由两个人物之间两两搭配的单场数目决定的。

这样一来，2 个人物才能给我们带来一场戏。再加上 1 个人物，3 个人物会给我们带来多少场面？3 个人物可以给我们带来 4 个可能的场面（所有 3 个人物一起的场面，每个人物和另外 2 人单独相处的场面）。当我们再加上第 4 个人物的时候，可能场次的数量会跃升至 11 个。5 个人物可以给我们提供 26 个场面。6 个人物可以提供 57 个场面。7 个人物可以提供 120 个场面。8 个人物就是 250 个场面。9 个人物就是 520 个场面。10 个人物可以提供超过 1 000 个可能的场面。对于一部长篇小说来说，10 个人物出场也不算太多。我读过一本拉里·麦克默特里的长篇小说《月落古西原》[①]。在小说开头的 50 页里就有 16 个人物出场，而且它并不让人感觉拥挤不堪，想要弄清楚谁是谁也不困难。

注意，我讲的是可能的场次。有时候，对于故事情节而言，让一个人物和其他所有人物都按照可能性组合起来，这种做法是不现实的或者不对的。不过，这个数学例子能让你理解场面和故事的可能性的数量级。无论你的故事是什么样的，关键在于要考虑到每个人物和其他人物都有一个场面。假如一个危险的、威胁性的、冲动型的人物和一个脆弱的、毫无防御能力的人物同时出现在一个故事里面，那这两个人物见面的背景必须是那个弱小的人物听凭那个危险的人物的支配。否则，这个故事还有什么意思呢？虚构小说就是要探索那些我们心里各种起作用的力量，以及当这些力量发生碰撞的时候，会出现什么情况。

许多故事的戏剧性和兴奋点，以及人物自我表达的机会都被错过了，这只是因为作者没有让多个人物互相有所接触。考虑一个可能的场面并不是说你就真的要写这场戏。不过，一定是因为你思考了才决定不写的，这跟你从一开始没有考虑过就不写是大为不同的。如果说你不考虑每个人物都要与其他人物有一场戏，那么你往往就错过了一个发现人

---

① *Comanche Moon*，小说讲述了殖民者在西进运动中与印第安人的冲突。——译者注

物、故事、你自己的天性或者你自己的某个侧面的机会。

当然，什么事情都有例外。我们可以构思出一个故事，在这个故事里，危险人物和弱小人物根本不打照面。但是，这种情况不发生必须有一个很好的理由才行。这个理由可能是什么呢？你又是怎样作出这个决策的呢？这个理由必须跟故事本身的首要目标有关，然后在作出决定之前你总是要问自己两个问题：哪种选择更有戏剧性？哪种选择能够更多地揭示人物的情况？

所以，在这种情况下，你必须在决策方面下点工夫，如果你让危险人物和弱小人物互不碰面，那么你务必让故事变得更有戏剧性、更激动人心、更有穿透力才行。要想完成这项任务并非易事。做点事情（打照面和互相对峙）总是能比什么都不做（回避）更有戏剧性。不过，这么说来，就不必做这个非此即彼的选择题了。在这个游戏中，你想要把每件事情都考虑进去。可能的情况是，这是两者兼具的，既打照面又不打照面。假如你用让他们不打照面而只是互相靠近的办法来创造兴奋点，那你仍然可以继续前进，等以后再让他们相会。这样，两种选择就能够得到兼顾，而且比起非此即彼的任何一种选择来说，这样做往往能够呈现出人物更多的内容。

我感觉下面这种情况不容易想象，不打照面居然比打照面更有戏剧性，不过，这不是科学，因此我们需要容许这种情况（还有任何浮现在脑海里的其他东西）。你只要记住一点，决策的办法是问两个问题：**什么东西是更有戏剧性的？什么事情能把人物性格呈现得更加丰满？**这两个问题是需要你重点考虑的，永远如此。

因此，当你增加人物数量的时候，可能的场面的数量会激增。每增加一个人物，场面数量就不只是翻倍而已。当你把人物两两之间的重复场面、人物独处的场面都加进来的时候，你就得到了数量庞大的素材。这正好就是你写作一部长篇小说所希望得到的内容。你想要的素材数量如此巨大，以至于你感觉自己难以把这一切素材都容纳进来，你也不必非得事事抻长撑大、推挤入位、添油加醋才能完成任务。也许你会觉得开始时你的素材还不够多，这并不意味着你没有它就不能开始。记住，你只需要在可以插入东西的地方把更多的人物添加进来即可，这样你需要生成多少东西就可以生成多少。

有的作家在开始写作的时候，素材很少或者干脆什么都没有，然后随着写作的进展他们拓展了他们的故事。有些（大多数）作家在一开始并不知道他们要到哪儿去，他们喜欢这种探险和惊喜。问题出现了，他们就想办法解决问题。其他的作家（数量也不少）也许会事先给故事做个规划。假如先做规划适合于你，那你就这样做。但你不要过早地担心将来可能遇到的难题，从而让写作陷于瘫痪。这也是为什么大多数作家往往不进行事前规划的另外一个原因。如果说你确实要做规划，请把它付诸文字。几乎对于所有作家来说，光在脑子里思考都是一个糟糕的选择。

还有，问题不在于你是不是一个规划者。你在每个故事上并不一定要以同一种方式进行写作。有时候，你可能会做规划，因为某个具体的故事就是在规划后来到你面前的。下一次，你在开始时可能没有做任何规划。或者你可能给这个故事的某些部分做了规划，别的部分则没有规划。关键在于不要把自己仅锁定在某一种方法上。做你感觉正确的事情，不要因为你应该如何做的问题而把自己纠缠进去。在创作方面，你唯一应该做的就是**有效的事情**。无论这多么怪异、神秘、不合乎逻辑，假如它有效，你就可以做，不要浪费时间弄清楚为什么，只管向下写就是了！

那是长篇小说的情况，可是，长篇小说也有许多不同的类别，比如科幻小说、玄幻小说、探险小说、犯罪小说、间谍小说、荒诞小说、历史小说，等等。你应该写哪一种呢？这取决于许多情况。它取决于你的趣味，你心里有什么事情，你的技巧，你想实现什么理想（出版、金钱、声望），还有市场的需求。

图书市场是很大的。代理人在接洽出版商、为自己代理的作家争取高额稿酬方面非常有创意。假如出版商被某一概念所吸引，那么即使他们连书都还没有见到他们也愿意出价购买这样的书。这些情况推高了作品的价格水平。只要作品的概念好，有些写得不太好甚至很烂的长篇小说的稿费都能高达几百万美元。

戴维·鲍尔达奇[①]的长篇小说《绝对权力》卖了 500 万美元。这是他的第一部小说，无论从哪一方面都不能说写得有多好。你要知道，能够侥幸成功的机会是非常小的。不过，这部小说取得成功凭的是什么呢？它有一个热点的话题、一个完美的时机、一位精明的代理，这些因素都促成了它的成功。小说写的是美国总统的故事，总统跟情妇反目成仇，随后杀害了情妇。于是，联邦特工们出场了，他们必须把这起杀人案掩盖起来。当年，美国总统克林顿及其性丑闻事件正是公众关注的焦点，如果说你想写小说，有什么主题比这个更好呢？

好吧，现在你正要决定写什么类型的小说。你当然不能依靠戴维·鲍尔达奇小说里的那种东西获得吸引力。可是，知道什么故事能够给你带来最好的机会（最容易创作同时又最好卖的那种小说）是重要的。我们以后再谈这个问题，不过，知道什么是最难写、最难卖的小说类型也是非常重要的。这才是我们率先要考虑的问题。

最难写的那种小说类型正好是只有那些初学写作的作者才会选择的类型。这种类型的小说非常个人化，其成功在很大程度上取决于人物的内在状况（内心世界），取决于人物作为一个个体的内心成长历程。因为这个缘故，我称之为内在的小说。有一些非常伟大的作家甚至所有作家都能够成功地创作这种小说，因为我们每个人都有一个富有戏剧性的、复杂多变的内心世界，不过，这种小说需要作者的技巧相当高才行。尽管如此，假如你非常渴望创作一部有关个人内心世界的小说，假如你已经铁了心非写不可，那么你就写吧。

“个人化”并不一定意味着这种小说是自传体的。尽管这种小说通常都是自传，不过，它未必非得是自传。这个故事的成功在很大程度上依赖于人物和作者自身的关系以及人物与自己内心的斗争，它在很大程度上取决于或者关系到内心世界的成长和洞察力，这些才是让它变得个人化和内在化的原因。这是一种故事类型，它往往是自传体，通常这种故事与作者经历过的生活中的某个重大教训有关，不过，它也不必非得

---

① David Baldacci，美国小说家。著有《赢家》、《简单天才》等。《绝对权力》（*Absolute Power*）是他 1996 年的作品，1997 年被改编成电影。——译者注

这样。我们经常称之为“敏感的”小说。《沉默的羔羊》中敏感的文笔算是够多的了，可是，它并没有包含那些当你想到敏感小说时脑子里出现的东西。敏感性只是《沉默的羔羊》的组成部分，却不是它的突出特征。

所有小说都必须足够敏感，否则我们就不会为人物或者故事所吸引。另外，敏感性并不是小说非此即彼的选项。你要将不同的要素混合起来，如何做到这一点则要视故事的需要而定。所有纯文学小说都有个人化、内在化、敏感的重要一面，这些方面最强烈的联系（参阅第6章）被强加到人物身上。所以，你必须抓住那些重要的方面，不过，长篇小说总体上未必会因为故事拥有许多这种元素或优秀写法而使其评价有所变化，除非它是那种我称之为“内在的小说”的小说类型。塞林格的《麦田里的守望者》和毛姆的《人性的枷锁》（*Of Human Bondage*）都是“内在的小说”。

由于作者需要对于人物的内心世界非常敏感，所以内心世界的长篇小说往往是非常难写的。它更多地牵涉到人物自我感觉方面的内容（自我估价、满意程度、非理性的害怕，如此等等）而不是外部世界发生的事情。假如有一个疯子挡住了人物的去路，你要把人物内心的情况描写出来已属不易；假如你想在把人物身上的内心斗争思考清楚后再用戏剧性的手法表达出来，这显然是难上加难。在血腥暴力的故事里，人物的所有内心能量都被调动起来，而且人物专注于活命。个人化的和内心世界的议题被打败出局了，不过，暴力故事更多的是对于外部威胁的一种回应，而不必深入人物内心的挣扎。内心世界是一个富有戏剧性的地方，但它是复杂的，它有很多层次，假如你想把它好好地搬到纸面上，那将是最棘手的事情。参阅探讨情感问题的第6章，你可以看到有关这个问题更完整的细节研究。

当你创作一个内心世界的长篇小说时，除了创造人物的内心世界之外，最大的难题是要让戏剧性出现在人物的外部。虚构小说永远不只是一个头脑的游戏，它还涉及世界是如何影响我们的内心世界的，而内心世界又如何进而影响我们与世界的关系以及我们影响这个世界的方式。如果你想写一部反映内心世界的长篇小说，你必须内外兼修才能成功。

新手作家的最大失败是：过多专注于内心世界，而没有采用相应技巧把它做好；没有创造足够的外部戏剧性，以便推动故事向前发展。

对于你第一次该选择什么类别的长篇小说试水，我的考虑是基于我和其他作家 30 年来携手工作的经验，此外我还考虑到当你刚刚开始尝试写反映内心世界的长篇小说的时候，随之而来你要面对别人的劝阻和自己放弃的极高风险。我的建议是你要认识到作为一个初学者，选择哪一种长篇小说能够让你学到更多东西？写作哪种小说能让你获得更多乐趣？哪种小说的成功几率更大？这是我们马上就要涉及的问题。假如你下定决心要写一部反映内心世界的长篇小说，其故事创作手法是一样的。无论什么文类，无论什么形式（从长篇小说到电影剧本再到舞台剧本），手法都没有不同。不过，你要确保让故事外部的戏剧性和热闹场面持续下去。它必须是关于外部世界和内心世界的大麻烦的故事。

这么说来，这种小说是最难写的。那么最容易写的小说又是哪种呢？实际情况是，最容易写的小说正好就是最畅销的小说。知道这是什么小说了吧？畅销书排行榜上，在所有长篇小说中通常有二分之一到三分之二的作品都是这种长篇小说——荒诞小说。

荒诞小说有其自身内在的戏剧性和生命力。每当我们见到一具尸体，大家都想知道，谁是杀人凶手？这个人因为什么而被杀？手段是什么？这是人的天性。不过，为什么会这样呢？为了实现研究创作的目标，这尤其值得我们注意一下。

在新闻节目中经常有这种现象，如果发生了一起杀人案，据新闻报道，你可以看出受害人是一个烂透了的狗杂种，他曾经给人们带来各种各样的麻烦和痛苦。不过，我们难道会说：“哎呀，这人给大家带来多少痛苦，他死了真是大快人心。但即便是这样，难道说我们就会放过这个杀人犯吗？”不，我们不可能这么说。为什么？嗯，我们不会轻易让杀人犯逍遥法外，因为，没准儿杀人犯还有可能想把我们也杀了呢，这么看来，现在这个死去的混账已经变成了我们的化身。下面这个道理在此仍然适用，这就是古老而美好的认同感。我们不仅同情这个死去了的爬虫，而且我们还非常同情任何受害人，尤其是在这人死于他杀的情况下。毕竟，被害人的弱势地位已经到达了极点，而且我们本来就容易对弱势群体产生情感共鸣。如果说死亡是人人都关注、担心和害怕的事情，那么杀人事件和死人尸体就能马上引起人们的情感认同。假如你在公司办公楼前面的人行道上看到了一具尸体，那么你将很难让自己忘记这件事情。你走进办公室，即便你告诫自己压根儿不要跟别人说起这事，或者不要浏览新闻看看到底是怎么回事，这也是你万万办不到的。

观众也是这样。对于荒诞小说也是一样，这种小说你不必写得太好就能一鸣惊人。下一次当你在书店浏览图书的时候请你注意一下那儿的荒诞小说的创作水平如何。你会发现，通常这些作品都非常平庸。其中一个理由是，这种小说在读者中很有市场，书商迫切希望弄到数量充足、质量合格的荒诞小说来满足市场需要，所以准入门槛就不得不降低了一些。

现在，有些重量级作家也写荒诞小说。这个级别的荒诞小说被我们称为纯文学荒诞小说。这样看来，尽管我们身边不乏粗制滥造的荒诞小说，但是我们也不应该对所有的这一类小说嗤之以鼻。我要把犯罪小说和荒诞小说归为一类。在犯罪小说中，读者通常一开始就知道谁是罪犯，问题在于怎样才能把他们绳之以法。

所以，你不必认为创作荒诞小说就是自降身份或者自甘庸俗。陀思妥耶夫斯基的小说《卡拉马佐夫兄弟》中就有明显的荒诞意识。诺贝尔奖获得者福克纳的小说《坟墓的闯入者》就是一部荒诞小说。在荒诞小说里，你的故事情节和人物塑造所具备的深刻内涵同样可以和其他小说类型相媲美。创作荒诞小说的一种办法是制造一起杀人案，表面上看这个案子似乎无法侦破。然后，你和你的人物费尽九牛二虎之力终于弄清了事实真相并且将凶手绳之以法。你不必事先知道谁是杀人凶手，然后才开始创作。著名的荒诞小说作家埃德·麦克贝恩曾经说过，他通常由一具尸体或者某个即将成为尸体的人开始写起，接下来他在创作中就会按照警方侦破案件的样子沿着线索追踪下去。另外有些作家喜欢在故事开局就揭晓谁是案犯，然后他的创作就由此把案情倒推出来。两个方法都是行之有效的。

任何一个故事都可以被改写成一部荒诞小说。想知道怎么办吗？杀个人就行。一具尸体能让故事马上就有了戏剧性、悬念、荒诞的因素。

只要被害人不是一个流氓恶棍，我们都会对这个被杀的人产生认同感。让我们试试看吧。就拿上文中的那个爱情小说来说吧，我们刚刚才读过这个故事。谁是受害者呢？要把谁杀掉呢？好吧，哪个人都行，除了那个男孩之外，因为这是关于他的故事，他是主要人物。这么说来，谁是凶手的最佳候选人呢？我们要杀掉的那个人必须使不同的人物具有嫌疑，然后你才有可能把故事在不同方向上推进。

不必拖延时间，我给你讲一讲我自己的故事版本。当然，你的版本可能也是同样有效的，因为你可以有不同的看法，你可以杀掉别的什么人。我个人的选择是杀掉那个女孩的父亲。如果我们杀掉这位父亲，那么谁是最主要的嫌疑人呢？为了实现故事的戏剧性并使其具有悬念和张力，我会让这个男孩成为主要的嫌疑人。因为女孩的父亲不喜欢他，并曾经威逼利诱过他，女孩的父亲是他把女孩追到手的绊脚石。另外，假如这个男孩成了主要嫌疑人，那么这往往意味着他最终是清白的。谁才是真正的凶手呢？

凶手可能是这个男孩的前任女友，她肯定希望报复这个男孩，而且她知道他可能会遭到警方怀疑，当警方发现她故意在犯罪现场留下的某些证明男孩有罪的证据之后，男孩的嫌疑就更大了。她可能有这个男孩的某件东西，上面留有男孩的指纹，这个东西正好可以充当她的杀人凶器。她可能还会与她女伴的前任男友（大块头男友）共同作案，大块头男友也有一个类似的作案动机，而且因为他认识女孩的父亲，因此他更容易接近被害人。另外，由于大块头男友比她身体强壮，因此大块头男友更有杀死女孩父亲的体力。你还可以把情节变得更加复杂，如果她也害怕警察追究自己，她又把那个大块头男友当成了自己的替罪羊。或者大块头男友自己单独策划了这场谋杀案，他邀请这个男孩的前任女友共同实施犯罪，如果自己被逼上绝路，那么他还可以把她当做自己的挡箭牌。或者，他们两人都把对方当做自己的替罪羊。或者，他也可能单独作案，不过，经过掩盖罪证之后他让外人看上去觉得这是由那个男孩及其前任女友共同作案的。他可以证明他们两人仍然旧情不断，两人从一开始就共谋欺骗那个女孩的感情，让这个男孩把她娶到手，然后谋财害命，但是，女孩父亲发现了两人的奸计，于是两人不得不杀人灭口。这是一个情节复杂的故事，理解起来不太容易，不过，揭露阴谋、澄清事实将使故事情节变得更有戏剧性。

或者，这个凶手可能是女孩的母亲，她发现丈夫一直在背叛自己，而且他正打算跟自己离婚。她发现了这个杀掉丈夫的机会，碰巧女孩父亲不喜欢的那个男孩也在场，于是她就想出了把这个杀人案嫁祸于人的办法。此外，凶手也可能是男孩的父亲或者母亲。这会把一整套其他的杀人动机引入故事中来，我们必须把这些动机弄个水落石出。所有这些选择都是好的，关键取决于你怎样安排自己的人物和情节。

一切皆有可能。哪怕是人们一眼看来仿佛八竿子打不着的事情或者诡异古怪的事情，只要你能够足够深入探究人物内心的逻辑和动机，你总可以使之变成可信的情节。人物的行为是千差万别的，只要你能想得到，无论事情有多么罕见，没准儿眼下在大千世界的某个地方你就能见到某个怪人正在做这样的事情。

荒诞小说是最容易写的，也是最容易畅销的。因为荒诞故事自身携带了一些热闹的场面和戏剧性，所以它是能够直接打动人心的故事。普通的作家创作的荒诞小说也有可能大获成功，比如说阿加莎·克里斯蒂的侦探推理小说，它们很好看，不过，它们绝对不能和别的纯文学荒诞小说相提并论。正如其他小说一样，荒诞小说在如何塑造人物或者如何写得轰轰烈烈等方面是没有任何极限可言的。

因此，短篇小说和长篇小说之间的主要区别就在于人物的数量，不过，我不想给大家留下一个错误的印象，即仅仅凭借寥寥数个人物就创作出来的长篇小说还没有出现过。确实有这样的长篇小说而且有的还相当优秀。可是，要想让一部只有两个人物的长篇小说通篇都富有戏剧性是一件非常棘手的事情。史蒂芬·金的长篇小说《一号书迷》(*Misery*)就是一个很好的例证。它的写法很紧凑，手法很好，其中的故事可以一直吸引你把它读完。我推荐大家读一读。

练　习

- 寻找一件遗失或者被盗的价值连城的宝贝。这一宝贝也可能是无形的东西，比如一个失去的荣耀。一个人孤身出发到外地去寻找巨大的财富。这个追求可以发生在他自家的地盘上（小城镇、大城市、学校操场、健身房等），也可以发生在一个陌生的国度，或者发生在世界上任何一个地方。

● 一个人物出发去寻找另一个人，报仇雪恨，并得到事实的真相。抓获一个坏人或者把某个人从他自己（毒品）或者另外一人手里救出来。再次重申，这个故事的足迹可能仅限于一个家庭，或者仅限于一个房间，也可能是天南海北的任何一个角落。

● 一个人物的浪漫冒险或者不幸遭遇。

● 回忆你自己人生各个阶段经历过的最佳状态以及遇到过的麻烦事，把你自己的人生历程列出一个大纲来，你可以找到许多素材。你的成长历程包括：从童年开始，与家人在一起的情况，在小学、中学、大学的情况，还包括你的朋友和敌人。把你上过的所有学校都列入一个清单，把你曾经生活过的地方以及发生的事情也列入这个清单。列出你的朋友和敌人，无论家庭内外，列出那些你爱的人和那些你恨的人。大多数家庭都处于一个复杂的状态，那儿有大堆大堆的素材。然而，这并不意味着对于你没有吸引力的材料你也应该使用。有些作家写他们自己的事情写得很好（自传体小说），比如海明威、毛姆、菲利普·罗斯①；有的作家则需要跟自己的生活保持较远的距离，甚至刻意压根儿不写自己的生活。在有效性、创造性和重要性方面，两者并无高下之分。

① Philip Roth，当代美国犹太裔作家。——译者注

第15章 阻塞与解塞

- 作为敌人的观众
- 遭遇阻塞
- 罪魁祸首
- 为什么受苦的总是我?
- 多久才算太久?
- 才华要么有，要么就没有
- 楼梯上的小鬼
- 疯子的国度
- 万恶之源
- 治理之道
- 有益的点子
- 补救措施
- 轶事数则
- 每天预备清单
- 结论
- 练习

在雷克斯·哈里森[①]登台演戏的时候，他往往事先把时间计算得恰到好处，他将将有足够时间冲进更衣室，迅速披上戏装，化好妆，迅速跑到舞台上，用不了多久，舞台的大幕就拉开了。

在劳伦斯·奥利弗[②]登台演戏的时候，他也像大多数演员一样早早来到戏院，提前一段时间就穿好戏装。然后，在剧院里已经坐满了观众然而大幕尚未拉开的间隙，他往往会走到舞台上，站在幕布后面，面对着被幕布隔在另一边的观众说话，不过，他讲话的声音很低，只有他自己才能听得到，他说："你们这帮台下愚蠢的笨蛋，我今晚将在这个舞台上奉献精彩的表演，而你们没有一个人可以做到。"

哈里森和奥利弗这两个伟大的戏剧演员，他们要做什么事情呢？为什么他们要做那么多丑角的滑稽表演呢？他们在跟什么东西抗争呢？是舞台焦虑症，即演员在舞台上的怯场现象。哈里森的做法是想让自己分心，他把自己不正常的想法转移到别的东西上面，这些东西往往是他可以应付自如的（比如服装和化妆）。奥利弗则想给自己在心理上加加油、打打气，他克服恐惧的办法是把恐惧感变成别的情感。

作家是不是也有类似舞台焦虑症的东西？是的，他们也有一种演出焦虑症，这种焦虑可能同样是非常可怕的。他们有稿纸恐惧症，这和演员怯场有所不同，演员舞台怯场是因为幕布一旦拉开你就必须马上开始

---

① Rex Harrison（1908—1990），出生于英国，著名男演员，出演过《埃及艳后》等影片。——译者注

② Laurence Olivier（1907—1989），出生于英国，著名男演员，莎士比亚戏剧表演大师。——译者注

演戏，无论你准备好了没有，作家则可以偷偷摸摸地溜之大吉，并一而再、再而三地推迟自己登台的时间。因为这个原因，稿纸恐惧症通常持续的时间更长，而且会让人变得更加无能为力，作者推迟创作的时间也就更长。有的作者可能**连续数年陷入被阻塞的困境**。

阻塞是让许多作者头疼的事儿，所以我们要把它当做病症研究一下。我们要看看这种疾病的本质，确定其起因，然后给出一个综合治疗方案。诊断疾病及其起因是有益的，不过，诊断得好并不等于把病治好。单单是理解问题不等于解决问题，理解局势也不等于掌握局势。如果你想把病治好，还必须懂得治疗的方法（辨症施治）。这正是我们最后要找到的药方，找到了施治的猛药，我们就能把你拉回到纸面上来，为你的创作提供最大的支持。

作为敌人的观众

害怕观众。如果只是彩排，演员哈里森和奥利弗面前并没有一个观众，他们会有什么感受呢？要是没有任何观众，他们肯定不会恐慌。当你写作的时候，你有没有观众？读者是你的观众，不过，当你真正进行写作这一行为的时候观众是不是就不在场呢？非也，你有观众在场。这个观众就是你自己，而且你**这个观众也是世界上最严苛的观众**。别人再吓唬你也没有你自己吓自己那样令你恐惧，演员在没有一个观众在场的情况下排戏是常有的事情，不过，你能不能在没有一个观众的情况下写作呢？在你写作的时候，你能不能做到自己也不在场呢？

你是否听人家说过这样的话，“他忘我地沉浸于自己的工作之中”或者“她是如此全神贯注以至于丝毫没有察觉到身边发生的事情”。我们所说“你可以在没有观众的情况下写作”这句话就是这个意思。那个难缠的、吓人的观众走开了，你也意识到了眼前发生的事态，你觉得仿佛你已经融入了写作过程之中，进入了笔下的故事中。这是一种理想的状态，我们渴望的状态，一种激励我们前进的东西，但是在你动笔写作之前你不可能处于这种状态，并且也绝对不是让你等遇到这种状态再开始写作。等待只会让问题更加复杂。

遭遇阻塞

你遭遇了阻塞。它对你产生了什么样的伤害？这给你带来什么感受？当你遭遇阻塞的时候，确切地说这时发生了什么情况？你的内心世界里浮现了什么内容？

你坐在那儿，心里有个疙瘩，眼睛盯着墙壁、电脑、空白的稿纸或者已经写出来的内容，心里想着：作家！你以为你算哪根葱，还想当作家。我这是在浪费时间，我永远也发表不了作品。我没有想法，也没有才华。我过去自以为也有两把刷子，自以为也曾写出过两三篇合格的作品。但是，那是很久以前的事情了。无论如何，这些作品好不到哪儿去。现在我想不起任何一件值得一写的事，我甚至写不出一个字。如果说我拥有写作需要的东西，我就不会有这样大的麻烦了。我还是忘掉它好了，谁想要自讨苦吃、受这种洋罪呢！谁在乎呢？为什么我要让自己受这种磨难？挫折和磨难一个接着一个，你完全无法控制，它们会摧毁你的才华、人格、道德勇气和你的人生价值。通常这种情况最后就演变成了全面的人格毁损。

奇怪的是，这根本和你需要如何才能专注于眼下的事情没有关系。**阻塞和任何写作行为都没有任何关系**。你完全脱离了正轨，担心自己没有才华，担心自己未来不能成功，担心自己没有想法，担心所有尚未发生的事情，担心自己无能为力的事情，而没有专注于眼下你能够有所作为的事情。当然，你还没有意识到自己能够做些什么，因为你一门心思都是自怜自艾地以为自己已经江郎才尽，还萌生了自暴自弃、不再当作家的想法。

你第一个应当意识到的是：**你错了，你几乎把一切都弄错了**。这些消极的情绪永远是不可信赖的，因为它们永远是歪曲的、过度的、无关的，完全脱离了正轨，完全偏离了主题。问题是，这是一个情感游戏。你的情感是你最好的向导，它们的精确度达到了 99.99%。大多数时候，你感觉到的东西都是有很好的理由的。不过，当它们起来背叛反抗你的时候，它们永远没有正当的理由。当它们反抗你的时候，**它们总是**

错误的。所以，这就像是一个值得信托的朋友，他什么事情都能帮助你，你必须依赖他才能完成某项任务，不过，他往往也会不加预警地、没有任何理由地突然把你打倒。

这些担忧没有一个跟实际的写作有任何关系。不过，当我们写作的时候它们是拦路虎，或者当我们想写的时候它们会干扰我们，因此我们称它们为作家的阻塞。在你的道路上到底有什么拦路虎？到底是什么东西阻塞了你？这就是你在推进写作过程中的各种顾虑（写作有什么好处？我有什么优势？我能不能成功？），这些顾虑跟你实实在在地在稿纸上写作没有任何关系。它们让动笔写作显得似乎是不可能的事情。为什么写作显得不再可能呢？因为确实不行。你给自己心里充满了太过沉重的顾虑，压得自己动弹不得，由此你把写作变成了不可能的事情。没有什么人在面对这么多难题的同时还能够进行写作，这是无法做到的。但是，你可以把顾虑都卸下来，这样你就可以重新开始写作了。写作未必如此困难，它没那么难。一旦你懂得它是如何工作的，你会发现**更轻松地写作就是更好地写作**。

纸上码字是最简单的行为。如果你在一张纸上填满完整的句子可以得到1 000美元（随便你想写什么就写什么，只要你不重复写一个句子），你就会快速开始，并会填写许多页，而且甚至试都不用试，你就能想出许多好主意。虽说写作并非真有这么好，不过，你的精神状态（主观的现实）才是你的拦路虎。写作不是你的拦路虎。你**关于写作的担忧**限制了你的写作能力。**顾虑和写作是两个完全不同的行为。**当我们写作的时候，我们遇到的这些难题是我们自己给自己制造的，它们看似和写作行为关系紧密，实际上我们没有意识到它们根本不是写作过程的一部分。

好吧，我并不想吹毛求疵或者拿定义问题故意找茬儿，不过，认识到**写作是一个简单的行为**是很重要的，但是由于我们把许多东西扯进了写作，把它变得复杂、痛苦、看似不可能。因此，当你遭遇阻塞的时候，你完全被分了神，并对比例关系没有任何感觉，你在进行一场全面对抗的、不现实的、不公平的攻击，在打击范围之内，你的作品、你的才华、你的想象力、你的成功机会也都遭到了攻击。这是最高水平上的自我虐待。在前面某一章中我曾说过，你必须成为一个虐待狂才能讲出一个好故事，才能创造出一个冲突，以激发人物行动起来；另外，你必须成为一个受虐狂才能写作。这种痛苦或疯狂就是为什么大多数人选择放弃的原因。他们认为他们不具备它所要求的东西（能力和才华），然而，真相从来不是如此。它所需要的东西——让你成功或者失败的东西，是当你发现某个可以绕道而行不继续写作的机会的时候，你能否顶得住这种痛苦。确认痛苦的源头是第一步。然后，你要解决这个问题，你必须有一个井然有序的办法。

罪魁祸首

当你遭到阻塞的时候，你要抱怨谁呢？好吧，谁在那儿？没有别人，只有你自己，所以你要从自己身上找问题。当你自怨自艾的时候，你在惩罚什么人呢？还是那回事。你是唯一在那儿的人，因此一定是你的错，你就是那个应该受罚的人。这听起来很有道理，对吧？有可能。让我们看看其他遭遇阻塞的人。

为什么受苦的总是我？

谁承受了如此的痛苦？什么样的作家遭到了阻塞？在阻塞不再发生之前，在你成长到不再有此苦恼之前，你还必须写多长时间？在第 1 章中，我给你们举例说明了有些大作家遇到的麻烦事。这已经过去有一段时间了，因此值得回顾一下。福楼拜（创作《包法利夫人》的时候）痛苦挣扎了三天时间，突然他发了一阵怪脾气，倒在地板上滚来滚去，以头撞墙，所有这一切就是为了写出区区八句话。王尔德（《不可儿戏》和《道连·格雷的画像》的作者）说过：“我花了整整一上午加了一个逗号进去，然后又花了整整一个下午把它剔除出来。”约瑟夫·海勒花了十年时间写作小说《第二十二条军规》。汤姆·沃尔夫也用了十年工夫写作《完美的人》。所以，**都有谁遇到了阻塞？每个人都如此**。可能有些人比别人遭受的阻塞要轻微一些，不过，阻塞是无法避免的。

这告诉了我们什么情况？第一，无独有偶，这条路上有许多和你一样的人和你做伴。第二，如果每个人身上都发生这种情况，那么这就是发展进程的一部分，你不应该因此而抱怨、惩罚你自己。确实如此。可是，意识到这一点并不会让你不再有此苦恼。你还是会遭遇阻塞，还是会抱怨自己和惩罚自己。你不能停下来，但是，把苦恼最小化是有可能的，你要学会快速控制自己的情绪，这样一来你写一部长篇小说就用不着花十年了。最大程度地挖掘自己的潜力是你的目标，这样可以让你在创作中遭受的痛苦最小化，享受的快乐最大化。

当一个新作家告诉我："我从来没有遇到过阻塞的情况。"我通常都会回答说："那么你就不用发愁了，这件事情就在前面等着你呢。"我想要说却又不想说的是："你懂得还不够多。"你知道得越多，阻塞你自己的可能性也随之增多；你写得越好，你在包抄伏击自己的战斗中的创造性和花招就越多，也越是会让你哭笑不得。你永远无法超越它也永远不会成长壮大到让它束手就擒的程度，因为道高一尺魔高一丈，它往往跟你一块儿成长。

所以，如果这种发生在所有作家身上的阻塞发生在你的身上，你只管抱怨自己能起到什么作用呢？是不是**在这个过程中某种东西让阻塞变得不可避免了**，而这种东西和你个人根本没有任何关系，也根本不是你、你的人物、你的才华的真实反映呢？情况可能是这样的，而且确实如此。阻塞的过程并不是你，它是写作游戏全部的组成部分，你可以掌握支配它的技巧，正如你可以掌握讲述可信的故事的技巧一样。

多久才算太久？

海勒和沃尔夫都曾耗时十年之久完成他们的长篇小说，不过，正如我在第 1 章中指出的那样，纳博科夫写作《洛丽塔》只用了三个月时间。多年前的一部著名的长篇小说《再见，契普斯先生》则是作者在四天之内写成的。这本小说很薄，不过，如果海勒和沃尔夫以同样的速度写作，他们两个人的小说本应在几个月内而不是几年之内完成。一些普通篇幅的长篇小说都是在两个月左右的时间里写出来的。所以，问题在于：它应该用多长时间来完成？嗯，这个时间肯定是变化不定的。四天，两个月或者六个月写成的小说是很少的，一年一部长篇小说的作家已经算是非常高产了，一到两年写一本是值得尊敬的，严肃的小说家通常要花上三到五年时间。菲利普·罗斯说他花了六个月时间写出了 100 页，然后他从这 100 页里拼凑出一页精彩的故事。他说，如果他是幸运的，那一页就是他下一部小说的开始。六个月写一页，难道说非这样缓慢不可吗？

十年写成的长篇小说和四天写成的长篇小说，它们的区别在什么地方？我肯定，海勒和沃尔夫并不是埋头苦干，一天到晚不停地写作，所以用了十年才写成他们的小说。在这十年时间里，随着年龄的增长，在漫长的写作过程中，小病小灾肯定也会让他们在写作方面力不从心。但是，正如我不断重复的那样，事情不必是那样的。**真正重要的事情不在于你花费了多少时间写作，而在于你花费了多少时间为开始写作做好准备**。大多数作家花费了许多时间和精力，然后才开始真正动笔写作。

于是，这里还要谈论另外一个议题。

才华要么有，要么就没有

有些人说：“你要么有才华，要么就没有。才华没有任何替代品。”才华，它在整个过程中到底扮演了什么角色？如果你有才华，你怎么才能知道呢？如果你没有又该如何？你能获得一些才华吗？你需要多少才华呢？它是必需的吗？它值得你为此担忧吗？好吧，我可以告诉你：写作可以发表的故事并不需要特殊的才华，你需要的一切就是自己的情感和生活经验。在其他艺术门类中，比如音乐或者绘画，你可能需要一种特殊的、与生俱来的才华。不过，写作就不同了。写作之所以不同是因为生活技巧就是写作技巧。每个人都有一整套的情感和足够多的、戏剧性的、痛苦的、激动人心的经验可以供你使用。你在自己内心世界里已经有了足够多的东西，这些东西你永远用不完，但这并不意味着你必须写自己的事情或者你个人的经验。不过，你现在已经有的东西足以让你想象和选择任何一类故事。另外，作品发表的标准也不高，许多没有什么才华的作家都在赚大钱。看看你身边，找到这些人并不是什么难事。

你是否听说过“成功就是10%的灵感加上90%的汗水”？嗯，说到写作，再没有比这更加真确的道理了。90%是一个很好的平均水平——足以发表的水平。这并不是说，世上没有才华或者天才这种东西，或者说在某些方面才华或者天才没有用武之地。天才的用武之地在于荣获美国普利策大奖、美国国家图书奖或者诺贝尔奖的鸿篇巨制，对于希望赚钱谋生或者写作畅销书的作者来说有没有天才并不要紧。绝大多数成功作家都没有拿到那些大奖。要想成功，你唯一需要的就是干实事儿的才华。**讲故事是一种后天学会的技巧，不是一种天生的才华。**才华有一种替代品，它就是**勤劳＋技艺**。勤劳工作、学会技艺，其余的一切都是自然而然、水到渠成的事情，**你不需要任何特殊才华。**

好吧，让我们回到我们对阻塞这一问题的探讨吧。

楼梯上的小鬼

当你遭遇阻塞的时候，如果你想深入了解自己所处的状态，其中一个办法就是把这些症状和心理学上的忧郁症作一个比较。临床忧郁症有一个症状就是患者处于一种世界末日的感觉中。永远的阴郁和永远的末日，这形势太可怕了，它们一成不变，永远都是那个样子，永远不会再变好了。这些情绪低落的患者不会认为：虽然我感觉很糟糕，不过，我还是能渡过这个难关的，我会恢复，我会重新感觉好起来。如果当你遭遇阻塞的时候，你永远不会开动自己的脑筋，这是很可怕的。假设，我觉得自己没有价值而且没有才华，不过，我知道这种状态只是一种所有作家都要碰上的状态，我先要渡过难关，然后我依然会写得很好。不，如果说你有这么广阔的视野，那么这说明你就没有陷入严重阻塞的痛楚之中。当你真正遭遇阻塞的时候，尽管你可能也知道所有作家都会遭遇阻塞，但你往往会认为自己遭遇的阻塞在文学创作史上是史无前例的。在你看来，它是真正的世界末日，你觉得在你有生之年，永远都不可能再写出一个好句子了。

这类忧郁症的另外一个症状就是对于自己的敌对态度，这是一种全面打击自己的态度。奥利弗在他贬低观众的时候（“你们这帮台下愚蠢的笨蛋……”），他这么做是出于本能，他想要把敌对态度的对象从自己身上引开。当然，剧院里也没有什么专门敌对他的观众，因为观众热爱他。他可能会在舞台上被打倒在地，而观众还是会鼓掌欢呼。他们并非敌人，不过，演员攻击台下的观众还是要比他攻击自己好一些。外部敌人的威胁性要比内心敌人的威胁性小得多。

我在《心理学 101 问》的教科书上给自由漂游的焦虑症下了一个定义，我将他们称为“一种模糊的、没有对象的害怕”。这种焦虑特别容易引起阻塞。模糊？是的，因为你往往甚至不让自己考虑有关写作的事情，你要把它尽量赶出你的显意识。你有一个模糊的害怕，甚至你会觉得如果你走过去，坐下来写作，将是可怕的事情。你把写作从脑子里赶了出去，因为你不希望面对现实，你是一个如此胆小的懦夫（害怕得连坐下来在纸上写字都不敢）。我在这本心理学教材上援引了一首诗，这首诗刻画了这种焦虑：

> 我看到有个人坐在楼梯上。
> 那小鬼不在那儿。
> 今天他还是不在那儿。
> 我向地狱祈祷请他走开。

也许他会自己走开，不过，我们不能在一旁围观，也不能赌他会自动走开，我们必须找到一个摆脱他的办法。可是，我们需要结束这一部分的讨论了，结束的时候我们还是要首先谈谈我们对于阻塞的研究结果。

疯子的国度

人们有一些普遍的看法，即艺术家和作家都有点儿张狂。你必须是头发乱蓬蓬的，人品清高，精神错乱，这样才能搞创作；你可能需要一种特殊的敏感性、特殊的感知能力以及自知之明，然后才能有创意。这些看法没有一个是正确的，你个人的心理因素跟它没有任何关系。如果你性格非常古怪，你仍然可以成为一名好作家；另一方面，如果你精明强干，这也绝不是什么劣势。写作跟这些事情隔得很远，它是一种发现行为。你写作不是因为你已经有了知名度，而是为了争取得到知名度。

这并不意味着，当你创作的时候你的思想状态和你在日常现实生活中需要的那种思想状态是一样的；这也不意味着，它就不会让你感觉疯狂或者把你逼得近乎发疯。为了创作，你必须走遍自己内心世界的每一个角落，而在日常生活中这些东西的存在与作用恰好是你必须回避的地方。它更加张狂，也更加野性，它向所有一切事物开放自己。在日常的工作和生活中，你时不时地短暂地运用它一下，但是，这个世界不是一个你可以长期居留的地方，在这儿你无法承担正常的、日复一日的各种社会责任。

比如说，你跟老板火药味十足的一次谈话可能给你留下了生动的印象，他让你想起了一条又矮又蠢、肥肥壮壮的小哈巴狗，且当天早晨你在大街上还见到了那条狗。在那种情况下，你必须紧急行动起来，让自己专心听他说话，并把这个想法从脑海里抛到九霄云外，然后你要恪守常规地微笑待人，否则你就会情绪失控乃至陷入麻烦。但是，如果你是在写作，你就要探索“老板长得什么样子”那个想法，如果你笑容满面地告诉他长得像什么，就好像是把你的老板炒了鱿鱼。当你在现实世界中生活的时候，你千万不要把心里的一切想法都一股脑儿释放出来，倘若你这样做，你肯定不能长寿。

创造性的思想状态是非同寻常的。按照日常生活的标准来说，你写作时的思想状态绝非正常的思想状态。为了进入这种状态，你必须放弃正常的提防警惕、自我保护、自我节制的能力，但在写作之外的任何地方你必须拥有这些东西才能行得通。放弃你的警惕性，从安全状态走进不安全状态，这永远不可能是让人舒服的事情。当然，一旦你进入了状态，情况永远也不至于那么糟糕，不过，越界永远是一个难题。有人解释了这种内心的抵制，他们指出，为了创作你必须**放纵你的思想**而且默许这种张狂，这是因为你害怕假如你放弃了自己的正常思维，你就会**迷失自己的思想**。这个解释可能有点极端，不过，我认为这种顾虑正好是很难做到放纵自己的思想的原因。

你可能自我感觉良好，觉得自己的生活、才华、写作样样都好。你可能知道你将要写什么东西，准确地知道你要达到什么水平，以及你未来要干什么，可是即便所有这一切都对你有利，甚至每件事情都尽可能地好，**那里也仍然有反抗，这些反抗总让你无法顺利地把那最初的几个单词写下来**。这是因为你必须从安全状态进入不安全状态，必须放弃防御阵地、安全路障和庇护所，从而把你自己引向未知世界。这样的反抗不只是自然的，而且符合在正常世界里自我保护的要求。但是，在创作期间我们并不是要走进正常的世界。我们正在走进的国度是一个处处都易受攻击、处处都在最大程度上暴露自己的地方。

这种长期慢性的反抗不是那种急性梗阻式的冲击，但是，如果你不提高警惕，它可能会演变成这种冲击。你往往在一开始就会认为，如果一切都很好，可是我仍然有麻烦，那么我到底该怎样做才能进行创作？或许我并不具备创作需要的条件。再次重申，每件发生在你身上的事情都是正确的。创作活动不是你本人，在创作过程中确实有疯狂之处，但你还是好端端的。

你很安全，不过，你要做什么事情才能应对这种反抗呢？好吧，让我告诉你我的常规做法。我每天早晨都要进行一个小小的仪式。我喝一杯咖啡，吃一个油炸面圈，在稿纸上玩拼字的智力游戏。当我在书桌旁边坐下并开始感觉紧张的时候，我经常的做法是告诉自己："放松。别着急，现在你还不必写作。你先款待一下自己再说。"这是一种减轻负担的办法。

不过，这几件小事情花费的时间越长，我就越是必须强迫自己写作，这样，我的反抗和厌倦情绪就出现得越多，而我就越是想要拖延完成"咖啡＋油炸面圈＋薄饼拼字游戏"的时间。我拖延的时间越长，增加的反抗情绪也就越多。不过，喝咖啡、吃油炸面圈、玩薄饼拼字游戏，难道我没有这个权利吗？是的，我有，而且我不需要否决自己的权利。但是，我确实需要找到办法，以防范抵制情绪和回避情绪的逐渐累积。

我的做法就是：先马上写出一句话来，在坐下来之后，我就把喝咖啡、吃油炸面圈、玩薄饼拼字游戏的事情放在了一边，我对自己说：

“好吧。先把这一点儿东西写下来，然后你就可以享用你的美餐了。”(我真是个孩子!）然后我马上写一两行，或者正在构思的一个段落。一会儿工夫，我就写出了一句或者两句话（思路轻松时我就多写一些)，然后再做别的事情，从而突破这种反抗情绪的包围圈。你只要写下一行字就够了，不要强迫自己写更多的文字，不过，如果更多的文字自然涌入你的脑海，那就都写下来也无妨。

在这个瞬间写下一两行文字就相当于完成了两项任务。其一，它打断了你的反抗情绪，把你和你的潜意识联系起来，让你觉得现在的情况并没有那么糟糕。难道说不是吗？其二，它也开始推动事物（你的故事）向更深的思想层次继续迈进。当你恢复暂且被放下的工作的时候(现在你有一行故事内容要检查了)，你在这瞬间写出的那行文字往往能够触发你的一些想法，这些想法会在这行文字中等着你去发现。(参阅第 12 章，找到我对于这个现象的完整解释。）当我启动创作进程的时候，这种种想法就开始向我走来，并把我一下子拉进了创作状态中，这是最好的情况。

我知道其中有许多情况看起来很愚蠢，让我觉得自己像婴儿一样软弱无用。这是因为情况确实如此。在以这种方式打开自己的视野的时候，我们都是孩子，我们走近了自己身上的赤子之心。我曾经见到过那些像健美操表演者那样四肢发达的肌肉男，当我要把他们的作品念给全班听的时候他们也被吓得浑身冷汗，直打冷战，即便我不会念他们的名字他们也害怕。听起来有些不可思议，是吧？是的。不过，如果我们不想让自己停滞下来而长时间无所事事，那这些游戏就是我们必须跟自己玩的游戏。

古老的座右铭“只管放手去做”是一条拙劣的建议，这种建议或许更适合于体育比赛，体育比赛需要你加大力量往前冲，不过，在创作方面，这条建议没有什么用。如果你可以加大力量猛冲过去，那我要祝你好运。大多数作者以及绝大多数最伟大的作家必须在这种横冲直撞的“愚蠢小儿”面前扮演保姆的角色。创造力需要你走进疯狂栖居的地方。

下面是一个说明，它告诉你怎样才能拖延做事。到了应该写作的时刻，你往往就会发现各种各样的小事情都需要你做，包括家务活、打电话或者付账单之类的琐事，你总觉得自己先要把这些事情办妥，消灭了这些拦路虎，才能真正地开始写作。这时候你的解决办法是告诉自己："好吧，当你完成创作任务之后，你就可以马上做这一切琐事了。"先写作再说其他，把那些吸引人的小事情保留下来，当做对自己创作的奖赏。奇怪的是，在你写完之后，奖赏就再也不像之前那样重要了。

万恶之源

我们已经看到了遭遇阻塞的外部条件，以及我们的哪些行为可能会导致阻塞，不过，这并不是根本的原因。为此，我们必须看看创作过程本身，从而发现那种围追堵截、造成阻塞的东西到底是什么。问题在于，我们掌握的那些必不可少的故事创作技巧也可能成为我们的拦路虎。一个木匠的最好的工具可能是他的锯，但是，如果使用方法不当，锯子从桌上滑下来，砸伤了他的腿，那这时候锯子就不再是最佳工具了。

无论创作什么，你都必须掌握两个过程。第一个是放任自流的过程。这个过程是指当你敞开自我允许任何想法进入内心的时候，想法就自动流到了纸面上的过程。为了满足创作的需要，这个过程可以为你提供创作时必需的素材。这个过程是迅速变化、流动不羁、情绪化的，而非决断性的。如果你运气好，这个自流过程会连续流出好几页的内容；如果你运气非常好，这个过程就会流动不止，直到你完成整个稿子。

除了放松身心，让某些构思自由自在地流溢到纸面上之外，这个自流过程还有更多成效。最终，在这个自流的势头停下来后，你必须回过头来，看看你写下了什么东西，然后决定你应该如何加工它，什么应该留下，什么应该删掉，什么需要返工。这个回头看和评估的过程就是编辑过程。编辑过程是缓慢的、有意识的、有组织的、智慧的，另外最重要的一点，编辑过程是需要你作出评估判断的。

当情况有所好转时，你可以马上从自流过程过渡到编辑过程，再从编辑过程恢复到自流过程，这种过程的交替可以多次进行。如果你已经写了一段时间（自流过程），但它没有达到你的要求（编辑过程），那么你可能会裁剪掉一些内容（编辑过程），然后又很快添加一些东西（自流过程）。这样，情况好了一些，不过，它还没有达到目标（编辑过程），于是你重新开始加工（自流过程），直到你觉得自己达到了要求，达成了目的为止（编辑过程）。所以，自流过程和编辑过程是同步进行的，它们是创作过程的两个组成部分，两者没有好坏之分，价值也没有高下之别。

这么说来，当你遭到阻塞的时候会发生什么情况呢？可能会发生：当你应该随着自流过程前进的时候你却在编辑。遭遇阻塞就是因为你让编辑过程变得凶狠起来，杀气腾腾。在最糟糕的情况下，你编辑自己的作品完全是出于下面这个想法：我根本没有才华，永远也无法发表作品；我是在浪费时间，我最好还是放弃。或者你可能是在脑海里编辑你的想法，并给它们的长处打个折扣，告诉自己它们是拙劣的，而这时候它们甚至还没有落实到纸面上来，你还没有好好地审视它们一眼，还没有给自己机会把它们变成某种行之有效的内容。

记住：**没有搬到纸面上来的东西都是无用的**。不要在你的脑海里工作，除非你有一种特别的天才，否则永远、永远不要在脑海里编辑稿子。你要把构思拿出来，将之落在纸面上，这样你才能好好把它审视一番。

好的，这一切都好得很，不过，无论我说什么话，你都还是要在脑海里编辑，还是要反抗自己，那么你就还会遭遇阻塞。我们都是这样，那么我们有什么办法可以解决这个问题呢？

治理之道

如果你遭遇了阻塞，你要如何应对呢？好吧，我曾经有一次突发奇想，用一个灵感使自己走出了阻塞的困境。我当时觉得：写作真是太疯狂了！为什么要折磨自己？没有写作的生活会是多么轻松！不过，我认识到自己陷入了快快不乐之中，没有时间作出严肃的决定（这意味着这个阻塞并不严重）。于是，我对自己说："我要写作，直到恢复良好状态为止，如果此时我仍然想退出写作，那么我就退出好了。"那个办法让我恢复了正常，孜孜不倦地写下去，而不是逼自己必须把什么都写得很好。这个办法不光让我恢复了写作状态，而且我觉得这好像是解除阻塞的办法。因此我做了一幅小小的标语，挂在书桌对面的墙壁上。上面写着**"日子不好，偏不拉倒"**。

下一次当我遇到阻塞的时候，我决定采用这个方法。我抬头看看自己的标语，你猜发生了什么事情？这个办法像上次那样让我恢复了创作状态吗？我是不是马上就动笔写起来了呢？我是不是真的发现了解除阻塞的独门绝技呢？没有。其实，我的反应更像是在说："也许这个方法有用，不过这一次不成。"

随着时间的流逝，我找到了更多的解决办法。每次当我把某件事想清楚之后，我就在标语上作出注解。"当你情绪消极的时候，永远不要相信你的情绪。"这句话确实起了作用，不过只有一次有效。"每件发生的事情都是对的"，这是另外一个例子。它提醒我，作家会在创作过程中遇到阻塞，但是这跟他的才华或者其他事情没有关系。这个认识也许对你也有效，至少这个认识确实对我有效，不过只有两次而已。但是，这些全是抽象的概念，它们是概念化的解决办法，是漂浮在脑海里的东西。正如你不在脑海里写作或者编辑一样，你也很少会在脑海里解除你的阻塞。不，你永远不能通过脑海里或者口头上的"纸上谈兵"让自己摆脱阻塞。为了解除阻塞，你必须有所作为，主人公也必须采取行动。好比行动是推进故事发展演化的发动机，采取行动能够把你推回纸面上来，而这才是你必须去的地方。

有益的点子

这并不意味着抽象的思想观念就是没有任何价值的。它们有时候也会有用，尤其是对于一个较为轻微的阻塞来说。（我知道自己不是自相矛盾的。）可是，你不要指望它们帮你完成写作任务。你还需要一剂更猛的药物才能治愈一次严重的阻塞。不过，思想观念也能有所帮助，它们可以让你的思想放肆一点，让你的行动变得更加容易。我发现下面一些思想观念可能是有益的。

缪斯女神：缪斯女神是怎样的？你知道，这个精灵或者女神给作家和艺术家以灵感，她是灵感的源头，这个魔术般的存在物把美妙的理念倾入你的头脑中。当理念从你脑海里流溢出来的时候，它的速度想多快就有多快，当你只是勉强可以跟得上它的时候，当你觉得它像是一个向你发布神谕的声音的时候，你就是在获取与缪斯女神联络时的体验。如果你写得够多，那么你就会体验到她的存在，有时只是短暂的瞬间，有时则会维持更长的时间。这是一种意外的惊喜，一种充满活力、不可理喻的神奇事物，她能以这样或者那样的形式出现在我们眼前，鼓励我们坚持写作。可是，你可不能指望她，缪斯女神可不是你随叫随到的婢女，也不是你在开始写作之前就需要的东西，更不是某种你写好故事所必需的诀窍。好比说当你想写就写、不要等待一样，请你同样不要等待缪斯女神的光临。

跟缪斯女神联络的最好办法就是开始写作，因为缪斯就是你自己。写作的全部问题就是先让作品触及你的内心世界然后再把它释放出来。这说起来容易，做起来难。创作之所以难的原因之一我在前面还没有详细谈到过，那就是我们的文化，我们的文化[①]中有严苛的清教徒伦理观念，这不能帮助我们或者鼓励我们抵达自己内心的那个地方，因为这样做需要你放任自流，抛开一切，虚以待物。

在我们的文化中，人们教育我们先要把事情都想透了、规划做好了、大纲整理出来了，之后我们才问自己要往哪儿去，然后做好准备，等一切就绪后开始密切监视我们眼下所做的事情，这样一来，在任何时候我们都能处于支配地位而不至于让局势脱缰失控。实际上，我们的文化有一个最糟糕的地方，它不让人的思想自由放纵，它重实不重虚，也不重视随机应变，它看不到“绝圣弃智”有什么价值。控制力是你创作的大敌，这不利于你融入自由流动的创作状态，不利于事情任其自然地发生。其实，从我个人的角度出发，我要说，假如你控制了一切，你就陷进麻烦堆里了。爱因斯坦说过，他全部的伟大观念就是当他的脑海空空如也的时候“自然而然地向他靠近的”那种东西。东方文化重视“虚

---

① 指西方文化。——编者注

空”状态，所有事物都是从这种思想状态里生发出来，尤其是思想观念。

我们相信，为了把写作搞好，我们必须思考才行。我们思考的目的是找到写作的思想内涵。这恰恰和真正有效的写作方法南辕北辙。我们不能为了写作而思考，**我们写作是为了思考**；我们不能在弄清楚了自己的情绪状态之后才开始写作，**我们写作是为了达到那种情绪状态**。我们开始写作是为了让我们的大脑实际行动起来，揭开抽象观念对我们的蒙蔽。我们不会坐等一种感觉或者一种思想观念或者某个女神的到来。**我们要从无到有，白手起家**。你的大脑是满满当当的，你肚子里的墨水是一缸又一缸的，它们等待着你揭开它们的盖子（足够你写 20 部长篇小说）。想一想，你、你之所知、你之所是，这些东西又有多少是同时处于显意识的思想观念之中的呢？另外，你的大脑从来也不会空虚，在你大脑清醒的任何时候，思维以每分钟 150 至 300 个单词的速度运转。你的脑海里永远都存在思想观念，尽管它们可能不是你喜欢的思想观念，不过，你的大脑从来也不会停下来。但是，假如你只是追求好的想法，你就会遇到难题，因为：

你开始写得一定不是很好：写得糟糕是可以预见的。科学家们研究过有创意的成功人士，他们发现这些人拥有的好点子比别人要多得多，还有某些东西也多得多，这某些东西是什么呢？你能猜出这是什么东西吗？坏点子。他们有更多的想法可以灵活选择，因为他们把自己所有的想法都释放出来了，他们并不会费力地在好点子和坏点子之间挑三拣四，然后从一而终。初学写作的作者在看过自己的第一稿之后会说：“这是垃圾。我上当受骗了。”经验丰富的作家在看过自己的第一稿之后会说：“这是垃圾。我已经上路了！”第一次尝试你就拥有不切实际的预期，再加上你想要沿着正确的轨道前进，这是你陷入阻塞、无法继续前进的主要原因。海明威说过：“第一稿是一堆狗屎。”所以，你不要指望自己能做得比海明威还要好。所以，请你忙活起来，即便写出的只是一堆“狗屎”。

精神崩溃：另外一个可以导致创作停滞不前的原因是当你创作故事的时候你精神崩溃了。有时候你会失去线索，不知道自己到了什么地方，也不知道下一步应该怎么办，你面前是一个混乱的局面。痛苦的不仅是这种崩溃的情况本身，而且对于几乎所有作家来说，这都是其前进道路上必不可少的一个步骤。是的，**崩溃是件好事**。它令人气馁，把人气得发狂。不过，它是一个好东西。因此，当它发生时，你要拍拍自己的肩膀，给自己加加油。是因为你已经到达了你必须去的某个地方，你已经做到思想足够放纵，产出了足够多的创作素材，这才导致你迷了路。

崩溃本是难免的，因为你不能充分做到敞开心胸、海阔天空、放手一搏地投入创作，同时你要清楚地记住并且控制从心底流淌出来的东西，看看这一切是如何融为一体的。错误乃艺术之母。不确定性有时是个好东西。

不过，这个过程感觉上就像是你在经历一场危机。在危机中，我们才敞开心胸，尝试一切手段以期继续生存下来，为此我们愿意放手尝试。然后，我们找到顺序所在，把乱七八糟的东西重新拼装起来，这时候情况就变得明朗了。这么说来，受累和受苦是必需的，一旦你能够习以为常、处之泰然地接受这种状态，那么你就会放松下来。

组织材料：组织材料是最后一件你必须顾及的事情，永远如此。为什么？因为你要在你的故事里面找到秩序，这全靠本能。我们全人类都是这样做的，人类把秩序强加到他们看到的所有东西上面，包括哲学、宗教学、心理学、社会学、人类学、生物学，如此等等。我们给每个东西贴上标签、分门别类、探讨研究、测量、定义。制定秩序是我们的天性，这就是为什么当我们没有处于秩序中的时候我们必然会非常紧张的原因。解决办法就是你只管加工你的材料，然后让其中的秩序自然而然地出现在你眼前。无论你是否愿意，你都要组织你的故事情节，你别无选择。所以，这是一个伪议题。真正的议题永远是渴望、障碍、行动和结局，还有总体规划，记住：眼睛要盯住球看。

何时提笔？另外一个导致停滞不前的原因是你觉得自己在写作故事的时候必须按部就班、有章可循（先写开头，如此等等）。其实先写结尾或者先写中间也是可以的。你可以从中间写起，左右开弓，向首尾两端同时推进，或者来个表里颠倒、前后倒置。如果当你坐下来的时候，还没有确定从何写起，不过，你已经强烈预感到了第一个大场面，而且有强烈的写作欲望，那只管提笔开写就是了。尊重你的本能冲动，**它带你到哪儿你就跟着到哪儿，永远如此**。最终，你肯定要把作品塑造成某种有意义的形式，不过，这是最后的事情，你永远不要在一开始就做这个事情。

这个道理大多数作家都受用。有些作家是事无巨细的规划者。假如这也是你的天性所在，那么你就这么办。记住，这一切都必须和你是什么样的人以及你最擅长什么事情相协调才行。这是艺术，不是科学。假如你觉得这件事情你能行，那你就做。“做”就是我们眼前的事情。你做什么事情可以让自己茅塞顿开呢？思考能帮你解决小阻小塞，但是，思考永远不能让你突破严重的阻塞。

可能阻塞你的有三个方面。**故事/手法：**你已经知道什么是故事，不过，你还不知道如何迈出第一步，或者你已经进入一个故事，却不知道要到哪儿去或者下一步要做什么，以及如何才能找到答案。**情绪：**你对于你自己、你的技巧、你的进步和你作品的质量都感觉很泄气。**写作方法：**因为你不能弄清楚如何对待自己的故事情节，因此你被它绊倒了，你要抓住哪些方面才能把握住这个故事情节？你要如何组织它或者你是不是还有别的办法来处理这件事情？

你并非总能知道你的绊脚石是什么。即便说你知道是什么绊倒了你，你也许不知道应该如何应对。可能是上面这三个方面中的一个方面出了问题，也可能是这三个方面同时都出了问题。你或许知道这个情况，或者根本就不知道。这些难题中的任何一个都可能让你感觉如此，因为你不容易知道在它的底层还埋伏着什么东西。不过，你不必知道，你需要做的只是逐个处理它们。

我们首先要掌握写作方法。我刚刚已经讲过你可能会在工作方法上遇到一些难题，并且给你提供了一些可能的解决方案（组织并不要紧，谋划与否，如此等等），不过写作方法是第 9 章讲的内容，因此如果你在那个方面遭遇阻塞，可以复习一下那一章。一旦你弄清楚并掌握了写作方法，事情就会向前推进。如果你仍然停滞不前，正好说明你的麻烦不止一个，或者你的难题来了个大轮换。没关系，你只管继续看下一个解决方案吧。

情感：一切阻塞现象都有一个重要的情感因素，它们往往会让人感觉不爽。另外，任何难题都可以不经任何预警就转变成一个情感上的阻塞，尤其是当你被卷入下面这种思考的时候：现在我出了什么毛病？不过，我现在要讲的所谓情感阻塞是一个你和自我之间的问题，你觉得自己的实力、你的自我和你的作品到底怎么样？这个问题与具体的写作方法或者故事手法无关。这是最损耗生命力、最旷日持久的一种阻塞。你要么直接处理它（我之后会告诉你其中的方法），要么把它转变成一个技巧问题，这也是最好的解决办法。这跟你遇到一个技巧难题时的解决办法一样，也就是说这也属于**故事手法难题的解决办法**。

有了这种方法，你就不用管那些情感问题，尽量把它们撇在一边，不理它们。它们仍然会困扰你，不过，它未必能够挡得住你行动的步伐。记住，你不能控制你的感觉，可是你能控制自己的行动。（你不是进入某种情绪状态才开始写作，而是在你写作的时候才进入某种情绪状态。）你可以把自己的情感阻塞困境转化成一个故事手法的问题，然后使用一些你正在写作的或者打算写的故事素材来完成这个任务。如果你没有素材，请从本教程中找一个场面或者完整故事的练习做一做。你需要一个作品才能开展研究工作。无论什么作品都可以，只要你手上有个底本就可以了。然后，你要把这个故事手法的解决办法应用一下。这个公式是：渴望＋障碍＋行动＋结局＋情感＋展示。还有整体规划，另外你要把眼睛盯在球上面。

知道了解决办法后，你该怎么做才好呢？或许你觉得你已经知道解决办法了，或许你不这样想。无论如何，我还是要给你具体的指导。你只需要翻到探讨再创作问题的第 8 章就行了。翻到加黑的**渴望、障碍、行动**第一次出现的那几页。方法已经设计完毕，你只需一步一步地做。如果万事如意，这会把你带进故事中去，在这个过程中你的阻塞就会解除。可是，如果这个办法不灵怎么办？如果你仍然处于阻塞状态，怎么办？嗯，那么你陷入的阻塞就是一个顽固性的情感阻塞，你必须直接处理它。怎么处理？继续读下去，下面是另一套补救方案，它会告诉你怎么办。

前面四点构成了一种补救办法，并且它是专门为了让你毫不费力地回到自然状态而后返回你的故事创作过程中去（即便说你的故事还没有写成）而设计的。首先，你要依次这样做下去，不要停下来，直到完成所有四点内容，或者你已经摆脱了阻塞，开始进入故事写作。无论你愿不愿意，这一回你需要听取别人的建议。这是因为当你遇到严重阻塞时，你根本没有为自己考虑或者判断下一步要做什么事情的条件。

补救措施

一、使自己的头脑清醒。第一件要做的事情是你要知道自己陷入了阻塞。你可能犹豫不决，因为你想回避写作这个东西，而你却没有意识到你是在逃避现实。犹如当你感觉呆头呆脑、慵懒散漫或者垂头丧气的时候，你才意识到自己病了。你必须知道，它已经让你生病了，这是作家的通病。现在你要承认自己病了才是关键所在。你要通过实际行动将它表现出来，比如在书桌旁坐下来写“我遭遇阻塞了”，这代表你承认了它。记住，不写到纸面上，什么东西都靠不住。写下“我遭遇阻塞了”这句话只是个开始。下一步，你还要把脑海里的东西都写下来。

在柔道运动中，你要学会借用对手的力量反制对手。所以，你写下的东西不光是你脑海里的想法，你也加入了对你发动进攻的敌人的行列。“我根本没有才华，也没有任何构思。我永远也无法发表作品。我不知道在这个故事里下一步要做什么。”这时你已经是在攻击你自己了，情况就是这样，这种对己攻击也是竭尽全力和全力以赴的。请你把自己的力量全使在这儿吧。把一切都记下来，把诸如你多么愚蠢、多么没有想象力、多么胆小如鼠的自我否定都写下来。你要继续写下去，直到你已经把脑海里的全部想法都倾泻到了纸面上，这样一来你就可以好好打量它一下了。往往，光是把它读一遍，就能给自己拓宽一下视野，难题也就迎刃而解了。

纸面上的抽象观念和你之间的关系不同于你和脑海里的抽象观念之间的关系。你把它从心里拿到外面来，孜孜不倦地把观念变成打印稿，然后把它修修补补，这样做是为了可以仔细剖析它并且给它回应。另外，当你把某个想法写下来的时候，你所激活的神经中枢细胞数量是你一味沉思默想时所激活的三倍。所以，你要使尽浑身解数，形成清晰的认识。有许多不经常写作的人，当他们处于危机之中的时候，他们想要弄清楚到底出了什么事情，他们有什么感觉以及他们要如何应对，这时候他们也会把这些东西写下来。另外，你要坚持像这样做记录，这有助于你变得更加专注，从而限制你对困难的感觉。在你的脑海里，思想观念开始时而左右摆动，时而躲躲闪闪，时而出手进攻，时而寻求掩护，如此等等。

二、情感发泄。现在你要做一些释放和发泄的事情，比如说，发脾气，破口大骂，借此来荡涤这个令人讨厌的、蠢驴一样的写作过程中的一切错误。关于写作，你不喜欢什么、非常讨厌什么、鄙视什么，你都可以嚷出来。诸如写作是多么无聊，写作是多么浪费时间，只有傻瓜才会浪费时间写作，如此等等。

三、好处。刚才你说的是它的坏处，现在你要把写作的好处也写下来，你喜欢写作的哪些方面。然后，把你希望现在发生的事情写下来。接着，写下你有什么长远打算，希望什么事情能够发生。

四、后门。坐下来，专心写作一个真正的故事或者仅仅是一个场面，这个想法可能太过于吓人了。不过，这并不意味着如果你不把事情放在一条直线前进的道路上，针锋相对地解决一切问题，你就不能有所进步。在这种方法中，你不必在一开始就写成一个真正的故事，你写下你在状态好转以后想写的内容即可。你只是在探索你可能写的故事类型，还有其中可能出现的人物，以及情节结构可能的发展方向。一旦你重新恢复了真正的写作状态，这都是可能实现的。因为你没有完成任务的心理压力或者把事情明确地固定下来的压力，所以这时候故事中的人物往往就会开始浮现出来，对话的片断开始冒出来，完整场面开始出现，更长篇幅的内容开始展开。因此，当你不经意地在纸面上胡写乱画的时候，真正重要的事情往往就开始发生了。

前面这四步是一个单元。如果此时此刻你已经准备开始写一个故事，但是你仍然感觉紧张僵硬，请翻到研究再创作的第 8 章，请你按照步骤，按照**渴望、障碍、行动**的顺序依次为之。

如果这些东西过于繁杂从而使你无法应付，请你使用下面的解决办法，直到你恢复正常状态为止。

五、付之一炬。写作的时候仿佛没有人会在旁边看你的作品，除了你自己。我把这个称为“写出，烧掉”技术。你写出一个故事的几页内容来，然后把它们烧掉。

六、静中求闹。写作时你要来点儿干扰因素。你可以把电视打开，或者在公共汽车上写作，或者在熙熙攘攘的人群中写作，或者到一个人来人往的饭店里写作。现在，你还不能真正地做到一边看电视或者一边看来来往往的人们，一边进行写作。为了写作，你必须把这些干扰因素排除在外。为了排除干扰，你必须用上有组织的、明智的、精确的思维能力。这话听起来耳熟吗？“编辑”就是这个攻击、摧残、阻塞你的人，它也是你思维能力的一部分，你利用它来把干扰因素排除在外。所以，你要事先把编辑的位置给霸占住（这个疯子已经疯掉了），你的办法是给它别的事情做，这样你就可以平心静气地写作了。

我和一位新闻记者一起工作过。她过去常到她繁忙的办公室里写小说，因为她需要周围忙忙碌碌的环境，这有助于她专注于自己手头的事情。

七、故意胡写。由于你是一个如此糟糕、没有才华、没有创意的作家，那么你就干脆故意**写一个糟糕的故事**，你想把这个故事写得多糟就写多糟。这会减轻你希望把它写好的压力。另外，用低于自己的水平来写作是你不可能做到的事情，你要以自己的写作方式写作。要以低于自己的水平写作你就需要做许多工作，这些工作你不必全都做一遍。关键在于要推动这项工作的进行，让自己摆脱阻塞。在写作这个糟糕的故事的过程中，你会发现自己萌生了一些并不糟糕的想法，而且还有一些潜力。如果你愿意，可以继续这样做，或者，现在你已经和自己的写作技巧取得了联络，你可以继续写点儿别的东西。

八、站在巨人的肩膀上。一个希腊散文家兼传记作家名叫普鲁塔克，他出生于公元 46 年左右，你很可能没有听说过他，他写过的作品包括《希腊罗马名人传》，你很可能没有听说过这部作品。他的作品在漫长的历史长河中流传了下来。在公元 1500 年左右，一个年轻的戏剧家——莎士比亚借鉴了普鲁塔克在故事里展现出的许多构思，把它们改编成了自己的戏剧作品。这些戏剧包括《罗密欧与朱丽叶》、《裘力斯·恺撒》、《科利奥兰纳斯》、《雅典的泰门》和《安东尼与克里奥佩特拉》。是的，莎士比亚的这些戏剧的情节结构都是他从普鲁塔克那儿"偷梁换柱"弄来的。在宽泛的意义上说，情节结构是根本没有版权可言的，除非你一字不落地剽窃人家的故事。你可以自由地重新讲述任何古老的故事、经典的作品，这都是公平合理的做法。你可以自由地重新讲述它们，随便你怎么讲。《藻海无边》重新讲述了《简·爱》的故事，它从那个被锁进了阁楼的妻子的视角来展开故事的叙述。《呼啸山庄》也已经被后人从希思克利夫[1]的视角重新讲述过。《远大前程》也在现代背景下被别人重新讲述过。《亚哈的妻子》（*Ahab's Wife*）脱胎于《白鲸》，叙述视角取的是亚哈妻子的视角。《罗森格兰兹和吉尔登斯顿之死》[2] 这出戏剧的人物原型是《哈姆雷特》中的两个次要人物。有人给海明威讲述了下面的故事：有一个人，坐着一条小船，在海上捕到了一条大鱼。海明威把这个故事写进了小说，并让那个人成了故事的主人公，于是《老人与海》就写出来了。我的导师兼朋友伯纳德·萨巴思，他写过一个戏剧，其中汤姆·索亚和哈克贝利·芬在暮年的时候再次相逢。（这出戏在百老汇上演，主演是乔治·司各特和约翰·卡勒姆。）运用上帝、撒旦、基督或者其他《圣经》人物，作家已经创作了许多故事（《炼狱》、《失乐园》）。当你借鉴这些经典著作的时候，你就让原创作品的作者，比如说莎士比亚、勃朗特三姐妹、梅尔维尔、马克·吐温这些人替你打工了。

既然如何解除阻塞是我们在这里谈论的话题，你可以随情纵意，天马行空，把伍迪·艾伦[3]写进你的故事里充当蓝博[4]，或者把你的叔叔

---

① Heathcliff，《呼啸山庄》的男主人公。——译者注

② *Rosencranz and Gitdenstern*，即《哈姆雷特》中的两个朝臣，原属次要人物。——译者注

③ Woody Allen，1935 年生于纽约一个贫穷的犹太家庭。中学毕业后，虽曾在大学读过几天书，但均被开除。15 岁开始写俏皮话，用伍迪·艾伦这一笔名投稿，后经人推荐专为广播电台写广告中的俏皮话。——译者注

④ Rambo，史泰龙在《第一滴血》中饰演的主角，蓝博是一名独来独往、无视清规戒律的越战退伍军人。——译者注

写进故事里来充当李尔王，或者让你的姨妈充当包法利夫人，再或者你可以把不同经典著作中的各色人物重新组合和搭配起来（比如说让哈姆雷特遇到盖茨比）。你还记得吗？《两傻大战科学怪人》① 这部电影就是这种经典人物的新搭配。一旦你摆脱了阻塞，你可以回到你在崩溃之前思考的东西上来，或者可以继续使用这个补救措施，或者试试别的补救措施，你必须把事情落实成一个瓜熟蒂落的东西。如果它们奏效，那就更好了。

九、从头编辑。使用这个方法，你要从廉价商店或者杂货铺购买一本便宜的小说，然后把它拿在手上。过去人们常常叫它们廉价小说，它们往往是浪漫爱情小说，通常写得非常糟糕。你要尽可能找到一本最糟糕的，拿回家里，然后对它进行编辑和修改。你会发现自己要做的事情还真不少，你要把各种东西都重新理出一个头绪来。你可以把人物对话重新修改一下，让故事变得更加可信，然后，你还要给每个场面加上冲突（渴望＋障碍）和行动。我还是那句话，目标只是解除阻塞，不过，如果你真的被这个任务吸引了，而且发现了人物的新维度、情节结构上的戏剧性，而且把这项工作从头坚持到最后，那么，它就不是原作者的小说了，它就变成了你的小说。你不必担心抄袭的事情，而且你也摆脱了阻塞。

十、停下！如果情况非常糟糕、非常痛苦、非常悲惨，为什么不停下呢？我提出这个事情是因为我也曾经有过这样的经历。那时我写作还没有几年，不过，我是非常认真的，尽管我没有写出多少东西。当时，我的生活是一团乱麻，没有多少时间或者说根本没有时间写作，为此我非常痛心。在这个过程中，我想，为什么费这工夫！为什么这样折磨自己！谁在乎呢！为什么不放弃呢！我真的放弃了，不过只是放弃了一天半时间。第一天，尽管无论如何我也不想写了，但我还是感觉自己身上和自己的生活缺了点儿什么东西。我一想到写作已经不再是我生活的一部分，我就感觉空虚，随波逐流，茫然不知所措。写作是我的船舵，尽管我当时并没有写出多少东西。不过，我可不希望再遭受那种惩罚了。

---

① *Abbott and Costello Meet Frankenstein*，科幻电影。——译者注

我一直写到了第二天中午，我想，嗯，我只管把写作当做玩耍好了。有什么好玩儿的？第一次上写作课的时候我就喜欢上了写作，我最初开始写作的唯一的理由不正是因为好玩吗？写作确实是好玩的。

因此，我不必退出写作。我只要重新找到写作的乐趣就行了，想写什么就写什么，觉得应该怎么写就怎么写，至于世界上别的事情我才不管它呢。对于你来说，情况也必定是如此。你在写作的某个瞬间也一定曾经体验到某种乐趣。所以，你需要提醒自己，你也可以做下面的事情：你可以在纸面上享受写作的乐趣，偶尔在写作的时候绕道而行，偷懒耍滑。这不仅好玩，而且当你发挥最佳水平写作的时候，这乐趣是常有的。这把我们带到了一个重要的问题上来。

你越是不在乎，你写得就越好；你越是努力，你写得就越糟糕。这听起来有点儿奇怪，不过，你越是在意，越是努力想写到最好，你写得就越是糟糕。所以，不要感觉奇怪，你用了最大努力想要写出最好的作品结果它们往往僵硬而无聊，然而你急急忙忙、一时冲动、来不及思考、没费多大工夫就随手写出来的东西倒是更加栩栩如生、激动人心。当你努力写作的时候，你的意识往往过于强烈，太清楚自己在做什么事情，也太想要获得更强的控制力。你执著于对每个步骤都作出判断，这往往让你的紧张心理更加严重。

所以，解决方案是什么？是从此不再操心吗？不，那行不通。如果你想强迫自己远离紧张心理，这只会让情况更加糟糕。你不能控制自己的感觉，不过，你能够控制自己的行动。解决方案就只能是继续写作。如果你写得够多，你就会度过那个紧张阶段然后心情放松起来，难题则会自行得到解决。你要能够放纵一下思想，不要阻挡思想的潮流，任由事情自然而然地发生。你要记住，不是人定胜天，而是天定胜人。

雷·布拉德伯里[①]在他简洁的小书《禅宗和写作艺术》（*Zen and the Art of Writing*）中提出了一个解决办法，那就是工作，放松，不要思考。你学会放松的办法就是不停地工作。你把自己累得筋疲力尽，

---

① Ray Bradbury，美国科幻、奇幻、恐怖小说作家，代表作有《火星纪事》及《华氏451度》。——译者注

这样你就放松了自己对于每件事物的牢牢钳制。你把自己累得没有力气了，也就没有精力老是以为自己的劳动有多么神圣，你只管打倒它、征服它。你要学会屏息凝神、了无挂虑的办法（不要思考那些会阻塞你的事情），那就是不停地工作。工作、放松、没有牵挂，这样做对你也有帮助。你在乎得越少，你写得就越好；你越是努力，它就越是糟糕。所以，请你放松下来，你不必把它或者你自己太当一回事。

十一、睡着的巨人。当你遭遇阻塞的时候，你的大脑就被一分为二了。其中一半希望继续写作，另一半希望停下来，你的内心世界仿佛正进行着一场激烈的拔河比赛。你的内心世界出现了两个自己，甚至还不止两个。有时候，他们更像是一群暴徒。我们的顾虑在于，我们的内心有两个自己，一个是显意识的，一个是潜意识的，我们如何才能把两者联成一体呢？潜意识占据了人类大脑的大部分空间，这里是我们存储知识和经验的地方，想象力也在此居留。在我们之所是、我们之所知中，只有少部分从属于我们的显意识思想。我们之所是和我们之所知所涵盖的要比我们显意识里知道的东西多得多。

潜意识的创造力是无限的，而且其中充满了伟大的想法，不过，它的作用机理往往更像是一个逗乐的包袱与搞笑的噱头而不是它作为创造力的强大动力源泉所应该起到的作用。潜意识能够做许多工作，不过，它并不会站在你的门口恭候，专心等你放它进来，等你交代任务给它。它躲藏在别的地方。尽管它可能具有无限的发明创造力，但是，懒惰是它固有的天性，假如没有人强制它工作，它就不会工作。当然，它是非常容易训练的。你训练它的技术还是一种帮助自己解除阻塞的很好的办法。其实，许多阻塞之所以发生就是因为这个潜意识的反抗。

你必须做两件事情才能训练你的潜意识。第一，你必须抓住它的注意力；第二，你必须调整它的状态，让它枕戈待旦，一听到你的召唤就要随时准备出发。第一件事情是要引起它的注意，只要你跟它保持联络，这是可以实现的。做这件事情的最佳时机似乎是每天清晨醒来之后，然后你再和别人说话或者阅读。有人称这为清晨的流动写作。

第一步是在你醒来之后尽快开始写作。从在床上坐起来就开始写，或者直接到你的书桌那儿去写。让你在刚刚醒来的时候做这件事情的理由是，在这种状态下你更接近于自己的潜意识。这时，你写的东西完全是无关显意识的，只要你能够写出完整的句子且不要反复写出同一个句子就行了。你可以写一个梦、当天的计划、昨天发生的事情、对未来的希望、对未来的担忧，甚至是你多么讨厌在清晨写作，认为它如何愚蠢。这时候，你脑海里的任何东西都是好的，因为你的思想可以暂时跳开，回避一下。它们不需要有任何焦点或者变迁，你只要把思想拼凑在一起，只管写就是了。平心静气地写上 15 分钟，或者直到你写满一页。(由于你生活习惯或大脑工作方式的原因，如果你不能在清晨做这第一件事情，那么就在你有时间的时候做，比如说在你坐上汽车开车之前，在火车或者公共汽车上，在走出停车场之前，或者早点上班，然后躲在咖啡厅的包厢里写上 15 分钟。)

这种放任自流式的写作训练需要你坚持到自己可以在 15 分钟内轻松写满一页以上的内容为止。如果你有时间，可以做到在20～30 分钟内写满两页纸为止。如若不然，写完一页也好，只要你一坐下就开始写，坚持到底，不要停顿，不要修改，不要评判。当你最后写完这些页数之后，不要以任何方式重新阅读或者重新研究它们。把它们收起来，搁置在一边，直到你完成了这个训练的第二阶段为止。

第二阶段是训练你的潜意识，以让它在任何时间、任何地点都乐意为你所用。这个阶段是这项训练中最关键的阶段。每天早晨写上几页，放任自流式的写作现在是很流行的，不过，这种写作方法本身并不能保证你所渴求的那种随时享用权。如果你随时可以享用放任自流式的写作，那么你的创造力就发挥了全部优势。这个阶段的写作训练需要你每天抽出 15 分钟时间。比如说，你知道自己每天傍晚 7:00 到 7:15 肯定有空，那么你可以跟自己预约一下这个时间。一到 7:00，你就坐下来做 15 分钟的放任自流式写作。如果你写得兴起，那你可以多写一点，不过，时机选择在这个训练阶段是很重要的。明天，你再做练习就必须**选择不同的时间**。你练习的具体时间并不要紧，只要每次练习的时间不一样就行。距离昨天训练的时间越远越好，如果情况允许，至少要保持 2 个小时的时间差。

关键一点是，经过仔细规划之后你的这段时间就空出来了，无论是下地狱还是上刀山，你都要准时坐下来开始写作。不要拖延时间，哪怕只是一秒钟。你永远要做到，一定不能讨价还价。如果你跟自己讨价还价，你就向自己的潜意识发出了下面的信息，即你根本没有那么认真，或许你还可以逃避训练。对于一个不守规矩的孩子来说，这是一个糟糕的信息。假如你给它留下一点点的活口，他就会使用全部的天才来拖延并岔开你的注意力。你千万不要犹豫不决，犹豫的代价是昂贵的。这就是为什么当你确定你能完成任务的时候你就要限定时间。然后，到了预定的时刻，你必须坐下来马上开始写作。你想写什么就写什么，像你前面做的训练一样。你可能会抱怨这实在是太难了，或者你多么讨厌这件事情，它是多么愚不可及，如此等等。你需要向自己的潜意识发出明确的命令：闭上嘴巴，行动起来，如此等等。

记住，反抗情绪来自你的潜意识，潜意识绝不想轻易放弃自己的防御阵地，然后甘心把自己交给这个写作过程。不过，熟能生巧，这个练习你做得越多，它就变得越容易。这种尝试性的冒险之旅将会变得越来越容易。最后，你的潜意识将会成为你的好伙伴，而不是你的敌人。你要继续做这个第二阶段的写作训练，直到你能够做到在写作的时候没有丝毫反抗情绪为止。然后，你可以接着做任何自选项目的写作练习。你也可以通读自己已经写完的、练习部分的这些习作看看自己有什么收获，或者继续做点别的事情。

十二、无形的敌人。通常当你遭遇阻塞的时候，阻塞你的东西是不可见的。“我不知道哪儿出错了，我只觉得自己写不下去了。”这是因为你没有意识到，有一道难题或者没有解决的问题，它拖了你的后腿。有一次，我写一个人物，在故事里他当时正要下班回家，他要乘坐地铁离开市中心。当时我停了下来，眼睛盯着墙壁，茫然不知所措。我不知道下一步要做什么，不过，我并没有意识到我不知道这一点。我已经知道他回到家里之后要发生什么事情，但是，我怎样才能让他回到家里呢?这是一个简单的采用哪种交通工具的问题，乘坐地铁从公司回到家里就行了，不过，我怎样才能让乘坐地铁这一事件变得丰富多彩而且有意义呢？这正是让我的思路阻塞的原因，但当时我没有意识到。所以，我就坐在那儿，感觉碰到了绊脚石，不知道下一步应该如何是好了。

在思想的迷雾中待了半小时之后，我意识到正在发生什么事情：乘坐地铁成了一个难题，我不知道如何把地铁之行一事扩充为大事，变得值得一写。一旦我意识到这个难题，问题也就能迎刃而解了。你能猜出我是怎么让这个人物回家的吗？嗯，我让他完成了工作，走向门口，然后我写道："当他回到家里的时候……"

我完全删除了乘坐地铁一事，一并删掉的还有他从地铁站步行回家的情形，爬楼梯到他公寓门口的情形，以及在衣服口袋里掏出钥匙开门的情形，如此等等。所有这一切可能在另外一个故事里是有意义的，不过，在这个故事里，在这个人物身上，这些情形都没有意义。那时候，在我看来，我的故事不需要其中任何一件事情。他下班回家，然后回到他的房子里面，我只用了短短的一句话就说清楚了。我也可以说"那天傍晚吃过饭之后"，甚至跳跃更长的时间跨度，这样做也不会有什么负面影响。虚构小说是选择性的。在这个案例中，当时我根本不必做的某些事情被我当成是必须要做的事情，实际上这本来是我很轻而易举就能做到的事情（并非总是如此容易），它居然把我给绊倒了，只是因为我没有让自己把这个难题带入焦点位置，**我的难题是我没有完全意识到这个难题是什么**。我没有直接问自己："这个难题是什么？是什么东西拖了我的后腿？"

在这个难题的第一个认识层面上，我知道乘坐地铁这件事情是必须的。我认为我需要把乘车这事弄得波澜起伏，同时又不知道如何做到，而且也没有兴趣这样做，这是我对于这一难题的又一层认识。我傻傻地坐在那儿，动弹不得，甚至没有了主意，也没有了欲望，我对此完全没有任何知觉，同时我也模模糊糊地感觉到，我应该做点什么。我之所以完全没有知觉是因为我没有问自己："这个难题到底是什么？"

或许，另外一个作家写乘坐地铁这件事情很在行。或许我写这件事情也很在行，不过这要发生在不同的故事里、不同的人物身上。在这个故事里，在后来的稿本中，我也可能决定把乘坐地铁这个情节用到这个故事里。在这个游戏中，没有什么是最终的东西，直到你决定它是，它就是了。这里的关键问题在于我不能看到在我前进的道路上会碰到怎样的拦路虎，因为我还没有问自己："我是怎么让他回到家的？路上都发生了什么事情?”尤其是我没有认识到我的问题在于我不知道如何把主人公乘坐地铁回家的旅程变成值得一提的事件。而且，我也没有问：“我是不是需要把这次旅程写出来呢?”要是我问了这个问题，那么我就明白问题出在什么地方了，然后问题也就迎刃而解了。

十三、提问能让你有所收获。我们往往不能回答“拦路虎是什么”的问题，这只是因为我们不问自己这个问题。最常见的没有得到自己的解答的问题是“我的难题是什么”。你只管在纸面上提出问题，回答问题，这样你就走上了解决问题的正确道路。只有你知道难题是什么，否则你就无法解决它。现在，如果你问自己“难题是什么”，而回答是“我不知道”，那么对此的回答就是“我的难题是我不知道自己有什么难题”。下一步就是要解决这个难题，在这个案例中就是你要通过思考确定自己的难题是什么。

不过，假如你不能弄清楚难题是什么，那你又该怎么办呢？你还能做点什么事情呢？好吧，无论你感觉多么困惑，总是有办法找到解决方案的。当你不能明确定义这个难题的时候，你要猜一猜。猜想是一个很好的解题手段。毕竟，猜想是创造虚构小说的一个主要组成部分。虚构文学是一个困惑、猜想和想象的游戏。因此，当你无法弄清楚这个难题的时候，你要问自己：“它可能是什么东西？有哪些可能性?”

轶事数则

下面是一些特征，有助于你很好地理解这里讲的所有要点。

汤姆·沃尔夫的第一份重要的工作就是担任一名新闻记者。那时候，他跑遍了所有新闻现场，获得了一切信息，然后他的思路就完全被阻滞了。他去找老板，即那儿的编辑，他告诉老板说，他干不了这个差事。那个编辑说：“好吧，把你所有的材料都统一统并写下来，要让别人能够知道是什么意思，然后我再派乔治做这件事情。”沃尔夫回到家里，在清单的行首写道，“亲爱的乔治，这些就是我拥有的所有材料”，然后把自己所知的一切信息都列在了清单上。第二天，当他把清单送到办公室，递到老板手里的时候，老板拿过材料，把

“亲爱的乔治”这几个字涂掉，然后告诉他：请把这份材料交给打字员。（压力释放之后，你就能写得更好。你可能得想点花招才能让自己进入这种状态。）

在另一则轶事里，沃尔夫说他在一个离家很远的工作室里写作，这样他就不会因为家务事而分心。他说，一开始他给自己很长时间投入写作，写完之后他才离开此地回家。可是，他发现他经常会白白浪费好几个小时，在这段时间里他无所事事。他的解决办法是强迫自己每半个小时写成一页，直到写成 4 页，然后他就可以下班了。他说，即便是在最可怕的时候他也总能在半个小时内挤出 1 页来。在不好的日子，他写出 4 页之后就下班了。他说，奇怪的是，后来当他回过头来检查已经写出的文字的时候，他已经不能分清他挤出来的数页内容和他感觉有灵感的时候写出来的数页内容到底有什么区别。（当你情绪不好的时候，你不能相信你的情绪。没有任何作家能够对自己的作品作出公正的评判。）

一个小女孩问她父亲，他平时上班都做什么事情。“我教学生画画的技法。”他说。“你的意思是说，学生把技法全都忘了吗?”她说。（你已经有了所需的一切技法，你只需回忆起如何运用这些技法就行了。）

一个母亲问她的小儿子在画什么。“我在画上帝。”他说。“不过，没人知道上帝长什么样。”她说。“我画好了，他们就知道了。”他说。

一个老师把自己所教的制陶班上的学生分成了两个小组。她告诉第一组说，他们仅以质量为评分标准。那个学期，他们只要做一个陶器，不过，全部时间都要用在陶罐制作上面，力争做出完美无缺的作品。她告诉第二个小组，他们仅以数量为评分标准。他们做的陶罐越多，他们的分数就越高。在学期结束时，你认为哪个小组的学生制造的陶罐更好一些？注重数量的小组制造出来的陶罐要比注重质量的小组制造出来的好得多。（量变引起质变，你不可能单从一个陶罐或者一个故事中学到知识。）

以谈话的风格来写小说。虚构小说的语言是简单的、情绪化的、直来直去的。不要让读者查字典，请使用简单质朴的词语。

每天预备清单

有些事情我们必须要反复地提醒自己以提高警惕。这个清单值得定期反复细读，它能帮助你避免遭遇阻塞。

当你要写下第一行的时候，总会有反抗情绪。所以，一坐下来你就要迅速把第一句话写下来。

开始你必须写得糟糕一点。

你不能为了写作而思考，你要为了思考而写作；不要等弄清楚了自己的情绪状态才开始写作，你要通过写作来达到那种情绪状态。写作是第一位的，思考是第二位的。

你不要急着有所作为，你要随遇而安。敞开思想，让各种事情发生。不要当自己的绊脚石。

消极情绪（攻击你的作品或者你自己）总是错误的，而且是踩不到点子上的。任何发生的事情都是好的，这就是个随波逐流的过程。

故事早就有了，你只是通过写作来找到那些故事的片断然后再把它们连缀成篇。

你自己就像你最好的作品一样好。假如你坚持下去，无论你陷入多深的泥潭，你都会恢复到你的最高水平并有所超越。然后你还会再次跌入泥潭。它的起起落落正如日常生活中的其他事情一样（好日子和坏日子）。你总是与过去渐行渐远，不过，你总还是能够回过头来，超越你自己，只要你坚持不懈。坏日子和好日子一样重要。

结　论

迄今为止，当你的思路遭遇阻塞的时候，你已经有了 13 种补救措施，外加其他用于解决阻塞的办法，它们都可以帮助你渡过难关。当你发现自己被阻塞拖了后腿的时候，按照我在本章中给你设计的程序实施策略就是了。你根本没有时间再跟自己讨论一下。首先，把你的感觉尽量抛在一边，练习你的技巧（第 8 章）。如果这样之后你仍然没有摆脱困境，那么你也可以用这个清单中的前面四个补救措施来解决问题。然后，如果你还没有解除阻塞，那么你要开始换换其他的措施，对清单中的诸项措施，你觉得按照什么顺序好就按照什么顺序写。如果你这样做了，不等你尝试完这些措施，你早就解除了自己的阻塞。

在本章中和本教程中，一切技法都只是些工具而已，它们专门用于帮助你发现自己身上拥有的能量和戏剧性。工具是中性的。你可以使用它们写作任何你想写的东西，想怎么写就怎么写。

练　习

- 两个人竞争，争取得到第三个人的爱情。
- 对某个对你态度恶劣的人表现出你的友好。
- 你身在一个不符合你身份的地方，无论是在肉体上还是心理上都不适合你的地方。

第16章 舞台与银幕

- 影视剧本
- 舞台剧本
- 练习

这一章似乎太短了，无法把电影剧本创作和舞台剧本创作都涵盖进来。实则不然。因为故事形式（冲突、行动、结局）完全是一样的，无论是在纸面上、舞台上，还是在银幕上，其中都没有什么根本的区别。所以，迄今为止你学会的有关故事的知识已经为你创作影视故事或者舞台故事提供了一切必需的知识。另外，由于为舞台或者银幕而创作的故事不像书面故事那样需要通过阅读的渠道进入人们的内心世界，所以它们实际上写起来更加容易。

关键是你要认识到，**有关写作影视剧本或者舞台剧本的书籍和教材，95%是故事，5%是格式**。这告诉我们两件事情。第一，故事是最重要的。第二，格式并没有太多内容。如果你的故事是惊心动魄的话，你在本章得到的内容已经足够你写作畅销的舞台剧本和影视剧本之用了。我强调得还不够吗？关键是故事——完整的故事，别的暂且不论。

在故事手法的问题上，我不推荐任何舞台剧本或者影视剧本类的图书（或者任何其他图书）。我读过的所有关于故事创作的图书（超过 200 本）要么太含糊其辞，要么过于复杂，要么就是提出的建议会误导读者。我写这本书就是要把我在读过的书中没有找到的东西写出来。

小说形式被作家轻而易举地从一种媒体形式转换到了另外一种媒体形式。于是，小说和舞台剧被改编成了电影。首先由小说改编成了舞台剧，然后又改编成了电影的例子是《人鼠之间》①。时不时地，也有人

① *Of Mice and Men*，是斯坦贝克在 1937 年出版的作品，后被改编为话剧在纽约上演。——译者注

会把一部电影改编成一部小说，不过很少取得成功。舞台剧通常在改编成电影的时候失去了一些东西，因为舞台剧创作是针对剧院舞台这样一个受到限制的空间的。如何把它们的空间打开而不影响故事的流动，是一个棘手的事情。另外活生生的演员和观众之间的复杂的互动效应若是搬到银幕上就消失不见了。

可是，小说被搬上银幕往往失去的东西最多，只有少数例外。《午夜牛郎》是一个稀松平淡的小说，却被改编成了一部很好看的电影。小说包含的内容总是太过丰富，难以改编成单单一部电影，所以我们只能节选小说的部分情节，并将之改编成电影。《孤独鸽》被改编成了一个电视连续剧，基本上演绎了整个故事。他们做了一项很好的工作，几乎尽善尽美。但是，它是不是和图书一样好呢？没有。虽说这部电视连续剧已经达到了极致，但是仍然不如图书那么强烈，问题到底出在哪儿了呢？

这让我们认识到了书面故事和舞台、银幕故事之间的区别。我在前面已经说过，书面故事进入人的内心世界。它进入人物隐秘的生活、隐秘的思想，这些东西是人物自己本来不愿示人的。所以，从定义上讲，你不能直接在舞台或者银幕上表达这种思想，只能通过舞台语言和影视语言来表现。舞台使用旁白或者独白，不过，除非你是莎士比亚或者你刻意要用古老的风格写作，否则它对于现代观众是无效的。电影有时候使用画外音，不过，这种电影很少能够走得长远。在喜剧中它收效最大（比如在喜剧电影《公子阿尔菲》[①] 中），同样它也可以在肥皂剧中得到运用，往往会收到意想不到的搞笑效果或者笨手笨脚的效果。《美国丽人》也是一个很好的例子，不过，画外音在其中被运用得非常有限。相形之下，小说充满了思想的展示，一字一句精确地写在纸面上，正如它们在人物脑海里出现时一样。

你可以接近人物的思想世界，而且你必须这样。你必须找到办法让你的人物表达他更深的感情，通常你要强迫他把这些思想内容表现出

① *Alfie*，讲述了生活在纽约的英国青年阿尔菲的情感经历，诙谐荒诞之余不免引人深思。——译者注

来。这是写作舞台剧本或者影视剧本最棘手的部分。因此，一方面，我们可以说舞台剧或者影视剧中较为容易的东西是每件事情都是被说出来的，它全是对话，你不必进入人物的内心世界。另一方面，我们可以说对舞台剧本或者影视剧本而言，更加棘手的难题在于每件事情都必须被说出来。这里，你要运用的全部内容就是对话。你不能进入人物的内心世界。随便你怎么说它，你永远不能在舞台或者银幕上像你在书面故事里那样深入人物的内心世界。

因为影视剧本全是对话（不进入人物的内心世界），而且不受背景局限，所以它是最容易写的。然而这是由于电影产业的性质的原因，营销起来也更困难。必须由许多人达成一致，走到一起，互相合作，花大笔的资金，才能制作出一部电影。所有这些都是障碍。在这个方面，舞台剧本也是类似的，许多人不得不达成一致，同心协力把它们联成一体。（关于影视剧本和舞台剧本的营销，后文有详细介绍。）

故事形式是一样的，可是影视剧本和舞台剧本的格式是非常不同于书面故事的格式的，而且两者之间也有很大区别。

影视剧本

除了一个好故事之外，你还需要什么东西才能销售一本影视剧本呢？这就是预备性脚本——载有舞台表演说明的脚本（spec script），它不是用来拍摄电影用的底本。拍摄电影用的叫做分镜头脚本[①]，其中包括拍摄电影用的所有技术性说明与指导。这种剧本不是彰显你的故事的优越性的最佳途径。你需要让你的故事做到最具可读性。所以，你只要把足够的拍摄指导添加进去，让读者理解这个故事就行了，绝不要画蛇添足。如果你不是电影制作人，那么你就不用管这些事情，否则只会让自己显得很外行。如果你是电影制作人，那么你早就已经知道了其中的道理，自然无须多言了。预备性脚本和导演剧本都使用同样的格式。舞台剧本长度从 90 页到 120 页不等。

① shooting script，又称“导演剧本”。——译者注

《本能》的影视剧本是花了 300 万美元购买来的，其中只有对话、场景标题和描述。这是我们需要在此集中力量专门研究的内容。这是你需要的一切。

记住，你要把那些看在眼里的或者听在耳中的东西写下来，而不要描写人物的感受如何。类似“他非常愤怒。他不能再忍受了。他必须果断出手了”这样的话不应该出现在影视剧本里。那些感情本来是应该通过行动来表达的东西，而行动才是可以拍成电影的内容。

> “你过得挺爽啊?”马罗说，他推了一把牌桌站了起来。“你的点儿可真高。”埃迪说。“你面前的那些钱可全是我的了。”马罗说。“现在不是了。”“在你要去的地方，钱可是帮不上你什么忙的。”马罗举起了他的手枪。“跟你最后一笔大钱说再见吧。”

尽管这不是影视剧本的形式，但是其内容完全是可视的。

影视剧本的形式确实没有任何棘手的问题。它完全是合乎逻辑的，只是采用另外一种做事的方法，事情还是老事情，即讲述一个故事，你要使用另外一种语言即**影视语言**来展示情节发展的进程。你不要描述一个场景，你应该这样写：

> 室内。厨房。白天。
>
> 窗户外面，水池上方，一张**脏兮兮、胡子拉碴的脸**出现了。这张脸前后摆动着，眼睛向下盯着厨房水池里面看。

这只是小事一桩，它能告诉我们观众需要看到什么东西。在前面某一章里，我曾说过，虚构小说是最视觉化的媒体，当时我所指的虚构小说即书面故事。书面故事至少也要像电影一样做到可视化。如果读者脑海里没有图画，你的故事就遇到麻烦了。因此，从这个意义上讲，这不是什么新知识。轻微的区别只是在于讲述故事的语言不同。主要的问题在于你不知道如何用影视语言去书写一个好的影视剧本。你不必知道如何使用摄像机、如何操纵灯光、如何剪辑电影，如此等等。专业人员读了你的影视剧本就能理解其中的内容，并明白如何把它拍成电影。你不必越俎代庖地插手属于他们专业范围内的事情。

不要让我犯错误，过分专业的东西我不会多讲。你需要学会的就是这个格式而已，并且你要知道如何把你的故事放到这个格式的条条框框里面去。不过，最终真正起作用的只有你的故事，如果你能够写出一个轰轰烈烈的故事，那么你的影视剧本自然就能卖得好。如果你可以讲述一个轰轰烈烈的故事，全世界的人（包括好莱坞）都会不厌其烦地登门拜访你。

这里有三个要素：A. 标题；B. 说明；C. 对话。

下面是具体的写法：

A. **室外。麦田。白天。**

B. **一个女人**正在麦田中奔跑，一个男人骑马在后面追赶着她。

C. **女人**

上帝是我的牧羊人。我什么也不会缺乏。

他把我领到绿色的草场上。

B. 她转身，看到骑马人向她冲了过来。

C. **女人**

狗杂种。兔崽子。耶稣，请求你。仅此一次。

这些是影视剧本的基本格式。除此之外，你还可以做许多别的事情。只要想一想就知道了。你要给骑马者的面部来个特写镜头。当他冲向那个女人的时候来一个高过肩膀的镜头。你可以从上方对这两个人物来一个高空摄影镜头。这样做的目的是不要陷入太多的细节信息，除非你可以为它们找到意义。你先要把自己的故事讲出来，包括场面标题、说明、对话，然后回过头来，你认为需要几条拍摄指导就给它加上几条。不过，不要太多。请你查阅一下悉德·菲尔德的著作和戴维·特罗特的《影视作家的圣经》（*The Screenwriter's Bible*）一书。这类图书内容虽然雷同，提供建议的视角却各有千秋，如果你想详细了解其中的情况，二人的书都值得一读。但是，这不是必须的。如果你不确定需不需要某种东西，那就不要好了。二人的书对格式的讨论做得很好，不过，我不推荐它们或者其他类似的图书，因为它们跟故事无关。

在字体字号方面，标准格式是 12 号 Courier 字体[①]。别的地方你可以弄错，但不要把这个弄错了。你用不着插图，用不着华丽的纸张、封面、装订和漂亮的书名页，你不需要为了这些东西费尽心机，你必须推销的唯一产品就是你的故事，你要坚持这个原则不放松。在装订影视剧本的时候，使用重一点的纯色的封面；装订时要用三个孔的圆头的订书钉；单面打字，纸张用 8.5×11 英寸规格的白纸；标题页应该把标题放在页面中间，下面写上“[你的名字] 著”；在右下角，写上你的地址和电话。这样就万事俱备了。你的影视剧本应该从下一页开始，上面写着“渐强。”，位置在左边旁白处，结尾处写着“渐弱”。注意，不要给你的场面编号。

在你想要推销你的影视剧本之前，你需要做的另一件事情就是保护自己的知识产权。你可以对作品进行版权保护，并在美国作家协会处登记注册。

在美国，版权问题是很容易解决的，你只要取来表格填写好就行了。这些表格是非常简单的，同时它是免费的。对于影视剧本来说，你需要 PA 类（表演艺术类）表格。你可以写信索取表格，地址为华盛顿特区国会图书馆版权办公室信息与出版事务处，邮政编码为 20559。请求其寄送“版权登记注册申请表”。或者，你可以致电 202－707－3000，通过电话要求其寄送这些表格。互联网地址：www. loc. gov/copyright。

若要在作家协会处登记，请联系美国作家协会，地址为纽约第 57 大街西部 555 号，邮政编码为 10019。电话号码为 212－757－4360。互联网地址：www. wga. org。

在你的影视剧本上面不必包括版权信息或者登记信息，不过，登记版权信息是重要的。

你的影视剧本已经写好了，并已经受到了版权保护。现在，你要营销它了。在美国，影视剧本的营销是所有竞争中最为残酷的。这方面的建议真是五花八门。有人说你必须搬到洛杉矶去，因为那是电影基地；

① 请读者注意，本节所讨论的影视剧本格式问题以及知识产权保护做法均为美国的情形。——编者注

还有人说，你住在伊利诺伊的小镇皮奥里亚营销你的影视剧本也一样容易。要把形形色色的谋划建议都写下来恐怕要再写上一二百页才能说得完，所以我不得不建议你参阅一下别的图书。凯瑟琳·阿特韦尔·赫伯特的《脚本卖到好莱坞》（*Selling Scripts to Hollywood*）一书值得一读。《作家的市场》（*Writers' Market*）也有一个章节介绍影视剧本的营销问题。这些图书也会告诉你，如何参加影视剧本比赛，而且还列出了比赛清单。比赛奖金从 250 美元到 25 000 美元不等。另外，这些比赛由专业人士评分，这些专业人士正在寻找新的影视剧素材。即便你没有获奖，你仍然能够得到崭露头角的机会，而且有机会通过这种渠道把影视剧本卖出去。

在所有这些参考资料中，一本较好的参考书是杰夫·赫尔曼的《好莱坞制片人、导演、影视作家代理人指南》（*Writer's Guide to Hollywood Producers, Directors and Screenwriter's Agents*）。这本书把影视剧本营销事宜的里里外外都讲得很清楚。

另外一个要考虑的事情是，把你的故事写成小说，这样你就可以更容易地闯进电影圈子。正如我在前面某一章说过的那样，荒诞小说是最容易写的小说门类也是最好卖的小说。你不必深入人物内心世界（最困难的部分）就能写出一个很好的荒诞惊险小说。文学代理人和出版商都很重视电影版权的保护，在许多图书交易中都包括了版权保护方面的条款。当你看完电影时，你会注意到剧本作家也会受到人们的称赞，许多人会说“这部电影改编自×××创作的长篇小说”。许多长篇小说都被改编成了电影。因此，你可以先把小说写好，再将其改写成影视剧本，然后一起打包出售，这中间不存在任何障碍。不过，你不要强迫自己这么做。如果你心不在焉，那么这个事情就不会成功。

舞台剧本①

我要再次提醒你，故事就是故事，无论你在哪儿看到它都是一样。

① 请读者注意，此节所讨论的舞台剧本格式问题均为美国的情形。——编者注

舞台剧本的故事形式也是一样的（冲突＋行动＋结局），其他各种故事形式也大都如此。传统上讲，它的格式是第一幕：冲突，第二幕：行动，第三幕：结局。区别在于舞台剧本全是对白（没有内心思想活动）而且呈现空间受到了舞台的限制。作为一个新入行的剧作家，不要写任何需要复杂的舞台技术的剧本。剧本要简单易演，且演出成本不高，场景变换次数越少越好。回想一下你看过的戏剧。另外，你要特别注意一下的舞台剧本包括田纳西·威廉斯的《欲望号街车》（*A Streetcar Named Desire*）和《玻璃动物园》（*Glass Menagerie*）、阿瑟·米勒的《推销员之死》（*Death of a Salesman*）、爱德华·阿尔比的《谁害怕弗吉尼亚·伍尔夫》（*Who's Afraid of Virginia Woolf*）。

正如影视剧本的格式一样，舞台剧本的格式是完全合乎逻辑的。它甚至更加简单，因为你不必因担心摄像机的角度而分心。剧本使用白色纸张，尺寸大小为8.5×11英寸；你一定不能把12号Courier字体弄错了；使用纯色的封面，用结实的材料装订，左边距为1.5英寸，右边距为1英寸。舞台剧本的篇幅通常为80～100页。

封面之后的第一页是标题页。标题应该从页面顶端向下3英寸，加下划线，大写。下隔两个空行，写上说明部分（比如说，“三幕剧”）。再下隔一个空行写上“by”这个单词，之后空一行，写上作者的名字（如下所示）。

<u>对于妻子的控诉</u>

三幕剧

by

比尔·威廉

版权声明位置在左下角。作者的地址、电话在右下角。

在标题页后面的一页，你要把人物清单列出来。在页面中央印上“人物”一词。下隔两个空行开始罗列人物清单，名字写在最左边，空出几格，后面写上说明部分。说明部分的间隔为一个空格（如下所示）。

乔治·朗曼　一个儒雅的婆婆妈妈的男人。大个子，小脚，笨手笨脚，大腹便便。

弗雷德·弗雷德里克　一个瘦削、白净、弱不禁风，但却很坏的警察。

如果还有地方，可以把时间和地点也写在这一页上。

时间：现在。

地点：芝加哥。

页码打在右上角。页码打印从第 1 场的第 1 页开始算起。在独幕剧中，页码数字单独出现。在多幕剧中，幕序采用罗马数字，后面是页码。第 1 幕第 1 页写成“I—1”。如果一幕里有几场，场号写在幕号和页码之间。第 1 幕第 2 场第 22 页写成“I—2—22”。页码从头到尾连续编号。新开一场或者一幕不要重新开始编排页码。

我们有了时间和地点，不过，我们还需要准确地知道戏剧的背景如何，知道大幕拉开之后呈现给观众的场景是什么样的。下面是示例：

第一幕

第一场

背景：午餐柜台，两边是隔开的小间。

收费电话在房门附近。收款台在柜台右侧。

幕启：经理乔治站在收款台后面。

每个对话的每行之间保留单倍行距，从左边空白处起，止于右边空白处。不同人物的台词之间使用双倍行距。在页面中间，人物名字用加粗或调大字体的方式以示突出。

乔治

（独自快乐地唱歌）

我讨厌这个工作，也讨厌自己。我讨厌这个世界和世界上所有的人。这个地方每况愈下，每况愈下，而我还是得跟着它。

假如舞台指导（比如上面的“独自快乐地唱歌”）不止一个词，那么就另起一行；如果只有一个词，就不用换行。

弗兰克（悲伤地）

如果两个人物在同时讲话，那么格式应该如下：

乔治	**弗雷德**
今天别让我先来了。	你想让我走吗？我这就走。

一场结束时写上：

（灯灭）

（场终）

在整出戏结尾处写上：

剧终

这些全是基础知识。你可以拿几部舞台剧本看看编剧都是怎么做的。这没有什么困难的地方。你的主要任务是弄清楚场上正在发生的情况。

舞台剧本的版权问题跟影视剧本的一样办理（参阅前文）。

舞台剧本的营销程序不同于其他故事形式的营销程序，尤其不同于短篇小说和长篇小说的营销程序。对于舞台剧本来说，它是要上台演出的，而不是出版。你更希望把自己的剧本搬上舞台。你可以把剧本投给剧院和演出团体、专业节目、戏剧比赛和代理人。如果你想知道怎么做，最好查阅一下由 Feedback Theatrebooks 出版社出版的《戏剧家之友》（*The Playwright's Companies*）。他们做了很好的调查工作，把一切情况都编排好了。里面的内容太多，在此我们不再详细探究。第二本你要看的书是弗兰克・派克和托马斯・杜恩合著的《戏剧家手册》（*The Playwriter's Handbook*）。《作家文摘》（*Writer's Digest*）和《作家》（*The Writer*）杂志也定期公布近期开始的戏剧比赛启事。

当你营销自己的作品的时候，要记住一件事情，在你把稿件寄出之后，要赶快忙着写点别的什么东西，不要干坐着等回音。

说到忙起来，就让我们也忙起来吧。这里有一些练习，也许还有许多以前留下的其他练习，请你随便挑选一些练习一下，现在就开始吧。

练　习

- 想要被老板炒鱿鱼。
- 从继母的视角出发改编《灰姑娘》，让继母变成一个值得同情的人物。
- 从大灰狼的视角出发改编《小红帽》，让狼变成一个富有同情心的角色。

第17章 市场营销

- 投稿的时机、途径和为什么
- 投稿
- 练习

投稿的时机、途径和为什么

好吧，你拼死克命地总算熬出来了，你完成了一篇短篇小说或者一部长篇小说。下一步怎么办？我一直在说，写作是艺术，不是科学。可是呢，营销你的作品毕竟是商业活动，而不是艺术。尽管如此，商业营销也有一些艺术因素。

什么时间：你怎么知道应该在什么时候把你的作品投寄出去呢？很可能你并不打算投稿，不过，这也没有关系。投稿没有固定的时间。假如你的稿件被退回来了，除了一点儿面子，你也没有什么损失。早点投稿不会给你造成伤害。我的建议是你要早点儿投稿，并经常投稿。你要习惯于遭到退稿。这种情况是家常便饭。《飘》曾经被拒了 26 次之多。“大家对于美国内战根本没有兴趣。”编辑们都是这么说的。关于这些事情，关键是你要记住，坐在你对面的编辑或者读者，他们也要阅读你的小说。他们也和普通人一样具有各种各样的偏见、个人趣味甚至是歪曲的判断，他们并非什么文学领域的上帝，能够万无一失地运用作品编辑和市场营销方面的定律。

另外，如果一家杂志社或者一家出版社拒绝了你，那就说明你还有继续投寄这个稿子的机会，很有可能你的稿件还会再多出一个读者。那个读者可能会作出不同的回应，或者不然。我不建议你接到退稿信之后马上重新投稿。更好的办法是等上一个月，重新给你的作品取一个好名字。

为了投稿，你手头上的故事不必做到完美无缺。如果你有一个故事，有一些货真价实的优点超过了弱点，那就把稿子投出去吧。如果你下了太多工夫，想把它写得十全十美，那么你就相当冒险了，因为这可能会埋没你的优点。而且，出版的作品并不需要完美无缺。只要它能够给读者足够的享受，它就有出版的机会。即便人家不接受你的作品，编辑也可能非常喜欢作品中的精彩片断，那样一来他们往往会要求你按照他们的建议把故事重新修改一下，然后再投稿不迟。

投　稿①

为什么：你总是希望能够发表作品，可是你有时也可以专门**为了吸引他们的眼球**而投稿，让他们对你和你的作品感兴趣。另外，编辑们自己也会提出许多修改建议，做一些纠正错误之类的工作。我的建议是，假如他们按照自己的愿望修改你的作品是为了出版，那就任由他们修改好了。当然也可能，你可能不喜欢甚至还会非常讨厌他们所作的修改。

短篇小说市场状况欠佳。《纽约客》是发表短篇小说的旗舰杂志，过去这家杂志一周才发表两篇短篇小说。后来他们把发表篇数削减到了一篇甚至一篇也不发表。这是一个沉重打击。雪上加霜的是，当这本杂志正在进行改版的时候，短篇小说在公共媒体上出现了一些负面的报道。至少有一篇负面的文章在一家全国大型出版物上面发表，作者声称有研究表明，尽管读者说他们真的喜欢虚构小说，但他们却说不上来最近一次阅读过的小说的名称或者作者。从我个人的经验看，记不得书名或者作者是一个普遍的问题，而研究者则借这种情况来证明了以下这种观点：短篇小说没有正当理由占用发表小说的宝贵版面，这个想法似乎越来越有市场了。所以，这个双重打击真是祸不单行。

上面这一切都意味着你的作品本来是可以发表的，而不能发表的原因是可供发表的地方太少，导致竞争非常激烈。杂志往往要先发表大腕们的作品，即便它们的质量不一定很好，但是它们能够提高销量。几年前，当市场还比较正规的时候，一项调查研究就曾声称，已经发表的小

① 本节所讨论的投稿问题亦为美国的情形，中国读者可作一参考。——编者注

说在得到刊物接受之前平均被拒的次数为 28 次。现在，我不知道这个平均数把哪些情况包括了进来，也不知道这项调查的考察对象都包括哪些杂志，不过，我认为这个数据是对这个市场的一个比较粗略的统计数字，甚至今天的情况也依然如此。

怎么办：好吧，是时候把你的短篇投寄出去了（我们后面再说长篇小说）。你应该怎么做？我首先要告诉你有哪些事情你不应该做。你不要到商店买两个信封，一个用于投稿，一个用做回函，且信封上面还写上了自己的地址、贴上了邮票，拿到邮局去投寄，投寄出去后回家坐等回音。你得到回音往往需要等上 1～6 个月的时间，所以你要马上重新开始写作，这才是最重要的事情。

现在如果你已经完成了我上面介绍的程序，而你的故事被编辑打了回来，退稿信里还附上了一个退稿便条，那么尽管这种事情自然让人灰心丧气，但这时候你就必须重新开始上面的流程。你要出去再买上两个信封，跑到邮局称称重量，再邮寄给下一个杂志社。不过，每次这样做的话也很耽误时间，而且你很可能会把它束之高阁或等上一段时间之后再说，这样一来这个作品永不见天日的概率就很高了。

那么，你应该怎么做才好呢？好吧，我认为你要马不停蹄地创作故事而且投稿。如果是这样，那么你就到一家办公用品商店去，买回一大箱的信封，批量购买的价格要便宜许多。到商店里，买一个邮局用的天平，只要一个简单点的就够用了。然后，再到邮局买邮票，一次买 100 美元以上的邮票。这样一来，你就万事俱备，邮寄小说的时候你就不必跑来跑去了。

下一步要做的事情是列出一个清单，列出你想投稿的 20 家以上的杂志。以后，我会告诉你如何选择杂志。你把清单列出来以后，在 20 个信封上面写好地址，外加 20 个回函信封。做完这事之后，你就可以把它们寄出去了。问题在于，如果你一次只给一家杂志投稿，那么要想投稿给 20 家杂志就需要花费两年以上的时间。我建议一次投稿给 5 家杂志。同时投稿给多家杂志的做法称为“一稿多投”。

《作家的市场》（*Writer's Market*）是一本定期更新的出版物，任何好的图书馆里都有，这是一本标准的工具书，它告诉你如何投稿短篇小说，投给哪些杂志。这本书把你希望投稿的所有杂志都列进了清单，并附上了它们的投稿要求。《作家的市场》让你了解你需要知道的所有常识。不过，当你投稿的时候，你还要考虑一些别的问题。

有的杂志不希望同时一稿多投。有的杂志则允许一稿多投。不过，你得告诉它们你是否把自己的稿件也投寄给了其他杂志。在整个投稿过程中，这是一个关键或许也是最尴尬的问题。

你能否同时向多家不允许一稿多投的杂志投稿？尽管它们的政策可能不允许一稿多投，不过，它们根本无从知道你做了什么。假如你投稿给接受同时一稿多投的杂志，它们要是问你是否一稿多投，那么你要如实相告吗？我不想告诉你应该怎么办，不过，我会告诉你我发现的最好办法。我同时至少投给 5 家杂志，我才不管它们的投稿政策是什么样的。当然，如果它们不希望一稿多投，那么我就不会告诉它们我是一稿多投。不过，即便它们接受一稿多投，我还是不会告诉它们真实情况。我看不出告诉它们一稿多投能有什么好处，反而还可能有些不利之处。

请你想一想，当杂志的初审打开包裹，看到里面有一篇默默无闻、名不见经传的作者的小说，另外还附上一个便条，上面写着："我已把这篇小说投寄给了三家别的杂志社……"这时他会怎么看呢？难道说他会有下面的想法吗："我必须快马加鞭赶快看完这个无名小卒的小说，不然就给别人抢占了先机。"把真实情况告诉杂志社有什么好处？没有好处。再说啦，两家杂志同时抢着要你的小说的机会是微乎其微的。而且，如果你真的收到了一家杂志的同意接受函，你还得马上写信给其他杂志，请求撤掉自己的小说。你少不了一再道歉说："我希望这件事情不至于影响到我们未来的合作关系。"如此等等。

我一直是这么做的，从来没有遇到任何麻烦。这么做的理由主要是免得浪费两年光阴才能把一篇小说投寄到位。

有些杂志发表虚构小说，不过它们并不接受主动投稿。这意味着你必须首先写信咨询一下，然后告诉它们你要寄什么样的稿件。或者说，这意味着它们只与代理人接洽小说发表事宜。主动投稿给它们的成功希望是渺茫的。很有可能你的稿子会被马上退回，退稿信上会说明它们不接受主动投稿。不过，总是有可能会有某个人打开了你的稿子，没准儿他会出于好奇心而阅读你主动寄来的稿子。除了邮资，你也没有什么损失。

还有，如果你认为自己的小说恰好是编辑们正在寻找的那类小说，那么你也值得投稿试一试。你可以漠不关心地只管投稿，成功与否则听天由命了。或者，你还可以耍个小花招，写信给其中一个小说编辑说："这是我过去向你提到过的小说。诚请审阅。"或者你可以说："我知道你不接受主动投稿，不过，我想碰碰运气，因为这篇小说正是你的最爱。它适合在你们的杂志上发表。"或许你还可以用上别的投稿策略。

我曾经把一个短篇小说投给了《哈珀氏》杂志，当时我甚至不知道它那个时候根本就不发表虚构文学作品。稿件被退了回来，还附了高级编辑的一封长信，信上说他感觉后悔，因为《哈珀氏》杂志目前并不发表虚构文学作品，尤其是他还提到，他读了我的故事，这让他度过了很愉快的时光。他说，这么精彩的故事肯定可以在别处发表。我会因为投错杂志而后悔不已吗？当然不会。从至高无上的总编辑那儿得到这样的肯定对于我这样一个小作者来说意义很大。何况它还让我知道了一些别的东西。如果《哈珀氏》杂志不发表虚构小说，那么我的虚构小说怎么会从下到上突破层层关卡被送到高级编辑的案头呢？确定无疑的是，把每部误投的虚构小说稿件都转到总编那儿去，这肯定不是该杂志的常规做法。这部虚构小说肯定是要倒霉的。假如当时《哈珀氏》杂志虽发表虚构小说，却又不接受作者不请自来的投稿，那么我那篇倒霉的作品或许就意味着能够发表。

你应该把稿件投到哪儿去呢？你是一个新入行的作家，所以你应该从最底层开始，投给小型的文学杂志，然后天天向上，对吧？你错了。你应该从哪儿开始呢？从最高层开始，《纽约客》、《大西洋月刊》、《哈珀氏》、《时尚先生》①、《红皮书》②，如此等等。为什么？因为你在那些大牌杂志那儿得到的机会跟你在一般文学类杂志那儿得到的机会一样多，尤其是跟那些权威的文学杂志相比，他们跟《纽约客》、《大西洋月

---

① *Esquire*，老牌男性杂志。——译者注

② *Redbook*，美国新时代女性杂志。杂志的内容主要针对已婚女性。——译者注

刊》等知名杂志的标准一样高。比如说《大西洋月刊》，这家杂志愿意接受尚不知名的作家。它声称《大西洋月刊》曾鼓励超过 600 名未发表过作品的作者向它投稿。另外，无论反馈意见如何，大型杂志审稿和返回稿件的效率要比其他杂志高得多。它们往往会在4～8周内向你反馈意见，有时甚至只要 2～3 周时间。某些文学杂志则往往需要 3～6 个月的时间。所以，大型杂志意见反馈得更快，给你的待遇更好，而且同样有很高声望，付的稿酬也要高得多。有些顶级的文学杂志只付 100 美元或者 200 美元稿酬，外加 5～10 本免费赠阅的发表了你作品的那期杂志。大型杂志往往为一个故事付出 2 000 美元以上的稿酬。这样一来，在一至两个月内你就可以把稿件发给所有这几家大型杂志，然后得到行或者不行的回答。假如你遭到了退稿，那么你再投寄到小的杂志去。

你要投给哪些小型杂志？你该如何作出抉择？你的选择可以依据两个因素：知名度和获奖和结集出版的机会。假如你能得到 200 美元的稿酬，那就把故事出手，或许你还有机会可以入选年度最佳故事的选集。到书店看看，书架上都摆放有什么样的短篇小说选集，《1999 年最佳短篇小说选》、《××出版社最佳短篇小说选》，如此等等。有好多种，它们是瞬息万变的。问问书店里的人或者图书管理员，人们认为哪种集子最好。

下一步，看看集子里的故事最早发表在哪个杂志上面。如果其中有些小说是从文学杂志或者其他你没有投过稿的杂志里面遴选出来的，那下一次你就应该投给那些杂志。在集子的封底会列出征集故事的所有杂志清单，数量可能会有 200 来个，从中选出最好的。有些杂志，比如《故事》、《巴黎评论》、《三季刊》、《党派评论》、《琼斯母亲》、《虚构文学》都已经经营了多年，而且往往让人们看高一眼。许多杂志是与大学挂钩的。另外，书店里的工作人员或者图书管理员应该能够帮你选出较好的杂志来。《作家的市场》中也有关于这些杂志的相关信息。

上面我所提到的图书会告诉你如何准备你的手稿。另外一本实用的书是司各特·埃德尔斯坦的《投稿》(*Manuscript Submission*)。大意是教你如何让自己的手稿尽量具有可读性，而且格式正规（旁白、间距，等等)，以便随时准备发表。把标题放在第一页正中，下面是你在发表时想要用的名字。你还可以留下一些空白让编辑做一些标注。此外，四边都要留出 1 英寸的空白。使用质量好的白纸，不过，用不着太华丽。永远不要只是在纸张上面做文章，这是业余爱好者的标志。在第一页左上角，写上你的名字、地址、电话，在右上角注明字数。在下面各页，把你的姓写在左上角，页码写在右上角。记住，这些内容永远要留两倍间距。

我建议使用 Courier 字体，过去这种字体一直是标准字体，使用 10 号字。如果你使用的是 Times New Roman，这是现在时髦的字体，那么我建议使用 12 号字。可读性是个议题。我寄短篇小说从来没有附过信件。有人认为你应该让它不要太去个性化。我认为，这就是给读者的某种不必一读的东西。如果你有任何发表过作品的荣誉，你可以附上一个注解说："我在××杂志上发表过小说。"这是唯一有点用处的附加说明，它可能会令别人仔细读你的作品，对于你的作品能不能发表不会有任何影响。不要把稿纸订起来，在左上角用回形针别住。这样一来，读者可以在不同页面的内容之间进行比较，如此等等。最后，作出你自己的判断。在此之前检查一下我给你的那些资源，多多学习，这样你无论想做什么事情都知道该怎么做了。

经纪人又是怎么回事呢？好吧，你的短篇小说是不会给你带来经纪人的。经纪人得到的是你收入中按一定百分点的提成。付给一篇短篇小说的稿费还不够支付经纪人的辛苦费。即便是一个未曾发表过的短篇小说集子，你也找不到经纪人。因为短篇小说选集里面大部分都是已经发表过的短篇小说，里面也许只是夹杂着几篇未曾发表过的作品。即便出版了，短篇小说集也不会赚大钱，尽管找个经纪人没有什么经济损失，不过，你还是很难能找到经纪人。对于已经出版的短篇小说集，你通常需要直接去找出版社。有的出版社可能会为了奖励优秀作品的作者而出版选集。不过，你往往不会因此赚到几个钱，出版社也不会赚钱。

出版社和经纪人时刻都在寻找高产的作家。他们往往会问下面这样的问题："现在你正在忙着什么作品？你的下一本书是什么？"他们希望找到一个将来要写好几部长篇小说的作家。所以，要是他们喜欢你的作品，而你正好在写长篇小说，这种情况有助于小说的出版。对于出版社和经纪人来说，长篇小说才是赚钱货。

小说营销是一个不同的游戏。你的小说营销活动的第一步是找一个经纪人。经纪人知道市场动态和游戏规则。有了经纪人，你最后口袋里会有更多的钞票，这比你自己去找出版社而不花钱雇用经纪人得到的钱要多。找经纪人的一个很好的办法是找到标准的工具书。《图书编辑、出版社、文学经纪人指南》（*Writer's Guide to Book Editors, Publishers and Literary Agents*）一书的作者是杰夫·赫尔曼，这本书你在任何一家好点的图书馆里都能找到，而且是像《作家的市场》一样定期更新的，后者也有经纪人的清单。在这两本书里，你会找到全美各地的文学经纪人清单，还有向经纪人投稿的指南。每本书都大约有 50 页值得一读。

我个人的倾向，或者说偏见也好，是纽约的经纪人，他们同时还要是作家代表协会的会员。当地的经纪人往往没有你想要寻找到的关系户或者不具备足够的影响力。纽约是出版业的大本营，正如好莱坞是电影业的基地一样。编辑、出版社、经纪人都在附近地区办公。我个人的感觉是，在把所有机会都试过之后（投稿给 15～20 家杂志），你不可能找不到一个纽约经纪人，很可能是你的小说有问题，你还需要进一步修改。作家代表协会的会员资格是经纪人职业道德的最好保证。为了得到作家代表协会的经纪人清单，你可以查阅一下它们的网站：www.AAR-online.org。

除了我将要告诉你的内容，你还应该看看《作家的市场》和《图书编辑、出版社、文学经纪人指南》关于如何寻找经纪人有什么建议。另外一本值得一提的书是迈克尔·拉尔森的《文学经纪人》（*Literary Agents*）。

在我看来，两个大问题是咨询函和大纲/概要。咨询函是为了让经纪人对阅读你的小说感兴趣而写的信。有的经纪人需要作者主动提供一个小说梗概和 50～100 页的内容。如果这样，咨询信就不必要了。不过，他们可能会要一份简介，包括你的小说的主要内容和大意以及你拥有的荣誉。

我给你的信息渠道会告诉你该如何处理书写简介的事情。我的建议是写得简短一些，切中要害一些。永远不要对经纪人或者编辑说你的作品有多好。那是他们的事情，他们不需要或者不希望你对于自己的作品作出评价，只需要告诉他们故事的基本事实。你可以告诉他们，为什么你认为它能够畅销，简介的内容应是关于市场的内容而不是说你是一个多么伟大的作家。你还是要学会展示，而不要讲述。归根结底，你的故事还是要靠自己推销。

大纲/概要是另外一个问题。编辑想要迅速浏览一下，这样他们可以看出你的小说的题材，并对它的市场前景有个估计。在我看来，一个大的问题是你写的小说或许很好，可是，大纲却很糟糕。把长篇小说提炼成 30 页的文字本身就是一种艺术。我的感觉是，故事梗概越短越好，要说到点子上。这样编辑就知道了其中的潜力，就会阅读这部长篇小说了。关键是不要伤害原文内容。给他们一点甜头，然后闭上嘴巴就好了。如果你说得太多，他们会把一些东西读进去，而原文没有这样的东西，那么这就会对你不利。你还可以写一个短小的梗概，只有几页长，再写一个长的梗概，把两个都寄出去，希望短小的梗概就能吸引他们，这样他们就不必读那个冗长的故事梗概，而直接阅读长篇小说去了。

对于经纪人，我会使用我为投稿设计的同样的原则：投稿给 20 家杂志，一次 5 家以上。

一个重要的事情是，你作为作者永远不要掏腰包出版自己的作品。你已经投入成百上千小时的辛苦劳动写这本书了，这就是你作出的贡献，不要上人家的当，支付什么出版费用。经纪人可以要求你付一些像复印费、邮递费或者特快专递费这样的合理费用，只有这些费用是值得花的。如果你的作品足够好，你就不必花审稿费（用于阅读、评价你的稿件的费用）或者任何的出版费用。

你联系的经纪人有两类：有些经纪人接受各种不请自来的稿件（大纲外加 50～100 页），有些经纪人希望你先去函咨询（写信告诉他们你的书和你本人的情况）。

咨询的规则跟短篇小说的规则一样。查阅一下我已经提到过的工具书。

假如你投的是一部完整的长篇小说，你要把稿件放在一个手稿盒子里面，上面贴一张封面然后再邮寄。封面与短篇小说的第一页一样，不过，在你的名字下面没有任何内容。长篇小说的正文则从下一页开始，“第 1 章”在页眉下整页的三分之一处。手稿的盒子可以在办公用品商店买到。通常每个盒子可以容纳 500 页稿纸。盒子跟纸张的包装盒类似，不过上面是空白的。不要在盒子上面写什么东西。

好的，这样你已经摆平了经纪人的事情，可是你还没有发现有鱼上钩。下一步怎么办？你可以当自己的经纪人，直接找出版社去。在我给你们提供的图书上面有出版社的清单。那些图书会告诉你怎样向它们投稿，这跟向经纪人投稿差不多。

如果一家出版社寄信给你说他们希望出版你的书，而且愿意付给你一些订金的话，你该怎么办呢？你可以自己前去接受这个交易或者争取更多的钱，不过，我的建议是找一个经纪人办理这些事情。你要为一本出版社已经感兴趣的图书找个经纪人应该不成问题。和你跑单帮相比，经纪人应该能够给你赚更多的钱，另外，他也知道如何谈判简装图书和电影权益的价格问题。

记住，他们是站在另一边的人们。你是一个人，对吧？所以，弄明白这个系统是如何工作的，然后使用自己的判断力。

如果你的长篇小说被出版社接受了，你会得到预付款。预付款是出版社支付给你的钱，这是出版社在这次商业合作中表明愿意跟你达成协议的订金。他们承诺他们可以让你的书在书店里形成一定的销售规模。出版社在整个过程中就是中间人。一旦他们印刷了你的书，他们就必须说服书店上架销售，他们有一大帮员工专门做这个事情。记住，预付款并不是你写小说的报酬，这只是出版社确认交易的方式，是因为你跟他们合作而给你的钱。在某种意义上，双方都是在赌运气。如果你的书销售火爆，赚钱多多，你也会发大财的。如果说你的书根本卖不动，出版社在出版和销售方面的投资以及预付稿费就都打了水漂，即便这本书失败了，你还是会有这笔预付稿费。出版社的输赢和你的输赢是成正比的。

要是你有一个热门、畅销的故事，再加一个知道如何抬高价格的经纪人，那么你就会财源滚滚了。这就是为什么首先要找一个经纪人的原因所在。经纪人知道这个游戏是如何玩的，还知道什么样的价格可以要求，什么样的价格不能要求。对于这一切，一本很好的工具书是《如何快乐地出版》（*How to Get Happily Published?*），作者是朱迪思·阿普勒鲍姆（Judith Applebaum）。

征文比赛是另外一种出版的途径。虚构小说征文比赛通常为一个短篇小说设立 5 000 美元的奖金，长篇小说则是 10 000 美元。出版通常也是奖励的一部分。纳尔逊·艾格林奖是由《芝加哥论坛报》举办的征文比赛，而且不需要任何参赛费用。短篇小说一等奖奖金数额达到 5 000 美元。你可以跟这家报纸联系参赛事宜。《作家的市场》也有一个清单列举了短篇小说、长篇小说、影视剧本、舞台剧本和诗歌等文学竞赛活动。有些收取报名费，交费即可参赛（5～30 美元）。这就是他们筹集比赛奖金的办法。花钱参赛也没有什么不对的地方。专业性的写作杂志《作家》和《作家文摘》每年也会发布几次这样的征文比赛。你可以在报刊亭买到它们，或者从图书馆借阅这些杂志。

虽然这一章的话题是营销，不过你还是需要坚持写作。因此，下面给出的是本章的写作材料。

练　习

- 某个人物是一个心理吸血鬼（psychological vampire）。
- 某个人物想要背叛自己的情人，不过没有采取行动。侥幸逃过了桃花劫。
- 某人回忆过去自己对于未来生活的畅想，以及现在的实际情况，可能涉及婚姻、爱情、孩子、事业等等。

结　语

唯有一件事情你必须牢记在心，你最大的难题就是你自己。管好自己，不管你感觉好与不好，你都要坚持写下去，这才是至关重要的问题。你的情感在整个写作过程中起着主要作用，它们是你最好的向导，是你可以信赖的朋友。你必须依靠它们，因为没有它们你就什么也不是。不过，没有任何情感是完美的。麻烦往往出现在下面这些时候：当你的情绪开始暗示今天你的想法不太出色且有点愚蠢、可笑、空洞、荒诞不经的时候，或者当它暗示你想成为作家只是癞蛤蟆想吃天鹅肉的时候，在你感觉自己不是当作家的那块料的时候。面对这样一位朋友，你应该如何做好自我防御呢？

唯有一件事情你不能做，那就是坐在那里眼睛盯着墙壁，然后惩罚你自己。你需要把握住自己，提醒自己正处于不正常的思想状态之中并又一次被自己的情绪蒙蔽了（这种情况发生次数很多）。当情绪突然野性勃发的时候，你永远不要相信自己的情绪。你必须采取行动，必须马上把工具拿到手里。你怎么能做到这一点呢？一旦你陷入停滞，你就问自己：问题到底出在哪儿？是不是我自己？为什么我觉得自己一无是处呢？为什么我觉得自己没有这个本事呢？我是不是遭遇了阻塞？是不是故事里有什么东西把我绊倒了？这种东西是我已经意识到了的还是我没有意识到的？

第一步是要把这个难题是什么的问题彻底弄清楚，然后再来上课。这本教程里什么武器都有。不过，假如你不使用这个教程，它就帮不上你的忙。你要在教程中找到搬开你面前的绊脚石的章节。如果你遭遇阻塞，那么请你翻到本教程的第 15 章，看看关于阻塞与解除阻塞的问题。

如果说故事情节是你的绊脚石或者阻塞处，那么请你翻到第 8 章，看看有关再创作的内容。你要一步一步地听从这本教程里的建议，它告诉你怎么办你就怎么办。无论你在写作时遇到什么麻烦，你都可以应用本教程里的方法解决问题。另外，这本教程不只当你停滞不前或者遭遇阻塞时才用得着，你必须把它运用到每个场面、每个人物、整个故事中，每一稿都要这样做，直到你确定一切已经落实到了纸面上为止。这就是讲故事技艺的全套精髓，这是一切戏剧性的源泉。这些方法是你的工具，它们会引领你恢复自己的故事创作状态以及故事自身的戏剧性和生命活力，果真是屡试不爽。

针对每个写作难题本教程总有一个简单易行的解决办法。你的问题可能并不简单，不过，你的任务就是把它变得简单。你简化问题的方法不是迎合那些针对你的故事、你的能力、你的人物作出的极端情绪化的品评判断，而是通过退一步海阔天空的办法，精确地弄清楚什么才是你的拦路虎，然后再在这本教程中找到解决办法。写作可能是一个孤单寂寞、与世隔绝的经验。不过，你并不是在孤军奋战，这本教程就是你的伙伴，你要跟它保持联络。跟这本教程保持联络的重要性在于两点：第一，当你陷入困境的时候你可以找它答疑解惑，不过，你也可以经常翻开它阅读一下。第二，这是你的训练项目之一。无论什么时候，当你在写作或者每天做 5 分钟写作练习的时候，你都要读一读这本教程。如果有可能，你可以每天读两页，不然每天读一页、半页也行。不要给自己增加压力，只管每天如此，让它逐渐成为你的习惯。要坚持不懈，直到你至少通读它 10 遍以上，尤其是第 4 章至第 10 章，外加第 14 章的内容。随着你写作水平的提高，不同的东西在不同时间给你留下的印象也会有所不同。你不可能一口气吃成个胖子。经常保持这种联络是你持续不断的修行和获得支持与指导的渠道。这本教程我每年都要重新阅读 30 次，毕竟我还是你们的老师啊！故事就像现实生活本身一样错综复杂。你不能把它一下子全都收藏在脑子里，因此你需要别人时不时地提醒你，什么东西进入脑海里来了？它融入的程度如何？它的效果如何？为什么它会有效果呢？

这本教程即便不是全新的，至少大部分也都是新颖的观点。其中的观念是新颖的，我要你做的事情也是新颖的。改变你一贯的做事习惯从来不会是甘之如饴的美事。新事物需要时间来逐渐习惯，然后你才会懂得如何有效地利用这些工具。你是能够做到的，并且它是能够产生效果的。你已经拥有了它所需要的一切条件，它就在你自己身上，你必须学会使用它的方法，这就是一门技艺。如果你坚持下去，它最终会成为你身体的一部分。你要是把它内化为自己的一部分，它就要开始为你工作了。这种情况不太像是你在操纵它，而是像它在支配着你。当那种情况发生时，你就会发现创作全然是一个新的游戏，一个更加荡气回肠的游戏。相信我，它值得你付出辛勤的汗水。

创意写作书系

这是一套广受读者喜爱的写作丛书，系统引进国外创意写作成果，推动本土化发展。它为读者提供了一把通往作家之路的钥匙，帮助读者克服写作障碍，学习写作技巧，规划写作生涯。从开始写，到写得更好，都可以使用这套书。

综合写作		
书名	作者	出版时间
成为作家	多萝西娅·布兰德	2011 年 1 月
一年通往作家路——提高写作技巧的 12 堂课	苏珊·M. 蒂贝尔吉安	2013 年 5 月
创意写作大师课	于尔根·沃尔夫	2013 年 6 月
渴望写作——创意写作的五把钥匙	格雷姆·哈珀	2015 年 1 月
与逝者协商——布克奖得主玛格丽特·阿特伍德谈写作	玛格丽特·阿特伍德	2019 年 10 月
文学的世界	刁克利	2022 年 12 月
从创意到畅销书——修改与自我编辑	詹姆斯·斯科特·贝尔	2016 年 1 月
来稿恕难录用——为什么你总是被退稿	杰西卡·佩奇·莫雷尔	2018 年 1 月
虚构写作		
小说写作教程——虚构文学速成全攻略	杰里·克里弗	2011 年 1 月
开始写吧！——虚构文学创作	雪莉·艾利斯	2011 年 1 月
冲突与悬念——小说创作的要素	詹姆斯·斯科特·贝尔	2014 年 6 月
视角	莉萨·蔡德纳	2023 年 5 月
悬念——教你写出扣人心弦的故事	简·K. 克莱兰	2023 年 5 月
情节与人物——找到伟大小说的平衡点	杰夫·格尔克	2014 年 6 月
人物与视角——小说创作的要素	奥森·斯科特·卡德	2019 年 3 月
情节线——通过悬念、故事策略与结构吸引你的读者	简·K. 克莱兰	2022 年 1 月
经典人物原型 45 种——创造独特角色的神话模型（第三版）	维多利亚·林恩·施密特	2014 年 6 月
经典情节 20 种（第二版）	罗纳德·B. 托比亚斯	2015 年 4 月
情节！情节！——通过人物、悬念与冲突赋予故事生命力	诺亚·卢克曼	2012 年 7 月
如何创作炫人耳目的对话	詹姆斯·斯科特·贝尔	2016 年 11 月
如何创作令人难忘的结局	詹姆斯·斯科特·贝尔	2023 年 5 月
超级结构——解锁故事能量的钥匙	詹姆斯·斯科特·贝尔	2019 年 6 月
故事工程——掌握成功写作的六大核心技能	拉里·布鲁克斯	2014 年 6 月
故事力学——掌握故事创作的内在动力	拉里·布鲁克斯	2016 年 3 月
畅销书写作技巧	德怀特·V. 斯温	2013 年 1 月
30 天写小说	克里斯·巴蒂	2013 年 5 月
从生活到小说（第二版）	罗宾·赫姆利	2018 年 1 月

写小说的艺术	安德鲁·考恩	2015年10月
成为小说家	约翰·加德纳	2016年11月
小说的艺术	约翰·加德纳	2021年7月
非虚构写作		
开始写吧！——非虚构文学创作	雪莉·艾利斯	2011年1月
写作法宝——非虚构写作指南	威廉·津瑟	2013年9月
故事技巧——叙事性非虚构文学写作指南（第二版）	杰克·哈特	2023年3月
自我与面具——回忆录写作的艺术	玛丽·卡尔	2017年10月
写我人生诗	塞琪·科恩	2014年10月
类型及影视写作		
金牌编剧——美剧编剧访谈录	克里斯蒂娜·卡拉斯	2022年1月
开始写吧！——影视剧本创作	雪莉·艾利斯	2012年7月
开始写吧！——科幻、奇幻、惊悚小说创作	劳丽·拉姆森	2016年1月
开始写吧！——推理小说创作	劳丽·拉姆森	2016年7月
弗雷的小说写作坊——悬疑小说创作指导	詹姆斯·N. 弗雷	2015年10月
好剧本如何讲故事	罗伯·托宾	2015年3月
经典电影如何讲故事	许道军	2021年5月
童书写作指南	玛丽·科尔	2018年7月
网络文学创作原理	王祥	2015年4月
写作教学		
剑桥创意写作导论	大卫·莫利	2022年7月
小说写作——叙事技巧指南（第十版）	珍妮特·伯罗薇	2021年6月
你的写作教练（第二版）	于尔根·沃尔夫	2014年1月
创意写作教学——实用方法50例	伊莱恩·沃尔克	2014年3月
创意写作思维训练	丁伯慧	2022年6月
故事工坊（修订版）	许道军	2022年1月
大学创意写作·文学写作篇	葛红兵 许道军	2017年4月
大学创意写作·应用写作篇	葛红兵 许道军	2017年10月
小说创作技能拓展	陈鸣	2016年4月
青少年写作		
会写作的大脑1——梵高和面包车（修订版）	邦妮·纽鲍尔	2018年7月
会写作的大脑2——怪物大碰撞（修订版）	邦妮·纽鲍尔	2018年7月
会写作的大脑3——33个我（修订版）	邦妮·纽鲍尔	2018年7月
会写作的大脑4——亲爱的日记（修订版）	邦妮·纽鲍尔	2018年7月
奇妙的创意写作——让你的故事和诗飞起来	卡伦·本基	2019年3月
有个性的写作（人物篇+景物篇）	丁丁老师	2022年10月
成为小作家	李君	2020年12月
写作魔法书——让故事飞起来	加尔·卡尔森·莱文	2014年6月
写作魔法书——28个创意写作练习，让你玩转写作（修订版）	白铅笔	2019年6月
写作大冒险——惊喜不断的创作之旅	凯伦·本克	2018年10月
小作家手册——故事在身边	维多利亚·汉利	2019年2月
北大附中创意写作课	李韧	2020年1月
北大附中说理写作课	李亦辰	2019年12月

图书在版编目（CIP）数据

小说写作教程——虚构文学速成全攻略/克利弗著；王著定译．—北京：中国人民大学出版社，2011
（创意写作书系）
ISBN 978-7-300-13030-9

Ⅰ．①小… Ⅱ．①克…②王… Ⅲ．①小说-创作方法-教材 Ⅳ．①I054

中国版本图书馆 CIP 数据核字（2010）第 223872 号

创意写作书系
小说写作教程——虚构文学速成全攻略
杰里·克利弗 著
王著定 译
Xiaoshuo Xiezuo Jiaocheng

出版发行	中国人民大学出版社		
社　　址	北京中关村大街 31 号	**邮政编码**	100080
电　　话	010－62511242（总编室）		010－62511770（质管部）
	010－82501766（邮购部）		010－62514148（门市部）
	010－62515195（发行公司）		010－62515275（盗版举报）
网　　址	http://www.crup.com.cn		
经　　销	新华书店		
印　　刷	天津中印联印务有限公司		
开　　本	720 mm×1000 mm　1/16	**版　　次**	2011 年 1 月第 1 版
印　　张	21.25 插页 1	**印　　次**	2023 年 6 月第 19 次印刷
字　　数	261 000	**定　　价**	42.00 元